COLLECTION FOLIO

Joseph Marshall III

L'hiver du fer sacré

Traduit de l'américain
par Aline Weill et Philippe Sabathé

Gallimard

Titre original :

WINTER OF THE HOLY IRON

Joseph Marshall III, Sioux brulé (sicangu), est né dans la réserve de Rosebud, Dakota du Sud. Il a été administrateur des programmes de santé et d'éducation auprès du président tribal. Il est cofondateur de l'Université Sinte Galeska de Rosebud. Ses écrits retracent l'histoire de son peuple.

À mes parents
Et à tous mes grands-parents
Pour s'être souvenus des histoires.

À mes arrière-grands-parents
Et à mes arrière-arrière-grands-parents
Pour les avoir vécues.

Hokahe!

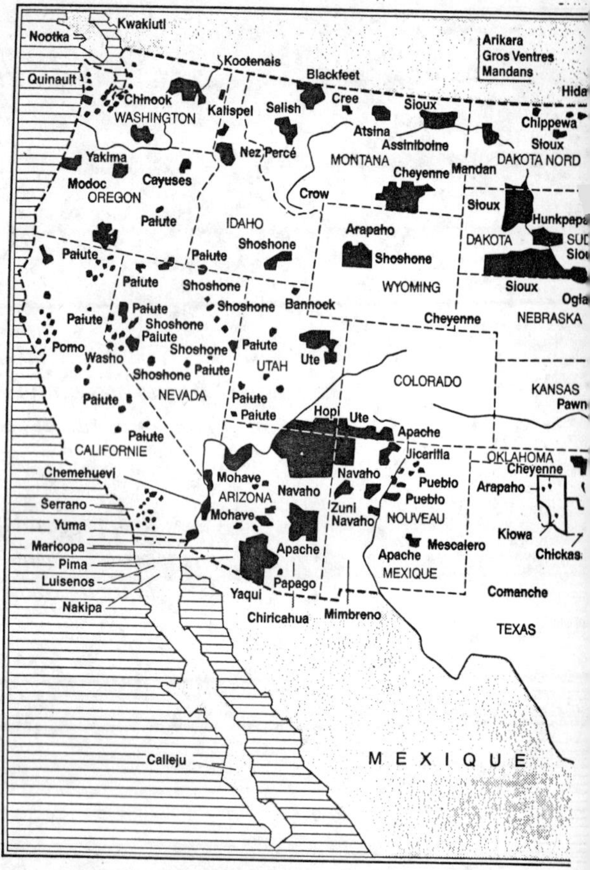

Les parties en noir indiquent les emplacements actuels des réserves indiennes. Les noms des tribus indiquent l'emplacement de ces tribus avant leur extinction ou leur mise en réserve, ce qui explique que certaines sont signalées plusieurs fois.

ndiennes d'Amérique du Nord

Nous avons établi une carte avec les groupes linguistiques puis les tribus les plus connues. Celle-ci ne prétend pas être exhaustive.

● Camp d'été des Wolf Tail
■ Camp d'hiver des Wolf Tail
ARIKARAS
Knife River
MONTANA
DAKOTA DU NORD
Great
Muddy
River
DAKOTAS
N
BLACK
HILLS
TERRITOIRE
DES
SICANGUS
Bad River
White Earth R.
Smoking Earth R.
BAD LANDS
WYOMING
DAKOTA DU SUD
NEBRASKA
LAKOTAS
NAKOTAS
Running Water River
TERRITOIRE DES LAKOTAS
EN 1870
KIOWAS
COLORADO
PAWNEES

NOMS DE LIEUX DU TERRITOIRE DES SICANGUS LAKOTAS

(dans le centre-sud de l'actuel Dakota du Sud)

Anciens noms sicangus	*Noms actuels*
Mnisose (Great Muddy River, Grande Rivière Boueuse)	Missouri
Wakpa Sica (Bad Creek ou Bad River, Mauvaise Rivière)	Bad River
Maka Ska Wakpa (White Earth River, Rivière de la Terre Blanche)	Big White River
Maka Izita Wakpa (Smoking Earth River, Rivière de la Terre Fumante)	Little White River
Mni Kaluza Wakpa (Running Water River, Rivière de l'Eau Qui Court)	Niobrara
Wiwila Wakpa (Spring Creek)	Spring Creek
Grandfather River (Grand-Père des Rivières)	Mississippi

(lieux situés hors du territoire des Sicangus mais sur celui des Lakotas)

Maka Sica (Bad Lands) (Désert Lands) (également appelées la Forteresse)	Bad Lands
He Sapa (Montagnes Noires)	Black Hills
Paha Sapa (Collines Noires)	Black Hills

AVANT-PROPOS

Les centaines, voire les milliers de langues indigènes pré-européennes de l'Amérique du Nord durent s'adapter pour pouvoir désigner les nombreuses idées nouvelles et les objets amenés d'Europe par les immigrants. Dans certains cas, des mots nouveaux furent créés, mais la plupart du temps, des mots déjà existants furent utilisés pour décrire les apports européens.

Les deux objets de troc qui exercèrent la plus grande influence sur les Indiens d'Amérique du Nord furent l'alcool et les armes à feu. Les langues indigènes ne disposaient d'aucun mot comparable à *fusil, fusil à pierre, carabine* ou *munitions.* Mais dans tous les cas où une arme à feu fut mise en grand nombre à la disposition d'une tribu, un mot ou une phrase fut utilisé pour la décrire en partie ou dans sa totalité. Parfois, ces mots et ces phrases mettaient en relief une qualité abstraite attribuée à l'arme, d'autres fois ils désignaient une caractéristique concrète plus aisée à percevoir.

Les armes à feu pénétrèrent tardivement dans les Grandes Plaines, en comparaison de leur introduction plus ancienne près du littoral atlantique. Les Lakotas, ou Sioux de l'Ouest, du nord des Grandes Plaines employaient une périphrase qui décrivait les fusils à la fois abstraitement et concrètement. Nous appelions le fusil *maza wakan*, *maza* signifiant « fer » et *wakan* désignant ce qui est mystérieux, sacré ou possédant une qualité spirituelle.

Une traduction approximative de *maza wakan* en français est « fer sacré », avec la signification de « fer possédant de mystérieuses qualités ».

1

Il était midi passé, et Whirlwind savait qu'il se trouvait encore à une demi-journée de cheval du camp d'été des Lakotas wolf tails. Il leva les yeux sur les nuages bas, sombres, et observa comment ils cachaient le soleil et répandaient une grisaille froide sur la terre. Il était impatient de retrouver son foyer et sa famille.

Les chasses en solitaire lui plaisaient. Elles l'aidaient à apaiser cette partie de lui-même qui était libre et sauvage. Suivre furtivement un cerf de Virginie, un wapiti ou une antilope maintenait ses sens et ses facultés aiguisés. De temps à autre, se retrouver face à face avec le grand ours lui faisait battre le cœur. Toutes ces expériences ne faisaient qu'accroître son goût pour la vie, et sa joie d'être un Lakota. Néanmoins, bien que chaque chasse enrichît ses souvenirs, approfondît ses connaissances et endurcît son caractère, Whirlwind n'oubliait jamais ses devoirs de fils, de mari, de père et de chef de guerre.

Les Wolf Tails, comme tous les Lakotas, étaient des nomades. Même les vieillards les plus âgés du camp ne pouvaient se souvenir d'un temps où ils ne l'avaient pas été. Avant même l'apparition du cheval, ils avaient été nomades, bien qu'ils n'aient pas réellement choisi ce mode de vie. Un peuple qui appartenait à la terre devait se déplacer avec la terre. Agir autrement aurait été se déplacer en dehors des rythmes propres de la vie, car la vie venait de la terre.

Les bisons étaient des nomades, ainsi que les élans et les cerfs. Sans eux, les Lakotas auraient souffert de la faim, ils n'auraient pas eu de peaux de bisons et de beaux vêtements, et leurs tipis n'auraient été ni grands ni confortables. Ainsi comme le faucon, le puma, le loup, le lynx et le glouton, les Lakotas étaient des chasseurs. Ils étaient devenus des nomades en suivant le bison, le wapiti et le cerf.

C'était pendant la jeunesse du grand-père de Whirlwind que les Lakotas avaient franchi la Great Muddy River et s'étaient avancés vers l'est dans les prairies. Les bandes de Sicangus lakotas, et parmi elles celle des Wolf Tails, avaient fini par considérer comme leur territoire les terres situées à l'ouest de la Great Muddy River, entre la Bad River au nord et la Running Water River au sud. Sur ce territoire, la terre leur fournissait tout ce dont ils avaient besoin pour mener une vie agréable, et c'est entre ses limites qu'ils menaient leur vie errante. Le nomadisme était si profondément ancré dans leur sang qu'il leur était impossible d'ignorer l'appel de la piste lorsqu'ils le sentaient monter en eux.

On était à la Lune-des-Feuilles-Qui-Tombent, quand la chasse était bonne et que l'hiver approchait. Il était presque temps pour les Wolf Tails de gagner leur campement d'hiver. Leur camp d'été se trouvait à une journée de cheval du confluent de la Smoking Earth River et de la White Earth River. Dans quelques jours, les hommes de la bande de Whirlwind démonteraient leurs tipis et se dirigeraient vers leur camp d'hiver. L'une des raisons de ce déplacement était de passer l'hiver dans une vallée abritée, couverte de pins, où abondaient les cerfs de Virginie, et de laisser les collines entourant leur camp d'été se recouvrir d'herbe qui nourrirait au printemps leur grand troupeau de chevaux. Mais l'autre raison était d'obéir à l'instinct que les nomades portaient dans leur sang. Même en chevauchant, Whirlwind pouvait sentir cet appel pressant en lui — un appel que seul un nomade pouvait ressentir et comprendre.

Whirlwind fit accélérer l'allure à ses chevaux. La dépouille vidée du cerf de Virginie qui pendait sur le dos du hongre bai révélait son habileté de chasseur. Ses sens, aiguisés par tant et tant de chasses, lui avaient permis de s'approcher sans difficulté à portée de flèche de l'animal. Maintenant, ces mêmes sens lui servaient à se protéger. Les Lakotas ne manquaient pas d'ennemis.

Il sourit en songeant à la chaleur du foyer qui l'attendait et aux côtes de cerf que son épouse Her Good Trail ferait cuire sur les braises. BOOOM ! Brusquement, le bruit de tonnerre du fer sacré d'un homme blanc figea son sourire sur ses lèvres. Il regarda un court instant vers l'est, dans la direction d'où était partie la détonation, puis guida rapidement ses chevaux vers un bosquet de grands pruniers sauvages.

Pendant un moment, il immobilisa la jument et le hongre bai, attendant un autre coup de feu. Des souvenirs de sa première rencontre avec le fer sacré d'un homme blanc affluèrent à sa mémoire. Il avait failli être tué par cette arme quatre hivers auparavant, près du confluent de la Smoking Earth River et de la White Earth River. Whirlwind avait tué l'homme qui l'avait attaqué avec cette longue arme qui produisait de la fumée et un bruit de tonnerre. C'étaient le premier fer sacré et le premier homme blanc qu'il avait vus, après avoir entendu de nombreuses histoires sur leur compte. Depuis cette époque, il avait gardé le fer sacré qu'il avait récupéré soigneusement caché dans son tipi. Et depuis ce temps, il n'avait pas rencontré d'autre homme blanc. Il estima qu'il avait de fortes chances d'en voir un ce jour-là. Mais il n'oubliait pas que le fer sacré qu'il avait entendu pouvait aussi bien se trouver entre les mains d'un guerrier pawnee, kiowa ou arikara. Ces peuples étaient des ennemis des Lakotas. S'ils avaient maintenant des fers sacrés, la vie allait devenir difficile pour les Lakotas.

Il n'y eut pas d'autre détonation. Whirlwind jeta un long regard autour de lui, scrutant attentivement les alentours à travers l'épais branchage des pruniers. À l'exception du glissement furtif d'un cerf dans un bosquet voisin, tout était paisible.

Whirlwind mit pied à terre et attacha ses chevaux à une branche. Avec des gestes rapides et sûrs, il sortit son arc de son étui, le banda et ajusta une flèche. Son regard balaya les fourrés et se posa sur la jument. Elle était sur le qui-vive mais ne paraissait pas effrayée.

Parfois, il était seulement nécessaire d'être un chasseur. Mais quelquefois, comme en cet instant, il fallait aussi être un guerrier. Le chasseur procurait de la nourriture à sa famille et à son peuple. Le guerrier les protégeait. Un guerrier lakota n'avait pas le droit d'ignorer ce qui représentait la plus petite menace pour les siens. Il importait peu que le danger soit affronté par un homme seul ou par un groupe de guerriers. Il devait de toute manière être affronté. Le peuple devait être protégé. Et pour Whirlwind, quiconque avait un fer sacré entre les mains était une menace et un ennemi. Il flatta gentiment les deux chevaux de la main et se glissa hors du bosquet, prenant la direction de l'est, se mouvant silencieusement du bosquet à un arbre, de l'arbre à un creux de terrain, puis à un second arbre. Une vie entière passée à traquer des cerfs aux aguets lui permettait de se déplacer sans faire le moindre bruit. Après s'être abrité derrière un autre grand arbre, il alla s'aplatir derrière un tronc pourrissant. Droit devant lui, à environ deux cents pas, la distance parcourue par une flèche décochée avec force, se dressait un épais bosquet de peupliers. Whirlwind examina les alentours et choisit un itinéraire qui lui permettrait d'atteindre l'orée du bosquet. Ses arbres pouvaient cacher n'importe quoi. Même un homme blanc aurait pu s'y dissimuler, estima-t-il. Il serait sage d'aller l'inspecter.

Il demeura caché derrière le tronc, sans un mouvement, en comptant mentalement jusqu'à cinquante. Il n'y avait aucun bruit inhabituel, mais il eut l'impression de sentir la fumée du bois de frêne. Roulant sur le côté, il jeta un regard sur le bosquet où ses chevaux étaient cachés. Il avait entendu raconter la triste histoire d'hommes qui avaient oublié de surveiller leurs arrières. Une telle inconscience ne permettait généralement pas de vivre assez longtemps pour devenir un vieux chasseur ou un vieux guerrier. Mais ses chevaux étaient tranquilles.

Whirlwind tourna alors son attention sur les peupliers et décida de les observer et d'attendre. Ses yeux fouillaient les environs du bosquet, mais ses oreilles guettaient dans toutes les directions un bruit qui aurait été déplacé dans cet environnement. Au bout d'un moment, il vit une sturnelle à collier voler jusqu'au bosquet et se poser sur une branche grise basse. Quelque temps plus tard, un jeune coyote s'approcha prudemment, avec une démarche hésitante. La façon dont le jeune quadrupède humait le vent indiqua à Whirlwind que quelque chose d'inhabituel pouvait se trouver dans le bosquet. Et quand le coyote prit peur et s'éloigna en trottinant, Whirlwind acquit la conviction qu'il y avait bien quelque chose parmi les peupliers. Il était temps pour lui d'aller s'en assurer de près.

Avant de quitter le couvert du tronc, il revit de nouveau l'itinéraire qu'il avait choisi, qui ne se composait que de dénivellations et de creux de terrain. En demeurant dans les dépressions et en s'abritant derrière les broussailles et dans les hautes herbes, il s'approcha de la limite du cercle de peupliers et s'arrêta un instant pour écouter de nouveau. Il se souvenait des cliquetis et du bruit sourd que le fer sacré de l'homme blanc avait fait entendre quatre hivers auparavant, avant de cracher de la fumée en produisant un bruit de tonnerre. Quand sa vie était en jeu, quand la mort flottait dans l'air, un homme ne pouvait pas oublier ce genre de petits détails. Pour Whirlwind, la voix tonnante du fer sacré de l'homme blanc était la voix même de la mort — non seulement d'un être humain, mais de tout ce qui faisait un vrai guerrier. Un vrai guerrier était un homme qui n'avait pas besoin d'armes pour assurer son existence et prouver sa puissance. Un vrai guerrier comprenait que la vraie force vient de la connaissance, de l'habileté et de la sagesse; les armes qu'il employait, quelles qu'elles fussent, venaient seulement s'ajouter à cette force. Le fer sacré n'était pas une invention des Lakotas, et il avait un pouvoir qui pouvait amener un homme à croire qu'une telle arme était tout ce dont il avait besoin pour devenir un guerrier. Pour Whirlwind, un homme dépourvu du vrai pouvoir provenant de la connaissance, de l'habileté et de la sagesse n'était pas un authentique guerrier. Un tel homme pouvait renoncer aux voies traditionnelles, uniquement pour une chose nouvelle et différente. C'est pourquoi il avait gardé le fusil caché — et silencieux — dans son tipi depuis quatre hivers.

Il regarda au travers des touffes ondulantes d'herbe à bison, sachant qu'il allait devoir pénétrer dans le bosquet pour voir ce qui s'y trouvait. Il se redressa, si lentement qu'un témoin aurait à peine pu le voir bouger, puis alla se plaquer contre un tronc creux vertical. De là, entre deux grosses branches, il put apercevoir le corps d'un homme. Une longue pause, pendant laquelle il épia tous les mouvements et épia tous les bruits, ne lui révéla rien de plus que ce qu'il avait déjà vu et entendu.

Le fer sacré de l'homme blanc n'avait pas tonné sans raison. La première fois où Whirlwind avait entendu sa voix, quatre hivers auparavant, la balle de fer du trappeur avait déchiré sa chemise, entre ses côtes et son coude gauche. La mort était passée très près de lui ce jour-là. Maintenant, il semblait qu'elle avait frappé dans ce bosquet.

L'homme qui avait été tué par le fer sacré était parfaitement visible. Son assassin ne l'était pas. Les sens du guerrier s'imprégnèrent de tout ce qu'il percevait autour de lui. Ses yeux cherchaient le moindre signe visible de danger. Ses oreilles enregistraient tous les sons, du bruissement discret d'une souris au caquetage lointain d'un merle noir. Ses narines frémissaient tandis qu'il humait l'air, sachant que la peur et la colère stimulaient les glandes sudoripares et odoriférantes des proies aussi bien que des prédateurs bipèdes ou quadrupèdes. Pendant un long moment, il demeura collé contre le tronc creux, jusqu'à ce qu'il fût certain qu'il était bien le seul chasseur présent dans le bosquet de peupliers.

Des pas coulés et silencieux, semblables à ceux d'un loup, amenèrent le guerrier à l'intérieur du bosquet, où il se fondit dans l'ombre d'un vieil arbre. Seule une légère brise soufflait, ébouriffant les cheveux et la barbe blonds de l'homme dans le sable d'un ancien cours d'eau.

Whirlwind changea de position pour en avoir une vue plus nette. Le corps n'était pas celui d'un Lakota. Bien que le visage ait été bruni par le soleil, les traits étaient sans contestation possible ceux d'un homme blanc. D'un homme blanc mort, à en juger selon les apparences, tué par l'arme à la voix de tonnerre, songea Whirlwind. Sa poitrine ne se soulevait pas, et une odeur de sang chaud flottait dans l'air.

Il franchit une petite crête pour atteindre le mort, posant à terre son arc et ses flèches. Des poignets puissants retournèrent aisément le corps vêtu de peau de cerf. Un faible gémissement frappa les oreilles du guerrier. Des paupières battirent en dessous de lui, ramenant un peu de couleur dans le visage sale et barbu. L'homme blanc était encore en vie.

Whirlwind s'assit. Il n'y avait aucun danger immédiat, mais il lui fallait réfléchir à la manière dont il allait pouvoir réagir à ce fait nouveau, totalement imprévu.

Il fixa longuement le corps immobile, à l'odeur forte. Une large tache de sang frais couvrait sa hanche droite, révélant une partie de son histoire, mais laissant aussi des questions sans réponse. L'homme blanc avait été blessé par un fer sacré, mais qui avait tiré, et où se trouvait le tireur en ce moment ? Whirlwind regarda autour de lui. Il y avait un grand nombre de traces, et l'on pouvait voir que le blessé avait rampé sur quelques mètres, laissant des marques dans la terre et une traînée de sang derrière lui.

Une sensation de malaise envahit le guerrier toujours aux aguets. On racontait beaucoup d'histoires sur ces hommes au visage couvert de poils — des hommes, si c'en était, qui commençaient à se montrer de plus en plus souvent sur le territoire des Lakotas. Certains des Wolf Tails avaient vu un jour une robe noire, une sorte de saint-homme — un individu coléreux et fortement imbu de lui-même. Whirlwind, pour sa part, n'avait rencontré qu'un seul homme blanc, et ce n'était pas un bon souvenir — le trappeur qu'il avait été contraint de tuer.

Cette rencontre avait éveillé la jalousie des autres guerriers, bien que celle-ci n'ait pas concerné sa victoire à proprement parler, mais plutôt le fait qu'il y avait gagné l'arme du trappeur, une arme qui faisait un bruit de tonnerre, capable de tuer à une distance qu'aucune flèche ne pouvait franchir. Bien que Whirlwind possédât depuis lors cette arme, il ne l'aimait pas et la tenait cachée dans son tipi. Le fer sacré n'était pour lui qu'une source de troubles.

Le souvenir de son combat d'autrefois avec le trappeur l'aida à prendre sa décision concernant le blessé. Il n'avait rien à faire de cet homme blanc. Quelqu'un l'avait abattu, et le tireur était peut-être encore dans les parages... avec son fer sacré.

Après avoir ramassé son arc et ses flèches, Whirlwind se redressa et marcha jusqu'à la limite du bosquet sans un regard en arrière. Alors il entendit un mot prononcé en lakota, sa propre langue ! Le guerrier fit volte-face, une flèche encochée sur la corde de son arc.

Une main blanche s'agita et retomba. L'homme blanc parlait d'une voix très faible. « Qui êtes-vous ? » demanda-t-il en lakota. Le guerrier se tint au-dessus de lui, prêt à lui décocher une flèche. Une voix rauque, sortant de la gorge desséchée et des lèvres craquelées du blessé, répéta : « Qui êtes-vous ? »

Fixant les yeux bleus au regard vitreux, Whirlwind laissa passer un long moment avant de répondre, incertain de ce qu'il avait entendu.

« Je m'appelle Whirlwind », dit-il enfin. « Je suis un Lakota. »

Les yeux bleus se troublèrent. La voix rocailleuse siffla une nouvelle fois.

« Aidez-moi. Je suis blessé. »

Le coucher du soleil trouva Whirlwind profondément dissimulé au cœur d'un bosquet de saules, près de la berge d'un cours d'eau qui se jetait dans la Smoking Earth River. Les chevaux étaient juste derrière, attachés à la base de solides tiges de saules. Un feu discret brûlait dans un trou étroit, profond, creusé dans le sable. Une tranche de viande de cerf pendait au-dessus des flammes. Ce n'était pas le plat que Whirlwind avait espéré pour son dîner, mais son odeur était délicieuse et il avait faim.

Il était également en colère contre lui-même. Il ne parvenait pas à comprendre pourquoi il avait tiré l'homme blanc hors du bosquet de peupliers. Il doutait fortement que celui-ci passât la nuit. S'il ne se trompait pas, alors le problème de ce qu'il faudrait faire de lui serait automatiquement résolu. Néanmoins, Whirlwind devait admettre qu'il était curieux d'en savoir plus sur cet homme blanc qui parlait le lakota.

Les hommes blancs n'étaient pas une chose entièrement nouvelle pour les Wolf Tails. Ils en avaient parfois rencontré quelques-uns sur leur territoire, et l'on racontait de nombreuses histoires à leur sujet. Une bande de Lakotas qui vivaient près de la rive ouest de la Great Muddy River avait reçu dix hivers plus tôt la visite d'un de leurs groupes. Le chef de ce groupe avait affirmé qu'ils venaient d'une terre lointaine, située de l'autre côté d'une eau immense et souvent furieuse — une terre où vivaient d'innombrables hommes blancs.

Dans son enfance, Whirlwind avait également entendu parler des hommes blancs par son grand-père. Walks High, le père de son père, en avait aperçu plusieurs dans la région des Lacs, loin au nord-est de la Great Muddy River. Grand-père Walks High était alors lui-même tout juste un enfant, il y avait quelque quatre-vingts hivers de cela. Par ailleurs, le père de Walks High lui avait raconté comment certains des leurs avaient été chassés de la région des Lacs par les Ojibways, qui avaient obtenu des fers sacrés des hommes blancs en échange de fourrures. Avec leurs nouvelles armes, les Ojibways avaient chassé les peuples alliés — les Dakotas et les Nakotas — en direction du sud et de l'ouest. Les troisièmes partenaires de l'alliance, les Lakotas, vivaient déjà à cette époque dans les prairies situées à l'ouest de la Great Muddy River.

Les Lakotas avaient vécu autrefois dans les pays glacés du Nord, au sud d'une vaste étendue d'eau. Abandonnant leurs foyers de ces régions nordiques, pour des raisons depuis longtemps oubliées, ils étaient partis en direction du sud et de l'ouest. Pendant de nombreux hivers, ils avaient vécu dans des terres fortement boisées, qu'ils avaient traversées pour atteindre finalement une région parsemée de très grands et de très petits lacs. Les grands lacs étaient profonds et dangereux. De nombreuses personnes y avaient trouvé la mort. Les petits lacs, innombrables, regorgeaient de poissons. La région avait été surnommée Land-of-Smoking-Waters (la Terre-des-Eaux-Fumantes), parce que des eaux froides des lacs émanaient des nuages de brume qui collaient au relief et ne dépassaient pas la cime des arbres.

Les Nakotas et les Dakotas venaient du lointain sud-est de la région des Lacs, où ils avaient vécu en sédentaires dans les forêts et cultivé la terre. Après avoir été repoussés par des peuples plus belliqueux, ils avaient pris la direction de la région des Lacs, où ils étaient entrés en contact avec les nomades venus du nord. À cette époque, ces groupes ne s'appelaient pas encore Lakotas, Dakotas ou Nakotas. Bien que parlant des langues différentes, ils avaient jugé préférable de vivre en bonne entente. Au bout de quelques générations, leurs langues et leurs traditions s'étaient interpénétrées, et ils n'avaient plus formé qu'une seule nation. Des mots signifiant alliés et amis, ils avaient fait dériver les noms des trois principaux groupes — les Lakotas, les Dakotas et les Nakotas. Leur vie dans la région des Lacs avait été agréable jusqu'à ce que leurs ennemis ojibways échangent des fourrures contre les fers sacrés des hommes blancs. Tandis qu'ils étaient repoussés vers le sud et l'ouest par les Ojibways, les Lakotas s'étaient souvenus de leurs origines dans le Grand Nord et avaient recherché de vastes étendues. De la même manière, les Nakotas et les Dakotas avaient dressé leurs camps le long des rivières et dans les vallées où ils pouvaient pratiquer l'agriculture. Ils étaient demeurés à l'est de la Great Muddy River, alors que les Lakotas l'avaient traversée pour aller vivre dans les grandes prairies.

Tandis que Whirlwind, plongé dans ses souvenirs, dégustait sa viande de cerf rôtie, un homme se déplaçait prudemment entre les arbres, à deux vallées de distance de son feu de camp. Une silhouette sombre, vêtue de peaux de cerf crasseuses, se tenait debout dans un bosquet de peupliers, examinait les traces laissées dans le sable du lit d'un ancien cours d'eau. Les empreintes de mocassins et de sabots étaient clairement reconnaissables. L'homme tapotait son lourd fusil à pierre tout en regardant furtivement autour de lui et en passant une main épaisse dans sa barbe. Des feuilles tombaient lentement sur le sol, de légères brises errantes faisaient ondoyer l'herbe à bison. Il y avait de la rage dans les yeux gris et froids de l'homme. Il s'éloigna de quelques mètres, jusqu'à ce qu'il aperçût deux séries d'empreintes de sabots se dirigeant vers l'est. Des mots durs, emplis de colère, jaillirent de sa bouche, dans son visage sombre et charnu, tandis que son pied frappait furieusement la terre.

Whirlwind sentit la brise changer de direction pendant qu'il finissait sa viande. Il laissa le feu s'éteindre. Une flamme brillante dans l'obscurité ne pouvait que lui attirer des ennuis. Et l'ennui qu'il ne voulait pas affronter cette nuit-là avait la forme sans visage d'un inconnu qui avait abattu un homme blanc. Un faible gémissement lui parvint de sous la couverture de peau de cerf. Le guerrier jeta un bref coup d'œil en direction du bruit, puis se mit à contempler fixement l'obscurité. Il déposa sa lance, son arc et son carquois à portée de sa main. Il se souvint de tout ce qu'il avait vu au cours de cette chasse. Des troupeaux d'innombrables antilopes. Plusieurs ours bien gras qui se préparaient pour leur long sommeil de l'hiver. Des wapitis dans leurs archaïques parades d'accouplement, faisant en sorte qu'une nouvelle génération de leur espèce marche bientôt sur la Terre. Une nouvelle fois, la brise changea de direction, venant cette fois de l'est, et nettement plus fraîche. Whirlwind fit glisser une couverture de peau de cerf sur ses épaules.

Les dernières lueurs du feu révélèrent la préoccupation dans les yeux d'un noir intense du guerrier. Les regards attentifs qu'il lançait dans la lumière mourante du jour cherchaient des réponses à des questions inconnues aussi bien que la présence d'un ennemi potentiel. L'homme blanc blessé, parlant le lakota, était la source de ces questions inconnues. Peut-être était-il aussi la source de leur réponse. Peut-être était-ce cette possibilité qui avait poussé le guerrier à ne pas l'abandonner dans le bosquet de peupliers. Toutefois, l'homme blanc, comme d'ailleurs tous ceux de son espèce, était un intrus, un étranger. Il s'était immiscé indûment sur le territoire des Lakotas, et par la même occasion avait violé la terre de l'ours, du wapiti, de l'antilope et de nombreuses autres créatures.

Comme en réponse aux pensées du guerrier, l'homme blanc fit entendre un long et pitoyable geignement. Les yeux de Whirlwind s'étrécirent tandis qu'il regardait au loin. Il essayait de fermer son cœur de guerrier à tout sentiment, se demandant une nouvelle fois s'il avait été — et s'il serait — sage de sa part d'aider le blessé.

Il aurait pu partir sur-le-champ et le laisser mourir, comme il avait déjà failli le faire plus tôt. Mais un guerrier n'était pas un tueur. Il y avait de la place pour la compassion dans son cœur. Par ailleurs, quarante hivers d'expérience lui disaient que la découverte de cet homme blanc en territoire lakota n'était pas seulement l'affaire d'un guerrier isolé. C'était un événement qui allait concerner tous les Wolf Tails. Aussi, la bande avait-elle son mot à dire. Il allait s'en tenir à cette ligne de conduite et ramener l'homme au camp des Wolf Tails.

Whirlwind regarda les chevaux. Ils étaient tranquilles, aussi se tourna-t-il vers l'obscurité qui l'entourait, sans rien fixer de précis, tout en laissant ses oreilles s'imprégner des bruits de cette nuit de fin d'automne. Sous sa couverture, ses longs cheveux noirs de guerrier pendaient presque jusqu'à sa taille. Il était plus grand que la plupart des autres hommes, et son corps était souple et musclé. La vie de chasseur et de guerrier avait modelé son apparence aussi bien que ses instincts. Pour l'instant, il ne percevait aucun danger. Il se laissa aller contre un faisceau de solides troncs de saules et ferma les yeux.

La brise soufflait toujours de l'est, portant jusqu'à lui la voix d'un autre chasseur. Un loup. Son hurlement était puissant, et il amena un sourire sur les lèvres de Whirlwind.

2

À une bonne portée de flèches à l'ouest du village, Whirlwind atteignit un bosquet de saules La nuit était sur le point de tomber. Très tôt, ce matin-là, il avait coupé des perches et confectionné un traîneau grossier pour transporter l'homme blanc. Ce chargement supplémentaire avait ralenti son allure. Cela, et plusieurs arrêts pour s'assurer qu'il n'était pas suivi, avaient transformé une chevauchée d'une demi-journée en un voyage d'une journée entière.

Il fit signe à la sentinelle cachée près d'un arbre mort. Le jeune guerrier s'approcha pour voir l'étrange fardeau qu'il ramenait sous les couvertures de peaux de cerfs.

« Qu'est-ce que c'est ? demanda-t-il.

— Un homme blanc, répliqua Whirlwind. Je l'ai trouvé hier dans un bosquet de peupliers. »

Whirlwind regarda le village en laissant les chevaux se frayer un chemin parmi les saules. Les fumées des feux du soir montaient dans le ciel comme autant de lances rouges géantes, colorées de teintes douces par les rayons du soleil couchant. Cinquante-quatre tipis se dressaient en cercle sur un accotement élevé à l'ouest de la courbe de la rivière. Leurs longues et fines perches se croisaient élégamment dans la lumière du crépuscule. Les rabats noircis des trous à fumée semblaient flotter au-dessus de la partie inférieure plus claire. Il y avait des gens partout, et des claies portant de la viande ainsi que des abris bas en saule se voyaient ici et là. Les chevaux de guerre étaient déjà attachés pour la nuit près des portes de certains tipis.

Des sentinelles judicieusement placées et soigneusement cachées entouraient le campement. Les pillards ennemis étaient toujours en train de rôder près des limites du territoire des Lakotas. À environ dix journées de cheval au nord, juste au-delà du territoire des Lakotas hunkpapas, dans la région de la Knife River, vivaient les Arikaras. Au sud, de l'autre côté de la Running Water River, se trouvaient les Pawnees. Et au sud des Black Hills étaient établis les Kiowas, qui avaient été chassés des prairies par les Lakotas.

De temps à autre, une troupe de guerre audacieuse s'avançait plus loin que les autres à l'intérieur du territoire des Lakotas. La vigilance était donc un des éléments essentiels de leur survie. Pas plus tard que le printemps précédent, un groupe de Pawnees venu du sud avait été repoussé. Ce jour-là, la vigilance et un grand nombre de bons guerriers avaient été à l'origine de la victoire.

Seules quelques rares personnes lancèrent des regards curieux en direction de Whirlwind. Un homme rentrant de la chasse avec un cerf attaché sur son cheval de bât n'était pas un spectacle inhabituel. On était en automne, dans la Lune-des-Feuilles-Qui-Tombent. Le dur hiver de la prairie s'annonçait déjà derrière les vents froids, et le va-et-vient des chasseurs dans le camp était continuel. Même le chef de guerre des Wolf Tails devait nourrir sa famille.

Un vieux guerrier travaillait près du feu proche de son tipi. Dans son visage empreint de sagesse, profondément ridé, encadré par deux lourdes tresses grises serrées dans des peaux de loutres, son regard fixait intensément l'arme qu'il tenait devant lui. Spotted Calf mettait la dernière main à un nouvel arc renforcé de tendons. Ses yeux sombres, avertis, examinaient les diverses parties de l'arme. Ses doigts forts, habiles, glissaient sur sa surface. Finalement, saisissant un tibia d'antilope, il polit le centre de l'arc en longs frottements réguliers. Après cet ultime polissage, il redressa l'arc et l'examina de nouveau attentivement, un éclair de satisfaction dans le regard. Le vieux guerrier était satisfait de son travail. Cet arc, ainsi que deux autres, l'avaient occupé tout l'été. Le premier était pour l'un de ses petits-fils, Walks High, portant le nom du père de Spotted Calf, qui à l'âge de vingt ans était déjà un guerrier accompli arborant six plumes d'aigle sur sa lance de guerre. Les deux autres avaient été confectionnés pour un vieil ami, Catches, en échange d'un cheval. Les arcs de Spotted Calf étaient très demandés, et nombreux étaient ceux qui venaient s'asseoir auprès de son feu pour essayer d'apprendre son art.

Un chien mâtiné de coyote, couché de l'autre côté du feu, s'assit soudain, le regard fixe, pour surveiller l'approche d'un cavalier. À sa seule façon de monter, Spotted Calf reconnut son fils Whirlwind, mais le sourire s'effaça du visage du vieux guerrier quand il vit le corps allongé sur les perches tirées par le hongre. Il reposa son arc et se mit laborieusement debout.

« Qui est-ce ? demanda-t-il.

— Je ne sais pas qui c'est, répondit Whirlwind en mettant pied à terre. Mais je sais ce que c'est. »

Saisissant le blessé par la chevelure, il le souleva légèrement, faisant apparaître un visage sale et barbu.

« Ah ! s'exclama le vieillard, soudain inquiet. Un homme blanc. Il est encore vivant ?

— Il l'était la dernière fois que je me suis arrêté pour laisser reposer les chevaux. »

Des gens commençaient à se rassembler tandis que le bruit se répandait que Whirlwind n'avait pas seulement ramené un cerf de sa chasse. La plupart des membres de la bande des

Wolf Tails n'avaient jamais vu un homme blanc. Mais ils savaient tous que leur chef de guerre avait failli être tué par l'un d'eux quatre hivers auparavant.

Le visage de Spotted Calf s'était assombri.

« Il était seul quand je l'ai trouvé, juste après avoir entendu le bruit d'un fer sacré, expliqua son fils. Je l'ai découvert dans un bosquet de peupliers. J'étais sur le point de l'abandonner quand il m'a demandé mon aide... dans notre langue. »

Des murmures rageurs parcoururent l'assistance. Le regard du vieillard se fit sévère. Un homme blanc parlant le lakota était une chose inattendue, et même franchement étonnante. Quelque dix hivers plus tôt, un homme blanc et ses fils avaient traversé la Great Muddy River et avaient campé un moment près de son confluent avec la Bad River. Mais tous les hommes de son groupe ne parlaient que leur propre langue.

Toutefois, les temps changeaient. Les anciens le savaient mieux que quiconque. Des rumeurs provenant de l'est de la Great Muddy River parlaient parfois d'hommes barbus, au visage clair, venus de lieux inconnus. Les Dakotas et les Nakotas en avaient aperçu plusieurs près de la Grandfather River, dans le Sud-Est, ainsi que de Spirit Lake, dans la région des Lacs. On racontait que certains des hommes blancs étaient d'étranges hommes sacrés, vêtus de robes noires. Les autres étaient des marchands de fourrures.

Circling Bear, l'un des hommes les plus âgés de la bande des Wolf Tails, racontait souvent l'histoire d'un de ses parents qui avait rencontré deux hommes blancs près de la Great Muddy River environ quinze hivers plus tôt. Cet hiver-là avait été particulièrement dur, et le vieux cousin de Circling Bear, Comes Alive, et deux de ses compagnons étaient partis à cheval à la recherche d'une cachette enterrée de graisse séchée, ou de suif. Leurs chevaux ayant brusquement senti quelque chose à proximité de la cachette, les trois hommes s'en étaient approchés à pied. À leur grande surprise, ils avaient découvert deux hommes blancs en train de déterrer la graisse. Selon Comes Alive, les deux intrus avaient les joues creuses et les yeux profondément enfoncés, et dévoraient la graisse au fur et à mesure qu'ils la sortaient de sa cachette. L'un d'eux avait un fer sacré, mais ils s'enfuirent néanmoins en apercevant les trois Lakotas — emportant une partie de la nourriture avec eux. Comes Alives avait eu pitié d'eux et empêché ses compagnons de poursuivre les deux pauvres créatures.

Circling Bear appelait les Blancs *wasin icu* — les Voleurs-de-Graisse. Il les considérait dans leur ensemble comme des gens bizarres, difficiles à comprendre et incapables. « Nous sommes des chasseurs, disait-il souvent, alors qu'ils ne sont que des charognards. »

Les rumeurs et les récits sur les rencontres

avec cette espèce particulière étaient une chose. Mais la présence d'un homme blanc dans un village lakota était autrement plus inquiétante.

La curiosité des villageois ne cessant de croître, Spotted Calf fit signe à un jeune garçon nommé Red Legs d'aller chercher son vieil ami Stone, l'homme-médecine.

Un jeune guerrier de haute taille et une femme aux yeux noirs étincelants vinrent se joindre à la foule. Le jeune homme regardait son père avec des yeux interrogateurs. La femme, Her Good Trail, adressa un sourire timide à son mari et saisit la longe du cheval de bât. Elle allait devoir attendre pour connaître les détails de cet étrange incident. Elle devait d'abord dépecer et découper le cerf.

Quand l'homme-médecine arriva, l'homme blanc était allongé sur le sol près du feu de Spotted Calf, recouvert d'une couverture de peau de cerf. Whirlwind avait demandé à son fils et à deux autres guerriers de monter la garde auprès de lui. Si le blessé revenait soudain à la vie et se montrait dangereux, les jeunes gens seraient là pour s'en occuper.

Stone examina l'homme, mais ses yeux sombres demeurèrent inexpressifs. Tout comme Spotted Calf, il portait ses cheveux tombant jusqu'à sa taille en deux lourdes tresses enveloppées de fourrure. Mais à la différence de celle de son ami, la chevelure de l'homme-médecine était presque entièrement blanche, dessinant sur son visage tanné, marqué de rides, de nombreux angles sombres — comme s'il avait été taillé dans de la pierre. Il raffermit sa prise sur la couverture jetée sur son épaule gauche et lança un regard interrogateur à Whirlwind.

« Il vit encore, expliqua celui-ci. Il m'a parlé quand je l'ai trouvé. Il s'est adressé à moi dans notre langue. »

Stone lança un coup d'œil furtif à son vieil ami Spotted Calf.

« Il faut que nous en parlions », dit-il.

Il écarta la couverture et la chemise de l'homme blanc pour examiner sa blessure sérieusement infectée.

« Il peut s'en sortir », ajouta-t-il.

Whirlwind regardait les deux hommes qu'il respectait le plus au monde, son propre père et l'homme-médecine. Tous deux comptaient près de soixante-dix hivers et avaient été des amis d'enfance. Devenus des guerriers, ils avaient à maintes reprises risqué leur vie pour protéger les Wolf Tails. Lorsqu'il était lui-même enfant, Whirlwind leur avait voué une crainte respectueuse. Ils étaient tous les deux d'une force et d'une audace peu communes, capables d'exploits dont les autres hommes n'auraient même pas osé rêver. Comme la fois où Spotted Calf avait changé de cheval en plein galop, ou celle où Stone s'était glissé tout seul dans un camp de Pawnees pour libérer sa jeune sœur. Maintenant, étant devenu lui-même un guerrier dans la force de l'âge, Whirlwind continuait d'admirer son père et l'homme-médecine, pour leurs connaissances et pour leur sagesse. Mais il y avait aussi quelque chose d'autre qu'il ressentait souvent lorsqu'il était en présence de Stone. Ce n'était pas quelque chose de plus, simplement quelque chose de différent — une chose qu'il n'avait jamais éprouvée en compagnie d'une autre personne, homme ou femme.

Tandis que l'homme-médecine recouvrait le blessé, Whirlwind jeta un bref coup d'œil à son visage. Il ne pouvait pas deviner les sentiments que Stone éprouvait en accueillant un homme blanc parmi les Wolf Tails, mais il perçut une impression de tranquillité, de paix, comme une soudaine éclaircie au milieu d'un orage.

La nuit était tombée. La soirée était fraîche. Her Good Trail alla apporter des côtes de cerf rôties à son fils et aux deux autres gardes. Rien n'avait encore filtré de la loge du conseil.

La foule s'était maintenant dispersée, mais au cours de la soirée, de nombreuses personnes étaient venues voir l'homme blanc. Après avoir examiné sa blessure, Stone avait demandé à deux femmes, Walks Far et Yellow Earrings, de déshabiller l'homme, de le laver et d'appliquer sur sa plaie un cataplasme qu'il avait confectionné lui-même. Les deux femmes s'étaient exécutées avec bonne humeur, plaisantant l'une avec l'autre pendant qu'elles s'activaient et s'efforçant de dissimuler la nudité du blessé aux regards des curieux. Pendant qu'elles le soignaient, l'homme avait geint à plusieurs reprises. Maintenant il n'était plus qu'une forme mince et nue sous sa couverture de peau de cerf.

Walks Far referma son sachet d'herbes, le posa à côté d'elle et regarda sa cousine Yellow Earrings, de l'autre côté du tipi. Au cours de leurs nombreux hivers, les deux femmes avaient soigné un grand nombre de chasseurs et de guerriers blessés. Bien qu'elles aient parfois pouffé de rire tout en s'occupant de l'homme blanc, il était clair que quelque chose troublait Walks Far. Elle avait ressenti une sensation très forte dès l'instant où elle avait vu la blessure de l'homme — une sensation désagréable, pesante, comme d'être recouverte par une lourde couverture de bison par une chaude journée d'été.

« Cousine, dit-elle brusquement à Yellow Earrings, j'ai peur. »

Yellow Earrings, sa chevelure presque aussi blanche que celle de Walks Far, s'immobilisa un instant pour jeter un regard préoccupé à sa cousine. Walks Far n'était pas connue pour parler à la légère de choses de ce genre.

« Qu'y a-t-il, cousine ? » demanda-t-elle.

Walks Far secoua la tête.

« Je ne sais pas. Quelque chose qui concerne l'homme blanc, sans doute.

— Il est blessé. Il ne peut faire de mal à personne. De plus, il est surveillé par trois bons guerriers, même en ce moment.»

Walks Far hocha la tête.

«Je le sais très bien. Ce n'est pas lui qui me fait peur. Je crois que c'est ce qu'il amène avec lui.»

Yellow Earrings tendit le bras pour rajouter deux petites branches dans l'âtre. Elle attendit qu'elles aient pris feu pour répondre.

«Je ne lui ai vu aucune arme.

— Je sais, cousine. Je ne parlais pas de ce qui était dans ses mains, mais de ce qu'il y a dans son cœur. Le cœur des hommes de son espèce, je veux dire.

— De quoi peut-il s'agir? J'ai entendu dire que les hommes blancs sont des gens pitoyables. Le vieux Circling Bear les appelle les Voleurs-de-Graisse. Que peut-il y avoir dans leur cœur?»

Tout en réfléchissant à la question, Walks Far écouta pendant un court instant les bruits qui provenaient de l'extérieur du tipi de sa cousine, savourant les sons de la vie. Tout près, elle entendit des voix d'enfants et une course effrénée. Dans le tipi voisin, une berceuse s'éleva, répondant à la plainte à peine audible d'un nourrisson. Un guerrier s'éclaircit la gorge tandis qu'un cheval de guerre frappait le sol du sabot. Dans les arbres lointains, une colombe roucoulait son amour à sa compagne. Walks Far pensa à son fils, High Hawk, et à sa famille, espérant qu'ils reviendraient bientôt de leur voyage dans le Nord. Elle laissa s'effacer leurs images et se tourna vers le visage inquiet de sa cousine, secouant la tête.

« La mort, dit-elle. Ils ont la mort dans leur cœur. »

Yellow Earrings examina brièvement le visage de sa cousine. Elle se souvint que c'était Walks Far qui avait entendu le hibou, le messager de la mort, deux nuits avant que Brings Three Horses périsse dans le blizzard.

« Peut-être, dit-elle, notre chef de guerre n'aurait-il pas dû en ramener un ici.

— Notre chef de guerre n'a commis aucune erreur. L'avenir nous montrera qu'il a eu raison. Mais la noirceur qui recouvre mon cœur me fait craindre pour notre peuple. C'est une obscurité qui porte en elle le froid. Le froid de la mort. »

Les regards des deux vieilles femmes se croisèrent un court instant. Toutes les deux âgées de plus de soixante-dix hivers, elles totalisaient ensemble près de cent cinquante hivers d'existence. Elles étaient toutes les deux veuves, chacune ayant perdu son mari plus de vingt ans auparavant. La mort n'était pas une inconnue pour elles.

Yellow Earrings se tourna à demi pour saisir une trousse en cuir vert, dont elle sortit une tresse de sweet grass[1].

« Mon fils m'a ramené ceci de la région de la

1. Glycérie, utilisée comme herbe-médecine (N.D.E.).

Knife River il y a deux hivers, dit-elle. Je pense que le moment est bien choisi pour en faire brûler un peu, afin que la fumée nous purifie nous-mêmes et tienne tous les choses mauvaises éloignées de ce tipi. »

Walks Far sourit et hocha la tête, regardant sa cousine plonger l'extrémité de la tresse dans les flammes jusqu'à ce qu'il n'en reste plus que quelques braises scintillantes. Très vite, une fumée épaisse, douceâtre, s'éleva en tournoyant au-dessus de l'âtre. Les deux femmes tendirent les bras et attirèrent la fumée vers elles. De nombreuses pensées s'agitaient dans l'esprit de Yellow Earrings, mais ce fut une soudaine lassitude dans les yeux de sa cousine qui l'alarma — une triste résignation que l'on ne voit que dans les yeux des personnes défuntes. Yellow Earrings commença à prendre mentalement le deuil de sa cousine, tout en continuant à se demander ce que l'homme blanc blessé leur avait apporté à tous.

Walks High regarda l'homme avec un mépris amusé.

« Il ne semble pas si fort que ça. À dire le vrai, il semble même mort.

— Peut-être vaudrait-il mieux qu'il meure, répondit Lone Elk. Je pense qu'il doit être comme celui qui a failli tuer ton père. »

Red Lance approuva. « Mais celui-ci n'a pas de

fer sacré, fit-il remarquer. Peut-être n'est-ce pas un guerrier. »

Walks High prit le temps de réfléchir avant de répondre.

« Cet homme qui avait un fer sacré n'était pas un guerrier non plus. Il avait un canoë rempli de fourrures et se dirigeait vers la Great Muddy. Peut-être a-t-il cru que mon père voulait lui voler ses fourrures.

— Il a cru qu'il pouvait tuer un guerrier lakota avec son fer sacré, intervint Lone Elk. Peut-être que chez ces gens-là, c'est l'arme qui fait le guerrier. »

Walks High secoua la tête.

« Je ne sais pas. Mais je sais que ce fer sacré est une arme très puissante. Mon père dit qu'il envoie une petite boule de fer lorsqu'il fait ce bruit assourdissant. Cette boule va plus vite qu'une flèche, et elle peut aller beaucoup plus loin. »

Les deux jeunes guerriers furent émerveillés par la description que faisait Walks High de la puissance du fer sacré. Une telle arme pouvait conférer une autre sorte de pouvoir à la personne qui la possédait.

« Pourquoi, demanda tranquillement Lone Elk, ton père ne l'utilise-t-il jamais ? Pourquoi la garde-t-il cachée ? »

Walks High demeura un moment pensif, se souvenant des réponses que lui avait faites son père quand il lui avait posé la même question.

« Mon père est déjà le chef de guerre des Lakotas wolf tails, répliqua-t-il. Et nous savons tous que parmi les Lakotas, un chef ne dit pas aux autres guerriers ce qu'ils doivent faire. Il ne donne aucun ordre à personne. Il suggère ce qui lui paraît être le mieux. Ensuite il doit agir conformément à ce qu'il a dit. S'il est avisé, les gens l'écouteront. S'il a raison, les guerriers le suivront sur le sentier de la guerre. » Il marqua une pause pour jeter un bref coup d'œil à ses amis. « Mon père a dit que le fer sacré est une chose effrayante. De nombreux guerriers l'envient parce qu'il en possède un. La peur viendrait s'ajouter à l'envie s'il s'en servait. Et il pense que la peur et l'envie sont moins bénéfiques que le respect. Mon père préfère que les guerriers le suivent parce qu'ils le respectent en tant qu'homme et en tant que guerrier. Il ne veut pas être craint parce qu'il utilise une arme puissante. »

Red Lance et Lone Elk hochèrent la tête. Les paroles de Walks High étaient vraies. Le chemin du guerrier, que chacun des trois jeunes gens avait fermement choisi de suivre, n'était pas facile. Il était encore plus ardu de porter la tunique bleue d'un chef de guerre. Ils comprenaient la sagesse de Whirlwind, dont les mots de son fils se faisaient l'écho. Ce qui faisait le guerrier se trouvait à l'intérieur de l'homme. Ce qui était à l'intérieur donnait leur valeur aux mots, aux actions, et même aux armes. Sans cela, même la plus puissante des armes n'aurait servi de rien, en définitive, à celui qui aurait fait appel à son pouvoir pour assurer sa domination et son statut.

À l'entrée d'un étroit ravin, à environ une demi-journée de cheval du village des Wolf Tails, une sombre silhouette était penchée au-dessus d'un feu bas. Des buissons secs avaient été soigneusement disposés pour dissimuler le petit campement nocturne. Un peu plus bas dans le ravin, deux chevaux bais étaient attachés dans un bosquet de chênes.

Un lapin rôtissait au-dessus des braises. Le grand homme en vêtements de daim sombres frottait doucement le canon de son long et lourd fusil. Ses yeux s'étrécirent quand il repensa aux événements des deux dernières journées. Ils avaient été plus que décevants. Il n'y avait aucune pièce d'or espagnole dans les affaires de De la Vérendrye. Il avait pourtant soigneusement cherché, ouvrant ou éventrant tout ce qui pouvait l'être. L'absence de pièces d'or était certes surprenante, mais la disparition du cadavre l'était infiniment plus. De la Vérendrye avait dû cacher les pièces sur lui, mais quelqu'un était venu et avait emporté son corps, comme le montraient les traces laissées près du bosquet de peupliers.

Le grand homme jeta un regard furieux au lapin grésillant au-dessus des flammes tandis qu'une pensée inquiétante émergeait aux confins de sa conscience. Peut-être de la Vérendrye était-il encore en vie ! Les traces près des peupliers avaient été faites par des mocassins et des sabots de chevaux. De la Vérendrye parlait une des langues des sauvages. Peut-être en avait-il convaincu un de lui venir en aide. Si de la Vérendrye était encore vivant, cela posait aussi un autre problème : il songerait probablement à se venger et pourrait persuader quelqu'un de lui prêter main forte. Il n'y avait pas d'autre choix, si c'était effectivement le cas, que d'éliminer cette possibilité. Demain serait un autre jour. Il aurait le temps de faire des plans, et aussi d'examiner ce village près de la rivière. Après tout, il n'était pas impossible que de la Vérendrye soit encore en possession de ses pièces d'or — dont une était tombée accidentellement sur le sol lorsqu'ils campaient ensemble près de la Running Water River, et qu'il s'était empressé de ramasser et de faire disparaître.

L'homme frappa du plat de la main le fusil à pierre — le fusil de De la Vérendrye. Si seulement il avait pensé à le recharger et à faire feu une seconde fois sur son propriétaire !

L'homme nu sous la couverture de peau de cerf gardait les yeux clos mais gémissait faiblement de temps à autre. Il était parfaitement réveillé. En dépit de la douleur aiguë, lancinante, de sa blessure, il prêtait la plus grande attention aux trois jeunes guerriers chargés de le surveiller. Il comprenait leur langue, bien que celle qu'il connaissait et parlait ait été légèrement différente. Parmi les trois jeunes gens, il ne reconnaissait pas le guerrier qui l'avait sauvé.

Les parents de ces Indiens vivaient à l'est de la Great Muddy River. C'était d'eux qu'il avait appris l'existence des Titunwans lakotas — le Peuple-Qui-Habite-Dans-la-Prairie.

L'homme barbu avait entendu prononcer les mots *maza wakan*, et savait qu'ils signifiaient « fer sacré ». Il apprit ainsi qu'une de ces armes était cachée quelque part. Il en avait besoin, car sans elle il ne pourrait pas se venger de l'homme qui avait essayé de le tuer — l'homme qui lui avait volé ses chevaux et ses fourrures. La douleur violente qu'il ressentait au côté lui rappela dans un mouvement de colère le visage de l'homme qui avait provoqué son malheur. Henri Bruneaux ! Un compatriote auquel il avait commis l'erreur d'accorder sa confiance. Il se souvenait parfaitement de l'instant où il avait entendu le bruit derrière lui et s'était retourné pour voir Bruneaux pointant le fusil — dans sa direction !

Bruneaux avait surgi de nulle part par un après-midi grisâtre, où le vent soufflait en rafales, alors que Gaston de la Vérendrye venait de dresser son camp juste au nord de la Running Water River. Il était apparu en mars, deux ou trois semaines après que de la Vérendrye eut traversé la glace fondante de la Great Muddy River. Il était agréable d'entendre de nouveau parler sa propre langue, aussi de la Vérendrye avait-il aisément accepté l'histoire que lui avait racontée Bruneaux, selon laquelle il avait été dévalisé par des Indiens, remarquant seulement au passage que l'homme se désolait surtout d'avoir perdu son fusil Mais cette réaction était tout à fait compréhensible. Ce pays était sans pitié, et un homme blanc dépourvu de fusil était une proie facile pour les Indiens, qui n'avaient généralement aucune amitié pour les hommes blancs. De plus, un homme qui n'avait pas la moindre idée sur la manière d'assurer sa subsistance sans l'aide de son fusil était condamné à périr très vite, victime de sa propre ignorance.

« C'étaient peut-être des Omahas, ou des Pawnees, avait expliqué Bruneaux. Je n'ai rien entendu du tout. Ils sont venus pendant la nuit. Ils ont pris mon arme, mon silex et mon percuteur. Ça s'est passé il y a trois jours. Ils avaient volé aussi toutes mes provisions, et je me demandais ce que j'allais devenir quand j'ai entendu s'ébrouer un de vos chevaux. J'ai cru que c'étaient encore des Indiens, alors je me suis caché. Je ne pouvais pas en croire mes yeux quand je vous ai vu ! Quelle bonne surprise ! Et vous êtes français, en plus ! »

Cela faisait plus de deux ans que de la Vérendrye n'avait pas entendu parler sa propre langue. Peut-être était-ce cette communauté de langage, plus que toute autre chose, qui l'avait poussé à accepter si aisément ce compagnon français. Croire ce grand homme lourd aux yeux gris, au regard perçant, n'avait pas été une décision consciente de sa part, mais elle avait bien failli lui coûter la vie.

Un matin, Bruneaux avait simplement déclaré : «Je crois que c'est mon tour d'aller chasser.» Quoi de plus naturel, dans cette situation, que de lui tendre le fusil, le cornet à poudre et le sac de balles ? Et pourtant ce simple geste avait presque fait passer de la Vérendrye de vie à trépas et l'avait conduit à la situation incertaine où il se trouvait maintenant. Il n'était certain que de deux choses : en premier lieu qu'il haïssait désormais Bruneaux, et en second lieu qu'il avait entendu prononcer les mots *maza wakan*, fer sacré.

En entrouvrant à peine les yeux, il examina attentivement les trois jeunes guerriers assis près de lui. Chacun d'eux avait une musculature souple. Chacun portait des jambières en cuir tanné, un pagne et une chemise à franges. Leurs mocassins étaient délicatement ornés de perles. Mais il savait, pour avoir vécu parmi les Dakotas, qu'il ne fallait pas se laisser tromper par leurs belles parures ou leur calme apparent. Ces jeunes hommes étaient tous les trois des guerriers en pleine possession de leurs moyens. Les Dakotas, qui étaient eux-mêmes des guerriers hors pair, parlaient toujours avec admiration de leurs parents lakotas de l'Ouest.

Parmi les Dakotas, l'homme barbu avait découvert un mode d'existence totalement différent de ce que d'autres hommes blancs avaient coutume d'appeler « une vie de sauvages ». Il avait été poliment accepté par eux et avait découvert qu'ils étaient tout ce qu'on voulait, sauf des sauvages. Pour les Dakotas, la famille ne s'étendait pas seulement aux parents et aux enfants. Elle incluait les grands-mères, les grands-pères, les oncles, les tantes, les cousins et les cousines. Les enfants étaient vénérés, traités avec une surprenante indulgence, et toute la famille participait à leur éducation. Cette relation d'amour et de confiance était à l'opposé de ce qu'il avait connu lui-même, entre la crainte constante de la lourde main punitive de son père et l'indifférence glaciale de sa mère. La seule paix qu'il avait trouvée chez lui, il l'avait goûtée dans la minuscule soupente située sous les poutres du petit cottage familial. Mais quand il était devenu plus vieux et plus grand, il avait eu de plus en plus de mal à s'y glisser et n'avait plus trouvé de paix nulle part. Il ne lui était resté qu'un insatiable désir de retrouver une paix de ce genre — n'importe où dans le monde.

Les Dakotas ne s'étaient pas montrés très curieux à son endroit, se souvenait-il, à l'exception d'un groupe de jeunes hommes avec lesquels il s'était lié et qui l'avaient discrètement et tranquillement interrogé. Les guerriers avaient été cependant très intrigués par son fusil à pierre. Ils avaient déjà entendu parler d'une telle arme, mais la plupart d'entre eux n'en avaient encore jamais vu. Pour cette raison, il avait été invité à participer à de nombreuses chasses. Un jour, avec son fusil, il avait abattu un bison qui se trouvait à une bonne centaine de pas de lui. Une grande fête avait été organisée pour célébrer l'événement, qui demeurait l'un des meilleurs souvenirs de sa vie chez les Dakotas. Il avait été désolé de les quitter, mais c'étaient leurs propres histoires sur les immenses prairies qui s'étendaient à l'ouest de la Great Muddy River qui l'avaient décidé à le faire, en réveillant au fond de lui un profond désir de vastes espaces. Maintenant il était là, dans ce camp qui ressemblait beaucoup à celui des Dakotas où il avait séjourné les deux hivers précédents. Il ne connaissait pas ses occupants, mais il se souvenait que les Dakotas parlaient des Lakotas avec un grand respect, et cela seul suffisait à le rassurer.

Le barbu savait qu'il valait mieux qu'il se tienne tranquille pour le moment. Même en étant au mieux de sa forme, il n'aurait pas fait le poids en face d'un seul de ses trois gardiens. Bien que parfaitement conscient, il était très faible, et sa blessure le faisait cruellement souffrir. Il choisit de faire semblant de dormir.

Dans la loge du conseil, les anciens du village étaient assis autour d'un feu de camp. Parmi eux se trouvaient les guerriers et les chefs ayant la plus grande expérience et les réputations les mieux établies. L'un d'eux était Bear Heart, le rival et le critique le plus acerbe, le plus bruyant de Whirlwind.

À l'arrière de la loge, sur une pierre ronde et plate, un paquet de sauge et un calumet étaient posés. Le calumet, avec un fourneau d'argile noirci et un long tuyau de frêne, avait déjà été fumé.

Bien que le sujet de la discussion n'ait pas été de ceux qui étaient habituellement abordés autour du feu du conseil, l'atmosphère demeurait malgré tout sereine. Les hommes qui étaient là avaient pour la plupart vécu de longues vies et vu beaucoup de choses. Derrière ses yeux sombres, chacun d'eux avait le souvenir d'innombrables chasses et de maintes batailles. Tous ensemble, ils affrontaient le problème qui se posait maintenant à eux comme ils l'avaient fait pour chaque chasse et pour chaque bataille. Chacun apportait au groupe le bénéfice de son savoir et de ses expériences, comme leurs pères et leurs grands-pères avaient agi avant eux.

Circling Bear, ses longs cheveux gris enveloppés de peau de loutre, se tourna vers Whirlwind.

« Je suis préoccupé par les hommes blancs depuis quatre hivers, dit-il, depuis que l'un d'eux a failli tuer mon neveu. Jusqu'alors, nous avions seulement entendu parler d'eux par d'autres personnes qui les avaient vus — à l'exception de notre brève rencontre avec l'un de leurs saints hommes, la robe noire. Celui qui était furieux. »

De nombreuses têtes s'inclinèrent. Tout le monde se souvenait de la robe noire.

« Il est clair pour moi, poursuivit Circling Bear, que les hommes à la peau blanche sont différents de nous. Nous ignorons tout de leurs mœurs et de leurs pensées. Aussi je me demande si mon neveu a été bien inspiré d'en ramener un dans notre village. »

Quelques hommes hochèrent la tête pour approuver les paroles de Circling Bear.

Bear Heart, un membre de la Wolf Warrior Society, fut l'un de ceux qui appuyèrent le plus bruyamment la déclaration de Circling Bear. La violence de son approbation ne surprit personne, car elle exprimait bien la colère qui semblait maintenant toujours couver au fond de lui-même. Même sur le sentier de la guerre, il était réputé capable de briser l'arc d'un jeune guerrier qui avait commis une erreur due à son impatience ou à son ignorance.

« Grands-pères, dit-il, je suis pleinement d'accord avec ce qui vient d'être dit. Tant que nous ne savons pas ce qu'ils valent, il vaut mieux pour nous que nous considérions les hommes blancs comme des ennemis. Moi-même, je n'aurais jamais ramené un homme blanc dans notre village. Et celui qui est ici, je l'aurais laissé où il était avec une flèche dans le cœur, comme un avertissement donné à tous ses semblables. »

Un court silence suivit ces paroles. Chacun dans l'assemblée savait qu'elles étaient plus une critique de l'attitude de Whirlwind qu'un plan ou une proposition d'action. Bien que jamais ouvertement discutée, l'hostilité de Bear Heart envers Whirlwind n'était un secret pour personne dans la bande des Wolf Tails. Depuis que la lance de chef de guerre avait été transmise à Whirlwind, Bear Heart ne faisait rien pour cacher sa jalousie et sa colère de ne pas avoir été choisi.

Stone s'éclaircit la voix et regarda brièvement les présents sans que son regard s'attarde sur aucun d'eux en particulier.

« Nous sommes un village de Lakotas, nous sommes les Wolf Tails, commença-t-il. Mais les Lakotas sont puissants parce qu'ils comptent de nombreux villages. C'est de là que vient essentiellement notre force. Mais elle vient aussi du fait que nous connaissons nos ennemis. Ces nouveaux venus, les hommes blancs, peuvent s'avérer être de dangereux ennemis. Ils peuvent aussi devenir des amis. Mais nous ne savons pas ce qui arrivera demain. Et nous savons pour l'instant très peu de choses sur eux, excepté que nous devons être très prudents.

« Un homme blanc qui parle notre langue est une chose étrange, tout à fait inattendue. Pour ma part, je pense que notre chef de guerre a bien fait de l'amener ici. Nous pourrons apprendre beaucoup de choses grâce à cet homme — s'il survit à ses blessures. Si les hommes blancs doivent devenir nos ennemis, nous saurons au moins quelque chose sur eux. Il vaut mieux nous préparer dès maintenant, car je pense que ces gens à la peau claire sont très nombreux. Et comme nous le savons tous, la connaissance est la meilleure arme du guerrier. »

Un très vieil homme nommé White Crane approuva aussitôt l'homme-médecine.

« Mon ami a raison, dit-il. Si de plus en plus d'hommes à la peau blanche envahissent nos terres, nous serons bien obligés de traiter avec eux. Pour cela, nous avons besoin de savoir s'ils sont nombreux ou non. Nous avons aussi besoin de savoir s'ils sont bons ou mauvais. »

Bear Heart reprit la parole.

« S'il survit, peut-être cet homme blanc pourra-t-il nous dire quelque chose sur le fer sacré détenu par notre chef de guerre. Puisque c'est un homme blanc, il doit sans doute savoir comment il fonctionne. Il pourra nous montrer que nous n'avons aucune raison d'en avoir peur. »

Stone leva une main, retenant la colère qui assombrissait son regard. Lorsqu'il parla, sa voix était calme.

« Nous ne sommes pas assis ici pour émettre des jugements sur les actes de qui que ce soit, homme ou femme, parmi les membres de notre peuple », dit-il tandis que Bear Heart, baissant rapidement les yeux pour fixer le feu, gardait un pli amer à la bouche.

Whirlwind, quant à lui, garda le silence.

« C'est notre but, poursuivit Stone, de chercher la bonne route lorsqu'il s'agit de tous les lendemains à venir de notre peuple. Et je crois effectivement que l'homme blanc, avec tout ce qu'il est et tout ce qu'il a, fera partie de notre route de demain. Le fer sacré peut devenir un élément de nos vies parce que c'est un élément de la vie de l'homme blanc. J'ai écouté les idées de notre chef de guerre à son sujet. Nous en avons parlé ensemble de nombreuses fois au cours des derniers hivers, depuis qu'il a failli être tué par une de ces armes près de la White Earth River. Peut-être le moment est-il venu pour lui d'exprimer ses idées devant nous tous. »

Un frémissement d'impatience parcourut la loge. Quelques vieillards s'éclaircirent la gorge. Bear Heart se leva et lança un long regard de défi à Whirlwind avant de sortir et de disparaître dans l'obscurité.

Le chef de guerre des Wolf Tails lakotas se dressa pour prendre la parole.

« Grands-pères, commença-t-il, je vous remercie de me permettre de parler. » Il se tut un instant pour mieux rassembler ses idées. « Il y a quatre hivers de cela, j'ai dû tuer un homme blanc. Je m'étais approché de lui amicalement, et il m'a tiré dessus avec son arme. Je ne lui ai pas laissé le loisir de tirer une seconde fois. Je n'avais aucun moyen de savoir si c'était un bon ou un mauvais homme. Ou même simplement un homme, dans le sens où nous l'entendons habituellement. Mais je sais que lui m'avait pris pour un mauvais homme, puisqu'il n'a même pas attendu le temps d'un battement de cœur pour prendre son fer sacré et essayer de me tuer. Depuis ce jour où la mort a failli m'emporter, je me suis souvent demandé pourquoi il avait essayé de m'abattre. M'a-t-il tiré dessus à cause de ce qu'il y avait dans son cœur ? Ou bien m'a-t-il tiré dessus parce qu'il avait cette arme ? M'a-t-il tiré dessus parce qu'il savait qu'il pouvait me tuer aisément ? M'a-t-il tiré dessus parce qu'il pensait que son arme lui donnait le droit de tuer ?

« Ces questions sont toujours en moi. Quelquefois, elles viennent hanter mon sommeil. Toutefois, je ne connais toujours pas les réponses. Et tant que je ne les connaîtrai pas, le fer sacré demeurera caché. »

Un chœur discret, mais approbateur, de murmures salua les paroles de Whirlwind tandis qu'il se rasseyait. White Crane hocha la tête avec enthousiasme et regarda autour de lui.

« Nous ne devons pas oublier, ajouta-t-il, que les Ojibways ont chassé notre peuple de la région des lacs après avoir obtenu des fers sacrés des hommes blancs en échange de fourrures. Comme je vois les choses, les fers sacrés ont transformé les Ojibways de guerriers en tueurs. Notre chef de guerre s'est expliqué justement et clairement. Peut-être obtiendrons-nous quelques réponses de l'homme à la peau blanche qu'il a ramené parmi nous — s'il survit. »

Whirlwind sortit de la loge du conseil et traversa le cercle du camp en direction du feu de son père, près duquel l'homme blanc gisait sous sa couverture. Il s'agenouilla pour lui réchauffer les mains. La nuit d'automne était devenue glaciale. Le chef de guerre adressa un hochement de tête au blessé et s'adressa d'une voix calme aux trois jeunes guerriers.

« S'il vit, je parlerai avec lui. Et s'il meurt... il mourra. »

Yellow Earrings se réveilla vers le milieu de la nuit. Repoussant sa couverture, elle s'assit pour alimenter le feu. Une poignée de petites branches serait suffisante pour qu'il y ait encore des braises à l'aube, afin d'aider à faire démarrer le feu pour la cuisine, à l'extérieur du tipi.

Une faible lueur éclaira le tipi quand les branches s'embrasèrent. La vieille femme pouvait entendre la respiration régulière de sa cousine endormie. À l'extérieur, tout était silencieux, à l'exception de la plainte lointaine d'une effraie annonçant le retour proche de la saison froide. À travers les rabats à fumée, on pouvait voir scintiller quelques étoiles entre les perches du tipi. Yellow Earrings les regarda et murmura une douce prière : « Merci pour cette excellente femme, ma cousine, Grand-père, dit-elle. Merci d'avoir fait d'elle une compagne dans mon existence. La suite du sentier de sa vie n'est connue que de toi seul. Mais où que tu la mènes le long de ce sentier, je te demande de la garder toujours dans le creux de ta main. »

3

Le soleil était au-dessus de l'horizon, mais l'air du petit matin était encore très frais. Dans les lointains brumeux de la toute nouvelle journée, des tétras criaient. Le camp de la bande des Wolf Tails était déjà réveillé. Des vieillards se tenaient debout ou assis devant leurs tipis, goûtant la fraîcheur ravigotante de l'air automnal et observant les premières allées et venues de la matinée. Ici et là, de jeunes garçons descendaient les chevaux jusqu'à la rivière pour le premier abreuvement de la journée. Entre les saules et les peupliers, de chaque côté du paisible cours d'eau, d'étroits nuages de brume flottaient juste au-dessus du sol. La Smoking Earth River méritait bien son nom ce matin-là.

Sous une pile de couvertures de peaux de cerfs, près du tipi de Spotted Calf, il y eut un soudain mouvement. L'homme barbu savait qu'il ne pouvait pas feindre de dormir pendant trop longtemps. La douleur dans son flanc droit s'était réduite à un élancement brûlant. Il avait faim, et il souhaitait trouver une position plus confortable sans éveiller la curiosité de ses gardiens.

Ceux-ci n'étaient plus les mêmes, mais leur groupe ne paraissait pas moins compétent que le précédent. Un réveil brutal pourrait être dangereux. Le barbu gémit faiblement, comme s'il faisait un mauvais rêve. Un des guerriers lui jeta un bref coup d'œil, puis se retourna vers les autres.

Plusieurs guerriers étaient réunis dans une petite clairière à l'ouest du village. Ils regardaient Walks High s'exercer à tirer avec son nouvel arc. La cible était un morceau d'écorce séchée de la taille d'une main appuyée contre une petite banquette de sable. Walks High se tenait à environ trente pas. Sa première flèche se planta à moins d'un doigt au-dessus de la cible ; la seconde coupa l'écorce en deux.

« *Hokahe !* » Spotted Calf était ravi.

Walks High tira à quatre autres reprises. Quand il eut terminé, ses six flèches étaient groupées dans un espace à peine plus grand qu'une feuille.

Se tenant à l'écart dans le groupe de guerriers, Whirlwind, fier de la dextérité de son fils, ne put réprimer un sourire de satisfaction. Bien que tous les garçons et tous les hommes du village aient été entraînés à devenir de bons tireurs, en tant que groupe les archers les plus mortellement adroits du camp étaient les vieillards. Une vie d'entraînement et de pratique avait haussé leurs aptitudes à un niveau inégalé.

Walks High sourit et caressa le bois de son nouvel arc.

« Il est fort et lance des flèches rapides, dit-il à son grand-père. Merci pour ce beau cadeau. »

Le vieux guerrier agita une main. « Ce n'est rien. Je suis heureux qu'il marche bien. » Mais au fond de lui, le vieillard exultait. Cela lui faisait chanter le cœur de voir une telle adresse chez un jeune homme. Mais plus encore, il était réjouissant de constater qu'un adolescent dégingandé était devenu un grand et puissant guerrier — un guerrier qui ressemblait tellement au propre père du vieil homme que celui-ci avait longuement et tranquillement insisté pour que Whirlwind lui donne le nom honorable de Walks High.

Le vieillard jeta un coup d'œil sur le groupe de guerriers qui attendaient sur le côté et remarqua immédiatement la fierté qui illuminait le visage de Whirlwind. Il lui sembla que c'était seulement la veille qu'un petit garçon déterminé nommé Swallow avait attiré l'attention de tous en suivant son père partout où il allait, un arc et des flèches dans une main, un petit casse-tête de guerre dans l'autre. Au fil des ans, Whirlwind et le gamin étaient devenus aussi proches qu'un père et son fils peuvent l'être, plus proches encore que l'avaient été en leur temps

Spotted Calf et Whirlwind. Ils en étaient venus à se ressembler tellement que Walks High avait les mêmes gestes que son père et que, de loin, il était parfois difficile de les distinguer l'un de l'autre, bien que Walks High fût le plus grand des deux.

Un soir, au printemps précédent, Whirlwind avait avoué à son père que la témérité de son fils dans les batailles le préoccupait beaucoup. Spotted Calf se souvenait parfaitement de cet aveu de Whirlwind et de la réponse qu'il lui avait faite alors : « Tu nous as causé le même souci, à moi et à ta mère, lui avait-il répliqué. On dirait que mon petit-fils marche sur les traces de son père de nombreuses manières.

— Alors j'essaierai de laisser derrière moi un sentier bien net, avait répondu Whirlwind, parce que je suis persuadé qu'il ira beaucoup plus loin que moi. »

Spotted Calf laissa passer ce plaisant souvenir et ramassa une grosse motte de terre. « Prêt ? » demanda-t-il à son petit-fils. Il lança la motte en l'air. Elle décrivit un arc aussi haut que le sommet des perches des tipis, et lorsqu'elle amorça sa descente, elle explosa soudain en plusieurs dizaines de morceaux. Le vol de la flèche avait été à peine perceptible. Alors même que les fragments de terre retombaient sur le sol comme des grêlons, Walks High avait déjà une seconde flèche encochée sur son arc.

Le vieux guerrier sourit. Cela faisait chanter le cœur de voir de telles choses.

« Grand-père ! » hurla soudain une voix aiguë, stridente, provenant de l'orée du village — celle du jeune Red Legs. « L'homme blanc est revenu à la vie ! »

Le barbu s'appuyait contre un dossier en saule, surveillant de l'œil un jeune guerrier brandissant une lance à pointe de pierre.

« Je me tiendrai tranquille, dit-il au jeune homme en tenant son côté blessé. Ne me frappe pas. »

Good Hand, le guerrier, garda un air impassible, et la lance qu'il tenait à la main ne bougea pas.

Whirlwind se fraya un chemin dans la foule croissante des curieux et interrogea Good Hand du regard.

« Il s'est assis il y a un moment, expliqua celui-ci. Il a demandé un dossier. Dès qu'il l'a eu, il a sauté sur ses pieds. J'ai pensé qu'il essayait de s'enfuir, mais il ne peut pas. Il est trop faible. Et il est nu. »

Les yeux de Whirlwind sourirent.

Le barbu resserra la couverture en peau de cerf autour de sa taille, conscient des dizaines de regards fixés sur lui.

Her Good Trail rejoignit son époux et lui tendit un pagne, des jambières, une chemise et une ceinture. « Nous savons tous que c'est un mâle, dit-elle. Il ne lui manque rien de ce côté-là. »

Whirlwind sourit ouvertement. Il prit les vêtements que lui apportait sa femme et les tendit au blessé.

« Si tu te sens capable de marcher, tu peux aller t'habiller dans mon tipi, lui dit-il d'une voix ferme. Ensuite, nous parlerons. »

Le barbu prit les vêtements et se demanda s'il pourrait marcher. Au moindre mouvement, sa blessure le faisait atrocement souffrir.

Whirlwind fit un signe à Good Hand et le jeune guerrier, posant sa lance sur le sol, tendit une main à l'homme blanc. Le barbu accepta l'aide ainsi offerte et prit la main du Lakota. Après quelques premiers pas hésitants, le léger vertige qui l'avait saisi se dissipa. Avec l'aide de Good Hand, le barbu parvint à ne pas trébucher. Fort heureusement, le tipi de Whirlwind n'était pas très éloigné de celui de son père.

Les curieux s'étaient rassemblés à l'extérieur. À l'intérieur du logis chaud et confortable, Gaston de la Vérendrye dévora une côte d'élan, son premier repas depuis trois jours si sa mémoire était exacte. Maintenant qu'il commençait à récupérer, il se rendait plus clairement compte de la difficulté de sa situation. L'idée d'être le seul homme blanc dans un village lakota le rendait nerveux. Il pouvait voir la foule massée devant le tipi, et il savait que tous les présents attendaient de savoir ce que Whirlwind allait faire de lui. Étrangement, bien qu'il n'ait eu aucune idée de ce qui serait fait *à son sujet*, il était persuadé que rien ne lui serait fait *à lui*. On le prierait peut-être poliment de s'en aller, mais d'après ce qu'il avait appris auprès des Dakotas, il était certain qu'il ne serait pas maltraité. Les habitants d'un campement dakota, à l'est de la Great Muddy River, s'étaient montrés bons et patients avec lui. Et les Dakotas et les Lakotas appartenaient en fin de compte à la même nation. Malgré tout, il ne connaissait pas ces Lakotas en tant qu'individus. Peut-être étaient-ils moins tolérants avec les hommes blancs que leurs parents dakotas. Un regard rapide sur le guerrier installé à l'arrière du tipi ne lui fournit aucune indication. Son visage était poli, mais indéchiffrable. Il n'y avait rien à faire qu'attendre et espérer que tout se passerait bien.

Quand de la Vérendrye eut fini de manger, Whirlwind prit un calumet, l'assembla et remplit le fourneau d'écorce rouge de saule tout en ne cessant d'observer son hôte. C'était le plus étrange invité qu'il eût jamais accueilli dans son tipi ; il était de petite taille et semblait pitoyable dans les vêtements de peau usagés de Whirlwind.

Cet homme blanc avait la peau plus sombre que le trappeur qu'il avait dû tuer quatre hivers plus tôt, mais les deux hommes avaient les mêmes yeux bleu clair. Sauf que ceux de celui-ci étaient vivants. Ceux du trappeur étaient restés braqués sur les nuages, éteints, après que la flèche de Whirlwind lui eut percé le cœur. Cet homme blanc mort avait appris au guerrier à se méfier de tous ses semblables, comme il se méfiait maintenant de celui qui était assis en face de lui, de l'autre côté du foyer.

Whirlwind tira une petite branche du feu, secoua la cendre et alluma le calumet avec la braise rougeoyante. L'écorce prit aussitôt et Whirlwind aspira longuement la fumée avant de la rejeter vers le sommet du tipi. Puis il regarda posément son invité.

« Mon ami, lui dit-il en lui montrant le calumet, dans mon tipi ceci est la voie de la vérité. Tu as accepté de venir t'asseoir chez moi. Tu as mangé la nourriture préparée par ma femme. En échange, je te demande seulement la vérité. Peut-être connais-tu quelques-unes des coutumes des Lakotas, puisqu'il semble que tu parles notre langue. Si c'est le cas, alors tu dois savoir aussi que de la même manière que la fumée de cette pipe monte vers le ciel, la vérité doit sortir de nos bouches de façon que le Grand Mystère puisse la voir. »

Gaston de la Vérendrye se sentait très faible. Sa faiblesse était essentiellement due à sa blessure et au manque de nourriture et d'eau dont il avait souffert pendant plusieurs jours, mais brusquement l'absence de toute certitude concernant son avenir éveilla une peur panique en lui, qui accentua sa faiblesse. Avec le sentiment de sa vulnérabilité, des images de son passé lui revinrent en mémoire.

Il avait éprouvé quelques difficultés à quitter la maison familiale en France, mais n'avait jamais regretté un seul instant d'être venu sur cette terre neuve. Des nouvelles d'un lointain cousin voyageant en Amérique lui avaient fouetté le sang et avaient donné corps à ses propres désirs d'aventures. Au début, son père avait tourné ses rêves en ridicule. Mais à la fin, il avait aidé à louer une place sur un navire pour son plus jeune fils. « Souviens-toi de la parabole du fils prodigue dans les Écritures, lui avait-il dit. Ton héritage, si maigre soit-il, a servi à payer ton rêve. Mais si tu reviens un jour, ne t'avise pas de revenir les mains vides. » Cela avait été la manière de son père de lui dire au revoir. Quant à sa mère, elle n'avait rien dit, se contentant de remettre en place d'un geste vif une mèche de sa chevelure. De l'arrière de la carriole qui l'emmenait, il les avait vus tous deux s'effacer dans le lointain jusqu'à ce qu'ils se fondent dans la grisaille de leur petit cottage de pierre — dont la minuscule soupente avait été des années durant son seul havre de paix.

Sur la nouvelle terre, nul ne semblait savoir ce qu'il était advenu de son lointain cousin, le sieur de la Vérendrye. Mais Gaston de la Vérendrye n'avait pas fait ce voyage pour retrouver un membre de sa famille. Il était venu pour échapper à un avenir de petit fermier et pour vivre de réelles aventures, et celles-ci ne lui avaient pas manqué. Huit ans après avoir débarqué en Amérique, il avait atteint le territoire des Dakotas, au sud-ouest de la région des lacs. Maintenant, il regardait son hôte lakota fumer le calumet, et cette vision lui rappelait sa première rencontre avec les Dakotas.

La plupart des aventuriers de son genre ne pensaient aucun bien des premiers occupants de cette nouvelle terre. Mais, peut-être du fait de sa jeunesse et de son innocence, Gaston de la Vérendrye ne partageait pas le mépris qu'ils affichaient si aisément à l'égard des indigènes. Il était au contraire passionnément intéressé par ces hommes qui paraissaient si bien adaptés à la vie dans la nature sauvage. Trois ans plus tôt, du pont d'un chaland naviguant sur le Mississippi, il avait vu un chasseur suivre un cerf et le tuer sur le rivage. Le chasseur n'avait pas dérangé une feuille sur son passage, et avait tué sa proie d'une seule flèche décochée à plus de soixante aunes de distance. Par la suite, de la Vérendrye avait appris que le chasseur était probablement un Dakota. Quatre jours plus tard, il s'était fait verser ses gages par le patron du bateau et s'était mis en route vers le territoire des Dakotas.

Comptant sur le fait que les Dakotas seraient sans doute plus curieux qu'hostiles à la vue d'un homme blanc, il avait tué un cerf et l'avait transporté jusqu'à l'entrée d'un de leurs camps. Aussitôt entouré par plusieurs guerriers, il avait prudemment fait le signe indiquant qu'il était venu pour faire du commerce.

Quelques longues et angoissantes secondes plus tard, un des guerriers avait fait un pas en avant en hochant la tête.

« Je viens échanger le cerf », avait fait comprendre de la Vérendrye.

Le guerrier avait hoché une nouvelle fois la tête.

« Je veux une place pour dormir, avait précisé de la Vérendrye. Et aussi que vous m'appreniez votre langue. »

Les guerriers avaient échangé des sourires amusés. Puis celui qui s'était avancé avait fait signe à de la Vérendrye de le suivre. C'est alors seulement que celui-ci avait vu les autres guerriers, environ une douzaine, sortir de leurs cachettes en abaissant leurs arcs prêts à tirer, et qu'il s'était rendu compte que son cœur battait à tout rompre.

Deux ans plus tard, il leur avait dit au revoir avec le cœur serré. Il regrettait de partir, mais c'étaient leurs histoires sur les vastes prairies s'étendant à l'ouest de la Great Muddy River et sur les autres Indiens de leur nation qui y vivaient qui avaient réveillé son goût de l'aventure et l'avaient poussé à le faire. Mais comme le guerrier White Hare le lui avait rappelé, « lorsque nous nous quittons, nous nous disons toujours : "Nous nous reverrons bientôt." »

Les Dakotas lui avaient offert un foyer et lui

avaient appris leur langue. Après cela, il avait pu commencer à apprécier leurs histoires, en particulier celles qui concernaient les terres de leurs parents lakotas, à l'ouest de la Great Muddy River. Les Lakotas, selon eux, étaient de remarquables chasseurs de bisons et de redoutables guerriers à cheval. Et maintenant, il était assis en face d'un guerrier lakota, celui-là même qui lui avait sauvé la vie.

De la Vérendrye était effrayé.

Il se rendit soudain compte que le guerrier lui tendait le calumet et s'en saisit rapidement, de peur que son hôte ne fût offusqué par ses mauvaises manières. Tirant hâtivement quelques bouffées, il faillit s'étouffer avec la fumée.

«Je dirai la vérité, promit-il au Lakota.

— Très bien, répondit le guerrier. Je m'appelle Whirlwind. Je ne pense pas que tu te souviennes de la première fois où je t'ai dit mon nom.

— Le nom que m'a donné mon père est Gaston, commença l'homme blanc. Celui de notre famille est de la Vérendrye. À l'âge de seize hivers, je suis parti de chez moi. Mon père s'est arrangé pour me faire traverser la grande eau, aussi ai-je quitté mon foyer en France. C'était il y a maintenant dix hivers. Il y a huit hivers, je suis arrivé dans les Plaines. J'ai d'abord travaillé sur un chaland qui naviguait sur la Grandfather River. Puis je suis parti pour le territoire des Dakotas et des Nakotas. C'est parmi les Dakotas que j'ai trouvé un foyer, et après deux hivers passés avec eux, j'ai été capable de parler leur langue. Elle ressemble beaucoup à la vôtre, à l'exception de certains mots. Les gens avec lesquels j'ai vécu s'appelaient eux-mêmes les Isantis. Ce sont des gens très généreux. »

Whirlwind hocha la tête.

« Je les connais. Ceux-Qui-Font-les-Couteaux. J'ai rencontré quelques-uns de ces parents lorsque j'étais encore un enfant. Nous campions près de la Great Muddy. Un de mes cousins s'est marié dans leur cercle et a vécu de longues années avec eux. Il n'est revenu chez nous qu'après la mort de sa femme. »

Après un moment de paisible silence, Whirlwind ramena la conversation au moment présent.

« Je t'ai découvert dans un triste état, dit-il. J'ai cru que tu étais mort. Comment t'es-tu fait tirer dessus ? »

De la Vérendrye s'éclaircit la gorge et rassembla ses esprits. Il se frotta la barbe et reprit le fil de son histoire.

« J'ai traversé la Great Muddy River sur la glace avant que le grand dégel ait été terminé. C'était la Lune-de-la-Neige-Aveuglante. Lorsque le dégel s'acheva, j'avais établi mon camp au nord de la Running Water River. C'est là que j'ai rencontré un homme de mon pays, de l'autre côté de la grande eau. Il s'appelait Bruneaux. Il avait été dévalisé par les Omahas, selon ses propres dires. Nous désirions tous les deux progresser en direction de l'ouest, et nous avons pensé que nous pourrions nous entraider. J'ai commencé à faire confiance à Bruneaux. Nous voyagions ensemble depuis près de sept lunes lorsqu'un matin il a pris mon fer sacré pour aller chasser. Mais il a seulement fait semblant de quitter le camp. J'ai entendu un bruit dans mon dos, et quand je me suis retourné, je l'ai vu en train de braquer mon propre fusil sur moi. Après cela, je ne me souviens de rien — jusqu'au moment où j'ai aperçu ton visage penché sur moi. »

De la Vérendrye se tut. Whirlwind l'examina en plissant les yeux.

« Pourquoi ton ami t'aurait-il tiré dessus ? » demanda-t-il calmement.

De la Vérendrye s'appuya avec précaution contre un dossier. Chaque élancement de sa blessure lui posait la même question. Il secoua la tête.

« Je l'ignore. Mais je sais que je l'ai jugé meilleur qu'il n'était en réalité. Nous venions tous les deux du même pays. »

Whirlwind eut un léger sourire.

« Il y a certaines personnes, dans mon peuple, qui estiment que je ne suis pas digne des responsabilités que j'assume. Et pourtant leur hostilité ne me fait pas craindre pour ma vie. Les gens de ton pays semblent avoir d'étranges coutumes. »

De la Vérendrye hocha la tête.

« Sans doute. C'est du moins ce qu'on peut en conclure.

— Dis-moi, reprit vivement le guerrier, y avait-il quelque... sujet de querelle entre ton ami et toi ?

— S'il y en avait un, je n'ai pas la moindre idée de ce que cela pouvait être. La seule chose que je n'aimais pas chez lui était sa vantardise. C'est un homme très grand et très fort. Il se vantait sans cesse de la manière dont il pouvait effrayer les autres hommes. Peut-être essayait-il de m'impressionner, moi aussi. Je ne sais pas.

— Alors, tu devais posséder quelque chose qu'il désirait », suggéra Whirlwind.

De la Vérendrye réfléchit un moment...

« Des fourrures, répondit-il. Et deux chevaux. »

Whirlwind considéra quelques instants la réponse de l'homme blanc.

« Oui. Les chevaux ont beaucoup de valeur. On m'a dit que les fourrures aussi. Pour certains hommes du moins. Mais il y a autre chose.

— Mon fer sacré », répondit le blessé.

Whirlwind jeta un rapide regard à Her Good Trail, qui s'activait tranquillement dans le tipi, puis parut contempler à l'intérieur de lui-même une chose connue de lui seul.

« Oui, finit-il par dire, presque dans un murmure. Le fer sacré. Il semble révéler des choses... chez certains hommes. »

De la Vérendrye regarda brièvement à l'extérieur, par la porte ouverte, se souvenant de ce qu'il avait appris la veille au soir de la bouche même d'un de ses jeunes gardiens — que le guerrier qui lui faisait face avait un fusil à pierre caché quelque part. Il s'éclaircit la gorge avant de répondre. « Un fer sacré vaut plus que tout. J'ai dû amasser un grand nombre de fourrures dans un pays appelé Kentucky pour pouvoir en obtenir un — celui dont Bruneaux s'est servi pour essayer de me tuer.

— Tu l'as obtenu honorablement, semble-t-il. L'homme qui t'a attaqué ne l'a pas acquis honorablement. Qu'est-ce qui l'a poussé à agir ainsi ? Y a-t-il quelque chose au sujet du fer sacré dont je n'aie jamais entendu parler ? »

L'homme blanc parut déconcerté. « Je ne sais pas », avoua-t-il.

Whirlwind le regarda longuement. Son histoire avait l'accent de la vérité. Mais pouvait-il lui faire confiance ? Il pensait que non.

Les hommes blancs étaient une énigme. Même les ennemis des Lakotas étaient bien connus d'eux. Les Arikaras. Les Kiowas. On pouvait s'attendre à ce qu'ils agissent d'une certaine manière, à ce qu'ils fassent certaines choses. Mais il n'en était pas ainsi avec les hommes blancs.

Étaient-ils nombreux ? N'étaient-ils que quelques-uns ? Disposaient-ils d'autres puissantes armes telles que le fer sacré ? Whirlwind jaugea son hôte du regard. Comme les anciens l'avaient dit, peut-être cet égaré pourrait-il répondre à leurs questions. Mais il devrait être étroitement surveillé.

« Je vais demander à quelques jeunes gens de te construire un petit abri, annonça-t-il au barbu. Tu pourras rester parmi nous aussi longtemps que tu le souhaiteras. Tu as besoin de repos pour guérir ta blessure. Entre-temps, nous aurons l'occasion de reparler ensemble. »

De la Vérendrye se tourna vers Her Good Trail. « Merci pour la nourriture, lui dit-il. Et pour les vêtements. » Elle sourit, mais garda les yeux fixés sur son ouvrage.

« Tu resteras dans notre tipi jusqu'à ce que ton abri soit achevé, ajouta Whirlwind. Cela ne durera pas longtemps. »

Bear Heart examina la flèche qu'il venait tout juste de terminer. Un sentiment de dégoût l'envahit, et il la jeta sur le sol tout en se carrant contre son dossier de saule. La pointe de pierre acérée se ficha dans la terre et la flèche vibra quelques instants, jusqu'à ce qu'une main se tende et s'en empare. Une silhouette sombre se dressa devant le soleil et une voix profonde se fit entendre.

« Eh bien, mon ami. De toute évidence quelque chose te préoccupe. »

Le visage encadré par les rayons du soleil couchant, l'homme avait les traits cachés, mais Bear

Heart reconnut aussitôt sa voix. C'était Caught the Eagle, un Lakota miniconjou. Un de Ceux-Qui-Plantent-près-de-l'Eau. Il avait épousé une femme de la bande des Wolf Tails et était devenu un membre influent de la Wolf Warrior Society. Bear Heart le salua d'un hochement de tête et lui fit signe de prendre le dossier inoccupé près de l'entrée de son tipi. Caught the Eagle s'assit et tendit la flèche neuve à son propriétaire.

« Serait-ce parce que la façon de voir des anciens au sujet de la présence parmi nous du visiteur blanc ne te plaît vraiment pas ? »

Bear Heart hocha légèrement la tête, laissant sa fureur se dissiper avant de répondre. « Je suis heureux que tu sois là, dit-il à son aîné. Il y a des choses dont nous devons parler. »

Caught the Eagle s'adossa à son siège et attendit. Les règles de la politesse exigeaient d'attendre que l'hôte exprimât le premier ce qu'il avait dans le cœur et dans l'esprit. Caught the Eagle pouvait voir la colère refluer sur le visage de son ami, le faisant d'une certaine façon paraître plus jeune que ses quarante hivers. Quelquefois, quand la dureté ne creusait pas ses traits, ses yeux devenaient brillants comme ceux d'un garçon espiègle. Mais Caught the Eagle savait que ces éclaircies étaient de plus en plus rares. L'air renfrogné et menaçant qui assombrissait de plus en plus souvent son visage cachait la finesse de ses traits, ne laissant plus voir que la couleur de son cœur. Le guerrier Good Hand avait raconté à Caught the Eagle comment Bear Heart avait une fois ridiculisé Spotted Horse jusqu'à ce que le jeune homme, rouge de honte, ait fini par quitter la troupe de guerre en baissant la tête — simplement parce que la monture du jeune guerrier avait marché dans un trou de chien de prairie recouvert d'herbes épaisses. Une telle chose pouvait arriver à n'importe qui, n'importe quand, et dans l'opinion de Caught the Eagle, ne justifiait en aucun cas d'humilier quelqu'un. Mais les paroles dures et blessantes semblaient être devenues une habitude dans la bouche de Bear Heart. Pourtant, Caught the Eagle se souvenait d'une époque où celui-ci avait été le plus patient et le plus posé de tous les hommes qu'il connaissait. Peut-être quelque vestige de cette époque survivait-il encore en lui. Plissant les yeux, il observa son ami en souhaitant ne pas se tromper à son sujet.

Les deux hommes étaient vêtus de la même manière, de chemises en peau de daim tannée, ornées autour des épaules et sur les manches de rangées de piquants de porc-épic tressés, de jambières, de pagnes et de mocassins d'été. Comme tous les membres de la Wolf Warrior Society, ils avaient les cheveux flottants ; ceux de Caught the Eagle étaient légèrement plus longs, descendant jusqu'en dessous de sa taille, tandis que

Bear Heart portait deux tresses minces, une devant chaque oreille.

Caught the Eagle entendit un léger bruissement quand Light Haired Woman, la jeune épouse de Bear Heart, s'approcha d'eux avec un bol de thé fumant dans chaque main. Elle sourit timidement et tendit un bol à chacun des deux hommes, en commençant par l'invité. Puis, tout aussi discrètement, elle se retira.

Les yeux de Bear Heart roulaient d'avant en arrière dans leurs orbites tandis qu'il dégustait son thé.

« Mon rôle n'est pas de discuter la façon de voir des anciens, dit-il à Caught the Eagle. Mais je leur ai fait savoir que, pour ma part, j'aurais abandonné cet homme blanc avec une flèche dans le cœur — pour peu qu'il en ait un. »

Caught the Eagle hocha la tête. Il savait que Bear Heart ne l'avait pas invité à venir discuter avec lui pour lui parler des anciens.

« J'aurais fait la même chose que notre chef de guerre », dit-il d'une voix égale.

Bear Heart lui jeta un regard aigu, ses yeux lançant des éclairs, mais lui répondit très calmement.

« Peut-être suis-je le dernier d'entre nous qui soit encore assez insensé pour ne pas craindre l'homme blanc », ricana-t-il tandis qu'un léger sourire relevait les coins de sa bouche.

Caught the Eagle ne retint pas le sourire qui lui venait aux lèvres.

« Je ne pense pas que tu sois un insensé. Je sais que tu ne manques pas de courage. Mais je vois une flamme brûler dans tes yeux depuis le jour où High Hawk a transmis la lance à Whirlwind. Tu sais que c'est notre manière d'honorer la sagesse des anciens. Et ce sont eux qui ont demandé à High Hawk de transmettre la lance de chef de guerre à Whirlwind. Peut-être les anciens savent-ils que le feu qui te consume vient de la colère qui ne cesse d'embraser ton cœur. Alors de qui parlons-nous ici ? De l'homme blanc, ou de notre chef de guerre ?

— Des deux ! lança Bear Heart, ignorant les reproches de son interlocuteur. Mais la chose la plus importante est ce qui va advenir de notre peuple parce que Whirlwind a ramené l'homme blanc chez nous.

— Quel mal peut faire un homme blessé ? »

Bear Heart contempla un instant le cercle des tipis. Le crépuscule n'était pas loin, et les gens se hâtaient de terminer leurs diverses besognes avant la fin du jour. Les sentinelles de nuit avaient déjà rejoint leurs positions autour du campement. Quelques guerriers ramenaient des chevaux de guerre des corrals pour les attacher à des piquets à côté des portes des tipis. Le guerrier se tourna vers son invité et haussa les épaules.

« Peut-être ne s'agit-il pas de ce que l'homme blanc pourrait faire, mais de ce quelqu'un d'autre ne fait pas. »

Caught the Eagle garda les yeux fixés sur son bol. Il savait très bien à quoi son hôte voulait en venir — au fer sacré.

« Dis-moi, mon ami, poursuivit Bear Heart, où penses-tu que Whirlwind ait dissimulé son fer sacré ? Dans son tipi ? Quelque part dans une ravine ? »

Caught the Eagle écarta la question d'un geste vague de la main.

« Ce qu'un homme fait d'une chose qui lui appartient ne devrait concerner que lui-même.

— Tout à fait ! Je suis entièrement d'accord ! Mais un fer sacré n'est pas une chose ordinaire, comme un couteau ou une chemise. » Bear Heart s'était mis à gesticuler, les poings fermés. « Un fer sacré est une chose puissante. C'est un pouvoir. Un homme devrait être bien fou pour ne pas utiliser ce pouvoir. Nous avons des ennemis. Un chef de guerre ne devrait jamais l'oublier. Si les anciens m'avaient choisi comme chef de guerre au lieu de me préférer Whirlwind, je me servirais du fer sacré pour faire connaître notre puissance à nos ennemis ! Je ne le cacherais pas, et je n'agirais pas comme un chien apeuré qui s'enfuit la queue entre les jambes ! »

Caught the Eagle, ayant terminé son thé, déposa le bol vide aux pieds de Bear Heart.

« Nos ennemis savent déjà que nous sommes puissants. Nous le leur avons montré à maintes reprises sans disposer pour cela d'un fer sacré. Et nous ne devons pas oublier que notre manière d'être des guerriers nous a été révélée bien avant que nous sachions qu'il existait des armes telles que les fers sacrés. Je me souviens de ce que mon père m'a enseigné — que la véritable puissance d'un guerrier lui vient de l'intérieur. Selon mon point de vue, aucun fer sacré ne peut donner cela à quelqu'un. Dis à ta femme qu'elle fait un excellent thé », dit-il en se levant.

Il marqua un temps d'arrêt avant de partir et s'éclaircit la gorge.

« Si je voulais en savoir plus sur le fer sacré de Whirlwind, c'est à lui que je m'adresserais. »

Les yeux de Bear Heart s'étrécirent tandis qu'une ombre les traversait. Il se contraignit néanmoins à sourire. « Je dirai à ma femme que tu l'as remerciée pour le thé. »

En s'éloignant du tipi de Bear Heart, Caught the Eagle put sentir dans son dos le regard courroucé du guerrier.

C'était le crépuscule, et dans la moitié occidentale du ciel, les ventres des nuages se teintaient de reflets rouges et pourpres. Le village des Wolf Tails s'apprêtait à se reposer à l'issue d'une journée bien occupée quand une des sentinelles postées au nord signala l'approche d'un groupe de voyageurs. C'était la famille de High Hawk, qui rentrait de sa visite à des parents vivant au nord de la Great Muddy River. High Hawk avait été autrefois le chef de guerre des

Lakotas, mais il avait transmis la lance à Whirlwind cinq hivers auparavant.

Parmi les arrivants figurait une mince jeune femme nommée Sun Rise Woman. C'était la fille cadette préférée de High Hawk, à peine âgée d'un peu plus de seize ans — une des nombreuses jeunes filles du camp qui avaient lancé des regards pleins d'espoir en direction de Walks High. Ces regards n'avaient pas été ignorés par le jeune guerrier. Après tout, Sun Rise Woman était l'une des plus belles jeunes filles de la bande des Wolf Tails, et même de toute la nation lakota. Fine et délicate, avec des yeux sombres brillants et un sourire qui pouvaient faire perdre la raison à l'homme le plus sensé, elle était l'objet de nombreuses convoitises. Mais c'était seulement avec Walks High qu'elle s'asseyait sous la couverture de fiançailles en peau d'élan, devant l'entrée du tipi de sa mère et de son père.

Les deux familles étaient favorables à cette union. La mère et la grand-mère de Sun Rise Woman appartenaient aux Only Ones, une honorable société de femmes dont les membres avaient épousé un homme et étaient demeurés avec lui, ne prenant pas d'autre mari après le décès de leur premier époux. Une jeune femme ayant de tels ascendants familiaux apporterait beaucoup à la famille d'un jeune guerrier qui, un jour ou l'autre, deviendrait un responsable influent parmi les Wolf Tails. Les anciens souriaient lorsqu'ils parlaient de ce futur mariage, qui unirait l'une à l'autre deux familles respectables. Les entremetteurs de chaque famille avaient déjà rendu les premières visites, la dot de la fiancée ayant été fixée à vingt chevaux, et n'avaient plus qu'à négocier le lieu et la date des épousailles.

Le jeune Red Legs et son meilleur ami Windy Boy coururent répandre dans les corrals la nouvelle du retour de High Hawk et des siens. Ils y trouvèrent Walks High, Red Lance et Lone Elk en train d'essayer d'apprendre à un poulain grand et vigoureux à s'habituer à un licol de force.

« Eh bien, plaisanta Lone Elk, je suppose que je ferais mieux de rentrer chez moi pour prendre ma meilleure couverture en peau d'élan. Il y aura sans doute une longue file de prétendants devant le tipi de High Hawk. Y a-t-il quelque chose que vous souhaitiez que je dise à Sun Rise Woman lorsqu'elle viendra me retrouver sous la couverture ? » demanda-t-il en lançant un regard malicieux à Walks High.

Walks High sourit. « Dis-lui qu'elle vaut plus de chevaux que Lone Elk n'en possédera jamais ! »

Les trois amis éclatèrent de rire, car nul n'ignorait dans le camp que le montant de la dot de la fiancée avait déjà été fixé. Les vieilles femmes murmuraient qu'un nouveau tipi en peau de bison était presque prêt, ainsi qu'un ensemble de perches écorcées et mises à sécher depuis le milieu de l'été. Le jour où Sun Rise Woman et Walks High s'uniraient, les vieilles femmes du village dresseraient le tipi pour eux, et il y aurait un grand festin et de nombreuses danses. Mais ce jour n'était pas encore arrivé, et les amis de Walks High avaient encore tout le temps de se moquer gentiment de lui.

Walks High appela les deux gamins et déposa une plume légère et douce, blanche comme la neige, dans la paume de Red Legs.

« Apporte-la de ma part à Sun Rise Woman, lui ordonna-t-il. Et dis-lui que je suis très heureux qu'elle soit revenue. »

Red Legs et Windy Boy détalèrent à toutes jambes pour accomplir au plus vite leur importante mission, tandis que les trois guerriers ramenaient le poulain dans les enclos. De l'endroit où ils se trouvaient, ils pouvaient entendre le joyeux remue-ménage provoqué par l'arrivée de la famille de High Hawk dans le camp.

Juste à côté de l'entrée du tipi de Whirlwind, le barbu s'éveilla. Il avait dormi pendant presque une journée. Bien qu'il ne fût pas encore tout à fait réveillé, il pouvait percevoir le brouhaha et les cris à l'extérieur. Quelqu'un était revenu d'un voyage, supposa-t-il d'après ce qu'il entendait. Alors qu'il était sur le point de s'asseoir, Her Good Trail et une jeune femme pénétrèrent dans le tipi, allèrent à l'arrière et prirent deux sacs en cuir vert peint. Le barbu tourna la tête juste à temps pour voir Her Good Trail détacher une tresse de navets sauvages pendue à une des perches.

De la Vérendrye attendit que les femmes aient disparu pour tenter de nouveau de s'asseoir. Il maudit silencieusement Bruneaux à chaque élancement de douleur qui accompagnait le moindre de ses gestes. Il écouta les voix à l'extérieur. Comme il l'avait supposé, quelqu'un était rentré de voyage et une grande fête allait être préparée. Le Français sourit en se souvenant de certaines des histoires qu'il avait entendues sur le Mississippi : les Indiens des Plaines étaient des sauvages assoiffés de sang, des hommes sans dieu ni pitié, plus prompts à tuer un Blanc qu'à s'approcher de lui pour tenter de le connaître. Mais les années qu'il avait passées chez les Dakotas l'avaient fait changer d'idées à ce sujet. Ils l'avaient accueilli et accepté parmi eux, alors qu'ils auraient aisément pu le tuer dès leur première rencontre. Et quand leurs guerriers avaient ramené d'une expédition dans le Sud une prisonnière pawnee, ils l'avaient logée chez une vieille femme, en lui demandant de s'occuper d'elle. Plus tard, lorsque la captive avait eu la possibilité de rentrer chez elle, elle avait refusé de partir. Quand sa mère adoptive était morte, deux guerriers dakotas avaient raccompagné la femme jusqu'au territoire des Pawnees.

Une soudaine vague de douleur lui rappela que c'était un homme blanc — un compatriote — qui avait essayé de le tuer. Et que c'était un guerrier lakota qui lui avait sauvé la vie. Et maintenant, dans ce camp lakota, un festin allait être préparé uniquement parce que certains membres du groupe venaient de rentrer sains et saufs d'un voyage.

De la Vérendrye grimaça de douleur tandis qu'il se tournait pour examiner le tipi. Il remarqua bientôt un petit objet sombre au sommet de la paroi intérieure, là où la tresse de navets sauvages s'était trouvée auparavant. Un frisson glacé le parcourut quand il réalisa ce qu'il était en train de voir. Aussi incroyable que cela lui parût, il avait sous les yeux la crosse d'un fusil à chargement par la bouche !

Il songea à la conversation qu'avaient eue les trois jeunes guerriers autour du feu la veille au soir. Whirlwind était entré en possession d'un fusil quelques années auparavant. Mais il ne s'en était jamais servi, choisissant au contraire de le cacher. Et le meilleur endroit où le dissimuler n'était-il pas l'intérieur de son propre tipi ?

De la Vérendrye jeta un regard à l'extérieur. Pour l'instant, tout le bruit et l'activité étaient concentrés dans la partie sud du camp ; personne ne songeait à prêter la moindre attention à un homme blanc blessé. Serrant les dents pour mieux supporter la douleur, de la Vérendrye gagna péniblement l'arrière du tipi.

La situation était encore meilleure que ce qu'il aurait pu imaginer. Le fusil à pierre était enfermé dans un étui de peau solidement attaché au pilier central du tipi. Il pouvait en suivre le contour de l'extérieur, à travers la paroi en peau. Le fusil pendait la gueule en bas, et au fond de l'étui, il toucha deux objets qu'il identifia comme pouvant être un cornet à poudre et un sac de balles. Son souffle se fit plus court et ses yeux étincelèrent.

Avec effort, le Français rampa jusqu'à son lit près de l'entrée. Il se demanda un court instant pourquoi un guerrier comme Whirlwind ne se servait pas d'une telle arme. Peut-être, songea-t-il, parce qu'il ne savait ni la charger ni l'utiliser. Il devait élaborer un plan, trouver un moyen de s'emparer du fusil sans que personne s'en aperçoive. Bruneaux, supposait-il, poursuivait sa route en direction de l'ouest. Il était certainement persuadé que de la Vérendrye était mort, et ne s'attendait nullement à ce que quelqu'un le suive.

Le barbu jeta un dernier regard au fusil. La chance venait de tourner en sa faveur, semblait-il. Bruneaux allait payer, et sans tarder. Il y avait là le moyen, pendu dans le tipi d'un guerrier lakota, de faire payer ce scélérat. Quiconque accordait plus de prix à un fusil qu'à la vie humaine méritait d'être puni. Tout ce dont de la Vérendrye avait maintenant besoin pour pouvoir se venger était de la patience — et un bon plan.

Il se tourna de nouveau du côté de la porte et aperçut une jeune fille mince, aux nattes noires et luisantes. C'était la plus belle femme qu'il ait jamais eu l'occasion de voir. Il s'assit sans y songer, en dépit de la douleur dans son flanc, attiré par la beauté de la jeune fille. Il la regarda effrontément, tandis qu'une folle pensée lui traversait l'esprit. « Peut-être, murmura-t-il, aurai-je après tout une raison de revenir dans ce camp. Après que j'aurai réglé son compte à Bruneaux. »

Dans le dense sous-bois, à un long jet de pierre d'une sentinelle postée à l'ouest du camp des Wolf Tails, deux yeux durs contemplaient l'enchevêtrement des perches des tipis du camp. C'était tout ce que Bruneaux pouvait distinguer du village, mais il savait que l'homme qu'il traquait s'y trouvait. Quelque part dans ce village, parmi ces sauvages.

De la Vérendrye ! Ce blanc-bec avec ses mines d'apôtre ! Il aurait dû être mort depuis des jours déjà ! Et sa bourse de pièces d'or espagnoles aurait dû pendre à la ceinture de Bruneaux !

« J'aurai ton or, mon petit ami, souffla l'homme tapi dans l'ombre du sous-bois. J'ai ton mousquet, et il m'aidera à obtenir ton or ! Aller te cacher parmi ces sauvages ne te servira à rien ! À rien du tout ! »

Bruneaux visa avec son fusil la tête de la sentinelle lakota. Un sourire illumina son visage sale tandis qu'il songeait à ce que son arme pouvait faire à cette tête d'Indien. Il baissa son canon et s'éloigna en rampant. Il n'avait aucune envie, pour le moment, de tuer la sentinelle. C'était de la Vérendrye qu'il voulait. Et son or.

4

On approchait de la fin de la Lune-des-Feuilles-Qui-Tombent, et la brise devenait plus froide et plus coupante. Les jours diminuaient aussi. Il y avait un changement dans les vents et une nervosité croissante dans le camp des Wolf Tails lakotas. Il allait bientôt être temps de partir pour le camp d'hiver. Les prairies et les collines qui entouraient le camp d'été avaient été largement broutées par le grand troupeau de chevaux de la horde. De plus, si la vallée permettait aux brises fraîches de souffler librement pendant l'été, rendant plus supportable la chaleur estivale, elle permettait également aux vents d'hiver de souffler avec la même liberté, rendant difficilement supportable la froidure hivernale.

Le camp d'hiver des Wolf Tails n'était situé qu'à quelques journées de voyage en direction du sud, le long de la même rivière. Là où la Spring Creek se jetait dans la Smoking Earth River, de hautes collines couvertes de pins offraient un abri contre les vents hivernaux, ainsi qu'un asile à de nombreux cerfs de Virginie et cerfs à queue noire, tandis que plus au sud, dans la région des collines sablonneuses, se trouvait l'aire d'hivernage d'une importante harde de bisons.

Chaque saison avait son propre visage, ses propres peines et ses propres plaisirs. Les Wolf Tails étaient prêts à affronter l'hiver. De bons herbages avaient engraissé leurs chevaux, et les chasses d'automne avaient été fructueuses. L'hiver était la saison où l'on se rendait de longues visites, où l'on racontait des histoires tandis que le blizzard soufflait à l'extérieur. C'était aussi un temps pour se purifier, pour préparer l'esprit au renouveau printanier du cycle naturel. Les anciens parlaient de ces choses tout en regardant mourir les derniers jours de l'automne. Et chacun d'eux ressentait profondément le changement dans les vents, parce que celui-ci touchait le nomade au fond de lui — cette partie de lui-même qui errait non seulement sur la terre, mais aussi à travers les saisons de sa vie. Tout comme leurs pieds parcouraient le monde, les esprits des Lakotas effectuaient leurs propres voyages individuels dans le temps. Certains rampaient, d'autres marchaient — et d'autres volaient.

Sun Rise Woman et sa grand-mère, Walks Far, se trouvaient au nord du village à la recherche de racines médicinales. D'une hauteur, elles pouvaient voir le cercle des tipis sur un plateau élevé, juste à l'ouest de la courbe de la rivière. La vieille femme leva la tête vers le ciel et vit qu'il était temps pour elles de rentrer.

« Nous aurions dû amener un cheval, fit remarquer Sun Rise Woman. Nous sommes loin du camp. »

Sa grand-mère sourit.

« Je préfère avoir à marcher plutôt qu'essayer de monter sur un de ces chevaux, dit-elle. Marcher est une des choses que ce vieux corps peut encore faire. »

Sun Rise Woman rendit son sourire à la vieille femme.

« Oui, tu as raison. Mais peut-être nous sommes-nous trop éloignées du village, répondit-elle en jetant un regard à un épais bosquet de chênes situé au nord-ouest. Nous sommes au-delà du cercle des sentinelles. »

La vieille femme acheva de rassembler leur moisson de racines et prit sa petite-fille par le bras. « Je suis prête, dit-elle. Nous serons rentrées avant le coucher du soleil. »

Juste au-delà de la limite orientale du village, Bear Heart fixait intensément le visage du Français barbu. De la Vérendrye somnolait contre un dossier de saule près de l'entrée de son abri de broussailles. Le guerrier lança un petit caillou sur la poitrine du dormeur.

« On m'appelle Bear Heart », dit-il.

Le Français ne pouvait que demeurer assis et attendre pour voir ce qui allait se passer ensuite. Au cours des six jours précédents, il avait remarqué à plusieurs reprises les regards hostiles que lui lançait le guerrier maintenant debout devant lui. L'attitude de Bear Heart exprimait autant de force et de confiance que celle du chef de guerre Whirlwind, et les quatre plumes d'aigle ornant sa chevelure témoignaient du courage qu'il avait su montrer sur le sentier de la guerre. Mais de la Vérendrye percevait également de l'arrogance dans sa manière de se conduire.

«J'ai entendu dire que tu connais notre langue», poursuivit Bear Heart. Il marqua une pause, étudiant calmement le visage du Français. «Il y a aussi autre chose que tu connais, et pour cela, je vais conclure un marché avec toi.»

De la Vérendrye n'en croyait pas ses oreilles.

«Qu'est-ce que tu veux dire?»

Le guerrier plissa les yeux.

«Il y a quatre hivers, notre chef de guerre s'est emparé d'un fer sacré appartenant à un homme blanc. Depuis lors, il l'a gardé caché et ne s'en est jamais servi. Je ne pense pas qu'il sache comment l'utiliser.»

De la Vérendrye battit nerveusement des paupières. Le sens des paroles du guerrier lui fit voir l'image d'un homme debout au bord d'une falaise. Et cet homme n'était autre que lui-même.

«Je sais que tu sais comment te servir d'un fer

sacré, insista Bear Heart. Et tu vas me l'apprendre. »

Le Français s'éclaircit la gorge.

« Tu possèdes un fer sacré ?

— J'en aurai bientôt un. J'échangerai celui de Whirlwind contre dix chevaux.

— Et il acceptera ton offre ? »

Les yeux noirs du guerrier étincelèrent un bref instant.

« Il lui sera difficile de refuser dix chevaux, dit-il. Mais ce que je t'offre à toi, en échange de ton savoir, vaut bien plus que dix chevaux. »

De la Vérendrye respirait à peine. Le guerrier ne le quittait pas des yeux.

« Ta vie, précisa-t-il. Tu m'apprendras comment utiliser le fer sacré, et je te ferai grâce de la vie. »

Le Français entendit les pas feutrés du guerrier qui s'éloignait. La douleur dans son flanc s'intensifia. Mais par comparaison avec l'enjeu mortel du marché proposé par Bear Heart, elle lui parut insignifiante. Lorsqu'il regarda enfin la limite du camp, le guerrier n'était plus visible. Mais ses paroles continuaient de résonner dans l'esprit de l'homme blanc.

Depuis qu'il avait été installé dans l'abri construit spécialement pour lui à la limite orientale du village, il n'avait cessé de penser aux divers stratagèmes qu'il devrait ou pourrait utiliser pour s'emparer du fusil caché dans le tipi de Whirlwind. Mais si l'échange envisagé par

Bear Heart était accepté par le chef de guerre, de la Vérendrye perdrait tout espoir de pouvoir se venger de Bruneaux. Toutefois, il avait l'impression que Whirlwind ne se laisserait pas aussi aisément appâter par dix, ou même vingt chevaux.

Bien que sa blessure fût en voie de guérison, il n'était pas encore assez rétabli pour se déplacer, surtout à pied. Et même s'il avait été en état de marcher, il n'était pas équipé pour survivre par ses propres moyens. Sa seule arme était un couteau de pierre que Her Good Trail lui avait donné, pour couper la viande qu'elle lui avait également apportée. Survivre dans ces conditions serait une lutte de chaque instant, sans avoir pour cela la moindre des armes nécessaires. Échapper en plus à des poursuivants, comme Bear Heart, serait extrêmement difficile. Lorsqu'il travaillait sur le bateau, sur le Mississippi, il avait vu un ours écharper un chasseur. De toutes les manières, il était prisonnier dans le camp des Wolf Tails, et ne voyait aucun moyen de s'enfuir.

Deux yeux gris et froids observaient les deux femmes tandis qu'elles passaient lentement à côté d'un fourré ombreux. Bruneaux avait entendu leurs voix et s'était aussitôt immobilisé derrière un buisson de bruyère. L'idée qu'il caressait à ce moment-là d'en finir une fois pour toutes avec de la Vérendrye s'effaça temporairement de son esprit lorsqu'il put apercevoir la plus jeune des deux femmes. La beauté de la jeune fille lui coupa le souffle, et il n'eut d'autre ressource que de s'enfoncer dans l'herbe, derrière les bruyères, pour ne pas attirer son attention.

Bruneaux avait vu un certain nombre de femmes indiennes, mais aucune n'avait jamais approché la beauté de celle-là. Une fille aussi belle devait certainement être importante pour quelqu'un, plus importante sans doute que de la Vérendrye ne pourrait jamais l'être pour les habitants du village.

Un plan commença à germer dans son esprit. Peut-être un troc serait-il possible — la fille en échange de De la Vérendrye. Non ! La jeune fille contre l'or de De la Vérendrye ! En premier lieu, il devait capturer les deux femmes, qui s'avançaient maintenant en direction d'une crête. Audelà de cette crête, le terrain était trop découvert pour qu'il puisse tenter de les arrêter, aussi devait-il agir avant qu'elles l'aient atteinte.

Sun Rise Woman entendit un grognement sourd, et se retourna juste à temps pour voir l'ombre noire qui se ruait sur elle. Son cri d'alarme fut étouffé par une main brutale qui se plaqua sur sa bouche.

Walks Far sentit une violente pression dans son dos tandis qu'un pied la faisait rouler à terre et la maintenait durement collée au sol. Du coin de l'œil, elle put voir les jambes de Sun Rise

Woman s'agiter en l'air, essayant de lutter contre l'inconnu qui les avait assaillies toutes les deux. Un pied de grande taille, campé dans l'herbe près du visage de la vieille femme, était chaussé d'un mocassin qui n'était pas d'origine lakota. L'extrémité d'une longue arme vint s'appliquer contre la tête de Walks Far.

« Petite-fille, dit-elle aussi doucement qu'elle put, n'essaye pas de lutter. Tiens-toi tranquille. »

Sun Rise Woman savait que la longue arme sombre pointée sur la tête de sa grand-mère était un fer sacré. Walks High lui avait parlé une fois d'une arme de ce genre. Elle cessa de se débattre. Sans un mot, son ravisseur la déposa avec facilité sur le sol et la fit s'allonger près de sa grand-mère.

Bruneaux s'écarta d'un pas des deux femmes et mit un doigt sur ses lèvres.

« Chhhhut ! Silence ! siffla-t-il. Je ne veux pas vous faire de mal, mais je n'hésiterai pas si vous essayez d'appeler à l'aide. »

Sun Rise Woman aida sa grand-mère à s'asseoir. Elles regardèrent toutes les deux fixement l'homme qui pointait son arme sur elles. Il avait un visage large et rond, couvert d'une épaisse barbe. Il portait des vêtements en peau de daim sombres et tachés de sueur, et il était très grand — plus grand en fait que n'importe quel homme du village. Il était facile de percevoir la force de ses bras et de ses jambes massifs, mais c'était dans ses yeux gris, sauvages, que pouvaient se lire les menaces silencieuses les plus inquiétantes. Bien que les deux femmes n'aient pas compris un mot de ce qu'il disait, elles percevaient l'esprit glacial habitant la haute silhouette penchée au-dessus d'elles. Elles savaient qui était cet homme. Elles avaient entendu dire que le blessé ramené au camp par Whirlwind avait failli être tué par un autre homme blanc. Et c'était celui-là qu'elles avaient devant elles !

Sun Rise Woman surmonta sa frayeur et se rapprocha de sa grand-mère. L'homme blanc agitait les bras, désignant de la main, sur la piste, un petit bosquet d'arbres qu'elles avaient dépassé une minute auparavant. Il voulait apparemment qu'elles s'éloignent du camp.

« Debout ! Levez-vous ! »

Walks Far serra la main de sa petite-fille.

« Il veut que nous fassions quelque chose, murmura-t-elle. Que nous nous levions, sans doute. »

« Chhhhut ! Plus vite ! »

Bruneaux lança un regard anxieux en direction du village et désigna de nouveau les arbres. La vieille femme murmura d'une voix encore plus basse à Sun Rise Woman :

« Lève-toi et marche. Ne faiblis pas ! Une de nos sentinelles va sûrement nous voir ou entendre quelque chose. »

Les deux femmes se redressèrent lentement et se mirent à marcher à pas prudents dans la direction que leur indiquait l'homme blanc.

« C'est ça ! C'est exactement ça ! Continuez d'avancer ! Nous allons trouver un endroit où vous cacher, ensuite... »

Il se tut brusquement, réalisant qu'il avait un certain nombre d'étapes à prévoir dans l'enchaînement des événements qu'il venait de déclencher, telles que trouver où détenir ses captives, comment contacter les occupants du camp et comment leur parler de l'échange qu'il envisageait. Des pensées confuses et contradictoires se mêlaient dans son esprit, mais il ne pouvait plus faire marche arrière. Il bouscula les deux femmes pour les contraindre à marcher plus vite.

Walks Far n'ignorait pas que plus elles s'éloignaient du camp, plus leur situation deviendrait sans espoir. Si quelque chose se produisait maintenant, il y avait une chance que sa petite-fille puisse être sauvée. La froideur de l'esprit de cet homme blanc avait quelque chose de terrifiant, et la vieille femme devinait qu'il était capable des actions les plus atroces. Brusquement, elle serra la main de la jeune fille, la lâcha et se mit à courir vers la gauche. Elle parvint à faire quelques précieux pas avant que l'homme blanc ait le temps de réagir.

La surprise arracha un juron à Bruneaux. La vieille femme se dirigeait vers le camp. Elle cherchait à donner l'alarme. Levant son fusil, il la visa, mais au même instant il réalisa que tirer un coup de feu ne ferait qu'aggraver la situation, et comme la jeune fille émettait un léger cri, il abattit son énorme poing sur sa mâchoire, l'envoyant rouler et rebondir sur le sol, assommée. Puis il se retourna et rattrapa la vieille femme en quelques enjambées. Brandissant son arme, il la frappa juste derrière l'oreille. Le bruit assourdissant de la détonation retentit entre les arbres, et son écho se fit entendre dans toute la vallée. Dans son désarroi momentané, il avait pressé la détente !

Pendant quelques instants de totale confusion, il fixa le corps inerte de Walks Far. Ses yeux contemplaient l'herbe d'un regard mort, sans expression.

Le bruit de tonnerre d'un fer sacré retentit longuement dans toute la vallée de la Smoking Earth River. Pendant quelques secondes, le temps sembla suspendu dans le camp des Wolf Tails lakotas. Les visages se tournèrent vers le nord, d'où était provenu le bruit inattendu — un bruit assez semblable au grondement du tonnerre, mais cependant différent. Instinctivement, les femmes rassemblèrent les enfants autour d'elles, tout en se lançant les unes aux autres des regards incertains et effrayés.

Les guerriers réagirent en un clin d'œil. Whirlwind jaillit de son tipi avant même que le dernier écho de la détonation se soit éteint.

« Par là ! Par là ! » hurla une sentinelle postée au nord à l'intention du village avant de dévaler une pente dans la direction d'où était parti le coup de feu.

« Guerriers du Loup ! hurla Whirlwind. Prenez vos armes et dirigez-vous vers le nord ! Tous les autres, restez sur place et gardez le camp ! »

De nombreux membres de la Wolf Warrior Society étaient en selle avant même que leur chef eût fini de donner ses ordres, la plupart d'entre eux ayant leurs chevaux de guerre attachés près de leur tipi. Douze guerriers se dirigèrent au grand galop vers le nord, chacun d'eux portant une lance, un casse-tête, un bouclier en peau de bison, un arc et un carquois. Derrière eux, d'autres guerriers à cheval commencèrent à former un cercle autour du camp. Les plus âgés avaient également pris leurs armes et encadraient les femmes et les enfants, prêts à les escorter jusqu'en un lieu sûr au moindre signe d'une attaque directe contre le village. À l'extérieur du camp, les sentinelles demeuraient en place dans leurs cachettes, cherchant l'ennemi des yeux et prêtes à signaler sa position.

Sun Rise Woman avait l'impression d'être dans un trou noir, profond, luttant faiblement pour atteindre une lointaine lumière. Elle se sentit soulevée, puis jetée sans ménagement en travers d'un objet dur. L'obscurité dans laquelle elle avait été plongée s'éclaircit légèrement, mais la douleur dans sa tête continuait de résonner comme un insupportable battement de tambour. Elle réalisa qu'elle était couchée la tête en bas sur le garrot d'un cheval. Ses lèvres enflaient déjà là où le coup qu'elle avait reçu avait étouffé son appel au secours, et elle pouvait sentir le goût du sang dans sa bouche.

Elle eut une brève vision de son ravisseur alors qu'il montait en selle. Ses yeux gris rapprochés exprimaient la peur et la confusion la plus totale. La peur et la colère se mêlaient en elle tandis qu'elle le regardait. L'image de sa grand-mère tentant brusquement de lui échapper demeurait figée dans sa mémoire. Que lui était-il arrivé ?

Bruneaux lança son cheval au galop. Il avait relâché l'autre bai, dans l'espoir que ses poursuivants seraient trompés par une double piste. Le cheval libéré le suivit un moment, sa longe volant dans les airs, puis s'arrêta. Bruneaux chevauchait le bai le plus grand et le plus rapide des deux chevaux qu'il avait volés à de la Vérendrye. Son seul objectif était de s'éloigner le plus possible du village, aussi rapidement que sa monture pourrait le porter. Il ne se faisait aucune illusion sur le fait qu'il serait poursuivi sans relâche jusqu'à ce qu'il puisse se cacher quelque part.

Bear Heart et Whirlwind furent les premiers à apercevoir le corps de Walks Far, la mère de High Hawk. Avant même d'avoir mis pied à terre et de s'être agenouillé auprès d'elle, Whirlwind sut qu'elle était morte. Le chef de guerre se redressa et s'adressa au jeune guerrier Good Hand.

« Mon neveu, lui dit-il, je vais te confier une tâche très pénible. »

Good Hand regarda le corps de la vieille femme et hocha la tête.

« Je vais apprendre la nouvelle à High Hawk et à sa famille. »

Bear Heart mit pied à terre et, s'agenouillant, referma doucement les paupières de l'aïeule. Puis, avec un regard meurtrier, il se tourna vers le nord.

« Aucun ennemi honorable ne tue une vieille femme, dit-il entre ses dents. Nous trouverons la chose haïssable qui a accompli ça. »

Whirlwind examina une nouvelle fois la plaie qui ensanglantait le côté de la tête de Walks Far.

« Elle n'a pas été tuée avec un fer sacré, déclara-t-il. Nous avons pourtant tous entendu une détonation. Peut-être quelqu'un d'autre a-t-il aussi été tué, ou blessé. Il serait sage à mon avis de fouiller les environs. »

Le chef de guerre demeura avec la dépouille mortelle tandis que les autres guerriers se dispersaient rapidement. Walks High arriva à cheval et mit pied à terre, le visage durci par le chagrin.

« Cette grand-mère se promenait toujours avec Sun Rise Woman, dit-il. Il n'était pas dans ses habitudes de s'aventurer toute seule aussi loin du camp.

— Les autres explorent les environs, répondit calmement Whirlwind à son fils. Nous devons attendrc de voir ce qu'ils auront trouvé. »

Walks High eut un hochement de tête réticent, conservant le contrôle de ses sentiments et se refusant à envisager la pire des hypothèses.

Un jeune guerrier, une des sentinelles, arriva en courant entre les arbres. Épuisé et haletant, il regarda le cadavre tandis qu'il reprenait péniblement son souffle.

« Oncle, dit-il finalement à Whirlwind, j'ai entendu un hurlement... et puis ce bruit. Après cela, des chevaux se dirigeant vers le nord. Deux. Mais je n'ai rien pu voir. »

Le jeune guerrier reconnut soudain la victime et parut un instant sur le point de pleurer.

« Tu as fait ce que tu devais faire », lui dit le chef de guerre.

Le jeune homme secoua la tête, des larmes dans les yeux.

« Si j'avais été plus attentif, elle ne serait peut-être pas morte.

— Dans ce sens, répliqua Whirlwind, nous sommes tous à blâmer. Mais nous devons nous souvenir que la mort n'est qu'une partie de la vie. Toutes les culpabilisations du monde ne pourront jamais changer cela. »

Le jeune guerrier s'agenouilla cérémonieusement à côté du corps de la vieille femme et caressa doucement ses cheveux gris. « Grand-mère, murmura-t-il, ce n'est pas ainsi que quelqu'un comme toi aurait dû quitter ce monde. »

Good Hand réapparut à ce moment-là avec la famille de High Hawk, et la nouvelle que Sun Rise Woman et sa grand-mère étaient parties ensemble un peu après midi pour chercher des racines médicinales.

Walks High regardait désespérément vers le nord. Whirlwind se pencha vers son fils et murmura : « Elle est vivante... ou alors nous aurions aussi trouvé son corps. »

Whirlwind et Bear Heart rassemblèrent les guerriers. L'un d'entre eux avait rattrapé un cheval bai dont les pattes antérieures étaient prises dans sa longe. Un autre avait repéré des empreintes de sabots, indiquant qu'un autre cheval s'éloignait au galop en direction du nord.

Whirlwind s'adressa aux guerriers : « Nous n'avons pas de temps à perdre pour nous mettre en route, dit-il. Quatre guerriers vont partir vers l'est, en demeurant au nord de la rivière. Quatre autres iront vers l'ouest, et quatre autres vers le sud. » Il jeta un bref regard à Bear Heart. « Ce serait une bonne chose si tu prenais quatre hommes avec toi et te dirigeais vers l'est. »

Bear Heart hocha la tête.

Whirlwind se tourna vers un autre des membres de la Wolf Warrior Society, Caught the Eagle... « Tu connais le pays vers l'ouest, lui dit-il. Je ne tiens pas à ce que cet ennemi nous échappe en obliquant vers le sud. »

Caught the Eagle approuva également d'un hochement de tête. Il y avait une flamme dans son regard. Walks Far avait fait don de son nom à sa fille aînée.

« Cousin, dit-il, cela ne se produira pas.

— J'irai vers le nord, poursuivit Whirlwind. Mon fils et mes neveux Lone Elk et Red Lance peuvent m'accompagner s'ils le désirent. Chacun de nous doit se préparer pour plusieurs journées de chevauchée épuisante. »

La famille de High Hawk déposa doucement le corps de Walks Far sur deux perches tirées par un cheval. Quand une fourrure recouvrit son visage, Long Shawl et Walks Straight, l'épouse et la plus jeune fille de High Hawk, commencèrent à pleurer. Leurs profonds sanglots et leurs cris perçants étaient adressés aussi bien à la jeune fille disparue qu'à l'adorable grand-mère assassinée. Et tous les guerriers qui les entendirent durcirent leur cœur et leurs traits contre un ennemi sans visage, chacun jurant dans son for intérieur qu'il ferait tout pour le rattraper... quels que soient les risques encourus.

Des visages solennels accueillirent la petite et triste procession quand elle pénétra dans le village. D'autres femmes ajoutèrent leurs voix et leurs cris aux pleurs des parents et se rassemblèrent autour de la famille éplorée. Le cheval qui tirait le corps s'arrêta devant le tipi de High

Hawk. Bientôt apparut Yellow Earrings, un châle de deuil recouvrant déjà sa tête. Lorsque le jeune Good Hand avait galopé jusqu'au foyer de High Hawk, avec le poids de sa mission aisément visible sur son visage, Yellow Earrings avait su immédiatement que la triste nouvelle concernait sa cousine.

Yellow Earrings pleurait. Ses sanglots étouffés ne donnaient pas l'exacte mesure du chagrin qui desséchait son âme. Ses larmes coulaient, suivant les profondes rides de son visage comme une rivière coulant dans les lits de la terre. Elle se fraya doucement un chemin parmi les autres pleureuses, jusqu'à ce qu'elle se trouvât à côté du corps recouvert d'une peau de bison de sa cousine. Glissant une main sous la peau, elle étreignit une main déjà refroidie par la mort.

« Cousine, murmura-t-elle, ne te dépêche pas trop quand tu atteindras l'autre côté. Attends-moi ! Cette route-là aussi, nous la parcourrons ensemble ! »

Le cheval bai était épuisé. Il fallait absolument lui accorder un peu de repos. Bruneaux l'arrêta dans l'ombre d'une faille, en dessous d'une crête élevée. C'était une position avantageuse pour lui, qui lui permettait de voir clairement arriver quelqu'un dans trois directions. Il mit pied à terre, adossa la jeune fille à la paroi et lui lia ensemble les poignets et les chevilles. Une fois qu'elle fut ainsi entravée, il s'assit et prit le temps de l'examiner.

Elle était jeune et svelte, avec les yeux les plus noirs qu'il ait jamais vus chez une Indienne. Il supposa qu'elle n'avait pas encore connu d'homme. Mais cette pensée frivole ne fit qu'effleurer son esprit, si grande était la confusion dans laquelle il se trouvait.

Il regarda la longue pente derrière lui. Personne ne semblait l'avoir suivi.

«Je m'attendais à avoir un régiment de sauvages sur mes talons», dit-il à sa prisonnière, sans se soucier qu'elle comprît ou non sa langue. Elle surveillait chacun de ses mouvements, les yeux remplis de frayeur.

Il grimpa jusqu'au sommet de la crête et regarda en direction du sud. À l'exception de quelques antilopes loin vers le sud-ouest, rien ne bougeait. Il resta un moment à les observer, puis sauta pour retrouver la protection de l'ombre. La confusion et l'incertitude le submergèrent si brusquement qu'il se retrouva plongé, immobile, dans une sorte d'obscurité mentale. L'indécision arrêta sa main à mi-hauteur de son visage, alors qu'il amorçait le geste de se gratter la barbe. Après quelques instants, un gémissement plaintif lui monta aux lèvres, et ses yeux cillèrent rapidement. Maintenant seulement, assis dans l'ombre de la faille, il réalisait la gravité de sa situation. Et dans le même temps, il comprenait aussi qu'il n'avait pas la moindre idée de ce qu'il pouvait faire pour se sortir de ce mauvais pas. Un coup de vent venu du nord descendit de la crête et enveloppa un instant l'homme blanc, la jeune fille et le cheval. Un peu plus loin vers l'est, il se transforma en un petit mais violent tourbillon. La poussière lui brûlant les yeux tira l'homme de sa léthargie.

Ne sachant quoi faire d'autre, il se releva et s'approcha du cheval, qui n'avait pas encore retrouvé son souffle et dont la tête pendait presque jusqu'au sol. Bruneaux n'essaya même pas de le soulager. Du petit quartier de la selle, il détacha le cornet à poudre et le sac de balles. Il n'avait pas eu le temps de recharger le fusil, après qu'il eut accidentellement pressé la détente en frappant la vieille femme.

Il revint se mettre à l'ombre et regarda la jeune fille.

« À cause de toi, répéta-t-il, je devrais avoir tout un régiment de sauvages aux fesses. Mais peut-être pourras-tu m'être utile, après tout. Si tu es importante pour quelqu'un, et j'en suis presque sûr, alors c'est moi qui suis le maître du jeu ! On va venir te chercher, c'est certain ! » Il rampa jusqu'à sa captive, qui se tapit contre le mur de sable. « S'ils viennent, je pense qu'ils seront extrêmement prudents. Ils seront bien obligés, à moins qu'ils se moquent totalement de ce qui peut t'arriver. Mais je suis persuadé que tu as beaucoup de prix pour au moins l'un d'entre eux. Ils prendront toutes les précautions possibles, et cela me donnera l'avantage. »

Il tendit la main et caressa une longue natte qui pendait en travers de sa poitrine. La jeune fille eut un vif mouvement de recul.

« Et je gagnerai ! J'ai ce qu'il faut pour ça — cette arme ! » Il prit le fusil et fit glisser le canon sur l'épaule de sa captive. « Alors peut-être que je te garderai avec moi, lorsque j'aurai tué un ou deux des sauvages de ta race. Tu deviendras la femme de Bruneaux, qui sait ? »

Bruneaux s'adossa à la paroi et laissa échapper un ricanement de satisfaction. Son soudain accès de logique simpliste et la réaction de la fille à son approche renforçaient son faux sentiment d'invulnérabilité. Rempli d'une confiance nouvelle, il vérifia le fusil avant de le recharger.

Le mousquet était sa sauvegarde. Seul l'or aurait pu lui donner un sentiment de puissance plus important. Mais un fusil était un moyen d'obtenir de l'or, et bien d'autres choses encore. Il en avait été démuni pendant plusieurs jours, après que quelqu'un se fut introduit de nuit dans son camp et lui eut volé le sien. Des Omahas, pensait-il, puisqu'il se trouvait alors près de leur territoire. Ou des Pawnees, peut-être. Mais maintenant, il avait de nouveau un fusil — et un cheval. Il était de nouveau un homme à part entière.

«Je pense que nous nous dirigerons vers le nord-est, dit-il à la fille. Peut-être jusqu'au

Canada. Je peux piéger par là-haut, si leurs marchands de fourrures y sont toujours. Ce sont des Anglais, mais j'ai entendu dire qu'ils payaient bien. Oui, nous choisirons le Canada. Bruneaux ira au Canada, avec son fusil et sa femme. »

Sun Rise Woman ne comprenait aucune de ses paroles, mais elle devinait qu'il avait perdu l'esprit. Elle savait aussi qu'il ne s'était pas lavé depuis très longtemps. Elle était aussi dégoûtée par son odeur qu'effrayée par le regard fou de ses yeux gris.

Elle massa sa lèvre enflée de l'intérieur avec l'extrémité de sa langue et put sentir le goût du sang. Ses craintes s'en trouvèrent accrues, mais elle s'efforça de les surmonter. Sa grand-mère était saine et sauve, espérait-elle. Elle avait sûrement indiqué au père de Walks High à quel endroit l'homme blanc les avait agressées. Ce qui signifiait que des guerriers avaient suivi la piste du cheval bai. Peut-être même se trouvaient-ils déjà à proximité de la crête.

Bruneaux remonta sur son observatoire pour surveiller les environs. C'était une région sauvage, avec de longues pentes abruptes qui descendaient jusqu'à la rivière, au bas de la vallée. Mais il avait atteint le terrain plat, maintenant, et n'avait plus de dures pentes à affronter.

Il était sur le point de descendre se dissimuler dans l'ombre lorsqu'il détecta un mouvement juste en dessous d'une crête loin vers le sud. Un point noir se déplaçait le long de la pente grise, progressant régulièrement vers le haut. Puis le point se scinda, en devint deux, puis trois, puis quatre.

Bruneaux savait qu'il s'agissait des hommes du village de la fille. Il frappa le sol du poing et jura, faisant sursauter le cheval.

Sun Rise Woman regarda l'homme en colère et retint son souffle. Ils étaient enfin là ! Elle tira doucement sur les cordes qui liaient ses poignets et ses chevilles, mais elles étaient trop serrées pour qu'elle puisse s'en débarrasser aussi aisément. Silencieusement, elle se laissa glisser un peu plus loin de l'homme blanc et saisit habilement une poignée de sable entre ses mains, de manière à avoir au moins une arme lorsque le combat commencerait. Puis elle se roula contre la paroi, les mains dissimulées derrière ses genoux.

Bruneaux observait soigneusement les points noirs du haut de la crête. Il craignait que d'autres apparaissent. Il n'en fut rien, mais quand ils furent assez près pour qu'il les distingue, il put voir que chaque cavalier avait une monture et un cheval de rechange.

La panique lui serra la gorge. Les quatre cavaliers auraient des chevaux frais à leur disposition lorsqu'ils le repéreraient. Après cela, ce ne serait plus qu'une question de temps avant qu'ils le rattrapent. Il baissa les yeux sur le fusil qu'il tenait entre ses mains. C'était désormais son seul espoir. La seule chance qui lui restait de faire tourner la situation à son avantage.

5

Noirs comme une nuit brumeuse et sans lune, les yeux de Bear Heart fixaient de la Vérendrye sans ciller. Le Français ne remarqua pas le hongre de couleur baie que le guerrier tenait par sa longe de cuir. Et il n'éprouva guère de soulagement en voyant que le guerrier était venu sans armes. Chez ces Lakotas, apprenait-il à son détriment, le comportement d'un homme pouvait être aussi menaçant qu'un arc bandé, prêt à lancer une flèche.

« Notre chef de guerre a dit que ce cheval était peut-être à toi. » Le ton de Bear Heart faisait écho à la lueur inquiétante qui luisait dans ses yeux.

De la Vérendrye sentit subitement sa bouche devenir sèche. Il avait effectivement reconnu un de ses chevaux. Il opina sans mot dire.

« Nous savons qu'il a été abandonné par celui qui a tué la mère de High Hawk. Était-ce l'homme qui voyageait avec toi ? »

De la Vérendrye s'éclaircit la gorge avec nervosité. « Oui », répondit-il. Puis il ajouta rapidement, pour apaiser la colère du guerrier : « Cet homme a aussi essayé de me tuer, et m'a pris mes chevaux et mon arme. » Depuis le coup de feu qui avait retenti dans un pré, au nord du campement des Wolf Tails, il avait attendu dans l'angoisse. Son instinct l'avertissait que c'était Bruneaux qui avait tiré. À présent, il cherchait désespérément à faire comprendre à ce guerrier que l'homme qui avait tué la vieille femme n'était pas son ami.

« C'est bien ce que m'a dit notre chef de guerre », répondit froidement Bear Heart. « Que ce tueur de vieilles femmes n'était peut-être pas ton ami. Mais je pense qu'il est venu ici à cause de toi. À mon avis, tu es également responsable de la mort de la mère de High Hawk. »

De la Vérendrye sentit ses jambes se dérober sous lui. Il faillit protester, mais il se ravisa, sachant que le guerrier y verrait un signe de faiblesse. Il demeura donc silencieux et tenta de soutenir le regard de Bear Heart. Mais, au bout d'un moment, il baissa les yeux.

« Je te rends ton cheval, dit alors le guerrier, parce que les anciens ont jugé bon de le faire.

— Merci. »

Bear Heart lança la longe de cuir à l'homme blanc. « Je ne suis pas d'accord avec eux, mais je ferai ce qu'ils me demanderont. En ce qui me concerne, je pense que nous ne devrions pas avoir d'égards envers toi. Tu as attiré sur nous des événements néfastes. Le seul bienfait que tu puisses nous apporter, c'est de me montrer comment on se sert du fer sacré. » Le guerrier vit naître la question dans les yeux du Français. « Non, je n'ai pas oublié ce que je t'ai dit à propos du fer sacré. *Toi-même*, tu ferais bien de ne pas l'oublier. Lorsque nous aurons attrapé le meurtrier et envoyé cette vermine dans l'autre monde, je reviendrai te voir. »

Par prudence, de la Vérendrye hocha la tête en silence. Sur ces mots, le guerrier s'éloigna pour aller rejoindre trois de ses compagnons qui l'attendaient non loin de là. Ils étaient déjà à cheval et prêts à prendre le sentier de la guerre. L'un d'eux tenait les armes et les chevaux de Bear Heart. En dépit de la crainte que lui inspirait le guerrier, de la Vérendrye se sentit fasciné par lui. Il portait de splendides vêtements en peau de daim ornés de plumes et, outre sa démarche assurée, il avait le même air de force et de confiance que Whirlwind. Grand, mince, le visage harmonieux, il se déplaçait avec grâce. Bien que sa tenue, plus voyante que celle des autres guerriers, semblât manifestement un signe d'orgueil, Bear Heart paraissait capable d'accomplir des actions rapides et énergiques dignes de l'image qu'il voulait donner de lui.

Bear Heart et les trois autres guerriers s'apprêtaient à quitter le camp. Tous, en plus de leur monture, emmenaient un cheval de guerre.

Chacun portait en bandoulière un arc à la corde détendue, qui reposait légèrement sur le dos du cheval dans un étui de cuir attaché à un carquois hérissé de flèches. Un bouclier rond en peau de bison et une courte lance de bonne épaisseur étaient fixés sur le harnais du cheval de guerre au niveau du garrot. Mais aucune arme n'était plus menaçante que la colère qui bouillait dans le cœur de ces quatre guerriers — une colère qui couvait comme un feu sombre dans leurs yeux.

Bear Heart saisit les longes de ses deux montures et sauta avec aisance sur la selle d'un grand cheval noir. Quelques instants plus tard, il disparut dans les prés avec ses guerriers, mais avant que la petite troupe ne se fondît dans le lointain, de la Vérendrye l'entendit encore traverser la rivière. Quelque part au fond de lui-même, il se sentait un peu navré pour Bruneaux. Il savait que l'un des groupes de guerriers — celui de Whirlwind, de Caught the Eagle ou de Bear Heart — finirait par le rattraper. Ce n'était qu'une question de temps. Au mieux, Bruneaux pouvait seulement espérer retarder l'inévitable. Et s'il tombait entre les mains de Bear Heart, il y avait tout lieu de croire qu'il périrait de mort lente et dans d'atroces souffrances. Mais quel que soit le guerrier qui s'emparerait de lui, de la Vérendrye serait privé de l'occasion de se venger.

Le groupe des poursuivants dirigé par Bear

Heart fut le dernier à quitter le camp. Celui de Caught the Eagle partit le premier en direction de l'ouest, puis Whirlwind et ses compagnons se dirigèrent vers le nord. Les trois groupes comprenaient en tout douze guerriers Wolf qui, chacun, n'auraient aucun mal à vaincre Bruneaux. Mais Bruneaux avait un fusil à pierre et suffisamment de poudre et de balles pour tirer cinquante coups. Les guerriers Wolf savaient que cette arme tirait bien plus loin que le plus puissant de leurs arcs, mais ils n'en connaissaient pas la portée exacte, ce qui jouait en faveur de Bruneaux. Dans un combat singulier à mains nues, ou à portée de flèche, chacun de ces guerriers pouvait aisément expédier Bruneaux à six pieds sous terre, mais certains risquaient d'être blessés ou tués par un coup de fusil s'ils tentaient de s'approcher de lui.

De la Vérendrye examina son cheval bai. Il paraissait en bonne forme. De ses deux chevaux, le bai était le plus petit et le plus résistant. Le souvenir de l'acte révoltant de Bruneaux revint alors douloureusement à la mémoire du Français, et son sentiment d'impuissance fit place à la colère. En quelques secondes, il décida de suivre le groupe de Whirlwind.

De la Vérendrye n'avait pour toute arme que le couteau de pierre de Her Good Trail, et il avait juste assez de provisions pour tenir quelques jours. S'il ne rattrapait pas Whirlwind, il allait au-devant d'un grave danger. Sa blessure lui causait encore des douleurs lancinantes au côté, ce qui pouvait le ralentir dans sa progression. Mais sans laisser au doute le temps d'obscurcir son esprit, de la Vérendrye prit son petit ballot de nourriture et sa couverture en peau de cerf, puis il se prépara à partir. Il tourna son regard vers l'ouest, où était concentrée la majeure partie du campement. Des guerriers, postés devant les tipis les plus éloignés, formaient une ligne à peu près circulaire. Certains étaient debout et d'autres assis, mais tous avaient leurs chevaux et leurs armes à portée de la main. À l'extrémité sud-ouest du camp, une foule se massait devant le tipi de la famille de High Hawk. À l'idée qu'à ce moment même, Stone, l'homme-médecine, était à l'intérieur en train de préparer le corps de Walks Far pour ses funérailles, de la Vérendrye fut tenaillé par un sentiment de culpabilité.

Bear Heart avait raison. Cette vieille femme n'aurait pas dû mourir. Bruneaux avait probablement croisé son chemin alors qu'il recherchait l'homme qu'il croyait avoir tué. La mère et la fille de High Hawk avaient dû le prendre au dépourvu, pensa de la Vérendrye, et sur le moment, Bruneaux avait sans doute estimé qu'il avait plus intérêt à enlever Sun Rise Woman qu'à tenter à nouveau d'assassiner son ancien compagnon de voyage. Et comme la vieille femme avait fait obstacle à son projet, il n'avait rien trouvé de mieux que de la tuer. Bien entendu,

Bruneaux ne se serait probablement jamais trouvé là s'il n'avait pas eu l'intention d'achever de la Vérendrye. Ainsi donc, Bear Heart avait raison.

De la Vérendrye se força à tourner les yeux vers le tipi de High Hawk. À l'instar de leurs parents dakotas de la région du Missouri, les Lakotas lui avaient offert l'hospitalité et l'avaient accueilli avec bonté. Ils l'avaient recueilli, nourri, et lui avaient procuré un abri chaud et confortable. Ils avaient fait preuve d'une grande humanité pour des êtres considérés comme des sauvages par tous les hommes blancs. Ici, et dans le village des Dakotas isantis, il avait rencontré bien plus de bienveillance que les hommes de sa race ne lui en avaient jamais témoigné en huit ans. En retour, il n'avait apporté à ces Indiens que des ennuis. Et il ne trouvait aucune consolation dans l'idée que telle n'avait pas été son intention.

Le silence angoissant qui régnait dans le camp augmenta son sentiment de culpabilité. Même les chiens et les enfants étaient étrangement silencieux. Suivant à pied la berge de la rivière, de la Vérendrye conduisit son cheval en direction du nord-est. Il était pratiquement certain que personne ne l'arrêterait. À cet instant, ces gens étaient préoccupés par des choses autrement plus importantes. Parvenu à un bosquet de saules hors de vue du camp, il se mit en selle avec quelque difficulté. Soudain, une brise fraîche s'éleva, l'obligeant à draper sa couverture en peau de cerf autour de ses épaules. Alors, en chassant les derniers doutes qui persistaient encore dans son esprit, il mena son cheval sur les traces de Whirlwind.

Red Legs s'approcha de Spotted Calf. Le vieux guerrier, appuyé contre un dossier, se réchauffait devant le feu. En voyant les traits tirés du jeune garçon, il lui fit signe de s'asseoir de l'autre côté des flammes. « Qu'y a-t-il ? » lui demanda-t-il.

Red Legs enroula une couverture autour de sa taille et haussa les épaules. Au bout d'un moment, il jeta un coup d'œil vers le tipi de la famille de High Hawk. « Qu'arrive-t-il quand on meurt ? »

Spotted Calf rajouta du bois sur son feu et étudia un instant le visage du jeune garçon. « Une partie de la personne s'en va, répondit-il, et part dans un autre endroit. »

Le garçon sembla encore plus déconcerté. « Quelle partie ? Où s'en va-t-elle ? »

Le vieux guerrier sourit. « Son esprit, expliqua-t-il. Il y a deux moitiés en chacun de nous : le corps et l'esprit. Le corps, que l'on peut voir, fait partie de ce monde, le monde que nous voyons autour de nous. L'esprit, quant à lui, est invisible. Il provient d'un lieu que l'on ne peut pas voir, et lorsque le corps meurt, il retourne dans cet endroit. Au moment où l'esprit s'en va, le corps meurt, mais demeure cependant sur la terre. »

Les yeux fixés sur les flammes, le jeune garçon médita un moment les paroles du vieil homme. Il jeta encore un coup d'œil au tipi de High Hawk, puis demanda, en tournant à nouveau son regard vers le feu : « Tout le monde a-t-il un esprit ? »

Spotted Calf hocha la tête. « Oui.

— Et les animaux ? Les arbres ? Les arbres ont-ils eux aussi un esprit ? »

Le vieux guerrier acquiesça à nouveau d'un signe de la tête. « Chaque créature possède un esprit : les arbres ; les oiseaux ; les bisons ; toutes choses... C'est ce qui fait de nous des semblables. Nous sommes tous semblables parce que nous sommes tous nés à cette vie. Certains d'entre nous proviennent d'une graine. D'autres sortent d'un œuf. D'autres encore se forment dans le ventre de leur mère. Peu importe la façon dont nous venons au monde. Tous, nous recevons la vie, nous vivons, et puis un jour, nous mourons. C'est pour cela que nous sommes tous semblables, parce qu'il en est ainsi pour chacun d'entre nous. »

Red Legs leva les yeux vers l'est. « Et cet homme blanc ? A-t-il un esprit, lui aussi ? »

Les yeux de Spotted Calf brillèrent, mais il répondit d'une voix solennelle : « Oui. Je pense que cet homme blanc a aussi un esprit. »

Le garçon le dévisagea à travers le feu.

« Grand-père High Hawk et sa famille sont tristes. Ils pleurent.

— La mort est cause de tristesse, murmura le vieux guerrier. On est triste de voir partir quelqu'un ou quelque chose que l'on aime. Et pour manifester sa tristesse, on pleurt.

— A-t-on raison de pleurer ?

— Oui. C'est une bonne chose dans un moment pareil.

— La mort est-elle une mauvaise chose ?

— Non. Il est parfois difficile de comprendre pourquoi une personne doit mourir. Comme maintenant. La façon dont cette vieille grand-mère est morte me remplit de colère, mais la mort elle-même ne me met pas en colère. Elle fait partie de la vie. Nous la rencontrerons tous un jour. Peut-être au cours d'une chasse, ou durant une bataille. Ou bien, certains d'entre nous vivront si longtemps qu'ils verront leur corps s'user avant de mourir. » Spotted Calf s'interrompit un moment, puis désigna le cercle de pierres qui entourait le feu. « Vois-tu ce cercle ? demanda-t-il. Il représente la vie. Il commence par la naissance et finit par la mort. Ainsi va le cours des choses. »

Le regard de Red Legs s'attarda longuement sur les flammes. Puis il leva les yeux vers le vieil homme et déclara : « J'ai peur de mourir. »

Le vieux guerrier hocha la tête. « Eh oui. Bien des hommes en ont peur. Mais lorsque tu grandiras en âge et en sagesse, tu apprendras qu'il ne faut pas craindre la mort. Plus tard, tu deviendras un bon chasseur ou un excellent guerrier. Et un jour, tu te retrouveras face à face avec la mort. Elle pourra t'apparaître sous la forme d'un ours redoutable ou d'un guerrier ennemi. Alors, tu te battras. Mais tu ne te battras pas contre la mort. Tu lutteras pour ta vie. De toute façon, la mort arrivera tôt ou tard. Si tu comprends cela, tu n'en auras plus peur. »

Le jeune garçon tourna les yeux vers le nord. « Mon oncle, Whirlwind et mon cousin, Walks High, seront-ils un jour confrontés à la mort ?

— Bien entendu.

— Que feront-ils alors ?

— Ce sont des guerriers, ils se battront... pour leur vie, pour nos vies. Et si la mort doit remporter la victoire, ils l'affronteront aussi vaillamment que possible.

— La grand-mère qui a été tuée a-t-elle affronté la mort avec courage ?

— Oui, certainement.

— Mais ce n'était pas un guerrier. »

Spotted Calf sourit. « La bravoure n'est pas l'apanage des guerriers. Celle qui vient de trouver la mort a mené une vie longue et bonne. Elle a aidé à élever de nombreux guerriers. Et elle a compris, mieux que certains d'entre eux, ce que signifie le courage. »

Une dernière fois, Red Legs jeta un coup d'œil au tipi de High Hawk. « Sera-t-elle ensevelie dans le ciel, grand-père ? »

Le vieux guerrier opina d'un signe de tête. « Oui. Nous l'ensevelirons dans le ciel sur un lit de sauge. Des jeunes gens ont déjà planté les quatre pieux qui soutiendront le tertre funéraire où sera placée sa dépouille. Déjà, son esprit a entrepris le voyage. Et tandis que ton grand-père, Stone, prépare son corps pour ses funérailles, il chante aussi pour son esprit. Il chante pour la guider sur sa route. Ce soir, nous irons nous asseoir auprès des membres de sa famille et nous la pleurerons avec eux. Mais nous évoquerons aussi sa vie et tout ce qu'elle a représenté pour chacun d'entre nous. Demain, nous la porterons au tertre funéraire bâti sur le lieu de sa sépulture... et nous l'ensevelirons dans le ciel. »

Whirlwind tira sur ses rênes pour arrêter son cheval. Gravissant une longue piste montant en pente douce, le guerrier et ses compagnons faisaient route vers le nord. Ils apercevaient au loin l'arrière d'une ligne de crête ondulant d'est en ouest. Au-delà s'étendait la vallée des deux rivières, où la Little White River se jetait dans la Big White River. Les traces que suivaient les guerriers se dirigeaient vers cette vallée.

Whirlwind comprit, en découvrant ces traces, qu'elles avaient été laissées par une monture épuisée. Des empreintes indiquaient clairement que le cheval avait trébuché ; il transportait deux personnes et on l'avait forcé à avancer jusqu'à la limite de ses forces. Le chef de guerre eut alors la certitude qu'il avait trouvé la piste de celui qui avait tué la vieille femme vénérable et enlevé la jeune fille promise en mariage à son fils.

Il fit signe à ses guerriers de s'arrêter et mit aussitôt pied à terre pour examiner les marques de plus près. Mais une autre raison motivait cette halte. À quelque trois cents pas de là, il venait d'apercevoir quelque chose qui se déplaçait vers le sud. Whirlwind savait que le meurtrier ne pouvait pas avoir fait demi-tour. Quelqu'un du camp, se dit-il, devait être parti à leur suite.

Whirlwind mena ses chevaux au bas de la pente. « Nous sommes suivis », déclara-t-il à ses compagnons. Les jeunes guerriers hochèrent la tête et s'écartèrent vers les bords de la piste. Ils conduisirent leurs montures dans les creux qui s'ouvraient entre les yuccas et la bruyère et les petits talus. Puis ils mirent pied à terre et frappèrent légèrement leurs chevaux, l'un après l'autre, derrière la patte avant droite en abaissant leur bride. À ce signal, les chevaux se couchèrent sur le sol, hors de vue. Alors, chaque guerrier s'accroupit entre ses chevaux et banda son arc, prêt à décocher une flèche à la moindre alerte.

À un long jet de pierre au bas de la piste, un homme, chevauchant un hongre de couleur baie, leva les yeux vers le haut de la pente. Il arrêta son cheval et, tout en examinant la piste, fit passer le poids de son corps d'une hanche à l'autre pour soulager la douleur lancinante qui lui perçait le flanc. Plusieurs séries de traces confirmaient ce qu'il avait déjà supposé : Whirlwind et ses guerriers avaient déjà parcouru une bonne partie de la piste. Durant quelques secondes, il les aperçut un peu plus haut sur la pente. Mais lorsqu'il releva la tête, ses yeux s'écarquillèrent de surprise. Les quatre guerriers qu'il suivait avaient soudain disparu.

6

Her Good Trail fixait avec appréhension l'arme longue, enserrée dans un étui, qui était attachée à un piquet du tipi. Elle se souvenait parfaitement du jour où son mari l'avait rapportée dans son foyer et lui avait raconté une histoire qui lui avait glacé le sang. Whirlwind lui avait appris qu'à cause de cette arme — cette arme qui se trouvait à présent dans son tipi —, il avait été forcé d'abattre un homme blanc qui avait essayé de le tuer. Tel un arc décochant une flèche, cette arme avait lancé une chose qui avait déchiré la chemise de son mari. Une chose qui aurait pu faire d'elle une veuve si le tireur avait visé à une ou deux mains plus à droite.

Comme toutes les femmes des chasseurs et guerriers du camp des Wolf Tails, et de toute la nation lakota, Her Good Trail passait une grande partie de sa vie dans l'attente, attendant le retour de son mari parti à la chasse ou sur le sentier de la guerre. La chasse n'était pas particulièrement dangereuse, mais elle donnait parfois lieu à des accidents, et de plus, les bandes de guerriers ennemis n'hésitaient pas à attaquer les chasseurs lakotas solitaires. L'attente était encore plus douloureuse en des moments comme celui-ci, où Whirlwind était parti affronter les périls du sentier de la guerre. Elle craignait non seulement pour son fils qui avait accompagné son père dans cette aventure, mais aussi pour son époux qui, conformément à ses devoirs de chef de guerre, ferait face au danger le premier avant d'exposer la vie de ses guerriers. Bien des fois, comme maintenant, elle s'était demandé si elle reverrait jamais son mari. À d'autres moments, elle aurait souhaité pouvoir chevaucher à ses côtés et affronter les dangers avec lui. Bien qu'il y eût des femmes guerrières parmi les Lakotas, elle savait, en dépit de toutes ses craintes, que l'attente était inscrite dans sa destinée. Comme le lui avait dit Whirlwind à maintes reprises, l'attente n'exigeait pas moins de courage. En outre, à chaque fois qu'il était parti au loin, il lui avait promis de revenir. Et elle lui avait toujours promis de l'attendre.

Elle regarda le fer sacré avec colère. Whirlwind avait choisi de ne pas s'en servir, au point de le dissimuler à l'abri des regards. Elle savait qu'il n'en avait pas peur, car il ne craignait pas la mort. Depuis qu'il avait rapporté cette arme dans son foyer, il n'avait exprimé qu'une fois les réels sentiments qu'elle lui inspirait. «Je crois qu'elle possède un pouvoir invisible, avait-il dit alors, et qu'elle exerce une influence profonde sur l'esprit et le cœur de celui qui la détient. Elle peut anéantir la réflexion qui doit guider un individu vers le bien et l'entraîner sur une mauvaise pente. »

Her Good Trail partageait l'opinion de son mari. Cette arme était étrange et mystérieuse. Elle ne semblait pas être de ce monde. La description que Whirlwind donnait de son pouvoir paraissait à peine croyable. Les Wolf Tails n'avaient probablement jamais vu d'objet aussi redoutable, et au fil des hivers qu'elle avait passés aux côtés de Whirlwind, rien n'avait jamais donné à son mari de plus grandes inquiétudes. Ce qui, en soi, était déjà préoccupant. Si la plupart des gens voyaient en Whirlwind un guerrier qui ne connaissait pas la peur, elle savait, elle, qu'il était avant tout un grand sage. Bien des soirs, dans leur tipi, elle l'avait vu passer des heures à regarder le feu, absorbé dans des pensées tranquilles. Même dans sa jeunesse, avant de devenir son mari, il avait fait preuve d'un tempérament bien plus calme que celui des autres jeunes gens. C'était ce calme qui avait trouvé le chemin de son cœur. Jeune, il ne se pavanait pas, et ne se targuait pas non plus d'avoir accompli maints exploits sur le sentier de la guerre. En fait, un des premiers propos qu'il lui avait tenus, lorsqu'ils s'étaient retrouvés pour la première fois sous la couverture de fiançailles, avait été une réflexion sur les étoiles. « J'aimerais bien connaître la distance qui nous en sépare », lui avait-il dit. Pour Her Good Trail, seul un homme capable de réflexion profonde pouvait songer à ce genre de choses. À présent, elle savait que le fer sacré occupait une grande partie de ses pensées. Elle savait également que les autres comptaient sur lui parce qu'il considérait toute chose avec attention. C'était pour cette raison que les anciens lui avaient proposé de devenir chef de guerre. Et c'était pour cela que son père avait accepté de la famille de Whirlwind une dot de douze chevaux, refusant la dot deux fois plus importante offerte par la famille de Noisy Hawk. « Mieux vaut marcher aux côtés d'un homme qui adopte une allure prudente et se penche pour observer un brin d'herbe, lui avait dit son père, Hollow Horn, que d'emboîter le pas à un homme qui piétine chaque chose sur son passage parce qu'il pense qu'il est plus important que tout. » Son père avait vu juste. Pas une fois elle n'avait regretté d'avoir fait route commune avec Whirlwind, même si les choses qui leur étaient apparues le long de cette route avaient été parfois une source de tracas. Comme le fer sacré.

Au début, par politesse, Whirlwind avait patiemment autorisé plusieurs guerriers à venir examiner cette arme, mais il avait toujours refusé de l'utiliser ou de les laisser s'en servir. De sorte que Her Good Trail n'avait jamais vu l'arme fonctionner. C'était tout aussi bien. Cette arme d'homme blanc avait failli tuer son mari, et elle la haïssait. Mais il s'était presque écoulé quatre hivers depuis lors, et au fil du temps, elle y avait pensé de moins en moins. Jusqu'au jour où Whirlwind était rentré au village avec cet homme blanc blessé.

Il avait dit s'appeler « de la Vérendrye » — un nom étrange, apparemment dépourvu de signification. Mais dans son esprit, elle l'avait baptisé Le Barbu. Le Barbu avait failli mourir des suites d'une blessure causée par son propre fer sacré. Et c'était un autre homme blanc, à ce qu'il avait dit, qui avait tiré sur lui. À présent, Her Good Trail ne pouvait chasser de son esprit cette arme étrange et redoutable. Son mari et son fils étaient partis à la poursuite d'un homme armé d'un fer sacré, un homme qui avait assassiné une des vieilles femmes les plus sages et bienveillantes du camp des Wolf Tails et qui avait aussi tenté de tuer Le Barbu.

Elle jeta un coup d'œil furieux à l'arme suspendue dans son tipi. Quelle que fût sa nature, elle était pour elle un mystère — à l'instar de l'homme blanc que son mari avait sauvé.

De la Vérendrye voyait sa dernière heure arriver. Quatre guerriers venaient de surgir de terre. Saisi de frayeur et de confusion, son cheval avait lancé une ruade, bondi sur le côté, puis tourbillonné sur lui-même en frappant la terre de ses sabots, qui résonnaient sur le sol comme des battements de tambour inégaux.

Trois des guerriers le tenaient sous la menace de leur arc. Au fond de leurs yeux sombres brillait le même regard que de la Vérendrye avait vu un jour dans les yeux d'un puma, au bord du Missouri. Le puma lui était apparu extrêmement calme, sûr de sa puissance et de sa capacité à tuer. L'animal l'avait mesuré du regard et compris que des deux, il était le plus fort. En voyant le grand félin battre paresseusement la queue et faire jouer ses griffes, de la Vérendrye avait deviné que le puma était sûr de pouvoir anéantir aisément ce bipède. Les yeux de ces guerriers wolf tails exprimaient la même certitude.

À l'instar du puma, les guerriers lui laissèrent la vie sauve.

Whirlwind s'approcha. De la Vérendrye réussit à calmer son cheval bai. Les autres guerriers baissèrent leurs armes et firent signe à leurs chevaux de se relever.

De la Vérendrye était ébahi. Sur le sol désert quelques instants plus tôt se tenaient à présent huit chevaux — quatre montures harnachées, liées par une longe assez lâche à quatre chevaux de guerre.

Whirlwind empoigna les rênes du cheval du Français et regarda celui-ci droit dans les yeux.
« Pourquoi nous as-tu rejoints ? lui demanda-t-il.

— Je voudrais vous aider.

— Nous aider ? Comment cela ? » Le guerrier le fixait d'un regard implacable.

L'homme blanc tourna les yeux vers les autres guerriers. Ils attendaient tranquillement. « Bruneaux, expliqua-t-il. Je voudrais vous aider à attraper Bruneaux. »

Whirlwind parut amusé par sa réponse. « Pourquoi ? Crois-tu que nous n'en soyons pas capables ?

— Non ! Non. » De la Vérendrye leva la main. « Non, je sais que vous pouvez, et que vous allez le rattraper. Mais... il a essayé de me tuer... »

Les yeux de Whirlwind s'assombrirent. « Il a assassiné un membre de notre peuple. Il a enlevé une jeune femme, promise en mariage à mon fils. Crois-tu que ta revendication prévale sur la nôtre ? »

De la Vérendrye tenta de lutter contre sa peur. Il avait beau savoir que Whirlwind, contrairement à Black Heart, était un homme raisonnable, il n'ignorait pas non plus qu'on ne pouvait pas lui en conter.

Le Français formula soigneusement sa réponse. « Mon ami, commença-t-il, ce n'est pas ce que j'ai voulu dire. Je connais les crimes de Bruneaux. Mais je connais aussi le fonctionnement de son arme. Le fer sacré. Il s'agit de *mon* arme, et je sais ce dont elle est capable. » Il s'interrompit et leva les yeux pour regarder la crête, au-delà du sommet de la pente. « S'il se trouve sur cette crête, poursuivit-il, il peut — en visant bien — abattre de là-haut n'importe lequel d'entre nous. »

Whirlwind tourna son regard vers la crête et fit signe aux autres guerriers d'aller se mettre à couvert à l'arrière d'un talus, qui s'élevait à gauche de la piste.

De la Vérendrye profita de son avantage. « Je sais comment marche l'arme de Bruneaux, répéta-t-il, et je peux, en cela, vous aider. »

D'un geste, Whirlwind signifia au Français de mettre pied à terre. « Je crois que nous devrions parler », lui dit-il.

Des nuages chassaient la brise. De temps à autre, l'un d'eux venait masquer le soleil, et la terre se teintait d'une coloration grise. Le soleil lui-même poursuivait inexorablement le bord occidental de la Terre.

Dès qu'ils avaient repéré la trace du meurtrier, Whirlwind et les jeunes guerriers avaient chevauché à bonne allure. Leurs chevaux avaient besoin d'un peu de repos. Les quatre hommes les conduisirent au bas de la pente, jusqu'à ce qu'ils fussent complètement hors de vue du sommet de la crête.

Le chef de guerre des Wolf Tails connaissait bien cette région. La large crête qui les surplombait pouvait offrir de nombreuses cachettes à un ennemi à l'affût. Pour rien au monde, Whirlwind n'aurait pris le risque de se laisser attirer dans une embuscade et tuer par un homme armé d'un fer sacré, comme il avait failli l'être, près de quatre hivers auparavant, non loin de l'endroit où ils se trouvaient à présent — dans la vallée des deux rivières. C'était là qu'il était tombé sur un canoë rempli de fourrures — un canoë qui appartenait à un homme blanc armé d'un fer sacré.

Whirlwind s'était caché auprès du canoë et avait attendu le moment où l'homme blanc était arrivé avec un chargement de fourrures, qu'il avait ajoutées à celles déjà entreposées dans le canoë. Whirlwind n'avait jamais vu d'homme blanc auparavant, mais une fois la première surprise passée, il s'était rendu compte qu'à part la couleur de sa peau, ses vêtements et sa barbe, cet homme blanc ressemblait à tous les autres hommes. Le guerrier se souvenait s'être alors demandé si la Big White River était assez profonde pour qu'un canoë rempli de fourrures et alourdi par le poids d'un homme puisse flotter sur ses eaux.

Après avoir amarré ses fourrures dans son embarcation, l'homme blanc avait allumé un feu et préparé un campement pour la nuit. Mais il ne s'était pas montré très vigilant et avait eu l'air plongé dans ses pensées la plupart du temps. Whirlwind avait regardé l'homme faire cuire une sorte de repas dans un étrange objet noir suspendu au-dessus du feu. Et quand il avait eu fini son repas, Whirlwind avait jugé que le moment était venu d'en apprendre davantage sur cette étrange personne qui s'était aventurée seule en plein territoire lakota. Juste avant de quitter sa cachette, le guerrier, songeant qu'une arme prête à tirer n'était pas un gage d'amitié, avait décidé de détendre la corde de son arc et de ranger ce dernier dans son étui. Au moment où l'homme blanc avait remarqué sa présence, il n'était déjà plus qu'à un jet de pierre du campement. Après, tout s'était passé très vite.

Poussant un cri d'effroi, l'homme blanc avait saisi un long bâton semblable à une lance, puis l'avait levé et pointé vers le guerrier qui s'avançait vers lui. L'instant d'après, un petit nuage de fumée blanche s'était élevé à côté de la main droite de l'homme, juste au moment où il avait placé le bâton contre son épaule. Moins d'une seconde plus tard, un plus grand nuage de fumée avait jailli de l'extrémité pointée vers Whirlwind. Et soudain, le tonnerre avait éclaté !

Whirlwind avait bondi en arrière. Quelque chose venait de tirer sur sa chemise. En baissant les yeux vers son côté gauche, il avait vu le trou ouvert dans le cuir juste au-dessus de sa hanche. Des histoires racontées sur les Ojibways avaient alors jailli de sa mémoire. Longtemps auparavant, les Ojibways s'étaient servis d'armes de ce genre contre le peuple de Whirlwind.

L'homme blanc s'était agenouillé et, à l'aide d'étranges gestes, avait fait bouger certaines parties de son arme. Voyant cela, Whirlwind n'avait pas hésité. Alors que la voix tonitruante de l'arme de l'homme blanc résonnait encore au fond de la vallée, il avait passé une main derrière son dos et fait glisser devant lui son arc gainé de son étui et son carquois rempli de flèches. En l'espace d'une seconde, il avait fait jaillir l'arc de son étui. Une seconde plus tard, la corde était tendue, prête à tirer.

Les mains de Whirlwind avaient réagi plus vite qu'un serpent à sonnettes. En un éclair, il avait sorti deux flèches de son carquois. L'homme blanc était encore en train de se débattre avec son arme lorsqu'il avait encoché la première d'entre elles sur la corde de son arc. Avec des mouvements si rapides qu'on n'aurait pu les distinguer à l'œil nu, le guerrier avait levé son arc, tiré sur la corde, et décoché la flèche.

La flèche avait fendu l'air, plus vite qu'une hirondelle en plein vol. Perçant la poitrine de l'homme blanc, elle s'était enfoncée profondément dans sa chair, laissant seulement dépasser la moitié arrière de ses plumes. L'homme blanc s'était écroulé en arrière, agrippant désespérément la flèche qui faisait jaillir son sang sur la berge de la rivière. Déjà, Whirlwind avait encoché une seconde flèche sur la corde de son arc. Mais c'était inutile. À peine avait-il reculé prudemment à six pas de l'homme blanc que ce dernier était déjà mort. Il était mort comme n'importe quel autre homme, avait alors songé Whirlwind. Une réflexion qui lui revenait à présent en mémoire.

Whirlwind laissa le souvenir de ce combat s'estomper dans les vallées obscures de son esprit. Mais il savait que l'arme de ce trappeur mort était très probablement la même que celle avec laquelle on avait tiré sur l'homme blanc blessé. Il n'était pas non plus sans savoir, comme le rappelaient sans cesse les anciens, que la connaissance était l'arme la plus puissante d'un guerrier. Il était temps pour les Wolf Tails de s'armer plus sûrement contre celui qui avait tué la mère de High Hawk.

« Parle-nous de ton arme, demanda le chef de guerre à de la Vérendrye.

— La balle qui sort de son canon est un peu plus grande que ça, commença ce dernier, en désignant l'extrémité de son petit doigt. Elle vole si vite qu'on ne peut pas la voir. » Il fit un geste vers la crête. « Si Bruneaux est là-haut, il peut nous abattre avant même que nous ayons eu le temps de compter jusqu'à deux. »

Les trois compagnons de Whirlwind échangèrent des regards dubitatifs.

« Vous devriez le croire, ne serait-ce que par prudence, leur conseilla le chef de guerre d'un ton posé. Il n'y a rien de glorieux à mourir de façon stupide. »

Les guerriers hochèrent la tête, se rappelant les circonstances de l'affrontement entre leur chef et l'homme blanc au bord de la White Earth River.

« Cela dit, poursuivit le Français, il faut plus de temps pour recharger un fer sacré que pour réarmer un arc après avoir décoché une première flèche. Lorsqu'une balle vient de partir, il s'écoule environ trente-cinq secondes avant que l'on puisse tirer à nouveau. Il est important de le savoir. Et n'oubliez pas que la portée de tir du fer sacré est très grande, bien plus grande que celle de vos flèches. »

Whirlwind demeura un moment silencieux, pour laisser aux jeunes guerriers le temps de peser les paroles de l'homme blanc. Puis il leva les yeux vers le haut de la pente. « Nous devons nous assurer que cet homme se trouve en ce moment même au sommet de cette crête. Nous pouvons inspecter la colline de fond en comble, sur ses deux versants, en sondant jusqu'au moindre ravin, mais nous n'aurons pas terminé avant la nuit. Et ce temps jouera certainement en sa faveur.

« Il y a un moyen plus rapide, poursuivit Whirlwind. Pourquoi ne pas se servir d'un appât ? » Le chef de guerre s'interrompit pour cueillir trois brins d'herbe, puis les tendit aux trois jeunes guerriers qui s'en saisirent l'un après l'autre.

« S'il est bel et bien là-haut, on pourra peut-être l'amener à tirer en lui donnant le change à l'aide d'un appât. Cela nous permettra de le repérer avec précision.

— La manœuvre n'est pas sans danger », fit remarquer Walks High.

Whirlwind regarda de la Vérendrye. « Jusqu'où puis-je m'approcher du sommet de la crête tout en restant hors de portée du fer sacré ? »

De la Vérendrye jeta un coup d'œil vers le haut de la crête. « Nous sommes environ à trois cents pas du sommet, estima-t-il. À une telle distance, il n'est pas facile d'atteindre une cible de la taille d'un homme. Mais c'est pourtant possible, si notre homme est bon tireur. Par prudence, ne vous approchez pas davantage. »

Lone Elk montra son brin d'herbe à Whirlwind. « Mon oncle, lui demanda-t-il, pourquoi nous avoir fait tirer à la courte paille si tu as décidé de servir toi-même d'appât ? »

Whirlwind sourit malicieusement. « Celui qui a tiré le plus court brin d'herbe sera chargé de garder les chevaux. »

Red Lance soupira et jeta son petit brin d'herbe sur le sol.

« Je vais longer le bas de la pente à cheval, poursuivit Whirlwind. Vous deux, ajouta-t-il en s'adressant à Walks High et à Lone Elk, continuez à gravir la pente, mais restez à couvert. Si l'homme est bien là-haut, et s'il se met à tirer, il nous donnera sa position. Moi-même je vais chevaucher sur la pente dans sa direction — en comptant jusqu'à trente. Après quoi, nous resterons tous hors de vue, en demeurant groupés, jusqu'à ce que l'un de nous entende distinctement un coup de feu. » Il jeta un coup d'œil à de la Vérendrye. « Il vaudrait mieux que tu retiennes les chevaux pendant que mon neveu monte la garde. »

Le Français hocha la tête en signe d'acquiescement. « Rappelez-vous, répéta-t-il. Quand le fer sacré tirera, vous verrez s'élever un nuage de fumée blanche. »

Allongé sur le bord de la crête, un homme vêtu d'une tenue sale en peau de daim scrutait l'horizon vers le sud. Les quatre cavaliers avaient tourné bride et disparu au bas de la pente. Bruneaux savait que cet endroit était presque hors de portée de son fusil. Mais dès que les cavaliers recommenceraient à gravir la pente, ils ne pourraient pas échapper à son arme meurtrière.

De toute évidence, ces Lakotas allaient réagir comme certains de ces Indiens qui vivaient près de la Great Muddy River. Le fusil leur inspirerait une crainte respectueuse. Il suffirait d'un coup de feu pour les voir s'enfuir comme une volée de moineaux, surtout si la balle faisait mouche. Après quoi, il pourrait reprendre tranquillement sa route et profiter pleinement de sa prise. Car il s'était emparé d'un butin aussi précieux que l'or qu'il avait voulu ravir à de la Vérendrye.

Des images de plaisir jaillirent dans son imagination tandis qu'il posait un regard concupiscent sur la jeune fille. Cela faisait bien trop longtemps qu'il n'avait pas couché avec une femme. Et elle était faite pour cela. Il y avait des hommes qui paieraient cher pour avoir une telle fille, et en user de la sorte. En faisant un effort sur lui-même, il concentra son attention sur le bas de la pente.

Un juron jaillit de ses lèvres. Il venait d'apercevoir un cavalier isolé qui galopait vers l'est, juste à portée de tir.

Sun Rise Woman joua des coudes pour s'approcher du bord de la crête, resserrant étroitement ses doigts sur le sable qu'elle tenait dans ses mains. Ils étaient là ! À en juger par les réactions de l'homme blanc, il avait aperçu quelqu'un. Whirlwind et Walks High, sans aucun doute ! Et d'autres aussi, probablement. Cette épreuve serait bientôt finie.

Bruneaux empoigna son fusil, et en cala la crosse contre son épaule droite. Puis il l'arma, après avoir soigneusement évalué la distance. C'est alors qu'il poussa un nouveau juron, réalisant soudain que le cavalier qui chevauchait devant lui à découvert n'était qu'un appât, destiné à lui faire tirer un coup de feu pour qu'il révèle sa position.

« Les sauvages sont capables de réfléchir, après tout », marmonna-t-il, en désarmant lentement son fusil. Ses yeux parcoururent rapidement le paysage. Tout à coup, il frissonna. Il venait de prendre conscience que, même s'il n'avait pas encore tiré un seul coup, il avait momentanément concentré toute son attention sur l'Indien qui servait d'appât, au point d'en oublier les trois autres cavaliers.

La respiration de Bruneaux s'accéléra. Il était sûr qu'ils progressaient dans sa direction. Peut-être étaient-ils déjà derrière lui, s'approchant pas à pas en décrivant des cercles concentriques. Durant quelques instants, il demeura indécis. Au bas de la pente, le cheval isolé et son cavalier continuaient à avancer. C'est alors qu'à la stupéfaction de Bruneaux, l'homme tira sur les rênes de sa monture et s'arrêta.

Bruneaux réarma son fusil. S'il arrivait à tuer l'Indien qui servait d'appât, les autres prendraient sûrement la fuite. C'était la manière la plus facile de se sortir de cette situation. Il aspira une grande bouffée d'air et visa avec soin. « Reste tranquille, païen », souffla-t-il, en pressant sur la détente.

Whirlwind vit une poignée de terre jaillir près d'un buisson de bruyère à dix pas au-dessus de lui sur la pente. Une seconde plus tard, il entendit le grondement caractéristique du fer sacré. Le stratagème avait réussi.

Un nuage de fumée blanche planait juste au-dessus de la crête. Tout en comptant mentalement, Whirlwind talonna son cheval de guerre et galopa dans sa direction. Arrivé au chiffre vingt, il tourna soudain bride et plongea au fond d'un ravin. Et lorsqu'il eut compté jusqu'à trente, il était à l'abri, hors de vue.

Le guerrier mit pied à terre et attacha sa monture à un arbuste bas. En quelques secondes, il évalua la distance qui le séparait du sommet de la crête : une centaine de pas, peut-être moins. Après avoir entendu le coup de feu du fer sacré, il avait gravi la pente raide sur deux cents pas environ.

Whirlwind embrassa d'un regard reconnaissant son cheval de guerre favori. L'animal était à peine essoufflé. « Tu peux te reposer ici, mon ami, lui dit-il. À partir de maintenant, je vais me battre seul. » Au son de la voix du guerrier, le rouan gris pointa ses oreilles en avant. Bien des étés et des automnes d'entraînement patient et attentif avaient fait de lui le meilleur cheval de guerre que Whirlwind ait jamais monté. Dès sa naissance, ce cheval gris possédait déjà l'âme d'un guerrier. Il avait le don de demeurer calme au milieu du bruit et de la confusion, et cela, aucun entraînement n'aurait pu le lui inculquer. Pour l'heure, il demeurait patiemment immobile au côté de son cavalier et l'observait avec attention. Ce dernier lui fit un signe de tête et tourna son attention vers la pente.

Bien à l'abri derrière l'épais feuillage d'un bouquet de bruyère, Whirlwind scruta la ligne d'horizon. Au même instant, il fit glisser son arc hors de son étui et banda la corde. Sa main chercha le casse-tête qui pendait à sa ceinture. Il effectuait ces mouvements d'instinct, comme si ses mains pouvaient voir sans qu'il eût besoin d'abaisser son regard. Ces préparatifs terminés,

Whirlwind s'enfonça dans le ravin et le longea en direction du sommet de la crête.

Le grondement du fer sacré résonna jusqu'au bas de la pente. À un jet de pierre de là, Walks High et Lone Elk, qui se tenaient prudemment à couvert, lancèrent un regard furtif vers l'endroit d'où provenait le bruit. Un petit nuage de fumée blanche s'élevait au-dessus de la crête, juste à portée de flèche au nord-est de leur cachette. Lone Elk, qui se tenait un peu au-dessus de son ami, se trouvait ainsi plus près de la fumée. Heureusement, pensa-t-il. Il connaissait trop bien la tendance de son ami Walks High à se lancer dans la bataille avec une intrépidité dangereuse. Et il craignait qu'à présent, Walks High ne se montrât particulièrement téméraire, sachant que Sun Rise Woman était probablement la captive du possesseur du fer sacré. Il devait le surveiller étroitement.

Lone Elk regarda Walks High ramper à plat ventre en direction d'un petit talus. Il agita la main pour attirer l'attention du grand guerrier, puis lui fit signe qu'il allait progresser vers le nord. Walks High hocha la tête pour lui montrer qu'il avait compris.

Bruneaux avait le souffle coupé. Il n'avait pas tiré assez loin, et le cavalier, indemne, se dirigeait maintenant au galop vers le haut de la pente. Son indécision lui avait fait perdre quelques secondes précieuses. Se laissant tomber sur le sol, il tâtonna à la recherche de son cornet à poudre et de son sac de balles. En tirant sur le cordon qui enserrait ce dernier, ses mains tremblèrent à tel point qu'il laissa échapper plusieurs balles. Il poussa un gémissement et se pencha pour les ramasser.

Sun Rise Woman profita de l'occasion pour tenter de s'échapper. Bien que Bruneaux lui eût lié étroitement les poignets et les chevilles, elle parvint à gagner le bord de la crête en prenant appui sur ses talons, qu'elle enfonçait par à-coups dans la terre. Et lorsqu'elle prit conscience que l'homme blanc concentrait totalement son attention ailleurs, elle cessa d'avancer et tira avec ses dents sur les cordes qui lui liaient les poings.

Whirlwind se déplaçait à quatre pattes, progressant de temps à autre à l'aide de ses coudes et de ses genoux, tout en veillant à ne pas aller trop vite pour ne pas soulever de poussière. Au bout d'un moment, le ravin s'étrangla au point qu'il lui devint impossible de continuer à avancer à couvert. Le guerrier n'eut pas besoin de se lever pour savoir qu'il se trouvait tout près du tueur.

Bruneaux acheva de recharger et de réarmer son fusil. Il avait du mal à dominer la peur qui montait en lui. Ses poursuivants, contrairement à ses prévisions, ne s'étaient pas enfuis au bruit du coup de feu

Henri Bruneaux était une brute. Il n'avait jamais hésité à rudoyer autrui et avait souvent obtenu ce qu'il voulait à coup de fanfaronnades et de menaces. Comme, par exemple, le jour où ce négociant de Saint Louis lui avait déclaré que deux peaux de castor ne valaient pas six cornets de poudre, mais avait été obligé de changer d'avis quand il lui avait brisé presque toutes les tables et les chaises de sa boutique. Bien des fois, pour avoir le dessus, Bruneaux n'avait eu qu'à hurler de rage, à brandir le poing et à darder sur ses adversaires ses yeux gris, étincelants de colère. Il savait que dans ces moments-là, il avait une apparence terrifiante, capable de glacer le sang du plus courageux des hommes. Jusqu'à cet instant. Maintenant, il ne pouvait espérer s'en tirer par un coup de bluff. En fait, il ne voyait qu'un moyen de se sortir vivant de cette situation : la fuite.

Bruneaux cligna des yeux fébrilement. Il devait créer une diversion. Il désarma son fusil à pierre et tira son couteau. La fille. Il allait se servir de la fille.

À la vue du couteau de l'homme blanc, Sun Rise Woman eut le souffle coupé. Bruneaux s'accroupit devant elle, puis trancha les courroies qui lui liaient les chevilles. Avant qu'elle ait eu le temps de faire le moindre geste, il l'empoigna par le bras et la traîna vers le bord de la crête, l'obligeant à se mettre debout. Après quoi, il s'écarta d'un bond.

Lone Elk aperçut aussitôt Sun Rise Woman. L'homme blanc à l'âme de serpent allait certainement l'abattre. Poussant un hurlement, il bondit hors de sa cachette et courut vers la jeune fille.

En entendant ce cri, Walks High surgit d'entre les feuillages juste à temps pour voir Lone Elk se contracter subitement et tomber face contre terre. Alors, le grondement terrifiant du fer sacré explosa dans l'air.

Walks High réagit instantanément. Saisissant une flèche de la main gauche, il encocha son extrémité garnie de plumes sur la corde de son arc, puis banda l'arme puissante de la main droite. Moins d'un quart de seconde plus tard, la hampe siffla vers la silhouette vêtue de sombres peaux de daim qui se tenait juste au-dessous d'un nuage de fumée blanche.

Whirlwind s'agenouilla et banda son arc. Sun Rise Woman était soudainement apparue sur la ligne d'horizon, et presque aussitôt, Lone Elk avait bondi dans sa direction. Whirlwind sentit son cœur battre à tout rompre en voyant le mince guerrier tournoyer sur lui-même avant de s'affaisser brusquement. Un instant plus tard, la jeune fille se retourna et se jeta sur le sol. Whirlwind distinguait nettement à présent l'homme vêtu de sombres peaux de daim. Immédiatement, il décocha sa flèche.

Bruneaux s'appuya contre le bord de la crête pour presser sur la détente, et poussa un grognement de satisfaction en voyant s'écrouler le guerrier. Il y eut un silence pesant, puis soudain, il entendit un sifflement. Une douleur aiguë lui déchira la joue gauche, transpercée au-dessus de la mâchoire par une flèche à pointe de pierre. Au moment où, instinctivement, il porta la main à sa joue, un nouveau sifflement fendit l'air et une seconde flèche, venue d'une autre direction, alla se ficher sur le bord de la crête, juste entre ses deux jambes. Bruneaux jeta un regard terrifié à la hampe de l'arme encore vibrante avant de se précipiter à l'aveuglette vers son cheval.

Whirlwind décocha une autre flèche à la silhouette sombre qui fouettait impitoyablement les flancs de son cheval pour l'obliger à prendre le galop. La flèche passa juste au-dessus de la tête de Bruneaux. Le guerrier observa soigneusement la direction que prenaient le cheval et son cavalier en fuite. En moins d'une seconde, il jugea qu'il pourrait traquer le meurtrier après avoir porté secours à Lone Elk et à Sun Rise Woman.

C'était après le coucher du soleil. Un feu brûlait sur le lit sablonneux d'un ancien cours d'eau. Lone Elk était allongé sur la pente de sa rive desséchée. Et bien que son visage fût crispé par la souffrance, il ne prononçait pas une plainte. À la lueur des flammes, on distinguait quatre personnes assises auprès du guerrier blessé : Walks High, Sun Rise Woman, de la Vérendrye et Whirlwind. Red Lance, enveloppé dans une robe en peau de cerf, n'était pas éclairé par la lumière du feu. Il était assis au milieu du groupe de chevaux, ses armes à portée de la main. C'était lui qui était chargé du premier tour de garde. Tous, et surtout Sun Rise Woman, avaient le visage marqué par les événements de la journée.

La jeune fille n'avait que quelques blessures externes : des contusions autour des chevilles, des poignets et à la commissure des lèvres. Mais des blessures invisibles la faisaient profondément souffrir.

Sun Rise Woman n'avait pas prononcé une parole lorsque Walks High lui avait appris la mort de sa grand-mère. À présent, le visage de la vieille femme hantait son esprit, tel un léger nuage poussé vers l'horizon par un vent implacable. À quoi bon vivre maintenant que grand-mère Walks Far était privée de vie ? Le plat de nourriture que lui avait offert Walks High reposait à ses pieds, intact. Ses yeux étaient gonflés de larmes, et lorsque Walks High avait délicatement posé une couverture sur ses épaules, elle n'avait pas semblé le remarquer.

Le jeune guerrier tourna vers son père un regard d'impuissance. Whirlwind fit signe à son fils de le suivre de l'autre côté du feu, assez loin pour que les autres ne puissent pas les entendre.

Profondément troublé par le silence de Sun Rise Woman, Walks High se sentait également coupable de la souffrance de Lone Elk. Il se força à prêter attention aux paroles de son père tandis que celui-ci lui dévoilait son plan.

« Demain, à l'aube, je partirai à la poursuite du meurtrier, murmura ce dernier.

— Tu ne devrais pas y aller seul, observa Walks High.

— Je ne vois pas d'autre solution, répondit son père d'un ton posé. Lone Elk est blessé, et l'homme blanc ne peut guère nous aider. Déjà, la piste du meurtrier risque de nous échapper. Le mieux serait de lancer un petit groupe de guerriers sur ses traces, mais si nous rentrons tous demain au village, nous perdrons deux jours avant de pouvoir reprendre sa poursuite. Non, il vaut mieux suivre sa piste pendant qu'elle est encore fraîche.

— Pourtant... » protesta Walks High.

Whirlwind leva la main. « Je capturerai cet homme et je le ramènerai au village. Ensuite, les anciens décideront de son sort. Pendant ce temps, Red Lance et toi aurez pour devoir de veiller à ce que les autres rentrent chez eux sains et saufs. Mon ami High Hawk doit attendre avec inquiétude des nouvelles de sa fille. »

Walks High hocha la tête. « Nous y veillerons, répondit-il.

— Bien. » Le chef de guerre jeta un coup d'œil à la jeune fille, puis se rapprocha de Walks High. « Et sois patient avec ma future belle-fille, lui conseilla-t-il. Reste auprès d'elle. Je suis sûr qu'elle ne t'en veut pas. Elle se sent responsable de la mort de sa grand-mère, tout comme tu te sens coupable de la souffrance de Lone Elk. Beaucoup d'événements se sont produits aujourd'hui. Tu auras tout loisir d'y réfléchir plus tard. Tu seras libre alors de décider si tu dois te mettre en colère, t'apitoyer sur toi-même, ou bien accepter simplement ce qui est arrivé. »

Walks High tourna un instant les yeux vers Sun Rise Woman, puis acquiesça d'un signe de tête.

Whirlwind se leva et contourna le feu pour aller rejoindre Lone Elk. Se penchant en avant, il effleura légèrement l'épaule du guerrier blessé. « Mon neveu, lui demanda-t-il, es-tu encore parmi nous ? »

Lone Elk ouvrit les yeux et répondit par un sourire gêné. La balle du fer sacré l'avait atteint juste au-dessus de la hanche gauche, traversant la chair de part en part.

Le chef de guerre lui retourna son sourire. « Je serais très honoré de te donner une plume d'aigle peinte en rouge, lui dit-il, et de faire l'éloge de ton courage aux membres de la Wolf Warrior Society. Mais auparavant, je dois m'emparer de celui qui est la cause de ta blessure et du profond chagrin dont souffre aujourd'hui notre peuple.

— Merci, mon oncle, répondit Lone Elk. En recevant de tes mains une plume d'aigle peinte en rouge, je me sentirai honoré jusqu'au restant de mes jours. »

De l'autre côté du feu, un cheval hennit doucement. Une effraie perchée sur un arbre annonça en hululant la froideur de la nuit. Dans les lointaines collines enveloppées par les plis lourds de l'obscurité, un coyote aboya, poussant un hurlement assourdi. Mais lorsque celui-ci s'éteignit, on entendit s'élever une voix plus forte et plus profonde. Le cri commença par une note aiguë et claire et monta jusqu'au moment où il retomba à son tour dans le silence. C'était, à n'en pas douter, le chant d'un loup.

Whirlwind porta une main au petit sac qui pendait sur sa poitrine. Ce dernier renfermait un croc, lien symbolique avec l'esprit qui lui servait de guide. Il sourit en entendant à nouveau la voix du loup percer la nuit et remplir l'obscurité.

7

Walks High sortit du tipi de la grand-mère de Lone Elk et contempla le coucher du soleil. Un épais nuage rouge et or, tournoyant au-dessus de l'horizon, paraissait refléter son anxiété et sa confusion.

Lone Elk commençait à se rétablir. Déjà, il marchait sans aide. Depuis quatre jours, il était placé entre les mains compétentes de sa grand-mère, une vieille femme très versée dans les plantes médicinales.

Mais pour lors, son ami blessé n'était pas le principal sujet d'inquiétude de Walks High. C'étaient son père et Sun Rise Woman qui étaient à l'origine de son anxiété. On était à la fin de la journée, et Whirlwind aurait déjà dû être rentré. De plus, Sun Rise Woman était bien plus affectée par la mort de sa grand-mère qu'il ne l'avait compris tout d'abord. Elle lui avait demandé de reporter de treize lunes — à un hiver de là — la date de la cérémonie de leur mariage. À contrecœur, Walks High avait accepté sa requête. Il avait le sentiment qu'un refus de sa part n'aurait rien changé, et même, aurait sans doute mis fin à ses espoirs d'épouser un jour la jeune fille. Tout cela était extrêmement déroutant.

Treize lunes. Cela faisait très longtemps à attendre. Bien des choses pouvaient se produire en treize lunes. Il se rappelait que dans le même temps, une fille frêle et timide s'était muée en une belle et mince jeune fille — une jeune fille dont le sourire le faisait parfois trébucher sur des obstacles inexistants.

Il n'avait pas très bien su définir ce qu'il éprouvait pour Sun Rise Woman jusqu'au jour où son grand-père, Spotted Calf, lui avait apporté une couverture de fiançailles en peau d'élan. Couverte de fins poils bruns à l'extérieur et tannée à l'intérieur, elle était ornée de peintures représentant plusieurs couples de quadrupèdes : un loup et une louve, un cerf et une biche, un élan et sa femelle, un couple de loutres, et d'autres encore. Mais le couple d'élans occupait la place centrale, car on lui attribuait l'influence la plus puissante sur l'issue heureuse des fiançailles. « Seeks-at-Night, ou Elk Dreamer, qui connaît bien le pouvoir de l'élan dans la période où l'animal fait sa cour, a peint cette couverture pour moi, avait dit Spotted Calf à Walks High. Je m'en suis servi pour courtiser ta grand-mère, et jamais de sa vie elle n'a regardé un autre homme. Plus tard, je l'ai prêtée à ton père et toi-même, par ta naissance, témoignes de son pouvoir. »

Une longue période s'était écoulée avant que Walks High ne prît place dans la file des nombreux jeunes gens pleins d'espoir qui se rassemblaient presque chaque été devant le tipi de High Hawk. À la surprise générale — y compris la sienne — c'était lui, Walks High, et personne d'autre qui s'était vu inviter à la porte de son tipi. « Pourquoi as-tu attendu si longtemps ? » lui avait alors demandé grand-mère Walks Far. À partir du moment où, debout sur le seuil du tipi des parents de la jeune fille, il s'était tenu avec Sun Rise Woman sous la couverture de fiançailles, ses pensées ne s'étaient jamais tournées vers une autre jeune femme. Et ce fut seulement ce jour-là qu'il comprit la signification des longs regards persistants que s'échangeaient souvent ses propres parents.

Et voilà qu'aujourd'hui, cette même jeune femme qui ne pouvait détacher autrefois ses yeux de lui agissait comme s'il n'était plus rien pour elle. Treize lunes, c'était effroyablement long.

Walks High parcourut le campement des yeux tout en se dirigeant lentement vers le tipi de Red Lance. Seuls quelques feux de cuisine étaient allumés à cette heure-ci. Les soirées devenaient fraîches et l'hiver approchait. Quand les femmes commençaient à préparer les repas à l'intérieur des tipis, c'était un signe certain de l'arrivée de l'hiver.

Un cheval, parfois deux, était attaché à un pieu devant presque chaque foyer. Les enfants jouaient encore au-dehors. Walks High entendit des adolescents s'amuser à faire tomber leurs camarades au bas de leur selle, quelque part à l'extrémité ouest du camp. Par ce jeu dangereux et bruyant, ils imitaient les guerriers qui s'affrontaient dans les batailles. Les contusions, les nez ensanglantés et les yeux au beurre noir — la rançon des coups qu'ils se donnaient avec leurs massues de guerre à tête de bois et leurs lances émoussées — les aideraient à gagner des plumes d'aigle au cours des vrais combats qu'ils livreraient plus tard. D'ici quelques hivers, ces garçons seraient devenus des guerriers.

En arrivant au tipi de Red Lance et de sa famille, Walks High sentit un chien lui frôler les jambes. Il gratta légèrement au côté du rabat. « Entre », lui répondit une voix d'homme. Walks High écarta la couverture en peau de bison et pénétra dans le tipi. Assis à gauche du feu, Red Lance était occupé à fabriquer des flèches. Installé dans le fond, son père, No Two Horns, regardait son fils travailler. Sings on the Hill, la mère de Red Lance, s'affairait autour des côtes de cerf grillant au-dessus du feu. Un arôme délicieux se répandait dans ce foyer accueillant. Les parents de Red Lance sourirent en voyant Walks High prendre place auprès de son ami.

« Tu as bien fait de venir, dit la femme. Tu resteras bien dîner avec nous. »

Walks High acquiesça de la tête en lui prodiguant ses remerciements. Il venait juste de prendre une part de ragoût dans le tipi de Lone Elk, mais il était trop poli pour refuser l'invitation.

« As-tu des nouvelles de ton père ? » lui demanda No Two Horns.

Walks High secoua la tête en signe de dénégation. « Non. C'est pour cela que je suis venu rendre visite à mon ami », répondit-il en prenant dans sa main la flèche que Red Lance lui tendait. Il l'inspecta minutieusement. « S'il n'est toujours pas rentré demain à midi, je prendrai mon cheval et je suivrai sa piste jusqu'à ce que je l'aie retrouvé. » Il leva les yeux vers son ami. « Je me laisserais facilement convaincre d'échanger un de mes jeunes poulains contre vingt flèches comme celle-ci », déclara-t-il, en lui rendant celle qu'il tenait dans sa main.

Red Lance lui sourit. « La discussion est ouverte. Et si tu dois partir demain, je chevaucherai à tes côtés. »

No Two Horns approuva la décision de son fils. Une expression de fierté non dissimulée se peignit sur son visage tandis qu'il parlait aux deux jeunes guerriers. « C'est une bonne idée, dit-il. Mon neveu — notre chef de guerre — a entrepris une tâche difficile. Et bien que je ne doute pas de ses capacités, je crains cependant la traîtrise de l'homme blanc. Il serait bon que vous partiez tous deux à sa recherche. Il n'y a pas de mal à vouloir s'assurer que les choses tournent bien. Stone a demandé aux anciens de se réunir ce soir. Je leur parlerai de votre plan. »

Walks High hocha la tête tandis que Sings on the Hill plaçait un plat de côtes d'élan et un bol d'infusion de menthe sauvage devant chacun des jeunes gens. « Soyez prudents, les implora-t-elle. Nous avons eu assez de motifs de tristesse ces derniers temps.

— Ma mère, répondit Walks High, manifestant ainsi son respect envers la mère de son ami, je vous le promets. Il y a bien des raisons pour lesquelles la vie mérite d'être vécue. Par exemple votre cuisine, et votre gentillesse. »

Ainsi que l'avait espéré Whirlwind, la piste du meurtrier était facile à suivre. En s'éloignant de la crête où il avait blessé Lone Elk, l'homme blanc avait emprunté brièvement la direction du nord, avant d'obliquer vers l'ouest. Il suivait de très près le cours de la White Earth River.

Des nuages bas et sombres couvraient presque entièrement la moitié occidentale du ciel lorsque le guerrier s'arrêta sur une hauteur qui dominait la rivière. Au-dessous de lui, vers le nord, un épais bosquet de saules, de peupliers et de baies à bison s'étendait sur la rive opposée. Devant lui s'élevait une berge en schiste argileux qui s'inclinait en pente raide jusqu'au lit de la rivière. Tous ces signes indiquaient clairement que l'assassin avait suivi la piste ténue des cerfs qui serpentait sur la berge de la rivière.

Whirlwind caressa l'encolure de son rouan et le mit au pas. Il avait confié sa jument à Walks High pour ramener Sun Rise Woman au camp des Wolf Tails. En outre, avec une seule monture, il pouvait avancer plus rapidement, et son cheval de guerre à la robe grise était toujours impatient de prendre la route.

Ils suivirent le bord de la rivière. Whirlwind scruta avec attention le bosquet d'arbres qu'il surplombait, mais il était certain que l'homme blanc avait déjà dépassé ce dernier. Soudain, son rouan se cabra, laissant échapper un cri de douleur et de surprise. Whirlwind sentit son cheval se dérober sous lui, et le cavalier et la monture s'écroulèrent sur le bord de la berge. C'est alors que dans le lointain, il entendit résonner le grondement d'un fer sacré !

Le corps du cheval heurta brutalement le sol, brisant le genou droit du guerrier. Mais Whirlwind n'eut guère le temps de réagir à la douleur. Il leva son avant-bras pour se protéger le visage tandis que le corps du rouan roulait au bas de la berge. Basculant sous son poids écrasant, celui-ci glissa dans les eaux glacées de la rivière en entraînant son cavalier dans sa chute. L'un et l'autre atterrirent dans des éclaboussures sonores, faisant gicler une gerbe d'eau qui retomba presque sur l'autre rive.

Coincé sous son cheval, qui gisait dans l'eau sur son flanc droit, Whirlwind réussit néanmoins à maintenir sa tête hors de l'eau. La douleur qui lui déchirait le genou droit, et la morsure de l'eau glacée, lui coupaient presque le souffle. Il prit une profonde inspiration, essuya l'eau qui ruisselait sur ses yeux, et tourna son regard vers l'ouest. Le bruit du coup de feu était venu de là.

Tout en essayant de repérer son ennemi, il commença à prendre le deuil de son cheval. Alors qu'il s'évertuait à dégager son pied immobilisé par le poids écrasant de sa monture, les souvenirs des batailles où ils avaient combattu ensemble et des longues pistes sur lesquelles ils avaient chevauché en parfaite harmonie jaillirent dans son esprit comme des éclairs silencieux. Finalement, Whirlwind parvint à délivrer son pied droit, mais il resta pourtant dans la rivière, frissonnant derrière le corps du rouan. Quelque part devant lui, l'assassin les avait vus tomber à l'eau et devait sûrement demeurer aux aguets. Dans le ciel, des nuages bas cachaient le soleil, mais Whirlwind savait que le milieu de l'après-midi était déjà passé. Bien qu'il dût se dissimuler dans l'eau glacée pour faire croire au tueur que le cavalier avait péri avec sa monture, il savait qu'il serait obligé d'en sortir avant que son tremblement ne soit devenu incontrôlable. S'il dépassait ce moment, il courait à une mort certaine.

Il attendit. Il entendait son cœur battre à tout

rompre. Un mince ruban rouge se dessinait à la surface de l'eau crayeuse — le sang de son cheval de guerre. Se hissant légèrement derrière l'épaule du rouan, il scruta la ligne d'horizon le long de la berge qui surplombait la rivière, puis parcourut du regard les basses terres qui s'étendaient à l'ouest sur l'autre rive. Il ne vit rien bouger. Alors il se laissa couler à nouveau dans l'eau glacée, en se pressant contre son cheval. Mais le corps du rouan était déjà froid.

Whirlwind se rappela alors qu'au printemps précédent, la chaleur du corps de son rouan lui avait sauvé la vie en le protégeant d'un brusque blizzard. Cela s'était passé quelques jours après l'attaque du camp des Wolf Tails par des assaillants pawnees. Les Wolf Tails avaient réussi à repousser leurs ennemis, et Whirlwind avait suivi pendant deux jours trois guerriers en fuite. Sur le chemin du retour, il avait été pris par surprise dans le vent glacé, et il avait été contraint de passer la nuit calé entre une haute berge rocheuse et le flanc de son rouan gris. Le corps de son cheval de guerre l'avait maintenu au chaud toute la nuit.

Et maintenant, serré contre le corps froid de son rouan, Whirlwind continuait à attendre dans les eaux glacées de la White Earth River. Finalement, il aperçut un mouvement qui se déplaçait le long de la haute berge sur la ligne d'horizon. Il demeura sans bouger, jusqu'au moment où il comprit que l'ombre qui se découpait sur le ciel était celle d'un jeune élan à queue noire. L'animal baissa les yeux sur la petite vallée en contrebas, puis s'éloigna vers le sud d'un pas tranquille, en s'arrêtant ici ou là pour brouter quelque peu. C'était le signal que Whirlwind attendait. Si l'élan se sentait suffisamment en sécurité pour paître à cet endroit, l'homme armé du fer sacré ne devait pas être dans les environs.

Whirlwind sortit aussitôt de l'eau et se hissa sur la berge. Alors, seulement, il commença à ressentir des douleurs dans d'autres parties de son corps. Il avait des élancements dans l'épaule droite et, sur le côté gauche, plusieurs côtes endolories. Tout en gardant les yeux levés vers la berge, il ôta prestement sa chemise et ses jambières trempées. Après quoi, il se frotta vigoureusement le corps avec ses mains et tordit ses cheveux pour en extirper le plus d'eau possible.

Il continua à observer la ligne d'horizon, guettant le moindre signe de danger. Puis, à contre-cœur, il entra à nouveau dans l'eau pour rejoindre son cheval, dont il entreprit de délier les rênes et la bride. Les étuis qui gainaient son arc et son carquois rempli de flèches avaient été coincés sous le corps de l'animal, de même que sa lance, à présent fracassée par la chute. Le sac en cuir brut qui contenait ses vêtements et sa couverture en peau de cerf étaient toujours attachés à l'encolure de son rouan. Mais tout était brisé, ou trempé. Pour l'heure, il fourra tous ces objets dans sa couverture, qu'il noua avec la bride de son cheval.

Après quoi, il s'agenouilla dans l'eau à côté du rouan. Aussitôt, la colère et le chagrin s'emparèrent de lui avec une égale violence. « Mon ami, lui dit-il, je ne t'oublierai jamais. Si je pouvais avoir la moitié de ton courage, je serais le plus grand guerrier du pays. »

Il ressortit de l'eau, empoigna son balluchon mouillé, et commença à avancer prudemment le long de la rive. La nuit approchait. Il avait besoin de trouver un abri sûr — un endroit où il pourrait réfléchir et prendre du repos.

La douleur qui lui déchirait le genou ralentissait sa marche, mais il parvint à gravir la partie la plus basse de la berge qui surplombait la rivière, puis à redescendre de l'autre côté. Mais avant de s'éloigner, il s'arrêta pour lancer un dernier regard à son cheval.

À un long jet de flèche de la berge, il trouva un ravin étroit et profond. Il décida de s'y installer. Il cueillit tout d'abord quelques poignées d'herbe et se sécha vigoureusement. Puis il tordit ses vêtements un à un. Lorsqu'il eut terminé, l'obscurité était tombée. N'ayant pas les moyens de faire du feu, il réussit seulement, pour calfeutrer un peu son abri, à tendre sa couverture en peau de cerf mouillée au-dessus de sa tête, de part et d'autre du ravin. Assis sous ce toit de fortune, il passa la nuit à somnoler, en frissonnant dans son sommeil. Et la nuit était froide, si froide.

Ouvrant les yeux aux premières lueurs de l'aube, il vit de la buée sortir de sa bouche et se demanda comment il avait pu survivre au froid de la nuit. Il tremblait de tous ses membres. La peau qu'il avait suspendue au sommet du ravin était raide et froide, de même que tous ses vêtements. Faisant appel à tout son courage, il se força à quitter son abri. Il rassembla ses affaires tant bien que mal et se mit à marcher, poussé par la seule idée que le mouvement l'aiderait à se réchauffer.

Vers midi, il tomba sur un bosquet de pruniers et se traîna sous le couvert des branches. Il était à la fois épuisé et affamé, mais ce fut la fatigue qui l'emporta et il s'endormit sur le sol.

Il fut réveillé en sursaut par le cri perçant d'un faucon en chasse. Rassemblant ses esprits, il réalisa qu'il était déjà tard et qu'une nuit froide allait bientôt tomber. Il savait que ce bosquet de pruniers était le meilleur refuge qu'il eût pu trouver — à l'exception de son propre tipi. Ignorant la douleur lancinante qui lui déchirait le genou droit, Whirlwind ne perdit pas de temps. À l'aide de son couteau, il façonna un allume-feu, d'une longueur égale à la largeur de trois paumes et qui ressemblait exactement à un petit arc, auquel il attacha une petite corde détendue. Il enroula celle-ci autour de la mèche, une brindille de l'épaisseur de son pouce et deux fois aussi longue, qui était pourvue d'une extrémité arrondie et dont il aiguisa l'autre. Pour maintenir la mèche, il cala une pièce de bois large comme sa paume sur son bout arrondi. Puis il adapta son bout pointu dans une fente qu'il tailla dans un morceau de bois mort grand comme le poing et qui lui servit pour former la base de l'objet. Après quoi, il cueillit des herbes sèches et ramassa quelques brindilles pour faire un tas de petit bois, qu'il disposa au pied de l'allume-feu. Ces préparatifs terminés, il fit tourner la mèche en tirant l'arc d'avant en arrière, lui imprimant des mouvements de plus en plus rapides jusqu'au moment où une mince fumée s'éleva de sa base et où de petites braises chaudes tombèrent parmi les brindilles. Alors, il se pencha et souffla doucement jusqu'à ce que les brindilles aient pris feu au contact des braises.

À présent, il avait du feu, une réalité qu'il n'aurait guère pu envisager ne fût-ce que la nuit précédente. Il examina plus attentivement son refuge. C'était une bonne cachette. Le feuillage dissimulait son petit foyer et le protégeait du froid. Il combla avec des broussailles les écarts qui séparaient les troncs des pruniers, créant ainsi de nouveaux coupe-vent et des réflecteurs de chaleur. Tout en travaillant à aménager son abri, il imagina son rouan gris en train de galoper dans la prairie pour s'élever enfin jusqu'au ciel. Il vit aussi Her Good Trail faire provision de bois pour le feu de la nuit, puis se préparer au sommeil en se glissant sous la couverture épaisse et chaude en peau de bison. Cette pensée le fit sourire, pour la première fois depuis plusieurs jours. Alors, il décida de réfléchir sérieusement à sa situation.

Il avait passé la nuit précédente au fond d'un ravin, sans le confort et la chaleur d'un feu, non loin de l'endroit où son cheval de guerre avait été tué. Aujourd'hui, à l'approche de la nuit, sa situation s'était nettement améliorée. Il avait trouvé un refuge, il avait allumé un feu, et il disposait même d'un peu de viande séchée. Un homme était capable de survivre avec si peu de chose, se dit-il.

Whirlwind délia la couverture en peau de cerf dans laquelle il avait transporté les restes des armes qu'il avait réussi à sauver. Puis il l'enroula autour de ses épaules et, à la lueur du feu, fit l'inventaire de son maigre arsenal. C'était, somme toute, mieux que rien : douze pointes de flèches, trois flèches, une pointe de lance en pierre encore fichée sur un bout de hampe brisée, un casse-tête, six plumes d'oie — déjà coupées et divisées, prêtes à être ajustées à l'extrémité d'une flèche —, une corde d'arc de rechange, un paquet de tendons, un outil servant à tailler et à égaliser les flèches, son carquois et l'étui de son arc (tous deux vides), quelques cordages de cuir et son couteau de pierre.

Les seuls objets qui n'avaient pas été brisés ou

abîmés dans sa longue chute sur la berge de la rivière étaient les trois flèches, son couteau, le carquois et l'étui de son arc. Il avait aussi pu récupérer sa sacoche de cuir — qui contenait de la nourriture et des vêtements de rechange — et la bride et les rênes de son cheval de guerre. Ses autres flèches, qui se montaient à plus d'une trentaine, étaient cassées ou endommagées, et sa lance était rompue en trois endroits. Son carquois et l'étui de son arc, encore humides, se ressentaient encore, même au bout de deux jours, de leur immersion dans la rivière.

C'étaient son cheval et son arc qui constituaient les pertes les plus graves. Privé de l'un et de l'autre, un guerrier pouvait être soumis à rude épreuve. L'arc, qui lui avait été offert en cadeau par son père, était une des plus belles réussites de Spotted Calf. Mais si beau qu'il fût, Whirlwind pouvait aisément le remplacer par un des trois autres suspendus dans son tipi. Ou bien, s'il décidait de continuer à poursuivre l'homme blanc, il trouverait les matériaux qui lui permettraient d'en construire un nouveau. La disparition du cheval était bien plus cruelle. Whirlwind avait élevé le rouan gris. Tout jeune déjà, ce poulain avait fait preuve de ce tempérament à la fois vaillant et réservé qui avait fait de lui un excellent cheval de guerre. À présent, il gisait mort dans la rivière glacée — abattu par le fer sacré d'un homme blanc.

Whirlwind ajouta une poignée de petites

branches sur le feu et s'adossa contre son ballot, qu'il avait posé contre un tronc d'arbre. Il se trouvait à deux jours de cheval du campement des Wolf Tails, sur la Smoking Earth River. Et l'homme blanc, qui faisait route vers l'ouest, avait deux jours d'avance sur lui. Se lancer à sa poursuite avec un armement aussi maigre aurait été de la folie. Et même s'il avait eu des armes en bon état, Whirlwind ne pouvait, au mieux, que clopiner jusqu'à ce que la blessure de son genou fût complètement rétablie.

En regardant vers l'ouest à travers l'enchevêtrement des branches de prunier, il vit les dernières lueurs du jour faiblir à l'horizon. Cédant à la fatigue et à la douleur, il se renfonça dans son dossier improvisé. Il avait besoin de repos et de temps pour réfléchir. Peut-être, au matin, serait-il plus à même de déterminer la route qu'il allait suivre. Il fixa les flammes qui lui redonnaient vie et songea à son foyer avec une profonde mélancolie. La chaleur et la sécurité de son foyer, le contact apaisant de Her Good Trail, lui apparurent comme un rêve inaccessible. La sagesse des anciens elle-même lui semblait une chimère lointaine. Pour la première fois de sa vie, Whirlwind se sentait véritablement seul.

White Crane, sans doute l'homme le plus âgé du peuple des Wolf Tails, poursuivit son discours. « J'ai entendu parler des hommes blancs depuis ma jeunesse, déclara-t-il, et j'en ai entendu dire plus de mal que de bien. Mon grand-père n'était encore qu'un petit garçon lorsque nos ennemis, les Ojibways, ont chassé notre peuple hors du pays des lacs. En échange de quelques fourrures, ils avaient obtenu des fers sacrés auprès des hommes blancs. Les fers sacrés leur ont ôté leur sens de l'honneur. Et ils ont tué parce que le fer sacré rendait le meurtre plus facile. » Il s'interrompit pour reprendre son souffle et s'éclaircir la gorge. « Sachant cela, je suis heureux que mon neveu ait tenu caché au fond de son tipi le fer sacré de l'homme blanc qui a voulu le tuer il y a de cela quatre hivers. Depuis lors, notre curiosité pour cet objet avait peu à peu disparu, jusqu'au jour où mon neveu a ramené cet homme blanc blessé dans notre village. À présent, regardons-nous. Nous voilà à nouveau réunis, pour parler des hommes blancs et des fers sacrés. Les hommes blancs et les fers sacrés ne sont peut-être pas les meilleures choses de ce monde. Mais ils font partie de notre monde aujourd'hui, et nous devons les appréhender avec la plus grande prudence. »

Des murmures d'approbation s'élevèrent dans la loge du conseil. Ces jours-ci, les hommes blancs et les fers sacrés préoccupaient bien des esprits. Toutefois, la capacité du blessé à parler le lakota avait un peu apaisé ces inquiétudes — jusqu'à ce que la mère de High Hawk ait été assassinée et sa fille enlevée.

« Nous devons faire preuve de vigilance, poursuivit White Crane, tout d'abord, envers l'homme blanc qui est encore parmi nous. Lui-même semble quelqu'un de bien, mais il est cependant la cause du deuil et des difficultés que nous connaissons aujourd'hui. Il faut prendre une décision à son égard. Peut-être devrions-nous lui demander de partir. Ou bien l'obliger à le faire. Dites-moi ce que vous en pensez. »

Circling Bear leva la main et parcourut rapidement des yeux les dix-sept autres hommes qui étaient assis sur deux cercles autour du feu. « Mes parents, leur dit-il, je ne veux reprocher à personne ce qui est arrivé ces derniers jours à notre peuple. La vie est un mystère. Nous ne pouvons savoir ce qui nous attend demain, et accuser quiconque de ce qui est arrivé hier n'adoucit pas la peine et la douleur. Cela dit, nous pouvons agir de manière à éviter pareilles souffrances à l'avenir. Et peut-être, entre autres, en faisant partir cet homme blanc. »

La plupart des assistants acquiescèrent. No Two Horns attendit que le silence se fût rétabli avant de prendre la parole : « Il y a toujours une solution à toutes les difficultés, commença-t-il. Mais cette solution peut être juste ou fausse. Certes, nous pouvons éloigner cet homme blanc, mais j'ai bien peur qu'il existe beaucoup d'hommes de son espèce. Peut-être ne les rencontrerons-nous pas tous sur notre route, mais ce qu'ils font, ce qu'ils pensent et ce qu'ils sont font désormais partie de notre monde.

« Rappelons-nous que nous avons envisagé de demander à cet homme blanc de nous instruire sur les hommes de son espèce. Si nous le faisons, peut-être serons-nous en mesure d'éviter certains problèmes que pourrait nous causer son espèce. Par ailleurs, mon fils m'a dit que le barbu lui avait expliqué le fonctionnement du fer sacré. Cette information lui sera utile, ainsi qu'au fils de notre chef de guerre, car si Whirlwind n'est pas rentré demain à midi, ils partiront tous deux à sa recherche. »

Le conseil des anciens ne se réunissait pas pour imposer aux autres une ligne de conduite. Ses membres se retrouvaient pour discuter. Parfois, ils parlaient pendant toute une journée, ou durant une nuit entière. Ils débattaient jusqu'au moment où ils avaient acquis la certitude d'avoir abordé une question sous tous les angles possibles — et jusqu'au moment où tous ceux qui le souhaitaient avaient exprimé leur point de vue. Leur but était d'offrir un conseil, un avis. Il était rare qu'ils tombent entièrement d'accord sur un point, ou qu'ils partagent la même conviction. On voyait toujours s'opposer de multiples opinions, et parfois, chacun des anciens formulait un avis différent. C'était là le but de ces assemblées : confronter de nombreux points de vue, car le poids de l'expérience et de la sagesse permettait de nombreux choix.

No Two Horns, Stone, White Crane et les autres ne s'appuyaient jamais sur leur autorité pour imposer leurs vues. Leurs paroles faisaient leur chemin par le pouvoir de leur sagesse. Ils avaient compris que le choix individuel était le premier droit des hommes, et ils savaient en outre que la sagesse s'acquiert à travers les mauvais choix comme à travers les bons.

Bear Heart ne faisait pas partie du conseil des anciens, même si la position qu'il occupait au sein de son peuple et dans la société guerrière des Wolf Tails lui donnait le droit de siéger dans la loge du conseil. Toute la nuit, il avait écouté poliment les discussions des anciens. Mais en entendant les paroles de No Two Horns, il ne put garder le silence plus longtemps. Il se leva et se tourna vers Stone.

« Grand-Père, dit-il à l'homme-médecine. Je demande la parole. » Ce dernier lui ayant donné son assentiment, le guerrier rejeta ses épaules en arrière et marqua un temps de silence pour que les anciens tournent leur attention vers lui. « Grands-Pères, reprit-il, vous connaissez mes sentiments envers l'homme blanc qui se trouve parmi nous. Moi-même, je ne l'aurais pas ramené dans notre village. Quoi qu'il en soit, il est ici à présent, et tant qu'il le sera, il peut, à mon avis, nous être utile. » Il s'interrompit, tira le casse-tête qui pendait à sa ceinture et le brandit devant lui. « Les temps changent, poursuivit-il. Il fut un temps où nous n'avions pas besoin d'autres armes. Plus tard, nous avons construit des frondes, puis des lances. Mon grand-père m'a raconté qu'autrefois, certains utilisaient un bâton-lanceur pour décocher des flèches plus larges que celles qui sont aujourd'hui les nôtres. Puis l'arc est apparu. Les flèches sont devenues plus petites et plus rapides, et elles ont acquis une portée plus grande que celle des flèches du bâton-lanceur. Aujourd'hui, l'homme blanc possède une arme plus efficace que nos arcs et nos flèches — le fer sacré. Je vous le répète : les temps changent. Nous serions stupides de tourner le dos aux fers sacrés uniquement parce que nous ne les aimons pas, ou parce que nous ne comprenons pas leur fonctionnement. Grand-Père White Crane nous a rappelé que les Ojibways se sont servis de fers sacrés pour combattre notre peuple il y a de cela bien longtemps. Je suis sûr que, parmi nos ennemis, d'autres le feront aussi. À mon avis, nous n'avons pas le choix. Nous devons évoluer. Et l'homme blanc qui se trouve ici peut nous y aider.

— De quelle manière le barbu peut-il nous être utile ? » demanda Stone.

Bear Heart sourit. « D'abord, en nous montrant comment utiliser le fer sacré. Ensuite, en nous aidant à en obtenir d'autres. »

Stone s'éclaircit la gorge. « Si le fer sacré a été fait par la main de l'homme, alors les autres hommes peuvent apprendre à s'en servir. Nous savons qu'il y a des hommes blancs quelque part à l'est de notre pays. Peut-être même attendent-ils de l'autre côté de la Grandfather River, comme un fleuve prêt à déverser ses eaux en crue. Et nous savons aussi qu'ils possèdent des fers sacrés. Nous pouvons nous saisir de quelques-unes de ces armes, ou bien les obtenir par le biais d'un échange. À mon avis, la question de savoir comment apprendre à s'en servir, ou comment acquérir un grand nombre d'entre eux, n'est pas ce qu'il y a de plus préoccupant. » L'homme-médecine fit une pause et parcourut lentement les visages des assistants, assis en cercle dans la loge du conseil. « À première vue, le fer sacré est pareil à toutes les autres armes. On peut l'utiliser pour chasser, ou bien pour protéger son peuple. Mais d'une certaine façon, cette arme a quelque chose de différent. Elle possède un pouvoir invisible et silencieux. C'est ce que notre chef de guerre a tenté de nous dire, et nous ne devons pas l'oublier. Le fer sacré, je le crains, peut exercer une influence sur l'esprit d'un homme. Une mauvaise influence. Si tel n'était pas le cas, alors pourquoi nos guerriers auraient-ils été si nombreux à prier mon neveu Whirlwind de leur montrer cette arme — et même, de leur permettre de la toucher ? Je sais également que certains d'entre eux lui ont demandé de l'utiliser. Pourquoi ? Je pense que plusieurs de nos guerriers sont attirés par un pouvoir qu'ils ne peuvent définir. Et j'ai peur que ce pouvoir soit de ceux qui troublent les esprits. »

Stone baissa la tête et se renfonça dans son dossier en osier. Le silence s'installa dans la loge. Bear Heart voulut reprendre la parole, mais White Crane l'arrêta d'un geste. Alors, le guerrier se leva et quitta la loge du conseil, emportant sa colère dans la nuit.

Walks High jeta un coup d'œil à l'homme blanc qui se trouvait dans le tipi de sa mère, puis il posa du bois sur le feu. Après quoi, il ignora délibérément l'homme blanc pendant un long moment. Finalement, lorsque ce dernier ne parvint plus à dissimuler sa nervosité, le jeune guerrier se décida à parler.

« Pourquoi as-tu demandé à ma mère de te confier le fer sacré de mon père ? »

De la Vérendrye s'éclaircit la gorge. « J'ai un compte à régler avec Bruneaux. Cet homme a beaucoup de crimes sur la conscience — le meurtre de la mère de High Hawk et l'enlèvement de Sun Rise Woman. Mais je ne pourrai rien contre lui, à moins de disposer d'un fer sacré. Si ta mère m'autorise à emprunter celui de ton père, je le lui rendrai dès que j'en aurai fini avec lui.

— Tu veux tuer toi-même cet autre homme blanc ? »

Walks High, tout comme son père, avait un regard implacable, et de la Vérendrye savait qu'il devait aussi user de prudence envers lui. «J'aimerais pouvoir le faire, répondit-il avec franchise. Il mérite la mort pour tout ce qu'il a commis. Mais je pense également qu'il doit répondre de ses actes devant ton peuple. Je veux vous aider à le retrouver et à le capturer. Et je peux y parvenir, avec l'aide du fer sacré.»

Durant quelques secondes, le jeune guerrier tourna son attention vers une poignée de flèches posées à côté de son genou tout en pesant les paroles de l'homme blanc. «C'est à ma mère d'en décider, conclut-il. Je crois en ta sincérité, car tu nous as aidés près de la vallée des deux rivières. Si demain, à midi, mon père n'est toujours pas rentré, mon ami Red Lance et moi-même partirons à cheval à sa recherche. Tu peux nous accompagner si tu veux, avec ou sans le fer sacré. Cela dit, sache que je suis triste que tu aies besoin de puiser ta force dans un fer sacré. Mon père avait vu juste. Ainsi donc, pour certains, c'est le fer sacré qui fait l'homme.»

De la Vérendrye avait du mal à ne pas tourner son regard vers l'arme suspendue à un piquet à l'arrière du tipi. Il y jeta un coup d'œil, puis regarda brièvement Her Good Trail. Il ne lut aucune réponse sur son visage. L'homme poussa un soupir et se leva avec lenteur, se préparant à prendre congé. «Je vous remercie, dit-il au jeune guerrier et à sa mère. Merci de m'avoir écouté.»

Her Good Trail hocha la tête en souriant, puis

regarda l'homme blanc franchir le seuil de son tipi d'un pas raide. Elle demeura un moment silencieuse après que le visiteur eut fini de remettre en place la couverture qui en fermait le rabat. Walks High ramassa les flèches, un long cylindre de bois et un carquois en peau de coyote. À son tour, il poussa un soupir, tout en introduisant une première flèche dans le cylindre. Ce souffle inattendu, telle une rafale de vent, fit sursauter Her Good Trail dans le tipi silencieux. Elle savait qu'ils dissimulaient tous deux leurs soucis et leurs craintes. Cette nuit-là, la place qui demeurait vide au fond de leur foyer leur semblait encore plus grande.

« Mon fils, dit-elle enfin, m'en voudrais-tu si j'autorisais le barbu à se servir du fer sacré de ton père ? » Elle jeta un coup d'œil oblique à l'objet caché dans son étui en peau d'élan. Elle serait heureuse de le savoir hors de chez elle.

Walks High acheva de disposer toutes ses flèches dans le cylindre en bois, puis les fit glisser d'un seul geste dans leur carquois. Il secoua la tête en signe de dénégation. « Non, mère. Je ne t'en voudrais pas. » Il tourna un instant son regard vers l'espace vide à l'arrière du tipi. « Je suis sûr que mon père comprendrait. L'homme blanc nous a aidés en nous expliquant le fonctionnement de cette arme. Peut-être, s'il ne l'avait pas fait... »

Her Good Trail hocha la tête et posa tendrement la main sur l'épaule de son fils. Cela faisait plusieurs jours que les yeux de Walks High s'étaient voilés de tristesse, depuis que Red Lance et lui étaient rentrés au village en ramenant l'homme blanc et Sun Rise Woman. Elle n'ignorait pas la cause de son chagrin, mais elle savait aussi que son fils, tout comme son père, ne se confiait pas volontiers. Elle aurait pourtant souhaité qu'il lui parle de Sun Rise Woman.

Déjà, lorsqu'il n'était encore qu'un tout petit garçon, Walks High avait fait preuve d'un caractère très proche de celui de son père. Elle se rappelait le jour où, dans la vallée de la Spring Creek, il s'était fait très mal à l'épaule en tombant du haut d'un arbre. Bien qu'il n'eût pas plus de quatre hivers, il n'avait pas versé une seule larme. Une autre fois, alors qu'il était âgé de sept hivers, il s'était fait mordre par un blaireau. Personne ne s'en était douté jusqu'au jour où, allant puiser de l'eau près d'un coude éloigné de la rivière, Her Good Trail l'avait vu laver une blessure à l'arrière de sa jambe. Pourtant, même le plus courageux des guerriers ne pouvait dissimuler un cœur brisé. Et même la plus forte des mères était impuissante à guérir une telle blessure.

Her Good Trail regarda s'activer les mains vigoureuses de son fils. Elle l'étreignit un instant, puis tourna les yeux vers ses provisions de viande. Il ferait bon manger un civet de chevreuil par une soirée comme celle-ci. « Crois-tu que le nom de l'homme blanc ait un sens ? » demanda-t-elle soudain.

Walks High secoua la tête. « Je ne sais pas. Peut-être devrions-nous lui poser la question. »

Elle haussa les épaules. « Il est comme la plupart des hommes. Mais aussi, par certains côtés, différent. Et cela ne tient pas seulement à sa peau blanche.

— Je pense... je pense que c'est un homme bon, avança le jeune guerrier. Ou peut-être s'y entend-il à tromper tout le monde.

— L'avenir nous le dira, répondit Her Good Trail, en agitant les braises pour ranimer le feu. Mais en attendant, je lui ai trouvé un nom. »

Walks High leva un regard étonné vers sa mère.

« Le Barbu », acheva-t-elle en se caressant le menton.

Le jeune homme sourit et répéta : « Le Barbu... »

De l'autre côté du camp, bien à l'abri dans le confort de son tipi, un guerrier regardait fixement le feu sans distinguer les flammes. Une jeune femme retourna la viande qui grillait au-dessus du feu et jeta un doux regard à son mari. Le guerrier était assis contre un dossier recouvert d'une peau d'ours noir. Sur une corde, derrière lui, était suspendue une peau d'ours bien plus large, qui avait été tannée et ornée de motifs peints très travaillés. Bear Heart avait tué cet ours lorsqu'il n'avait encore que quinze hivers, en lui décochant trois flèches en plein cœur. Le jeune chasseur venait juste de traquer et de tuer une biche bien grasse lorsque l'animal avait soudain surgi devant lui pour lui ravir sa proie. Little Tree, comme il s'appelait alors, avait lancé une première flèche dans le cœur du grand ours alors que ce dernier était encore occupé à pousser son grognement de défi. Et lorsque l'animal s'était soudain tu, surpris par la douleur que lui avait causée un aussi chétif adversaire, le jeune chasseur lui avait fiché deux autres flèches dans le cœur. Il avait dû se réfugier en haut d'un arbre pour ne pas être taillé en pièces par l'animal furieux. Mais à dater de ce jour, il avait acquis définitivement son nom de guerrier et il avait appris que personne n'avait le droit de lui prendre ce qui lui revenait de droit.

Il était entouré de tous les symboles de son statut guerrier : deux boucliers, quatre lances, quatre arcs pourvus de carquois remplis de flèches, plusieurs casse-tête, des couteaux, des cordes et des outils servant à fabriquer des armes. Et pourtant, ses yeux qui se perdaient dans les flammes y voyaient un objet qui ne se trouvait pas dans son tipi.

Light Haired Woman s'éclaircit discrètement la gorge. « La viande est cuite, annonça-t-elle. Il est temps de manger. »

Le regard sombre et vide de Bear Heart s'attarda un moment sur l'image qui s'était formée dans son esprit, celle d'une arme longue et luisante en fer et en bois. Puis il tourna les yeux vers sa femme. Elle fit glisser de la broche un morceau de viande de cerf avant de le déposer dans une assiette de bois creuse. Il sourit en commençant son repas. Mais à peine eut-il avalé une ou deux bouchées qu'il sentit une fois de plus que sa femme avait quelque chose de changé. Cela faisait déjà quelque temps qu'il avait remarqué cette transformation, et il s'était promis de l'interroger là-dessus. « Ma femme, lui dit-il, es-tu malade ? »

Light Haired Woman baissa les yeux, rougissante. « Je vais très bien », répondit-elle, d'une voix à peine plus forte qu'un murmure.

« Tu as peut-être des soucis ? »

Elle secoua la tête. « Non, pas du tout. Mais...

— As-tu quelque chose à me dire ? »

Light Haired Woman hocha la tête en signe d'acquiescement. « Je... je porte un enfant. »

Bear Heart regarda longuement sa jeune femme. Ses paroles éveillaient en lui à la fois la tristesse et la joie. Le souvenir d'un petit garçon de huit hivers et de sa mère, emportés par une inondation, surgit soudain dans sa mémoire avec la même violence que le torrent qui les avait engloutis. Depuis lors, il était demeuré seul, emplissant de colère le vide qui s'était creusé dans sa vie — jusqu'à ce jour où, deux hivers plus tard, il avait posé les yeux sur la fille de

Comes Flying. Pourtant, même Light Haired Woman n'avait pas été capable d'apaiser sa colère. Au cours des nombreux hivers solitaires de son existence, il était parti sur le sentier de la guerre plus souvent qu'aucun autre guerrier de la bande des Wolf Tails. Et il avait acquis sa célébrité, tant par son courage que par son imprudence. Même s'il ne tuait pas un grand nombre d'ennemis, il s'était rendu compte avec le temps que les autres guerriers étaient de moins en moins nombreux à le suivre sur le sentier de la guerre. Mais peu importait à ses yeux, car un cœur dur était la première qualité du guerrier. Il préférait se battre seul plutôt que de devoir compter sur tous les guerriers au cœur tendre qui l'entouraient. Bear Heart chassa résolument ces souvenirs, prit la main de Light Haired Woman dans la sienne, et murmura : « Ce que tu viens de dire me réjouit le cœur. »

Les lèvres de la jeune femme tremblèrent tandis qu'elle esquissait un doux sourire. Mais elle refoula les quelques larmes qui perlaient sous ses paupières, sachant qu'aux yeux de son mari, la force était la qualité suprême. « Je prie pour que ce garçon devienne pareil à son père, dit-elle.

— Pour qu'il soit encore plus courageux que son père, renchérit le guerrier. Car notre monde change. Il lui faudra être fort et ne pas avoir peur des choses nouvelles et différentes qu'il sera amené à rencontrer. »

Le regard de Bear Heart revint se perdre dans le feu. À nouveau, il vit le fusil se dessiner au-delà des flammes. « Je dois partir en voyage demain, dit-il au bout d'un moment. Les fils de Whirlwind et de No Two Horns vont quitter le campement pour suivre la piste de notre chef de guerre, parti à la poursuite d'un homme armé d'un fer sacré. Je dois y aller moi aussi. »

Light Haired Woman hocha lentement la tête et, pendant une ou deux secondes, posa une main sur son ventre.

Une vive lueur rouge annonça le retour de l'aube. Whirlwind entendit des oies prendre leur envol. Leur caquètement aigu remplit l'air froid du nouveau jour. Les oies s'envolaient bien tard vers le sud cette saison, songea Whirlwind. Mais il savait qu'elles allaient faire tout leur possible pour atteindre leur but, pour accomplir le cycle de leur vie — à n'importe quel prix.

Il posa quelques brindilles sur son feu et réfléchit au rêve qui l'avait arraché à son sommeil au milieu de la nuit. Dans ce rêve, il avait vu un loup défendre sa tanière et sa famille contre une meute de chiens gris. Au début, les chiens étaient peu nombreux. Mais à mesure que le loup les chassait, d'autres arrivaient en renfort. Plus il se battait, et plus les chiens se multipliaient.

Le rêve n'avait pas eu de fin car Whirlwind s'était réveillé avec colère. Néanmoins, il avait servi à lui rappeler le destin qu'il s'était choisi : le destin du guerrier, qui consacrait sa vie à la défense de son peuple, sans craindre la menace de l'ennemi.

Whirlwind se sentait reposé. Il avait dormi confortablement au milieu du bosquet de pruniers. Même son genou blessé, qui avait légèrement désenflé, le faisait un peu moins souffrir. Vers l'est, la clarté du jour devenait de plus en plus vive, tandis que le soleil, perçant une traînée de nuages bas de ses lances rougeoyantes de lumière, dépouillait l'horizon de son sombre manteau.

Whirlwind se glissa avec précaution hors du bosquet où il avait trouvé refuge et se tourna vers l'est pour faire face au soleil. Et, tandis que les rayons de l'astre renaissant le baignaient de leur chaleur, il leva son visage et sa voix vers le ciel : « Merci, Grand-Père, de m'avoir donné la famille qui est la mienne et de veiller sur elle... merci de faire de moi ce que je suis... et merci, surtout, pour toutes les difficultés qui m'aideront à croître en force et en sagesse... »

8

La détonation résonna avec fracas dans l'étroite vallée d'un ruisseau qui se jetait dans la White Earth River. Et lorsque l'écho s'évanouit, un jeune cerf à queue blanche tressaillit, puis tomba inanimé. Sa vie s'écoula sans un bruit, teintant de rouge le lit de feuilles mortes. Une soixantaine de pas plus haut, un visage barbu, bruni par le soleil, souriait de satisfaction au-dessous de la fumée blanche qui planait dans l'air. L'homme se leva bruyamment et se dirigea vers le bas de la pente pour aller ramasser le cerf abattu.

Ses pas lourds éparpillèrent les feuilles mortes, emplissant la vallée étroite de leur bruit sourd. Dans toute la nature alentour — au fond d'un ravin, au creux d'un bosquet, au bord d'une prairie, à la surface des marais ou sur les branches des arbres — ceux qui se déplaçaient à quatre pattes ou volaient à travers les airs entendirent cet intrus tapageur. Et les brises transportèrent une odeur étrange et pesante, aussi importune que ses bruits. Tous ceux qui la flairèrent ou qui entendirent son pas rude s'enfuirent ou se précipitèrent au fond d'un terrier, coururent se faufiler dans un fourré, ou grimpèrent se mettre à l'abri entre ciel et terre.

La vallée venait d'assister à l'arrivée d'un nouveau bipède. Un homme qui ne respectait pas le cycle de la nature. Un homme qui ne comprenait pas — ou se moquait éperdument — qu'il y eût une harmonie dans la vie des choses de la terre. Un étranger qui ne voyait ni la beauté ni la vitalité de l'animal qu'il venait de tuer. Un homme qui se souciait seulement du fait qu'il avait à présent trouvé à se nourrir.

Henri Bruneaux jeta un coup d'œil circonspect à la ligne d'horizon qui s'étendait à l'est. L'homme au cheval gris était probablement mort. Le cavalier et sa monture étaient tous deux tombés dans la rivière, et depuis, ils n'en avaient plus bougé. Mais le regard de Bruneaux balayait trop rapidement la ligne d'horizon. Ce n'était pas un homme patient, mais il avait parfois de la chance. C'était au moment où il attendait de pouvoir tirer à bout portant sur une biche bien grasse qu'il avait aperçu l'Indien sur son cheval gris. Il connaissait ce cheval. Il l'avait vu monté par un de ces païens au sommet de la crête. Et il se rappelait très nettement le moment où le guerrier et son cheval avaient dégringolé du rivage. Un sourire apparut furtivement sur son visage, tandis qu'il portait un doigt à la longue croûte de sang séché qui courait le long de sa joue. La flèche avait bien failli le tuer! Mais son fusil à pierre avait été le plus fort. Lorsqu'il l'avait braqué sur cet Indien sur son cheval gris, il avait aussitôt fait mouche, et pourtant, il avait visé de loin.

En arrivant près du cerf qu'il venait de tuer, Bruneaux jeta un coup d'œil autour de lui. Un silence absolu pesait sur les environs, telle une couverture lourde et étouffante. Devant lui, les espaces étaient libres et dégagés, prêts à être conquis. Mais ce calme avait quelque chose d'inquiétant. Il saisit son couteau, puis se ravisa et réarma son fusil à pierre. Tout en manipulant son arme, il tourna son regard vers l'est, scrutant nerveusement chaque arbre, chaque massif de bruyère et chaque bosse qui se découpait à l'horizon. Mais il n'y avait rien. Ou du moins, pas de guerrier monté sur un cheval gris.

Lorsqu'il eut fini de recharger son arme, il la posa nonchalamment contre le tronc d'un petit chêne. Puis, en tirant son couteau, il saisit le cerf qui gisait à ses pieds et lui arracha une des pattes de devant. Ensuite, il rejeta la carcasse sur le sol, lui taillada le flanc et lui trancha la hanche à coups irréguliers, sans même la dépecer. C'était tout ce qu'il voulait.

Après quoi, jetant son butin sur son épaule, il empoigna son arme et marcha vers le sud en suivant un ravin étroit et sombre rempli de petits chênes. Pas une fois, il ne se retourna pour voir la carcasse sanglante qu'il avait laissée derrière lui.

Walks High tendit à de la Vérendrye le licol d'une robuste jument isabelle. Le Français hésita. Son propre cheval bai était déjà harnaché, prêt à prendre la route.

« C'est le premier cheval que j'ai élevé et entraîné moi-même, ajouta Walks High en caressant son pelage.

— En ce cas, répartit de la Vérendrye, je ne peux t'en déposséder. »

Le jeune guerrier sourit. « Je veux seulement te la prêter. C'est une jument douce, à la démarche souple. J'ai remarqué que ton cheval bai marchait d'un pas saccadé, ce qui ne doit pas ménager ta blessure. »

Le Français hocha énergiquement la tête pour dissimuler sa gêne. « Je comprends... et je te remercie. »

De la Vérendrye prit les rênes de la jument. Avec des gestes rapides, il ôta la bride et le mors en fer de son cheval bai et fabriqua un licol à l'aide d'une longue corde en poil de bison tressé. Il avait décidé de suivre l'exemple des guerriers et d'emmener un autre cheval de rechange. Grâce à cela, il en aurait toujours un plus frais.

La plupart de ces guerriers lakotas, avait-il entendu dire, se servaient d'un cheval spécial pour partir à la guerre, et d'un autre pour chasser le bison. Si parfois ils conduisaient le premier sur le sentier de la guerre, la plupart du temps, ils ne l'utilisaient qu'au moment de la bataille. De même, les cavaliers qui partaient à la chasse au bison n'enfourchaient leur cheval de chasse que lorsqu'ils avaient repéré leur proie. Le cheval de guerre ne servait que rarement de monture d'agrément ou de cheval de chasse. Le cheval entraîné à la chasse au bison n'était pas non plus destiné à être utilisé comme cheval de guerre. Chacun était spécialement choisi et entraîné dans un but particulier.

Walks High passa une corde entre les mâchoires de sa jument et observa avec curiosité la bride que l'homme blanc venait d'ôter de son cheval bai.

Remarquant le regard interrogateur du guerrier, de la Vérendrye lui tendit la bride de sa monture. « C'est avec cet objet que les hommes blancs maîtrisent leurs chevaux, même si son contact est dur sur la bouche. » Puis il ajouta, en désignant le mors : « Cette partie-ci est en fer. »

Red Lance rejoignit son ami, et les deux jeunes guerriers examinèrent ensemble la bride de cuir et son étrange mors de fer. Walks High haussa les épaules. « Les gens différents font les mêmes choses de manière différente, conclut-il. Nous commençons à entraîner nos chevaux quand ils sont encore de petits poulains. Ils sont plus faciles à former et, comme ils nous voient régulièrement tout au long de leur croissance, ils nous font confiance. Mais peut-être ta méthode, avec l'embouchure en fer, est-elle bonne pour les chevaux récalcitrants.

— Oui, acquiesça le Français, mais je pense que la corde que vous leur passez autour des mâchoires et votre façon de les former sont meilleures — et plus souples pour les chevaux. »

Se rappelant le trajet qu'ils avaient devant eux, les guerriers se désintéressèrent du curieux équipement et se détournèrent pour achever leurs préparatifs.

De la Vérendrye décida de garder son petit balluchon sur son cheval bai. Celui-ci contenait juste un sac de nourriture, une paire de mocassins de rechange, un allume-feu à mèche en forme d'arc et une petite peau de cerf qui lui avait été donnée par le père de Whirlwind. Il comptait se servir de cette dernière pour confectionner des gants et des mocassins d'hiver. Sa seule arme était le couteau de pierre qui pendait à sa ceinture. Her Good Trail ne paraissait pas disposée à le laisser utiliser le fusil à pierre de son époux.

Le Français était maintenant prêt à se mettre en route. En attendant le moment du départ, il observa les deux jeunes guerriers lakotas. Tous deux chevauchaient des hongres de couleur bai sombre, mais celui de Walks High était légèrement plus grand que celui de Red Lance. Ce dernier avait pour cheval de guerre un hongre noir et blanc, et son compagnon une jument d'un noir de jais. Chacun de ces chevaux avait une corde en poil de bison tressé enroulée par deux fois autour de l'encolure et nouée à la crinière au niveau du garrot. Une lance de guerre, ornée de banderoles et de plumes d'aigle, était attachée sur la partie droite de cette corde, sa pointe en fer luisant dirigée vers le ciel. Sur la partie gauche de la corde était accroché un bouclier en peau de bison, protégé par un étui peint en cuir souple.

Chaque guerrier portait son arc et ses flèches en bandoulière. L'étui de l'arc, étroit et allongé, pendait au-dessus du carquois, auquel il était relié par une longue courroie double. Cette dernière était tendue entre les deux omoplates, de sorte que l'arc et le carquois, qui contenait une quarantaine de flèches, étaient suspendus à l'horizontale juste au creux du dos. L'extrémité des flèches garnie de plumes et une des pointes de l'arc gainé dans son étui pointaient vers la gauche du guerrier. Pour éviter que cette charge ne rebondisse, surtout quand le cheval marchait au pas ou à grandes enjambées, les cavaliers passaient autour de leur taille un long et fin cordon attaché au manche du carquois.

Un guerrier emportait toujours son arc et ses flèches sur le sentier de la guerre. Et quand le moment était venu de changer de cheval, il avait à sa disposition tout l'équipement nécessaire, puisque sa lance et son bouclier étaient déjà attachés à son cheval de guerre.

De la Vérendrye avait entendu parler des Lakotas, ces guerriers chasseurs de bisons, auprès de leurs parents dakotas plus sédentaires qui vivaient à l'est de la Great Muddy River. Tout ce qu'on lui avait dit était vrai. Cinq jours auparavant, il avait vu Whirlwind, Walks High et Lone Elk suivre un ennemi caché. Les trois guerriers avaient gravi la pente de la colline avec la grâce du puma et la ténacité du loup. Il n'aurait pas aimé être à la place de Bruneaux.

Un frisson lui parcourut le corps lorsqu'il se rappela soudain sa dernière discussion avec Bear Heart. En un sens, il était soulagé que Her Good Trail ne lui ait pas donné le fusil à pierre. Cela aurait certainement irrité le guerrier, et de la Vérendrye ne voulait pas encourir la colère de Bear Heart.

Il conduisit son cheval bai et la jument qu'il avait empruntée vers l'extrémité nord du campement. Là, il attendit l'arrivée de Walks High et de Red Lance. Il s'étonna tout d'abord de l'activité inhabituelle qui régnait dans le camp. Puis il se souvint que, le lendemain, les Wolf Tails allaient prendre la route du sud pour gagner leur campement d'hiver. Cette journée était consacrée aux préparatifs de départ.

« Le Barbu. » Une voix douce l'appelait derrière son cheval bai.

L'homme blanc se retourna et vit Her Good Trail qui s'approchait de lui, le fusil à pierre dans les bras. Il s'arrêta.

Elle lui tendit l'arme, rangée dans son étui en

peau d'élan. « Tu as dit que tu voulais l'utiliser pour aider mon mari et mon fils. Je te crois sincère, car mon mari et mon fils sont ce que j'ai de plus précieux au monde. Mais tu auras à répondre à toutes les questions que mon mari pourra te poser. »

Pendant un moment, de la Vérendrye tint délicatement l'arme dans ses bras. Elle lui semblait étrangement lourde. Il regarda la femme. « Je ferai ce que je pourrai pour leur venir en aide, assura-t-il. Ce... fer sacré... peut être utilisé pour servir une bonne cause. J'espère pouvoir te le prouver, à toi et à ton mari. »

Une lueur de doute passa dans les yeux de l'Indienne. « Je n'en sais rien, reconnut-elle. Mon mari n'aime pas cet objet. Et moi non plus. J'ignore s'il pourra jamais servir à rien de bon. »

Pendant un moment, de la Vérendrye ne sut quoi lui répondre. Il cligna rapidement des yeux et baissa la tête vers le sol. Il se demanda si elle avait deviné ses sombres projets de vengeance, projets dont il ne voulait faire part à personne. Lorsqu'il releva la tête, il la surprit en train d'examiner attentivement son visage.

Her Good Trail détourna le regard, tout en souriant discrètement. « Mon fils et moi avons parlé hier soir, déclara-t-elle. Nous t'avons trouvé un nom. »

Le Français jetait des regards nerveux à la foule qui les entourait, s'attendant à moitié à ce que Bear Heart en surgisse pour venir lui disputer la possession du fusil. Il réalisa soudain ce que la femme de Whirlwind venait de dire. « Un nom ? demanda-t-il. Quel nom ?

— Le Barbu, répondit-elle. C'est un nom qui paraît fait pour toi. »

L'homme blanc posa sa main sur son menton et gratta son épais collier marron-roux. « Le Barbu, marmonna-t-il, l'air pensif.

— Oui, réaffirma Her Good Trail. Le Barbu. »

Walks High avait raison. La jument isabelle évoluait avec une grande douceur. En selle depuis midi, les trois cavaliers se dirigeaient vers la crête où ils avaient vu pour la dernière fois l'assassin de la mère de High Hawk. Ils demeuraient à l'ouest de la Smoking Earth River, en se dissimulant sous le couvert des arbres. La jument conservait un rythme modéré, même quand ils mettaient leurs chevaux au trot sur les longues distances. De plus, elle suivait docilement l'allure donnée par le grand cheval bai de Walks High.

D'un geste, ce dernier avertit ses compagnons que le moment était venu de faire halte, puis il les conduisit dans un creux rempli de saules et d'arbrisseaux. Tandis qu'ils mettaient pied à terre, Red Lance jeta un coup d'œil en direction de De la Vérendrye. « Nous nous sommes déjà cachés ici à l'automne dernier, déclara-t-il, en faisant un signe de tête à Walks High. Nous suivions huit guerriers arikaras. Soudain, nous les avons vus faire demi-tour. Nous avons alors plongé dans ce creux et nous avons couché les chevaux sur le sol, en les recouvrant de branches et de feuillages. » Il tourna son regard vers son ami. « Tu t'en souviens ? »

Walks High sourit et s'assit sur le sol, juste en face de ses chevaux. « Bien sûr », répondit-il.

Red Lance tendit le bras vers la partie est du petit bosquet.

« Ils nous avaient encerclés sans le savoir, reprit-il. L'un d'eux s'était arrêté là. J'aurais pu toucher son pied rien qu'en tendant la main. Heureusement que le soleil venait de se coucher. Sinon, ils nous auraient vus.

— Et heureusement que tu n'as pas touché son pied, intervint Walks High. Il se serait soulagé juste sur ta main. Tu te rappelles ? »

Red Lance eut un petit rire. « Et comment ! Il s'en est fallu de peu. »

Durant quelques instants, le Français parut amusé, puis il regarda alternativement les deux guerriers. « C'étaient des Arikaras, disais-tu ? »

Red Lance fit oui de la tête. « Une troupe de guerre, à mon avis.

— D'où venaient-ils ?

— Du nord, répondit Red Lance. Ils demeurent au-delà de la Knife River. À environ quinze jours de cheval d'ici. Certains membres de notre peuple vivent au sud de la Knife River. Quelquefois, nous apercevons quelques Arikaras, mais de leur côté, il est rare qu'ils nous voient. De temps en temps, de petits groupes de guerriers ou de chasseurs arikaras viennent s'égarer dans notre pays.

— À quoi ressemblent-ils ? Pouvez-vous comprendre leur langue ? demanda de la Vérendrye.

— Ce sont de bons guerriers et ils chassent le bison comme nous. Mais je pense qu'ils sont moins nombreux, et ils parlent une langue différente de la nôtre. Mon père m'avait raconté qu'autrefois, les hommes d'un village lakota du Nord avaient enlevé deux jeunes filles arikaras. L'un d'eux avait pris la première pour femme, et la seconde était aussi restée dans ce village. Elles étaient sœurs. Elles... » Soudain, Red Lance leva les yeux vers l'autre guerrier.

Walks High avait levé la main pour intimer silence à ses compagnons. D'un signe de tête, il désigna la jument isabelle. Elle pointait ses oreilles en avant et regardait attentivement vers le sud, les naseaux frémissants.

« Quelqu'un approche », souffla Walks High.

Sans ajouter un mot, les deux guerriers réagirent aussitôt. Avec des mouvements vifs et adroits, ils firent glisser devant eux leur arc et leur carquois, sortirent leur arc de son étui et le garnirent d'une corde, puis ils saisirent une poignée de flèches.

De la Vérendrye songea un instant à empoigner le fusil à pierre, mais il n'en fit rien. Il n'était pas certain que l'arme fût en état de fonctionner après avoir été enfermée quatre ans dans un étui en peau d'élan. Walks High lui jeta un regard interrogateur, mais il détourna les yeux.

Tout en s'agenouillant, les deux guerriers encochèrent une flèche sur la corde de leur arc. Bientôt, ils entendirent distinctement le pas d'un cheval. À un long jet de pierre vers le sud, un cavalier apparut entre les arbres. Les jeunes guerriers poussèrent un soupir de soulagement.

Red Lance jeta un rapide coup d'œil à l'homme blanc. « Bear Heart », murmura-t-il.

9

Spotted Calf regarda la jeune femme avec douceur. Si les choses s'étaient déroulées comme prévu, elle aurait dû épouser son petit-fils quelques jours plus tard. Mais la mort de Walks Far avait très éprouvé sa petite-fille. Le mariage de Sun Rise Woman et de Walks High aurait dû être célébré dans le campement d'hiver. Mais au lieu de se préparer à ses noces, la jeune fille avait coupé ses cheveux, et les entailles qu'elle portait sur ses avant-bras étaient à peine cicatrisées. Sun Rise Woman et les membres de sa famille allaient porter le deuil durant treize lunes, jusqu'à la prochaine Lune-des-Feuilles-Qui-Tombent. Durant ces treize lunes, ils ne participeraient pas aux fêtes et aux danses. Et ce n'est qu'au bout de cette période que la jeune fille serait à nouveau libre d'épouser le guerrier auquel elle était fiancée.

Elle avait le visage défait. Lorsqu'elle s'approcha du feu du vieil homme, l'étincelle qui luisait toujours dans ses yeux semblait avoir disparu.

Sun Rise Woman prit la parole, tout en évitant de regarder le vieil homme. « J'avais l'intention de lui parler hier, commença-t-elle, mais je ne savais pas qu'il allait quitter le camp. Il ne m'avait pas avertie. Peut-être... Enfin, je crois... qu'il est en colère contre moi. La dernière fois que je lui ai parlé, je n'avais pas les idées claires, et j'ai peur qu'il ait pu croire que je ne souhaitais plus devenir sa femme. Je lui ai demandé de différer notre mariage, et je lui ai déclaré que ma grand-mère était la personne qui comptait le plus pour moi. Ce n'était pas vraiment ce que je voulais dire, mais il est parti avant que j'aie pu le lui expliquer. Mon cœur est lourd de tristesse parce que je pleure la mort de ma grand-mère, mais les sentiments que j'éprouve pour votre petit-fils sont toujours aussi forts. J'aimerais tant qu'il soit là à présent. »

Spotted Calf avait remarqué que, durant plusieurs jours, Walks High s'était enfermé dans un silence inhabituel avant de partir avec Red Lance à la recherche de Whirlwind. Il pensait en connaître la raison, mais il décida de laisser la jeune fille l'exposer elle-même.

« Pourquoi crois-tu que mon petit-fils est en colère contre toi ? »

Les yeux de la jeune fille étaient baignés de larmes. Elle resserra plus étroitement sa robe en peau d'élan autour de ses épaules et fixa pendant un long moment le feu que Spotted Calf avait allumé devant son tipi. Seules quelques personnes s'affairaient dans le camp, car l'aube venait juste de pointer et l'air était froid et piquant. « Parce que je lui ai demandé de retarder de treize lunes la date de notre mariage », répondit-elle au vieil homme.

Spotted Calf attendit, mais Sun Rise Woman n'ajouta pas un mot. Elle avait le regard perdu dans les flammes.

« Nous avons nos coutumes, lui rappela-t-il. Lorsque la mort vient nous enlever un de nos proches, nous en portons le deuil. Nous connaissons tous ces choses, et je sais que mon petit-fils ne les ignore pas non plus.

— Ma grand-mère, elle... » Une larme roula sur la joue de la jeune fille. Elle haussa les épaules, tentant de lutter contre son désarroi.

« Ta grand-mère était une femme bonne, forte et sage. Je sais que sa mort est l'épreuve la plus douloureuse que tu aies jamais traversée. Je sais aussi que c'est l'adversité qui l'a rendue sage et forte. Nous ne naissons pas avec de telles qualités, ni avec une telle bonté. C'était une Only One. Elle ne s'est pas remariée après la mort de ton grand-père, qui a été tué lorsque ton père était encore un jeune garçon. Cela a tellement impressionné ta mère qu'elle a fait le vœu de devenir Only One à son tour, si jamais il arrivait quelque chose à ton père. Son sang coule dans tes veines et tu peux, toi aussi, apprendre à devenir forte et à changer un mal en bien. »

Sun Rise Woman cessa de regarder le feu et leva les yeux, mais sans les tourner directement vers le visage du vieil homme. « Que veux-tu dire ? demanda-t-elle.

— Même les malheurs ont un but. Si tu ne te laisses pas abattre par un événement douloureux, celui-ci peut atteindre son but en te rendant plus forte. » Spotted Calf parlait d'une voix douce, sachant que la jeune fille était au bord du désespoir. « Pleure la mort de ta grand-mère. Beaucoup d'entre nous se joignent à toi et à tes proches pour porter le deuil de Walks Far. Les membres de ta famille ont honoré toutes les coutumes qu'il faut respecter avec soin en des moments comme celui-ci. Ils ont préparé de la nourriture et l'ont offerte aux membres de notre peuple. C'était une façon de demander aux autres de partager votre douleur. Et lorsque nous sommes venus manger les aliments que vous aviez préparés, c'était notre façon à nous de vous montrer que nous y prenions part. Puis vous vous êtes dépouillés de ce que vous aviez de plus beau, jusqu'à ce que vous n'ayez plus aucun vêtement et plus de couvertures pour vous tenir chaud la nuit. Alors, certains d'entre nous sont venus vers vous afin de *vous* donner des habits et des couvertures. C'était leur façon à eux de vous signifier que la vie continue. Personne ne vous aurait laissés nus dans le froid. Quoi qu'il puisse nous arriver, nous conservons notre dignité. La vie est toujours là et elle continue. »

Sun Rise Woman sécha ses larmes et, après un moment, leva ses mains au-dessus du feu pour les réchauffer. « Je crois que je vais parler à ma mère et à mon père. S'ils me donnent leur accord, peut-être pourrai-je épouser Walks High l'été prochain. »

Au moment où la femme qu'il aimait l'enveloppait de ses pensées, Walks High, debout sur une haute berge, baissait les yeux vers la rivière. Au bord de l'eau, juste au-dessous de lui, il venait de repérer un squelette — les ossements d'un animal de haute taille. Le guerrier se tourna vers son ami. « Les traces de mon père mènent jusqu'ici », déclara-t-il, en désignant un point sur la piste étroite qui courait le long de la berge. Il haussa les épaules et baissa les bras. « Par deux fois, nous sommes revenus sur nos pas. C'est à n'y rien comprendre. »

Red Lance regarda longuement les ossements qui gisaient au-dessous d'eux, jusqu'à ce qu'un long sifflement, au bas de la pente, attirât son attention. Red Lance et son compagnon saisirent aussitôt leurs arcs. C'était l'homme blanc qui, resté près des chevaux, tendait le bras vers l'ouest. Les guerriers tournèrent la tête dans cette direction et plongèrent instinctivement sous la ligne d'horizon.

Bear Heart apparut juste sous la crête d'une large colline, et galopa à leur rencontre.

Les trois guerriers se retrouvèrent dans le ravin profond où de la Vérendrye attendait près des chevaux. Bear Heart mit pied à terre et fit signe aux autres d'approcher.

Les quatre hommes s'assirent en tailleur derrière un groupe de cerisiers sauvages clairsemés. Dans la moitié est du ciel, le soleil brillait faiblement derrière une épaisse couche de nuages. Ce matin-là, l'air était d'une fraîcheur mordante, et chacun avait les épaules enveloppées dans une couverture.

Bear Heart prit la parole en se frottant les mains pour se réchauffer : « J'ai trouvé la piste de l'homme blanc. Elle commence un peu plus à l'ouest, mais au bout d'un moment, elle repart vers l'est et longe la rivière jusqu'à un épais bosquet de saules. Arrivé là, l'homme blanc est descendu de cheval et a continué à marcher vers l'est. Puis il a tourné le dos à la rivière et a rebroussé chemin pour gravir la pente qui mène au sommet de la berge. Il semble qu'il soit demeuré là-haut pendant un certain temps. L'herbe était couchée à l'endroit où il s'est allongé. Ensuite, il a poursuivi son chemin vers l'est, mais ses traces sont difficiles à suivre à partir du moment où il a marché sur cette rive argileuse. Avez-vous trouvé quelque chose ? »

Walks High regardait fixement le guerrier. Il ne l'avait jamais aimé. Bear Heart était un homme dur, toujours prêt à critiquer tout le monde, et surtout Whirlwind. Chacun savait qu'il ne se montrait pas tendre envers ceux qui le suivaient sur le sentier de la guerre. Un jour, il avait tourné Spotted Horse en ridicule uniquement parce que le rouan de celui-ci était tombé dans le terrier d'un chien de prairie. Mais à présent, le guerrier n'était pas en position de chef. De plus, Walks High savait que Bear Heart ne se souciait guère de ce qui avait pu arriver à son père. Et bien que ce dernier ne lui eût jamais rien dit, Walks High avait appris que si Bear Heart nourrissait une profonde aversion à l'égard de Whirlwind, c'était parce que High Hawk avait passé la lance de chef de guerre à Whirlwind alors que Bear Heart s'estimait plus en droit de l'obtenir. La raison pour laquelle ce dernier avait rejoint les deux jeunes guerriers n'était pas claire. Et il ne l'avait révélée ni à Walks High ni à Red Lance. Toutefois, l'attitude prudente de l'homme blanc avait éveillé des soupçons chez Walks High. Le jeune guerrier savait qu'il aurait à observer Bear Heart de très près. Bizarrement cependant, celui-ci lui serait également très utile car il était le meilleur trappeur des guerriers wolfs tails.

« Les traces du cheval de mon père s'arrêtent au bord de la rive qui surplombe la rivière. À partir de là, il semble qu'il n'ait pas été plus loin. »

Bear Heart fronça les sourcils. « Peut-être devrais-tu me montrer cet endroit. » Les jeunes guerriers acquiescèrent d'un signe de tête, puis ils se levèrent. « Tu devrais venir, toi aussi », dit Bear Heart en se tournant vers de la Vérendrye.

Les signes étaient un peu effacés, mais ils demeuraient clairs. Un cheval avait suivi d'un pas rapide la piste étroite qui longeait le bord de la berge, puis les traces disparaissaient complètement. Bear Heart parcourut du regard la partie ouest de la berge d'argile schisteuse. Bien qu'elle fût plus longue que haute, son sommet surplombait encore nettement la rivière. Bear Heart tendit la main vers l'ouest, désignant une légère pente où s'achevait la zone d'argile meuble, au bord de la rive incurvée vers l'intérieur. « C'est là que l'homme blanc s'est dissimulé », dit-il. Il fit un signe à de la Vérendrye. « Depuis cette cachette, disons... à moins d'une centaine de pas environ de l'endroit où nous nous trouvons, pouvait-il tirer un coup mortel avec son fer sacré ? » lui demanda-t-il.

De la Vérendrye s'approcha des guerriers avec prudence, en prenant soin de laisser Walks High et Red Lance entre Bear Heart et lui. Il leva les yeux vers la pente qui partait du haut de l'extrémité ouest de la berge argileuse, puis hocha la tête une seule fois. « Oui, répondit-il. De là, on peut aisément tuer à bout portant. »

Les trois guerriers dévisagèrent l'homme blanc sans mot dire, et Walks High tourna vers Red Lance un visage inquiet. Ils se regardèrent un instant au fond des yeux, puis baissèrent la tête vers la rivière... vers les ossements qui gisaient au bord de l'eau.

Sans descendre de cheval, ils traversèrent deux fois la rivière pour aller voir la carcasse de plus près. S'éloignant un peu en aval, ils entrèrent d'abord dans l'eau au bas de la longue pente, puis remontèrent la rive nord pour aller se placer juste en face des ossements. Alors, après avoir confié leurs chevaux de guerre à de la Vérendrye, ils menèrent une seconde fois leurs montures de l'autre côté de la rivière — en redoublant de prudence.

« C'est un cheval », déclara Bear Heart.

L'arrière-train de la carcasse reposait sur la rive. Les épaules, l'encolure et la tête étaient plongées dans l'eau. L'animal avait été tué depuis peu, et les coyotes avaient nettoyé les parties exposées, en laissant un peu de chair au-dessous de la tête et du cou.

Walks High glissa la pointe de sa lance de guerre au-dessous de la tête de l'animal et releva celle-ci hors de l'eau. Il sentit ses mâchoires se serrer. C'était le cheval de guerre de son père. Une plume d'aigle brisée était encore attachée à sa crinière à l'arrière de son oreille droite.

Vers le milieu de l'après-midi, leurs investigations étaient terminées. Ils avaient fouillé les deux rives de la rivière, en amont et en aval de l'endroit où gisait la carcasse. Ils avaient trouvé des traces d'ours encore fraîches et de nombreux signes du passage des coyotes — mais rien qui indiquât la présence de Whirlwind. La lumière du soleil faiblissait derrière les nuages, qui s'assombrissaient rapidement. Bientôt, de gros flocons de neige se mirent à tomber. Les trois guerriers wolf tails rejoignirent l'homme blanc dans des arbrisseaux de baies à bison où ils l'avaient caché avec leurs chevaux. Ils le trouvèrent en train de manipuler le fer sacré.

Bear Heart lui jeta un long regard dur, mais il ne dit pas un mot.

Red Lance, cependant, exprima sa curiosité. « Crois-tu qu'il marchera ? » demanda-t-il.

De la Vérendrye hocha la tête en signe d'acquiescement. « Je le pense. Je ne lui ai trouvé aucun défaut. Il avait juste besoin d'être nettoyé et... il faudrait le frotter avec un peu de graisse. » Il jeta un rapide coup d'œil à Walks High, qui conservait un visage sombre. « As-tu trouvé quelque chose ?

— Le corps du cheval de mon père — rien de plus, répondit le jeune homme.

— C'est sûrement bon signe, intervint Red Lance. Je crois que mon oncle est vivant. Sinon nous aurions trouvé... quelque chose. »

Bear Heart délia deux gros lapins attachés à la selle de son cheval et s'approcha du feu que de la Vérendrye était en train de ranimer. « C'est aussi mon avis, déclara-t-il. Notre chef de guerre est vivant. » Il jeta les lapins morts aux pieds de l'homme blanc. « Peux-tu les faire cuire ? »

De la Vérendrye hocha la tête sans lever les yeux vers Bear Heart. Puis, en jetant un nouveau coup d'œil à Walks High, il tira son couteau et ramassa les carcasses. « Qu'est-il arrivé à ton avis ? Le cheval est-il tombé ? »

Ce fut Bear Heart qui répondit. « Oui. Le cheval est tombé — après avoir été abattu par le fer sacré. » Il tendit le bras vers la longue et haute berge argileuse. « L'homme blanc s'est caché là-bas, à l'extrémité ouest, puis il a attendu l'arrivée de Whirlwind. Mais il a visé assez bas et n'a atteint que son cheval, qui s'est effondré en glissant au bas de la berge. Soit notre chef de guerre a sauté, soit il n'a pas pu le faire. Mais nous savons cependant qu'il est vivant. »

De la Vérendrye s'éclaircit la gorge, puis s'adressa à Bear Heart pour la première fois depuis que le guerrier les avait rejoints. « Comment le sais-tu ? »

Bear Heart baissa les yeux vers l'homme blanc et le regarda dépecer et vider les lapins. « Le cheval mort, dit-il. Il n'a plus de brides ni de licol. En outre, on n'a trouvé aucune arme près de lui — ni lance, ni arc, ni flèches. L'homme blanc n'est certainement pas venu les chercher. Tout comme nous ne savons pas utiliser ton fer sacré, vous, les hommes blancs, ne savez pas vous servir de nos armes. À coup sûr, c'est Whirlwind qui est venu récupérer ses armes. Il est vivant. De plus, après avoir tiré son coup de feu, l'homme blanc a rejoint son cheval qu'il avait caché entre les saules. J'ai trouvé deux séries de traces, une qui va des saules à l'endroit où il s'est caché pour tirer, et une autre en sens inverse. S'il avait marché jusqu'à l'endroit où se trouve le cheval mort, la seconde série de traces aurait rejoint les saules depuis un autre endroit. » Le guerrier s'arrêta. Une lueur de mépris amusé dansait dans ses yeux sombres.

De la Vérendrye acheva de dépecer le dernier lapin. Puis il en prit un dans chaque main et se leva.

« Où vas-tu ? lui demanda Bear Heart.

— À la rivière. » Il leva les deux carcasses devant lui. « Pour les nettoyer et me laver les mains. »

Red Lance se leva à son tour et suivit de la Vérendrye. Bear Heart les observa un instant, puis alla se rasseoir près du feu en face de Walks High.

« Ton père est vivant », répéta-t-il au jeune guerrier.

Walks High hocha la tête au bout d'un moment. « Très bien. Mais où est-il ? »

Bear Heart tourna son regard vers l'ouest, puis tendit son pouce dans la même direction. « Il est toujours à la poursuite de l'homme blanc, déclara-t-il. Je connais ton père, et depuis bien plus longtemps que toi. Je ne l'aime peut-être pas, mais je le connais très bien. Il y a bien des choses que je ne ferais pas comme lui. Posséder la lance du chef de guerre ne signifie pas que l'on agisse toujours avec discernement. Mais il y a une chose que je sais cependant. Ton père est pareil à l'animal dont il tient sa sagesse — le loup. Comme le loup, il restera sur la piste, en suivant patiemment les traces. Jusqu'à ce qu'il tue sa proie. »

De lourds flocons de neige tombaient lentement sur la terre, apparemment immobile sous ce manteau de froid. Avec l'arrivée de la neige, le silence était tombé sur la vallée de la White Earth River. Du fond d'un ravin étroit, une paire d'yeux sombres et pénétrants perçait les broussailles qui dissimulaient sa cachette, à la recherche d'une chose qui se détacherait sur le blanc du paysage. Une chose qui n'était pas à sa place. Un intrus qui ne respectait pas le cours de la vie.

Whirlwind ajouta une poignée de brindilles sèches sur le petit feu qui brûlait sans dégager de fumée. Une odeur appétissante montait du lapin qui rôtissait au-dessus du lit de braises.

C'était un refuge idéal. En couvrant de broussailles le sommet de la pente de l'étroit ravin, Whirlwind s'était aménagé un abri suffisamment haut pour pouvoir s'y tenir à genoux, et assez petit pour le chauffer sans difficulté. À l'aide de petites branches de la taille du poing, il avait construit un pare-feu qu'il avait placé entre le feu et le seuil de l'abri et qui permettait de renvoyer la chaleur à l'intérieur. Et à la gauche des flammes, Whirlwind avait étendu la peau d'un lapin fraîchement tué. Il disposait aussi de trois autres peaux de lapins encore garnies de poils, avec lesquelles il comptait fabriquer des gants pour se protéger les mains, et des mocassins pour tenir ses pieds au chaud. Mais qu'allait-il faire de celle-ci ? Après en avoir gratté ou arraché les poils, il la mettrait peut-être à sécher pour en faire du cuir brut. Après quoi, il pourrait la faire tremper, puis la découper en fines lanières qui, une fois tordues, feraient d'excellentes cordes d'arc. Il n'était pas encore tout à fait décidé, mais il espérait qu'à l'aide des pièges qu'il avait posés un peu plus tôt, il attraperait encore trois ou quatre autres lapins.

Le guerrier fléchit son genou blessé. Il se rétablissait chaque jour davantage. Sans doute avait-il été bien inspiré de l'entourer d'un bandage, car il avait ainsi plus de facilité à marcher et à lui faire supporter le poids de son corps. La veille, il avait ramassé une branche morte, tombée d'un jeune frêne, qui lui avait fait office de canne. Et comme elle arrivait presque à hauteur de sa tête, il avait décidé d'en faire aussi une lance, ce qui ne l'empêcherait pas, d'ailleurs, de lui conserver sa première fonction. Tirant alors son couteau, il commença à creuser l'entaille dans laquelle il allait placer la pointe de sa lance, s'arrêtant de temps à autre pour voir si la rainure correspondait bien à la base de la pointe de pierre.

Whirlwind observait attentivement la neige. D'habitude, quand elle tombait à gros flocons, elle ne durait jamais très longtemps. Déjà, les flocons commençaient à s'espacer, et il pouvait voir un peu plus loin dans la vallée. La neige recouvrirait sans doute la piste de l'homme blanc, mais cela n'avait pas d'importance. Whirlwind savait que l'assassin se déplaçait vers l'ouest en suivant la vallée de la White Earth River.

Le lapin était presque cuit à présent, et Whirlwind se réjouit à l'idée de faire un bon repas. Aujourd'hui, il avait parcouru une longue distance, certes pas aussi longue que s'il avait disposé d'un cheval, mais assez grande, cependant, pour un homme ralenti par un genou blessé. En chemin, il avait abattu ce lapin avec une fronde qu'il venait de fabriquer — et qui était, pour l'instant, sa meilleure arme. Bientôt, il posséderait une nouvelle lance, mais c'était son arc qui lui manquait le plus.

Très tôt ce matin-là, il avait découvert des traces d'ours encore fraîches, d'une taille impressionnante. À pied, il était impossible de distancer un ours, même si l'on n'était pas handicapé par une blessure. Si Whirlwind en apercevait un, il ne pourrait lui échapper qu'en se cachant. Et si un ours arrivait sur lui par surprise, il n'aurait pour toute ressource que de grimper dans un arbre — à condition qu'il y ait un arbre à proximité et qu'il puisse se mouvoir assez vite avec son genou blessé. Avec un arc, au moins, il pourrait avoir une chance de se défendre.

Ce n'était pas seulement à cause des ours que

cette arme lui manquait. L'arc était son croc, sa griffe. Il annulait la distance qui le séparait du cerf méfiant à queue blanche, lui permettant ainsi de fournir à sa famille quantité de vêtements et de nourriture. L'arc l'aidait à tuer le bison, le plus puissant des animaux qui parcouraient ces plaines. Enfin, grâce à cette arme, il était plus à même de défendre sa famille et son peuple.

Et pourtant, songeait Whirlwind, ce n'est pas l'arc qui fait l'homme et le guerrier. Au contraire, c'est l'homme, le chasseur, le guerrier qui donne à cette arme tout son sens en l'utilisant pour protéger les siens et leur fournir ce dont ils ont besoin. Même en cet instant, il n'était pas réellement privé de son arc. Au fond de son esprit, il avait le savoir et, dans ses mains, l'habileté, pour fabriquer un nouvel arc.

Whirlwind posa son couteau et examina l'entaille qu'il avait creusée dans sa lance. Il sourit en voyant la pointe de pierre s'adapter étroitement dans la rainure, comme si elle en avait toujours fait partie. C'est alors que quelques mots de son père lui revinrent en mémoire.

Whirlwind était alors dans son dix-septième hiver. C'était juste après la nouvelle lune, dans la Lune-du-Gel-dans-le-Tipi, que son père lui avait tenu ce curieux discours. Ils avaient marché tous les deux dans la neige, rapportant au village de beaux bâtons de frêne que Spotted Calf venait de couper. Ils avaient chaussé des raquettes, car la neige était épaisse cet hiver-là. Plus tard, dans le camp de nuit qu'ils avaient établi en s'aménageant un abri confortable dans les broussailles, Spotted Calf avait déclaré à son fils, en lui montrant un des bâtons fraîchement coupés : « Il faudra attendre plusieurs hivers avant qu'il soit bien sec. Et lorsqu'il sera prêt, j'en taillerai la surface pour trouver l'arc qui est en lui. »

Aujourd'hui encore, Whirlwind entendait la question qui avait alors jailli de ses lèvres : « Il y a déjà un arc dedans ?

— Oui. Un homme ne fabrique pas un arc à partir d'un simple bois de frêne. Il le découvre. Il débarrasse le bois des morceaux qui n'en font pas partie. Il aide l'arc à apparaître. »

À contrecœur, Whirlwind laissa le souvenir s'estomper dans sa mémoire. Mais aujourd'hui, comme toujours, ce dernier lui avait insufflé une énergie nouvelle.

Il observa à nouveau la nature alentour. La neige avait cessé. La vallée était plongée dans un agréable silence, qui l'enveloppait comme une couverture confortable. Whirlwind était heureux. Le silence était un puissant allié du chasseur et du guerrier et, en des moments comme celui-ci, une présence apaisante.

Il ôta la pointe de sa lance de l'encoche où il l'avait glissée. La finition de l'arme requérait encore quelques étapes. D'abord, il allait faire chauffer de l'eau pour y mettre à tremper son bâton de colle. Ensuite, il frotterait la colle amollie à l'intérieur de l'entaille, ce qui maintiendrait encore plus solidement la pointe de sa lance. Puis il envelopperait celle-ci dans un morceau de cuir brut préalablement mouillé. Et quand le cuir et la colle seraient secs, il aurait une lance neuve.

Whirlwind saisit le lapin qui rôtissait au-dessus des braises. Il était cuit à point, et il avait faim. Il en détacha une patte, puis la mordit, savourant en mâchant la tendresse de la viande. C'était son premier repas chaud depuis trois jours.

Il contempla à nouveau le jour finissant. Demain, il se mettrait en quête d'un épais pied de cerisier sauvage, ou bien du tronc d'un jeune chêne, un peu moins large que son poing. S'il parvenait à trouver un morceau de bois assez long, il connaissait un moyen de fabriquer un arc en peu de temps. Un moyen que son père lui avait appris bien des hivers auparavant.

10

En l'absence de Whirlwind, Caught the Eagle, resplendissant dans une tunique ornée de plumes, assumait les fonctions de chef de guerre durant le voyage jusqu'au campement d'hiver. À ses côtés, Spotted Horse portait le bâton surmonté d'une plume d'aigle, signe du haut rang occupé par Caught the Eagle au sein de la bande des Wolf Tails. Les autres guerriers chevauchaient de part et d'autre de la colonne des voyageurs.

Au sein de la caravane, certains allaient à pied ou à cheval, et d'autres voyageaient sur des travois tirés par des chevaux. C'étaient surtout les plus âgés et les plus jeunes que l'on transportait sur ces travois, chargés par ailleurs de toiles de tipis repliées, de meubles et d'objets domestiques : des dossiers et des malles de cuir brut contenant des vêtements et de la nourriture ; des caisses renfermant des outils, des ustensiles, des armes et des effets personnels. Seules quelques sépultures avaient été laissées sur le site du campement d'été.

De part et d'autre des guerriers qui encadraient les voyageurs, des adolescents à cheval conduisaient les chevaux de la bande des Wolf Tails, qui accompagnaient la colonne sur sa moitié arrière. Les montures avaient été réparties en deux troupeaux, plus faciles à contrôler que le troupeau entier qui comptait près de quatre cents chevaux.

Les Wolf Tails voyageaient depuis le milieu de la matinée. La neige, qui était tombée brièvement dans l'après-midi, avait maintenant cessé, bien que le ciel fût rempli d'épais nuages gris. La plupart des voyageurs étaient de bonne humeur. Le trajet, qui durait deux jours, suscitait toujours une certaine exaltation, en particulier chez les jeunes. Toutefois, aujourd'hui, la joie du voyage était quelque peu tempérée par la tragédie que venait de traverser la famille de High Hawk.

À la tête de la colonne, juste derrière Caught the Eagle et les deux guerriers qui faisaient fonction d'éclaireurs, chevauchaient trois anciens de la bande des Wolf Tails : Stone, White Crane et Spotted Calf. Arrivé devant une courbe de la Smoking Earth River, Stone envoya un des éclaireurs à l'arrière annoncer à l'ensemble des voyageurs qu'ils avaient atteint l'endroit où ils allaient s'arrêter pour la nuit.

Les trois anciens conduisirent leurs chevaux jusqu'au sommet d'une petite colline. Puis ils arrêtèrent leurs montures et contemplèrent la colonne qui se dispersait sur un plateau situé à l'est de la rivière, un endroit où ils avaient déjà campé auparavant.

Les Wolf Tails allaient monter leur campement de nuit le long d'une ligne circulaire, une disposition qu'ils conservaient tant dans leurs camps d'hiver que dans leurs camps d'été. L'agencement de leur campement était toujours le même ; seuls les endroits variaient.

On mena les montures boire à la rivière. Les chevaux eux-mêmes offraient à la vue un flot de couleurs bigarrées où se mêlaient les bruns, les fauves, les brun-roux et les blancs ; les noirs et les gris ; les rouans, les louvets et les rubicans. Et tandis qu'ils courbaient la tête pour boire, la rivière, d'une rive à l'autre, parut couverte de chevaux.

Lorsque les montures eurent fini de s'abreuver, tous les tipis du campement de nuit étaient déjà montés. Les perches des tipis avaient d'abord été déballées, puis mises en place et plantées. Après quoi, les piquets de faîtage, déjà attachés aux toiles, avaient été rapidement élevés — environ un par seconde, semblait-il. Et bientôt, les tipis furent prêts.

Les trois anciens, qui dominaient le campement de nuit du haut de leurs montures, avaient déjà assisté bien des fois à ce spectacle. Mais ce dernier ne laissait pas de les captiver. C'était l'incarnation de la vie. De l'existence des Lakotas.

Seul un autre spectacle pouvait lui être comparé : celui d'une chasse au bison.

White Crane se tourna vers Stone, l'homme-médecine. Depuis leur plus jeune âge, les deux anciens étaient unis par une amitié indéfectible. « J'ai fait un rêve la nuit dernière, commença-t-il. Je voyageais, comme aujourd'hui, avec les membres de notre peuple quand soudain, nous sommes parvenus à un croisement. Certains sont partis dans une direction, et certains dans une autre. Et j'en ignorais la raison. »

Réfléchissant aux paroles de son ami, Stone demeura silencieux pendant un moment. « Nous rencontrons toujours sur notre route des événements qui peuvent nous diviser, dit-il enfin au vieil homme. Peut-être ton rêve avait-il trait à un événement qui va traverser notre route. La route des Wolf Tails.

— Peut-être, répondit White Crane, mais je refuse d'imaginer que notre peuple puisse être divisé par quoi que ce soit. Crois-tu que nous allions au-devant d'une telle mésentente ? »

Tout en écoutant attentivement ses deux vieux amis, Spotted Calf tournait son regard vers le nord et se demandait où pouvaient être son fils, son petit-fils et les compagnons de celui-ci.

Après un long silence, l'homme-médecine reprit la parole. « En ce moment même, déclara-t-il, quelque chose de préoccupant survient sur notre route. Nous en avons déjà parlé dans la loge du conseil.

— L'homme blanc ? demanda White Crane, ou le fer sacré ?

— Le fer sacré, répondit Stone. L'homme blanc qui est venu parmi nous ne me paraît pas dangereux par lui-même, mais...

— Tu veux parler des hommes de son espèce, suggéra Spotted Calf.

— Oui, des hommes de son espèce, renchérit Stone.

— En quoi peuvent-ils nous diviser ? » demanda White Crane.

Stone répondit aussitôt. « En nous apportant des choses nouvelles. Des mœurs nouvelles. En particulier s'ils forment un peuple fort.

— Comment un tel peuple peut-il être fort ? observa White Crane avec dédain. Ils ne mènent pas comme nous une vie proche de la terre.

— Il y a bien des manières d'être fort sans être sage pour autant, et sans être averti des choses de la terre. Ils peuvent être innombrables, comme les brins d'herbe. Trop nombreux pour qu'on puisse les compter. Peut-être sont-ils comme les fourmis, qui tirent leur force de leur nombre. » Levant les yeux vers un faucon qui décrivait des cercles au-dessus de sa tête, Stone s'interrompit pour resserrer la couverture qui entourait ses fines épaules. « Je ne connais pas le nombre des hommes de notre peuple, poursuivit-il. Certes, nous sommes nombreux. Mais nous ne le sommes pas autant que les chevreuils, les élans et les autres animaux. Notre force ne vient donc pas de notre nombre. Elle réside dans notre profonde connaissance de la terre et de la place que nous y occupons. Nous ne sommes pas rapides comme l'antilope. Nous ne pouvons pas voler comme notre parent le faucon, qui plane au-dessus de nos têtes. Ce qui fait notre force, c'est la conscience que nous avons de pouvoir, à tout moment, nous inspirer des diverses qualités de nos parents pour améliorer nos vies. Nous chassons à la façon du loup. Et quand l'hiver arrive, nous empruntons à l'ours son art de trouver un abri. Nous sommes, comme le cerf, toujours à l'affût des ennemis. De sorte que nous avons conscience de ne valoir ni plus ni moins que les autres créatures de la terre. Mais les hommes blancs raisonnent-ils de la sorte ? » L'homme-médecine plissa les yeux et regarda le sol. « L'été dernier, j'ai jeté un morceau de viande sur la terre, poursuivit-il. Tout d'abord, j'ai vu arriver une fourmi. Seule, elle n'a pas réussi à faire bouger la viande. Mais au bout d'un moment est arrivée une autre fourmi. Puis une autre, jusqu'à ce qu'il y en eût tant qu'elles ont déplacé ce morceau de viande sans difficulté. Si les hommes blancs possèdent une force de cette nature, ils ne voient peut-être pas l'intérêt de connaître intimement la terre. Peut-être se contentent-ils de prendre ce qu'ils veulent, en n'écoutant que leurs besoins. »

Le silence retomba parmi les trois hommes. Stone et White Crane regardaient le campement de nuit, où des feux étaient allumés au-dehors, tandis que de la fumée s'élevait des trous à fumée de plusieurs tipis.

Spotted Calf resserra encore davantage sa couverture autour de ses épaules et tourna à nouveau les yeux vers le nord. Des images de son fils et de son petit-fils tourbillonnaient dans son esprit comme les flocons d'une soudaine tempête de neige. À maintes reprises, dans sa jeunesse, il avait chassé l'élan et le bison, et il ne pouvait se souvenir du nombre de fois où il avait marché sur le sentier de la guerre. À chaque fois, il avait agi ainsi pour obéir à la nécessité, en dépit de la douleur qu'il lisait dans les yeux de Carries the Medicine, la mère de Whirlwind. C'était seulement maintenant qu'il prenait toute la mesure du fardeau qui pesait sur ceux qui étaient voués à l'attente.

Durant les trente hivers où il avait partagé sa vie avec Carries the Medicine, pas une fois celle-ci ne lui avait demandé de remiser ses armes et de renoncer à partir sur le sentier de la guerre. Comme bien des femmes lakotas, elle avait attendu bravement et en silence le retour de chaque expédition guerrière. Elle avait porté son fardeau. Spotted Calf n'avait pas tardé à découvrir ce qu'apprenaient tous les guerriers lakotas : si les pères transmettaient leurs talents à leurs fils, c'étaient les mères qui leur enseignaient le courage. À la veille des batailles, les guerriers se rappelaient souvent cette vérité par ces mots : « Nous ne pourrons être vaincus tant que les cœurs de nos femmes n'auront pas eux-mêmes rendu les armes. »

Spotted Calf soupira doucement. Le vide qu'il avait éprouvé lorsque Carries the Medicine l'avait laissé seul en quittant cette vie, près de sept hivers auparavant, était encore plus grand que celui qu'il avait ressenti avant leur mariage. Le bonnet de plumes d'aigle qui était suspendu dans son tipi comportait plus de soixante plumes, témoignant qu'il avait suivi le sentier de la guerre honorablement et avec courage. Mais ce n'était pas à cette aune qu'il mesurait sa vie. Si son existence avait été aussi accomplie que possible, songeait-il, c'était parce qu'il avait conquis l'amour et la loyauté de Carries the Medicine. Chaque fois qu'il contemplait le visage de leur fils guerrier, le chef de guerre des Lakotas wolf tails, il y lisait la force de sa femme.

Le vieux guerrier comprenait la nécessité qui poussait Whirlwind, Walks High et Red Lance à se porter au-devant du danger. Le guerrier se devait de protéger son peuple, comme la femme se devait de prendre soin de son foyer et de sa famille. À chacun son devoir. À présent il était de son devoir, puisqu'il faisait partie des anciens, de mettre son savoir et sa sagesse au service de son peuple. Il était demeuré un excellent chasseur. À dire la vérité, personne, dans toute la bande des Wolf Tails, n'était capable de surpasser son adresse au tir à l'arc. Et si la nécessité l'exigeait, il pouvait à nouveau repartir sur le sentier de la guerre. Mais aujourd'hui, ce n'était plus à lui de se lancer le premier sur le sentier de la guerre ni de prendre la tête d'un groupe de chasseurs poursuivant un troupeau de bisons à bride abattue. Aujourd'hui, son rôle était de conseiller, d'enseigner et de guider. Le savoir et les talents qu'il avait acquis durant les très nombreux hivers de sa vie étaient maintenant bien plus utiles aux autres qu'à lui-même, et ce qu'il avait de mieux à faire à présent était d'avoir la force et la sagesse d'accepter cette évolution.

Il parcourut des yeux la petite vallée écartée où les Wolf Tails avaient monté leur campement de nuit. Bien des arbres avaient déjà perdu leurs feuilles. Le frêne, le chêne, le cerisier sauvage, l'arbrisseau à bison et le prunier avaient déjà salué le cycle des saisons qui rythmaient leur existence. Mais s'ils avaient perdu leurs feuilles, ils n'avaient pourtant pas perdu la vie. Je ne suis en rien différent, songea Spotted Calf. Rien ne vit éternellement, et rien ne reste à jamais immuable. Toutefois, les choses évoluaient de diverses manières. Un arbre pouvait se dépouiller de ses feuilles, puis attendre les bourgeons qui viendraient reverdir ses branches au printemps suivant. Ce genre de transformation, on le savait, faisait partie de la vie. De même que celui qui faisait d'un homme un vieillard. De manière générale, les brises glacées ne soufflaient pas en été. Et quand l'une d'elles balayait la prairie, ce qui arrivait de temps à autre, elle était toujours *importune*. Peut-être était-ce précisément cela qu'annonçait le rêve de White Crane : l'arrivée d'un changement importun. Mais de tels événements appartenaient eux aussi à la vie des Lakotas.

Spotted Calf regarda ses compagnons. « Mes cousins, leur dit-il, je pense souvent aux histoires que mon père me racontait sur son enfance dans le pays des lacs, qui s'étend au nord et à l'est de la région où nous nous trouvons aujourd'hui. Les membres de notre peuple menaient une vie agréable en ce temps-là. Ils étaient forts et ils avaient peu à craindre de leurs ennemis, jusqu'au jour où les Ojibways ont acquis des fers sacrés auprès des Blancs, en les échangeant contre des fourrures. Grâce à ces armes, ils sont devenus plus puissants et ils ont chassé notre peuple. Ce changement-là, nous ne l'avions pas demandé. Mais le changement s'inquiète-t-il jamais de savoir si nous souhaitons qu'il nous soit infligé ? Combien de fois le cours des choses a-t-il renoncé à se produire parce que nous l'avions refusé ? Toutes les transformations ne sont pourtant pas néfastes. Depuis la naissance de nos pères, bien des choses ont changé — en bien ou en mal — pour notre peuple. L'arrivée des chevaux a été pour nous un progrès. Les chevaux possèdent un esprit. Ils ont droit à une place en ce monde parce qu'ils y sont nés, comme nous. Il ne nous a pas été difficile de trouver des façons de parcourir cette vie ensemble. Mais il n'en est pas de même pour les fers sacrés. Ils ne sont pas doués d'esprit, et c'est à la sagesse des hommes qu'il revient de leur donner un sens. Certains leur attribueront un sens positif, et d'autres un sens négatif. Voilà, ce me semble, un des nombreux changements que nous sommes amenés à rencontrer sur notre route. »

White Crane hocha la tête. Son regard traversait le temps et l'espace. Bien qu'il tournât les yeux vers un flanc de coteau couvert de pins dans le lointain, les paroles de Spotted Calf avaient fait remonter en lui ses propres souvenirs d'enfance. « Oui, cela est vrai, dit-il. Je me rappelle ce que mon père et mon grand-père m'ont raconté sur la façon dont on chassait le bison avant l'arrivée des chevaux. Plus tard, mon grand-père a appris à monter à cheval, et il s'est rendu compte des avantages que pouvaient nous apporter ces animaux. Mais malgré cela, il a continué à chasser le bison à pied. » Il s'interrompit un instant, puis reprit. « Oui, mon ami. Je pense que je comprends tes paroles.

— Mon père m'a dit que son père avait eu le cœur triste jusqu'au jour de sa mort parce qu'il avait été obligé de quitter le pays des lacs, intervint Stone. Beaucoup de nos grands-parents ont éprouvé le même sentiment. Mais s'ils n'étaient pas partis, les Ojibways les auraient sans doute abattus jusqu'au dernier. Ils n'en avaient déjà que trop tué. Je me souviens encore des histoires que me racontait mon grand-père sur les eaux fumantes, la cueillette du riz sauvage, les courses de canoë et la pêche au harpon. Chaque matin, il aimait se lever avant l'aube pour voir la brume s'étendre sur les lacs, et écouter les merles et les canards. Quand il est devenu un jeune homme, le son de la pagaie qu'il plongeait dans les eaux lorsqu'il se déplaçait avec son canoë lui a inspiré une chanson. Ce fut la chanson de sa vie, et la chanson de sa mort. Il disait que dans la région de prairies où nous vivons aujourd'hui, il n'y aurait jamais assez d'arbres pour construire un bon canoë. Il avait peur de la Great Muddy River. Peut-être vous souvenez-vous qu'après sa mort, mon père et moi avons rapporté son corps dans le pays des lacs. Il voulait être enseveli dans cette terre, celle où il était né.

— Bien des bouleversements surviennent sur notre route, fit remarquer Spotted Calf. Et il en sera toujours ainsi. Les temps changent. Les membres de notre peuple ont quitté le pays des lacs pour venir habiter la prairie. Le cheval est entré dans nos vies. Il nous faut aujourd'hui deux jours pour accomplir un trajet qui nous aurait pris autrefois six jours de voyage. Nous poursuivons à présent les bisons à cheval au lieu de leur tendre une embuscade ou de les débusquer au sommet d'une colline. Maintenant... maintenant la chose qui a chassé notre peuple du pays des lacs nous revient à nouveau, comme un mauvais rêve. Le fer sacré.

« Chaque événement, cousins, a toujours une cause. Nous avons intégré le cheval à notre mode de vie, et cela nous a rendus plus forts. Peut-être alors serions-nous sages d'adopter également le fer sacré et, au lieu de le refuser, de le concevoir comme un progrès. »

White Crane et Stone méditèrent les paroles de Spotted Calf. Si ces chasseurs-guerriers avaient tous trois atteint leur grand âge, c'était parce qu'ils avaient considéré avec soin tout ce qu'ils avaient rencontré sur leur route. Il arrive parfois qu'un homme dissimule sa piste en remettant en place la pierre qu'il a déplacée sur son passage. Les vieux chasseurs-guerriers savaient que l'absence de signes ne signifie pas toujours qu'il n'y a pas de piste. De la même façon, le cœur de celui qui a quitté la piste n'est pas non plus visible dans l'empreinte de ses pas. Voilà pourquoi celui qui observe la piste ne doit pas seulement le faire avec ses yeux. Cela aussi, les vieux chasseurs-guerriers le savaient. Ce que l'on peut voir avec les yeux révèle seulement une partie de la vérité. Afin de connaître la vérité tout entière, on doit aussi voir avec son cœur et avec son esprit.

Stone reprit la parole, en désignant du doigt un jeune cavalier qui chevauchait à leur rencontre : « Mes amis, vos paroles sont justes et bonnes. Elles me font penser à deux hommes de notre peuple : Whirlwind et Bear Heart. L'un et l'autre portent un regard différent sur l'arrivée du fer sacré, comme sur bien d'autres choses encore. Nombre d'entre nous partagent l'opinion de Whirlwind quand il nous conseille de nous garder du fer sacré. D'autres approuvent Bear Heart quand il dit que nous sommes stupides de nous montrer trop prudents. » L'homme-médecine s'arrêta un instant, jetant un coup d'œil à son vieil ami White Crane avant de continuer : « L'exemple de Whirlwind et de Bear Heart m'est venu à l'esprit au moment où tu m'as raconté ton rêve. Ils sont l'un et l'autre des hommes forts. Partout où ils iront, les gens les suivront. Mais s'ils vont dans des directions différentes... » Stone fit une nouvelle pause, puis continua : « Ils ne sont pas amis, mais ils ne sont pas non plus ennemis. Il y a une chose, cependant, qui risque à mon avis de les tourner entièrement l'un contre l'autre. Peut-être est-ce déjà fait.

— Le fer sacré », murmura White Crane.

Ils se turent à l'approche du cavalier. C'était Red Legs.

« Grand-père, dit-il à Stone. C'est Caught the Eagle qui m'envoie. Il me demande de vous prier, vous et les autres grands-pères, d'honorer sa famille en venant dîner ce soir dans son tipi. »

Les trois amis se regardèrent. Stone se tourna vers son petit-fils avec un sourire. « Dis à notre neveu que sa famille et lui nous honorent par cette invitation. Nous acceptons avec joie. »

Red Legs tourna bride et repartit au galop.

« Que verra-t-il, se demanda White Crane, lorsqu'il aura atteint l'hiver de sa vie ? Quelle sera alors la place du fer sacré dans notre peuple ? »

Stone et Spotted Calf hochèrent la tête, mais aucun des trois vieux guerriers n'ajouta mot. En silence, ils redescendirent la colline à cheval pour rejoindre le campement. Red Legs avait déjà disparu derrière une rangée de tipis. Une brise venue du nord apporta le chant lointain d'un loup, suivi du cri aigu d'un élan, qui défiait au combat l'un de ses congénères.

11

Par habitude, mais aussi pour examiner le chemin sinueux qu'il venait de suivre, Whirlwind jeta un coup d'œil à la piste qu'il avait laissée derrière lui. Il était certain qu'il s'agissait de la piste de l'homme blanc meurtrier. Le guerrier avait reconnu la taille des empreintes des sabots de son cheval et la longueur de ses foulées. D'après l'homme blanc qui se trouvait à présent dans le camp des Wolf Tails, il s'agissait d'un grand cheval bai. L'homme blanc qu'ils avaient acculé sur la crête qui dominait la vallée des deux rivières chevauchait lui aussi un grand cheval bai. Si ces traces étaient bien les siennes, alors le cavalier ne semblait pas pressé. Whirlwind sourit intérieurement. L'homme qui chevauchait le cheval bai le croyait mort, ce qui était pour lui un précieux avantage.

Le guerrier pénétra dans un petit bosquet de chênes et s'assit pour se reposer. Un faible soleil luisait dans la moitié inférieure du ciel de l'après-midi. Des couches de nuages ternissaient la lumière du jour, et de fraîches brises dansaient le long des coteaux. Les chutes de neige des journées précédentes avaient rendu le sol doux sous les pas, et toutes les créatures qui ne se déplaçaient pas avec prudence laissaient des traces faciles à suivre.

Whirlwind se frotta le genou. Depuis qu'il le tenait enveloppé dans un étroit bandage, il se rétablissait de jour en jour. En outre, les haltes qu'il faisait fréquemment pour se reposer favorisaient sa guérison. Le guerrier n'était pas particulièrement pressé. Sa proie avançait lentement, et pour le moment, la seule chose qui lui importait était de ne pas perdre sa piste. En tout cas, Whirlwind devinait que l'homme blanc se dirigeait vers les montagnes — vers les Black Hills.

Les Black Hills. Un lieu où autrefois, dans un passé sombre et lointain, une femme-médecine avait fait un rêve étrange. C'était ce rêve, disaient les anciens, qui avait attiré les premiers Lakotas dans les prairies de l'ouest de la Great Muddy River — il y avait de cela très, très longtemps, bien avant l'arrivée des chevaux.

Whirlwind s'était rendu plusieurs fois dans ces grandes montagnes sombres. De loin, les pins géants dressés sur leurs pentes leur conféraient une sorte de noirceur. Une noirceur qui, dans l'œil de celui qui les contemplait, était suspendue entre le ciel et la prairie, symbolisant la place que ces montagnes occupaient dans le cœur des Lakotas. Pour Whirlwind, c'était un lieu paisible et gai. La force tranquille de ces hautes montagnes lui donnait un sentiment de paix, et la voix vive et joyeuse du vent dans les pins lui faisait chanter le cœur. À chacun de ses voyages dans ces montagnes noires, il y avait senti un accueil que seule une mère peut offrir. Plus d'une fois, il était monté au bord d'un précipice rocheux et s'était assis là durant des heures, se fondant dans la nature environnante. Dans un pré de montagne, il avait vu des élans, des bisons, des cerfs et des antilopes paître côte à côte en troupeaux si denses qu'on eût dit qu'un homme pouvait traverser le pré rien qu'en marchant sur leur dos. Il y avait là un calme et une sérénité qui pénétraient profondément l'âme et renforçaient les liens qui unissent tous les êtres vivants. Nulle part ailleurs, Whirlwind n'avait éprouvé une telle impression de communion.

Et voilà qu'aujourd'hui, il poursuivait un assassin dont la piste pouvait le mener jusqu'aux Black Hills. Ce n'était pas ainsi qu'il aurait souhaité retourner dans cet endroit.

Soudain, des voix vinrent l'arracher à ses pensées. Des voix lointaines. Des voix de loups. Des loups qui chantaient en grand nombre, pour fêter la réussite de leur chasse. Whirlwind porta sa main au petit sac qui était suspendu à son cou. Il palpa sous ses doigts le croc qu'il contenait tandis que les chants des loups flottaient longuement au gré du vent. Des chants qui célébraient la joie, la famille et la force.

Les chants des loups s'évanouirent peu à peu. Levant les yeux vers le ciel gris, Whirlwind demeura soudain bouche bée. Juste au-dessus de l'horizon, un long nuage gris-noir en forme de loup courait vers le nord. Whirlwind attendit que le loup ait disparu dans les effilochures du nuage, puis il ôta prestement sa tunique et, avec la pointe de son couteau de pierre, il tailla dix morceaux de chair sur ses avant-bras, juste au-dessous de ses épaules. Après quoi, il posa l'offrande sur une petite pierre plate.

« Grand-père, murmura-t-il, tu m'as assigné une route bien difficile. Mais tu m'as aussi donné espoir en me rappelant comment la parcourir. Pour cela, je te rends grâce et je dépose devant toi cette humble offrande de ma chair... »

Porté par le vent, un long hurlement isolé lui répondit. Whirlwind sourit, rassembla ses affaires et remit sa tunique. Il allait marcher encore un peu avant d'établir son campement de nuit. Après quoi, avec le jeune frêne sain et vigoureux qu'il avait coupé ce matin, il construirait un arc.

Le cheval bai piétinait sur la pente raide. Soudain, il fléchit un genou et projeta son cavalier dans la boue. Bruneaux atterrit avec un bruit sourd, mais il se releva aussitôt et, les yeux écarquillés, s'efforça de reprendre son souffle. Quelques instants plus tard, ayant retrouvé son calme et sa respiration, il laissa échapper une kyrielle de jurons. Le cheval le considérait d'un œil méfiant.

Tirant brusquement sur ses rênes, l'homme conduisit sa monture jusqu'à une petite corniche qui dominait la pente et l'attacha à un chêne isolé. Il avait tenté, dans sa chute, de tenir son fusil dans ses bras pour le protéger. Mais en tombant sur son avant-bras, il s'était coupé le souffle.

Bruneaux examina son arme en toute hâte. Ne constatant aucun dégât, il poussa un soupir de soulagement. Il plissa les yeux vers le ciel et décida qu'il était temps d'établir son campement de nuit. De plus, il avait faim.

S'il y avait une chose que Henri Bruneaux savait faire, c'était aménager un campement de nuit bien caché. Après avoir parcouru des yeux les environs, il finit par remarquer un petit bosquet de chênes dans une ravine qui s'ouvrait entre deux collines peu élevées.

« La nuit, n'oublie jamais de te cacher, lui avait conseillé un homme du nom de Letellier. Sinon, les basanés, ces païens sournois, finiront par te dénicher. » Letellier tenait un petit magasin un peu en dehors de Saint Louis. Il avait été trappeur dans sa jeunesse et aimait à se vanter d'avoir souvent rencontré ces « païens sournois ». À dire la vérité, une des ces rencontres lui avait coûté l'oreille droite. Une nuit, à la faveur de l'obscurité, un jeune guerrier ojibway s'était glissé dans le camp de Letellier et de ses compagnons et avait tranché l'oreille du trappeur endormi.

Bruneaux sourit en se rappelant les prudentes recommandations de l'homme qui n'avait plus qu'une oreille. Mais le conseil était bon, et il l'avait pris au sérieux. Il était plus facile de se cacher que de se battre.

Le soleil couchant le trouva parfaitement dissimulé dans un abri fait de broussailles séchées, qu'il avait entrelacées entre quatre petits chênes. Son cheval se tenait non loin de là, masqué par une construction analogue. Il aurait fallu un œil extraordinairement perçant pour découvrir la cachette du Français, même à la lumière du jour. La nuit, c'était presque impossible, à moins que l'on ne prît la peine de suivre l'odeur de la fumée ou de la viande rôtie, ou encore, l'odeur du corps de cet homme de haute taille. Pourtant, il n'était pas venu à l'esprit de Bruneaux d'effacer les traces que son cheval et lui avaient laissées dans la boue à l'endroit de sa chute.

Bruneaux ranima son feu tout en mâchant ses deux dernières tranches de viande de cerf. Une cuisse de cerf ne nourrissait pas longtemps un homme doté d'un appétit robuste et insatiable. Il jeta un coup d'œil à son fusil à pierre. Demain, il trouverait de la viande fraîche. Avec une arme pareille, c'était assez facile. La région regorgeait de cerfs. Il n'y en avait peut-être pas autant que dans les gorges du Mississippi, mais cela suffisait amplement. Et ils étaient bien trop bêtes pour rester hors de portée de son arme. Il s'essuya la bouche avec sa manche, puis il ouvrit un petit sac dans lequel il compta trente-six balles de plomb. Il ferma à demi les yeux en se rappelant les balles qu'il avait perdues sur cette crête où les Indiens avaient bien failli le tuer. D'instinct, il porta la main à la longue cicatrice qui lui barrait la joue. Au moins, il en avait abattu un ce jour-là, et puis un autre, un peu plus tard. Peut-être.

L'Indien qui était tombé sur la berge argileuse était certainement mort. Si la balle ne l'avait pas tué à bout portant, il avait dû succomber à sa chute. Bruneaux voyait encore l'immense éclaboussure qui avait jailli au moment où il était tombé dans l'eau avec sa monture. Personne n'aurait pu survivre à un pareil plongeon.

Bruneaux saisit son tout dernier morceau de viande de cerf. Demain, avant toute chose, il lui faudrait trouver de la viande fraîche. Oui, mais après ? L'hiver était presque arrivé. Il ferait peut-être bien de se trouver un refuge — comme l'abri qu'il avait bâti l'hiver précédent au bord du Mississippi. Il avait été bien au chaud dans cet appentis, et les cerfs pullulaient le long de la rivière. Ici aussi d'ailleurs, mais il avait de moins en moins de munitions. Et il ne lui restait plus que trois cornets à poudre.

C'est en mâchant son dernier morceau de

viande qu'il prit sa décision. L'ouest. Il pourrait continuer à chevaucher quelques jours vers l'ouest afin de s'éloigner encore un peu plus de ce village et des amis de De la Vérendrye. De la Vérendrye ! Ce morveux ! Et ces païens pouvaient aller au diable ! Un juron jaillit de sa bouche tandis que des images de pièces d'or espagnoles et le souvenir d'une jolie fille aux yeux noirs lui revinrent distinctement en mémoire. Il les chassa aussitôt, en donnant un violent coup de poing dans les broussailles qui masquaient sa cachette. Après quoi, durant un long moment, il garda les yeux fixés sur le feu, le visage tremblant de colère. L'ouest. Il voyagerait dans cette direction quelque temps encore. Puis il choisirait l'endroit où il allait se terrer pour l'hiver.

Assis devant l'entrée de l'abri qu'il s'était aménagé pour la nuit, Whirlwind regardait les dernières lueurs du jour céder devant l'obscurité. Depuis le crépuscule, il n'avait cessé de travailler à son arc et de songer à sa famille. En ce moment, pensait-il, la bande des Wolf Tails était certainement en route vers son campement d'hiver — si elle n'y était pas déjà arrivée. Ces voyages saisonniers étaient toujours excitants. C'était au cours d'un de ces voyages, durant l'Hiver-de-la-Pierre-Noire-Resplendissante, qu'il avait courtisé Her Good Trail. Bear Looks Behind était encore chef de guerre en ce temps-là. Quelques lunes plus tôt, les Wolf Tails avaient établi leur campement d'été au nord de la White Earth River, à deux jours de cheval à l'ouest de la Great Muddy, lorsque trois jeunes gens des Speaks Red People, dont les tipis étaient situés quelque part à l'ouest des Black Hills, étaient venus les trouver pour leur montrer trois pierres noires brillantes de la taille d'un poing. Ils avaient voyagé très loin vers l'ouest, jusqu'à des montagnes remplies de moutons à grandes cornes. C'était là, disaient-ils, qu'ils avaient trouvé la pierre. Une pierre dans laquelle on taillait de bons couteaux et de solides pointes de flèche donnait des armes acérées pour longtemps. C'était au cours de cet automne, tandis que son peuple allait établir son campement d'hiver près de la White Earth River tôt dans la Lune-des-Feuilles-Qui-Tombent, que Whirlwind avait pris place pour la première fois dans la file des jeunes gens qui venaient briguer la main de la fille de Hollow Horn.

Son ami Goes in Center lui avait appris que Noisy Hawk avait déjà proposé à la famille plus de chevaux que personne n'en avait jamais offert pour obtenir une épouse, mais au fond de son cœur, Whirlwind savait qu'il devait essayer de conquérir Her Good Trail — la jeune fille dont les yeux brillaient comme les pierres noires luisantes du pays de la montagne et dont la démarche gracieuse était pareille à une danse. Le jeune homme gagna son amour, après que son père lui eut prêté la couverture en peau d'élan peinte par Elk Dreamer, Sees at Night. «Je m'en suis servi pour courtiser ta mère, lui avait dit Spotted Calf. Ta venue en ce monde montre qu'elle a rempli son office. » Plus tard, quand le ventre de Her Good Trail s'était arrondi avant de donner naissance à leur fils, ces paroles prirent pleinement leur sens, car alors, plus que jamais, la jeune femme sembla danser en marchant.

Il aurait bien aimé s'attarder dans les chaudes vallées de ces souvenirs, mais un brusque souffle d'air frais lui fit lever les yeux vers le demi-jour qui persistait encore entre le coucher du soleil et la tombée de l'obscurité. Puis, en se replongeant dans ses pensées, il se demanda combien de jeunes gens attendaient maintenant avec impatience devant le tipi de telle ou telle séduisante jeune fille dans le village du peuple des Wolf Tails. Mais la tragédie qui avait frappé la famille de High Hawk, celle-là même qui l'avait conduit jusqu'à ce camp solitaire, avait certainement refroidi l'excitation qui s'emparait habituellement des Wolf Tails lors de leur déplacement vers leur campement d'hiver. Durant quelques instants, Whirlwind cessa de travailler. Il demeura immobile, sa lame en silex dans la main, suspendue au-dessus du bâton de frêne.

Des images du visage de la défunte mère de High Hawk tournoyaient dans sa mémoire. Il les chassa de son esprit, mais il ne pouvait effacer l'effet que ce décès avait eu sur le village tout entier. La famille de High Hawk n'était pas seule dans sa douleur. C'était la coutume chez les Lakotas, de partager la peine. Mais, en plus de la douleur, ce deuil avait eu d'autres conséquences préoccupantes. Comme la confusion où le silence de Sun Rise Woman avait plongé Walks High.

Whirlwind se remit au travail, essayant de ne pas penser à la tristesse qu'il éprouvait pour son vieil ami High Hawk. Le soleil était tout à fait couché à présent, et dans le lointain, une effraie élevait sa voix tremblante pour marquer l'arrivée de la nuit. Jetant un coup d'œil au feu qu'il avait allumé dans son abri, il s'aperçut que le lit de braises était presque prêt. Il se retourna et se glissa au fond de son refuge.

Les ravins étroits étaient les endroits les plus propices à dissimuler les campements de nuit. Whirlwind avait appris cela de son père. Ce genre de petits ravins possédaient deux côtés et étaient fermés à une extrémité. En confectionnant habilement un toit de branchages, de feuillages et d'arbustes, ainsi qu'une petite porte pour se tenir au chaud, on pouvait y trouver un excellent abri, même au cours des hivers les plus rudes. Tout en se faufilant à l'intérieur, Whirlwind jeta un regard alentour. Il ne lui manquait que la chaleur du corps de sa femme, couchée à côté de lui. Mais la vie du guerrier était faite de nombreuses nuits solitaires.

Après un dernier coup d'œil dans la nuit, Whirlwind referma la porte derrière lui. Il entendait encore le cri de l'effraie, mêlé à celui d'un coyote qui glapissait non loin de là.

Il avait choisi un bon bâton de frêne, à moitié aussi large que son poing et seulement parsemé de quelques nœuds ici ou là. Il avait encore un peu de travail devant lui avant de commencer à le faire sécher. À l'aide de son couteau de pierre, il avait raboté des épaisseurs de bois sur un côté du bâton. Et sur l'autre, il avait laissé l'écorce. Il l'essaya en le posant sur son genou valide. L'arc commençait à prendre tournure.

Des petites flammes dansaient nonchalamment sur le lit de braises. Pour protéger son foyer, Whirlwind l'avait aménagé dans un trou long et peu profond qu'il avait creusé sur un côté du ravin. Après quoi, il l'avait recouvert d'un lit de braises. Il y posa quelques brindilles, puis suspendit au-dessus du feu un lapin embroché sur un bâton.

Il s'était promis de travailler tard dans la nuit. Dès qu'il aurait donné à son arc la courbure voulue, il l'accrocherait au-dessus du lit de braises pour le faire sécher et durcir. Pendant ce temps, il fabriquerait des flèches.

Au-dehors, la terre était plongée dans l'obscurité. Le guerrier, lui, était en sûreté, bien au chaud dans son abri douillet. Mais c'était surtout l'image chaleureuse de son épouse qui venait lui réchauffer le cœur tandis qu'il travaillait à son arc. Au bout d'un moment, une question se glissa parmi ses pensées : l'homme blanc qu'il pourchassait était-il capable de fabriquer son propre fer sacré ?

12

Walks High voyait approcher la fin de son tour de garde. L'aube pointait. À l'est, la lumière du jour, froide et grise, naissait au-dessus de l'horizon. La nuit s'en allait peu à peu, emportant avec elle un ciel bleu-noir, limpide. Dans la moitié ouest du ciel, les étoiles brillaient encore de tout leur éclat, annonçant une journée chaude et claire.

Le camp avait été installé le long d'un ancien cours d'eau, à un jet de pierre de la White Earth River. Trois larges piles de vieux bois flotté offraient à la petite troupe un refuge idéal et une excellente cachette. Walks High avait passé la nuit assis à côté de son grand cheval noir, comptant sur l'acuité des sens de sa monture de guerre pour l'aider à la moindre alerte.

Un léger bruissement lui parvint depuis le feu. Quelqu'un bougeait. Bear Heart lança un coup d'œil à Walks High et s'enfonça dans l'épaisseur des saules. Red Lance repoussa prudemment sa couverture en peau d'élan et se leva à son tour. Seul l'homme blanc, que l'on appelait à présent Le Barbu, était encore endormi, un bras passé autour du fer sacré dans un geste protecteur.

Walks High quitta son confortable perchoir et s'approcha des braises qui couvaient sur le feu. La nuit précédente, ils avaient mangé tard, longtemps après le coucher du soleil. Par une matinée comme celle-ci, un thé à la menthe bien chaud chasserait les derniers frissons causés par la fraîcheur de la nuit. Il remua les braises et rajouta du petit bois. Bientôt, des flammes vacillèrent au-dessus des cendres grises.

À la fin de son tour de garde, Bear Heart avait averti Walks High qu'il avait entendu des froissements de branches vers le sud, de l'autre côté de la White Earth River. Il y avait, à son avis, un ours dans les parages. Et quand Walks High avait fait le guet à son tour, il avait entendu des grognements de bison, quelque part vers l'ouest. Les chevaux eux-mêmes, à une ou deux reprises, avaient cherché à discerner quelque chose dans l'obscurité, mais aucun danger, semblait-il, ne s'était approché du camp.

Au moment où il vint rejoindre ses compagnons, Bear Heart réveilla l'homme blanc en s'éclaircissant la gorge à grand bruit. Ce dernier était le seul du groupe à n'avoir pas fait le guet durant la nuit.

La veille, une fois leur campement établi, de

la Vérendrye avait commencé à nettoyer le fer sacré. Bear Heart l'avait regardé faire avec un intérêt extrême, mais il n'avait pas dit un mot. Red Lance, quant à lui, n'avait pas caché sa curiosité, et de la Vérendrye avait répondu scrupuleusement à toutes les questions du jeune guerrier.

Un gémissement involontaire s'échappa des lèvres de l'homme blanc lorsqu'il se redressa. Red Lance regarda Walks High d'un air entendu. Ils savaient que sa blessure le faisait souffrir davantage qu'il n'y laissait paraître, mais ils ne l'avaient jamais entendu se plaindre ou demander à ce qu'ils ralentissent leur allure.

De la Vérendrye se tourna vers Walks High. « Il fait froid », observa-t-il.

Le jeune guerrier opina d'un hochement de tête. « Je vais faire bouillir de l'eau pour le thé.

— Très bien, répondit l'homme blanc, en se plaçant avec prudence en position assise. Cela me réchauffera. »

Bear Heart laissa tomber une poignée de petites pierres rondes à côté du feu — sa contribution à la préparation du thé. Quand le feu fut assez chaud, Walks High y disposa les pierres. Et lorsque celles-ci devinrent brûlantes, il les jeta dans une poche d'eau en vessie de bison, où il introduisit des feuilles de menthe sauvage. Un thé chaud serait le bienvenu en ce matin glacial.

« Crois-tu que le fer sacré fonctionnera ? » demanda soudain Bear Heart.

De la Vérendrye acquiesça de la tête, sans regarder le guerrier.

« Oui. Je ne lui ai trouvé aucun défaut. À mon avis, il devrait marcher.

— Peut-être devrais-tu l'essayer. Aujourd'hui même. »

De la Vérendrye jeta un coup d'œil en direction de Bear Heart. « C'est ce que je vais faire. Peut-être après avoir bu un peu de thé. »

Les deux plus jeunes guerriers se regardèrent, avec une expression d'attente mêlée d'appréhension. Ils avaient entendu tonner le fer sacré au moment où Lone Elk avait été blessé. Mais à présent, ils allaient l'entendre et le voir de plus près.

« Qui fabrique les fers sacrés ? demanda Bear Heart.

— Les hommes qui ont appris à le faire, répondit de la Vérendrye.

— Tous les hommes blancs peuvent-ils le faire ? »

De la Vérendrye secoua la tête. « Non. Seulement quelques-uns.

— Pff ! grogna le guerrier. Chez nous, n'importe quel homme sait fabriquer un arc. Mais certains sont plus doués que d'autres, comme le grand-père de ce jeune homme, observa-t-il en désignant Walks High. Comment se fait-il que beaucoup d'hommes blancs possèdent des fers sacrés alors que seul un petit nombre est capable d'en fabriquer ?

— Nous les échangeons, répondit l'homme blanc. Ou bien nous... payons pour les acquérir. Avec des fourrures, ou encore des pierres jaunes.

— Les fourrures, je sais ce que c'est. Mais les pierres jaunes ?

— Ce sont des pierres que l'on trouve dans le sol. Une fois qu'on les a extraites, on les fait fondre pour en faire... des cercles jaunes. Mon peuple leur attribue une très grande valeur. »

Bear Heart réfléchit un moment aux paroles de l'homme blanc. « Ainsi, les pierres jaunes vaudraient davantage que les fers sacrés ? Cela me paraît difficile à comprendre. Mais il est bon de savoir que les fourrures ont une certaine valeur pour ceux qui ont des fers sacrés à échanger. »

De la Vérendrye hocha la tête. « C'est vrai. Certains préfèrent posséder des pièces jaunes plutôt que des fers sacrés. » Soudain, se rappelant les pièces d'or qu'il avait sur lui, il fouilla dans sa bourse et en sortit une pièce d'or espagnole. « Voilà ce qu'on m'a donné lorsque j'ai travaillé sur un bateau sur la Grandfather River, il y a de cela quatre hivers. »

Bear Heart haussa un sourcil. « Et il vaut mieux posséder cela qu'un fer sacré ? Que peut-on faire avec un tel objet ? »

L'homme blanc tendit la pièce au guerrier. « On peut... euh... » Il s'efforçait de trouver les mots justes. « On peut acheter différentes choses. » Du doigt, il désignait la pièce, que Bear Heart venait de passer à Red Lance.

« La seule chose que *nous* achetons, c'est notre femme, fit remarquer Bear Heart, en lançant à l'homme blanc un regard sceptique. Et encore, seulement si l'offre est considérée comme acceptable par les parents de la jeune fille. Même alors, on ne peut pas dire que la femme devient la *propriété* de son mari. Chez nous, si on veut acquérir un arc, ou un cheval, auprès de quelqu'un d'autre, on l'échange — à raison de deux jeunes poulains contre un cheval adulte, ou bien d'un cheval contre un arc fabriqué par un artisan réputé. L'échange profite aux deux personnes qui le pratiquent, puisque chacune d'elles finit par obtenir ce qu'elle veut, ou ce dont elle a besoin. Mais chez vous, apparemment, seul celui qui possède le plus de pierres jaunes peut finir par acquérir le plus de choses. »

De la Vérendrye ne put que hocher la tête, cédant devant la force du guerrier autant que devant sa logique.

Pendant ce temps, Red Lance frottait la pièce qu'il tenait dans sa main. Au moment où Bear Heart se tut, il la mordit avant de la passer à Walks High, puis il déclara : « Mon grand-père, qui est mort il y a deux hivers, possédait une vieille flèche dont la pointe était faite avec quelque chose comme ça. Je ne sais plus comment cela s'appelle, mais il disait qu'autrefois, cette pointe était d'une couleur roux pâle. Aujourd'hui, elle a pris une drôle de teinte verte. Penses-tu qu'elle ait été faite avec le même genre de pierre ?

— Non. Je ne le crois pas, répondit de la Vérendrye. Où ton grand-père a-t-il obtenu cette flèche ? L'a-t-il fabriquée ? »

Red Lance secoua la tête. « Non. Il l'avait échangée dans sa jeunesse. On lui a dit qu'elle venait de l'est du pays des lacs.

— En effet, renchérit de la Vérendrye. Chez les Dakotas, il y a beaucoup d'objets tirés de ce fer qui devient vert. Des objets qu'ils ont acquis à la suite d'un échange, car ils ne possèdent pas ce fer dans leur pays. »

Walks High rendit la pièce d'or à l'homme blanc. « Cette pierre jaune est-elle meilleure que le fer qui devient vert ? »

De la Vérendrye acquiesça de la tête. « Oui, par certains côtés. »

Bear Heart tendit la main vers le fer sacré. « Il est fait en bois et en fer. Ce fer-là est-il différent de la pierre jaune ?

— Oui. Il est plus dur. Plus résistant. »

Les deux jeunes guerriers échangèrent un coup d'œil. Le conseil des anciens avait eu raison, après tout. Il y avait beaucoup à apprendre de cet homme blanc sur les autres hommes de son espèce.

Le guerrier plus âgé considéra l'homme blanc pendant un moment, en le mesurant du regard. « Sais-tu où l'on peut trouver des fers sacrés à échanger ? »

De la Vérendrye jeta un regard nerveux en

direction de la rivière avant de hocher la tête. « Oui, dit-il enfin.

— Où donc est cet endroit ? » Une lueur étrange brillait dans les yeux du guerrier tandis qu'il attendait la réponse.

L'homme blanc s'éclaircit la gorge. « Au sud, expliqua-t-il, et à l'est. Dans une ville des hommes blancs au bord de la Grandfather River.

— À quelle distance d'ici ? »

De la Vérendrye fixa intensément le feu, comme si la réponse se trouvait dans les flammes. « À vingt, trente jours de voyage, répondit-il d'une voix calme, si l'on chevauche à bonne allure. Il faut plus de temps si l'on va moins vite. »

Bear Heart sourit. « Au cœur du pays des Pawnees. Le voyage promet d'être passionnant. »

La voix tendue du guerrier et le regard d'impuissance de l'homme blanc n'échappèrent pas à Walks High. Il fit signe à de la Vérendrye, lui indiquant un endroit à l'opposé de Bear Heart, de l'autre côté du feu. « Assieds-toi là, dit-il, tout en plaçant des pierres sur les braises. Le thé va bientôt être prêt. »

Bear Heart s'aperçut de la manœuvre du jeune guerrier, mais il ne fit aucun commentaire. Il tourna son regard vers le feu. Sa bouche se crispa dans un pli dur, mais au fond de ses yeux brillait une étincelle victorieuse.

Debout au cœur du bosquet de saules, Red Lance tournait son regard vers l'ouest, s'attendant à entendre résonner la voix assourdissante du fer sacré. L'homme blanc les avait prévenus que ce bruit effrayait toujours les chevaux et risquait de les mettre en fuite. Les guerriers avaient donc attaché solidement leurs montures à des massifs de troncs de saules. Il était entendu que l'homme blanc tirerait par deux fois. Walks High et Red Lance se relaieraient auprès des chevaux pour les apaiser.

Boom ! Le bruit fracassant retentit dans toute la vallée de la White Earth River. Aussitôt, un jet d'eau jaillit de la rivière près de la rive opposée — à l'endroit exact où, comme avait dit l'homme blanc, la balle de fer allait frapper. Un nuage de fumée blanche flotta sur la brise, et les guerriers sentirent une légère odeur de brûlé.

Les chevaux avaient à peine tressailli. Red Lance leur cria, visiblement soulagé : « L'été, le tonnerre est bien plus bruyant ! »

De la Vérendrye rechargea son fusil, sentant peser sur lui le regard de Bear Heart.

« Le Barbu, lui dit tranquillement Walks High, quand tu tires avec le fer sacré, il te repousse en arrière.

— Oui, répondit de la Vérendrye. Il recule. Tous les fers sacrés font cela. »

De la Vérendrye posa l'extrémité du fût de l'arme sur son pied et versa une petite quantité de poudre dans le canon du fusil. Puis il sortit une balle de son sac et l'ajusta à l'entrée du canon. À l'aide de sa baguette, il poussa la balle tout au fond, en la tapotant un peu pour la loger correctement.

Il fit un signe de tête à Walks High, qui courut jusqu'au bosquet de saules. Red Lance arriva peu après.

De la Vérendrye remit sa baguette en place et tint le canon du fusil vers le haut tandis qu'il reculait le percuteur avec son pouce droit. Puis il tourna la tête vers Bear Heart et Red Lance. « Je vais viser l'eau près de la rive, de l'autre côté de la rivière », déclara-t-il.

Lorsqu'il posa la crosse contre son épaule et plaça fermement sa joue contre le fût de l'arme, de la Vérendrye réalisa soudain que, déjà, Bear Heart n'avait sans doute plus besoin de lui. Il résolut de trouver un moyen de faire part à Walks High de sa toute première conversation avec le rival de Whirlwind.

BOOM ! Une fumée blanche s'échappa, juste avant le coup de feu. Une autre gerbe d'eau jaillit de la rivière.

Red Lance regarda l'arme, les yeux écarquillés. Bear Heart, quant à lui, ne semblait guère impressionné par la performance du fusil. Mais de la Vérendrye savait que le guerrier était très astucieux, et son attitude l'inquiéta.

Quand les derniers échos du coup de feu s'évanouirent dans les lointains brumeux du petit matin, un long silence plana sur la vallée, comme si la terre elle-même se recroquevillait à l'arrivée d'un intrus. De la Vérendrye baissa les yeux sur son arme. « Le problème, dit-il, c'est son bruit. À présent, si Bruneaux est dans les alentours, il sait qu'il y a là un autre homme armé d'un fer sacré. »

Bear Heart tourna les talons et regagna le camp.

Red Lance regarda de la Vérendrye d'un air perplexe. Walks High avait sans doute raison, se dit-il. Quelque chose a dû se passer entre Bear Heart et l'homme blanc.

Au milieu de la matinée, un soleil éclatant vint réchauffer la terre, faisant oublier les récentes chutes de neige, les toutes premières de la saison. Le groupe s'était séparé afin de couvrir davantage de terrain sur la piste de Whirlwind. Walks High et l'homme blanc avançaient au sud de la Smoking Earth River. Bear Heart et Red Lance progressaient vers le nord.

Soudain, Walks High s'élança vers la rivière au galop. Sur la rive opposée, Red Lance lui fit un signe de la main pour l'avertir que son compagnon venait de découvrir quelque chose.

Bear Heart était assis en tailleur près d'un bouquet de saules et de frênes. Il se leva en voyant les autres arriver et mettre pied à terre. « Notre chef de guerre est passé par ici, déclara-t-il. Il y a deux jours environ. »

Le guerrier mena ses compagnons jusqu'à un groupe de jeunes frênes et tendit la main vers un tronc fraîchement coupé. « Il veut sans doute fabriquer un arc, observa-t-il. Mais j'ai trouvé là-bas un signe encore plus net. » Il désignait une bande de terre dénudée. « Il y a là deux empreintes de pas, reprit-il, en touchant les marques discrètes qui se dessinaient dans la poussière. Une à droite. Une à gauche. Et ceci, poursuivit-il, effleurant un petit trou rond creusé à côté de l'empreinte droite, a été fait par une lance ou par une canne. Peut-être par une lance qui lui sert de canne. Voyez comme l'empreinte droite est plus profonde que la gauche. De toute évidence, il boite. Il a été blessé en dévalant la berge lorsque son cheval a été abattu. »

Walks High examina longuement les traces dans la poussière afin de contenir son excitation. « Merci », dit-il enfin à Bear Heart.

Le guerrier hocha la tête. « À mon avis, l'homme blanc qui a tué son cheval se dirige vers l'ouest. Et notre chef de guerre le sait. Je crois qu'il va suivre sa piste pendant un certain temps, puis s'en écarter afin de suivre un chemin plus direct — pour réduire la distance qui les sépare. »

Walks High acquiesça d'un hochement de tête. « Peut-être devrions-nous faire de même. Si nous accélérons l'allure en allant droit vers l'ouest, nous rejoindrons mon père avant qu'il n'arrive à rattraper l'homme blanc. »

Bear Heart opina, puis jeta un coup d'œil à de la Vérendrye. « Comme nous l'a montré Le Barbu, le fer sacré est une arme puissante. Ton père aura sans doute besoin d'aide pour capturer l'assassin de la mère de High Hawk. »

S'approchant de De la Vérendrye, le guerrier lui murmura d'un ton féroce : « Je veux que tu voies ce qu'un guerrier lakota peut faire à une... chose... qui n'est pas bienvenue dans son pays. »

13

Assis sur le sol, protégés du vent par les frondaisons d'un très vieux pin, les trois anciens discutaient des nouvelles qu'ils venaient de recevoir d'une bande lakota installée sur la rive nord de la Great Muddy River. À peine le peuple des Wolf Tails était-il parvenu dans son campement d'hiver qu'il avait reçu la visite de deux messagers, deux jeunes gens d'une bande miniconjou appelée Ceux-qui-Campent-Auprès-de-l'Eau. Les messagers étaient venus transmettre aux Lakotas une invitation qui émanait de commerçants blancs installés dans le Sud, quelque part le long de la Grandfather River. Ces négociants proposaient aux Lakotas de venir, à l'été suivant, échanger leurs fourrures à l'endroit où la White Earth River se jette dans la Great Muddy River. En longeant le cours de cette dernière, deux hommes blancs étaient remontés très loin vers son amont, accompagnés de deux hommes issus d'une tribu du Sud. Une tribu inconnue des Lakotas.

White Crane ajouta du bois sur le feu et resserra plus étroitement sa couverture en peau d'élan autour de ses fines épaules. Stone et Spotted Calf étaient eux aussi emmitouflés dans des couvertures. Ce matin-là, la rivière était recouverte d'une mince couche de glace, et le ciel bas et gris annonçait une chute de neige, ou du moins, une pluie d'automne tardive. La fumée des tipis s'élevait tout droit dans l'air calme et frais du matin, et de loin, on aurait dit qu'elle formait un seul nuage gris s'effilochant au-dessus de la terre.

White Crane secoua légèrement la tête. « En ce qui me concerne, je ne crois pas que nous devrions participer à ce genre de rencontres », déclara-t-il.

Stone opina. « Je partage ton avis. Mais nous ne pouvons pas dire à notre peuple ce qu'il doit faire ou non. Si le conseil estime qu'il est imprudent d'y prendre part, beaucoup d'entre nous s'abstiendront de s'y rendre. Cela dit, j'ai bien peur que certains y aillent quand même. »

Spotted Calf fronça les sourcils. « Oui, c'est probable, convint-il. Les hommes blancs ont éveillé une grande curiosité depuis que mon fils en a amené un dans notre village. Notre peuple a pu constater que les mœurs des hommes blancs étaient différentes des nôtres et qu'ils possédaient aussi des choses différentes. Des biens. Des objets en fer. Des fers sacrés. Il sera difficile de réfréner une telle curiosité.

— L'idée que des membres de notre peuple puissent aller à cette réunion m'inquiète, dit Stone. À mon avis, ce que possèdent les hommes blancs risque de nous porter un grave préjudice.

— En outre, leur ignorance des réalités de notre pays peut être nuisible à tout le monde, y compris à eux-mêmes, fit remarquer White Crane. Ne savent-ils donc pas que la Great Muddy River inonde toujours ses berges jusqu'à la fin de l'été ? Il est très imprudent de camper aux abords du fleuve en sa période de crue.

— Pourtant, il y a une chose dont nous devons débattre au conseil des anciens, ajoute Stone. Moi-même, je suis inquiet de nous voir confrontés en si peu de temps avec tant de choses en rapport avec les hommes blancs. J'ai le sentiment qu'ils peuvent être pareils aux premiers moustiques du printemps. Extrêmement voraces. »

Ils se turent car une femme approchait. C'était Her Good Trail, qui apportait une petite panse remplie de soupe de navets sauvages où trempaient des morceaux de viande de bison. L'arôme appétissant de sa soupe l'avait précédée. Elle s'arrêta devant les anciens en souriant, sans toutefois les regarder directement, et, avec des gestes adroits, elle planta dans le sol quatre petits piquets en bois de saule de manière à délimiter un carré. Puis elle y attacha les quatre coins de la panse. Enfin, elle plongea dans la soupe trois grandes cuillères en corne de bison, dont elle laissa dépasser les poignées vers le haut.

« Petite-fille, dit Stone, nous te remercions.

— Je sais que c'est un des plats préférés du père de mon mari », répondit-elle en s'adressant aux trois anciens, mais en prenant soin de se tourner seulement vers Stone. Il n'aurait pas été poli de sa part de parler directement à son beau-père, Spotted Calf. « Je sais que la mère de mon mari aimait à le lui préparer par des matinées comme celle-ci. Mais bien entendu, ma soupe ne pourra jamais être aussi bonne que la sienne. »

Spotted Calf sourit en hochant la tête, sans vraiment regarder dans la direction de sa belle-fille. C'était un remerciement discret, mais conforme aux usages. Tandis qu'elle s'éloignait, il dit à ses amis, assez fort pour que Her Good Trail puisse l'entendre : « Le jour où mon fils l'a prise pour épouse, *mon* cœur s'est mis à chanter. »

Her Good Trail, qui s'en retournait, les yeux baissés, sourit timidement. Puis elle leva les yeux vers le nord et pria pour les quatre guerriers wolf tails qui poursuivaient l'assassin de la mère de High Hawk.

Le peuple des Wolf Tails s'était installé rapidement dans son campement d'hiver. De part et d'autre de la rivière, les hautes collines couvertes de pins formaient d'excellents coupe-vent, faisant de cette région, connue sous le nom de vallée de la Spring Creek, un refuge idéal pour l'hiver. Les peupliers du rivage et le fond des ruisseaux permettaient de nourrir et d'abreuver les chevaux quand l'herbe disparaissait sous la neige, et de nombreux daims à queue blanche s'abritaient dans les ravins tapissés de pins. C'était, comme le campement d'été, un lieu où il faisait bon vivre.

Au moment où Her Good Trail regagna son tipi, le camp était en proie à une activité inhabituelle pour une froide matinée de fin d'automne. Un grand nombre d'adolescents, âgés de quatorze à seize hivers, avaient déjà rejoint le troupeau de chevaux pour aider les jeunes guerriers qui montaient la garde. Quelques femmes et jeunes filles étaient parties ramasser du petit bois, en veillant à ne pas dépasser le cercle des sentinelles qui entourait le camp. À l'ouest, au-delà des derniers tipis du camp, un groupe de plus jeunes garçons jouait au jeu de la flèche-dans-le-cerceau. Là, au milieu des cris, c'était à qui serait le premier à envoyer une flèche dans un petit cerceau d'osier roulé le long du sol. Comme la plupart des jeux des enfants lakotas, celui-ci possédait un but supplémentaire : améliorer la vue et les réflexes de ceux dont l'adresse et les talents seraient un jour les garants de la sécurité et du bien-être de leur peuple.

Au sein de la rangée intérieure des tipis tournés vers le nord, Her Good Trail vit la famille de Not Afraid exposer devant son tipi la chronique d'hiver des Wolf Tails. Elle s'arrêta pour la contempler.

Une fois encore, le moment était venu de réfléchir à ce qu'il fallait porter sur la chronique d'hiver pour perpétuer le souvenir des treize lunes qui allaient bientôt arriver à leur terme. Tout un hiver. Her Good Trail avait dans l'idée que le symbole qui allait représenter cet hiver-là aurait quelque chose à voir avec la mort de la mère de High Hawk, ou bien avec l'arrivée de l'homme blanc, Le Barbu. L'hiver précédent avait reçu le nom d'Hiver-des-Bisons-Innombrables, car durant la Lune-du-Retour-des-Oies, le peuple des Wolf Tails avait quitté son campement d'hiver avec un peu de retard à cause d'un troupeau de bisons qui avait mis sept jours à passer au nord du camp. La région avait été noircie d'un horizon à l'autre, et la terre avait tremblé sous leurs sabots. Quatre hivers plus tôt, lorsque son mari avait tué un homme blanc et s'était emparé d'une nouvelle arme étrange, l'hiver avait reçu le nom d'Hiver-de-la-Victoire-de-Whirlwind.

Elle regarda grand-père Not Afraid et sa femme, Two High Geese, suspendre sur ses montants la chronique d'hiver en peau d'élan. Ils étaient aidés de Makes the Fire, un jeune homme recueilli par Not Afraid lorsqu'il avait perdu sa mère et son père il y avait de cela onze hivers. À présent, Makes the Fire apprenait les histoires de la chronique d'hiver, comme Not Afraid l'avait fait dans sa jeunesse. Et dans la bande des Wolf Tails, il était communément admis que Makes the Fire tiendrait un jour la chronique d'hiver après la mort de Not Afraid. Sous l'œil patient et vigilant de ce dernier, il avait dessiné et peint les images qui figuraient les événements des derniers hivers. Et surtout, Makes the Fire racontait ces histoires avec la plus grande honnêteté.

Se rappelant les tâches qui l'attendaient, Her Good Trail reprit le chemin de son tipi. Elle avait préparé un paquet de viande séchée qu'elle comptait envoyer à la famille de High Hawk. Elle regarda autour d'elle, cherchant à apercevoir Red Legs. C'était un gentil garçon, toujours prêt à l'aider. Un jour, il deviendrait un excellent guerrier. En ce moment, il devait être en train de jouer au jeu de la flèche-dans-le-cerceau. Elle pouvait bien attendre un peu.

White Crane avala bruyamment une gorgée de soupe et désigna de la tête le tipi de Not Afraid. « Je vois que mon cousin a sorti la couverture de la chronique d'hiver, déclara-t-il. J'espère que nous pourrons y porter quelque chose de bon en souvenir de cet hiver. J'espère aussi que je ne referai plus le même rêve. »

Stone hocha la tête, se rappelant le rêve où son ami avait vu le peuple des Wolf Tails emprunter deux routes différentes. « Nous devrions prier à ce propos, proposa-t-il. Demain, nous accomplirons un rite de sudation, et ensuite nous prierons. »

Spotted Calf acquiesça.

Her Good Trail vit une ombre s'encadrer sur le seuil de sa porte et leva les yeux juste au moment où elle entendit gratter poliment sur la toile de son tipi. C'était Yellow Earrings. En dépit du sourire de la vieille femme, Her Good Trail percevait la peine qu'elle cachait derrière son regard. La mort de Walks Far avait douloureusement frappé un grand nombre de gens, et Yellow Earrings plus que tout autre.

« J'ai plaisir à te voir, ma tante », lui dit-elle.

La vieille femme hocha la tête pour la remercier de son accueil. Un moment plus tard, elle s'assit auprès du feu et s'appuya contre un dossier. Ses cheveux gris-blanc étaient coupés au niveau des épaules comme à l'époque où elle avait perdu son mari. Depuis, au fil des ans, ils avaient repoussé jusqu'à sa taille. Elle tendit ses mains vers le feu, puis ôta la couverture en peau de cerf qui lui recouvrait les épaules. « Ton feu est bien chaud, et ta maison possède une certaine paix, dit-elle d'une voix douce. Moi aussi, j'ai plaisir à te voir, ma nièce.

— J'ai préparé un peu de soupe aux navets et à la viande de bison. » Her Good Trail sortit un bol d'une malle de cuir et saisit la louche en corne de bison avec laquelle elle servait la soupe. Elle n'était encore qu'une enfant lorsque Yellow Earrings avait accompagné la troupe guerrière qui était partie à la recherche de son mari, Blue Thunder, disparu depuis plusieurs jours. Yellow Earrings avait chevauché aussi vite et avec autant d'ardeur que les guerriers, en traversant les mêmes épreuves, jusqu'à ce que son mari ait été enfin retrouvé. Plus tard, lorsqu'un jeune homme stupide avait taquiné Blue Thunder parce qu'il avait été sauvé par une femme, ce dernier s'était contenté de lui répondre que tous les hommes seraient bien heureux s'ils pouvaient gagner l'amour d'une femme aussi exceptionnelle.

Her Good Trail remplit le bol de soupe et, tout en le tendant à la vieille femme, elle jeta un regard à ses yeux. Le même feu y brûlait encore, mais il n'était plus à présent qu'une pâle lueur.

Une brève étincelle se ralluma dans les yeux de Yellow Earrings. « Merci, dit-elle. Tu n'as pas ton égale pour réussir la soupe aux navets. »

Her Good Trail sourit et se retourna pour achever de préparer le paquet de viande séchée qu'elle voulait offrir à la famille de High Hawk. Après quelques gorgées de soupe, la vieille femme reposa son bol et se radossa.

« Je viens de rendre visite à ma nièce, déclara Yellow Earrings en tendant la main en direction du tipi de High Hawk. Walks Straight était là. Et Sun Rise Woman aussi. »

Elle marqua une longue pause. Her Good Trail attendit sans un mot. Les anciens n'agissaient jamais sans raison. Elle savait que Yellow Earrings était venue la voir dans un but précis.

Mais il lui était difficile de parler à la vieille femme d'un sujet lié à la mort de sa cousine, Walks Far.

« Sun Rise Woman s'est ouverte à moi, reprit alors la vieille femme, comme si elle revenait d'une contrée lointaine. Elle m'a appris qu'elle avait demandé à ton fils de différer la cérémonie de leur mariage pendant quelque temps. Durant treize lunes exactement. »

Her Good Trail hocha la tête. Elle n'avait pas voulu interroger son fils sur ce qui le tourmentait. À présent, elle connaissait la raison de son silence et de la peine qu'elle lisait dans ses yeux.

« Mais, ajouta Yellow Earrings, elle en a ensuite discuté avec sa mère et son père. Tous deux ont convenu qu'elle ferait bien de changer d'avis. Elle pense à présent que le début de l'été serait une bonne période pour une cérémonie de mariage. Pourtant, elle regrette de ne pas pouvoir en faire part à ton fils.

— C'est la meilleure nouvelle qu'il puisse recevoir à son retour, répondit Her Good Trail. J'espère que la famille de ma future belle-fille se porte bien. La vie est parfois traversée de moments douloureux. »

La vieille femme jeta un regard à Her Good Trail, lui adressant un doux sourire qui contenait bien des choses. « Ils sont tristes, c'est vrai. Mais le temps atténuera la douleur. Il sera plus facile, alors, d'évoquer des souvenirs. Et le bonheur qui résultera du mariage de ton fils et de ma petite-fille contribuera à guérir notre peine. La vie continue. Et peut-être, avant de quitter ce monde, te verrai-je devenir grand-mère. »

Her Good Trail sourit, acheva de ficeler son paquet de viande, puis le mit de côté. « Merci... d'être venue me prévenir. Je savais que mon fils était préoccupé, mais j'ignorais pourquoi. Maintenant, j'aimerais pouvoir le soulager à mon tour, en lui apprenant la bonne nouvelle. Mais il ne tardera pas à rentrer avec son père et les autres. »

Whirlwind avisa une cible. Il venait de repérer une petite souche pourrie au pied d'une butte peu élevée, à environ vingt pas de lui. Il était prêt à essayer son nouvel arc.

Durant une nuit entière, il était resté éveillé pour faire sécher son arc au-dessus d'un lit de braises, profitant de ce temps pour fabriquer des flèches. Après le lever du soleil, il avait laissé mourir les braises et s'était endormi. Quand il s'était réveillé, le soleil avait déjà accompli la moitié de sa course, mais il pouvait à peine le voir à travers les nuages bas et sombres.

Il creusa les encoches destinées à recevoir la corde, deux à la base et une au sommet, puis il y attacha sa corde de rechange coupée dans un tendon. À présent, il ne lui restait plus qu'à essayer sa nouvelle arme.

Au moment où il tira, la corde vibra et la flèche fendit l'air en direction de la souche. Il avait manqué son coup. Mais de peu. La flèche était partie trop haut. Whirlwind encocha une deuxième flèche sur la corde de son arc. Puis il leva son arme, tira la flèche et la lâcha. Cette fois-ci, elle donna dans le mille, de même que les trois suivantes.

Whirlwind récupéra ses flèches et regagna son abri, où il examina soigneusement son arme. Il avait fabriqué bien des arcs auparavant — de beaux arcs, grâce aux conseils patients de son père. Mais jamais aucun arc ne lui avait été aussi précieux et aussi nécessaire.

C'était véritablement une belle arme, même lorsqu'elle était désencordée. Ses deux parties s'incurvaient gracieusement vers l'extérieur, pareilles à deux lunes croissantes mises bout à bout. L'endroit où elles se rejoignaient formait la poignée de l'arc. Afin de donner à son arme cette forme arrondie, Whirlwind avait incurvé le bâton de bois vert en le bloquant dans cette position avec une épaisse bûche de bois. La chaleur élevée et constante des braises avait rapidement séché le bâton, ce qui lui avait permis de conserver ses courbures même après que Whirlwind l'eut délié.

Comme le faisait souvent remarquer Spotted Calf, la fabrication d'un arc comportait un autre élément tout aussi important — l'esprit qui lui était donné par son artisan. Le bois utilisé pour la construction de l'arc avait été autrefois un être vivant, et l'on devait honorer son esprit et sa vie en cherchant à réaliser le meilleur arc jamais produit par le talent et le savoir. Ce faisant, l'artisan lui insufflait un nouvel esprit, qui venait de son cœur et de son âme. Et si l'âme et le cœur de cet artisan n'étaient pas bons, l'arc se retrouvait doté d'un esprit faible. Par contre, si l'artisan libérait son âme et son cœur de toute trace de colère, d'égoïsme et d'impureté, l'arc possédait un esprit fort. Comme aimait à le répéter Spotted Calf, le meilleur arc qu'il avait jamais construit était celui qu'il avait réalisé juste après que Carries the Medicine lui avait appris qu'elle allait avoir un bébé. Cet arc n'était ni le plus robuste ni le plus beau qu'il ait fabriqué, mais il décochait ses flèches plus vite que tous les autres et se moulait dans sa main à la perfection. À présent, bien que l'arc eût plus de quarante hivers, il continuait à faire voler les flèches sans solliciter le moindre effort de la part du guerrier.

Whirlwind avait soigneusement pris garde à ses pensées pendant qu'il travaillait à son arc. Il avait écarté de son cœur la colère et les désirs de vengeance, et il s'était souvenu que chaque chose possède son utilité. Il avait prié pour pouvoir toujours penser à utiliser cet arc à des fins utiles et honorables.

Même si l'arc possédait encore, sur sa partie arrière, une couche d'écorce qui lui donnait un air inachevé, Whirlwind ne lui trouva aucun défaut. Il décida que, la dernière étape exceptée, l'arc était terminé. À l'aide d'une petite fourche de bois de cerf, il commença à frotter l'avant, ou le ventre, de son arme. Cela donnerait au bois un fini dur et brillant et l'empêcherait de trop s'imprégner d'humidité s'il lui arrivait de tomber à l'eau ou de se mouiller au cours d'un violent orage — ou d'une tempête de neige.

Tandis qu'il travaillait, ses pensées retournèrent à sa tâche principale — rattraper l'homme blanc qui avait assassiné une vieille femme lakota. Ce nouvel arc lui donnait considérablement plus de chances de capturer le meurtrier. Le guerrier savait que l'homme blanc n'hésiterait pas à se battre parce qu'il possédait un fer sacré, mais aujourd'hui, cette arme lui apparaissait moins terrible qu'autrefois. Maintenant qu'il en connaissait le fonctionnement et la portée, il disposait d'un atout important. Et même s'il craignait toujours le fer sacré, il n'éprouvait pas la peur que l'on ressent face à une chose inconnue. Comme l'avaient dit et répété de très nombreux guerriers, la connaissance est la meilleure arme du guerrier. Elle permet de dépasser la peur et d'accomplir son devoir.

Whirlwind laissa ses pensées remonter loin dans le passé. Il se revit alors, à l'époque où il était un garçon fin et grêle âgé de quinze hivers. Puis l'image d'un guerrier grand et fort du nom de Brings Three Horses s'imposa dans son esprit. Brings Three Horses était un de ses oncles, le frère aîné de sa mère, un vaillant guerrier qui s'était pris d'affection pour lui alors qu'il s'appelait encore Badger avant de conquérir son nom de guerrier.

Badger avait appris beaucoup de choses auprès de Brings Three Horses, bien plus qu'il ne pouvait s'en souvenir. « Regarde toujours la piste que tu laisses derrière toi, lui avait dit bien des fois le guerrier. Ce que tu ne peux pas voir peut être plus dangereux que ce qui se présente à ta vue. Peu de choses te surprendront si tu agis ainsi. Si la mort te surprend, elle ne surviendra qu'une fois. » Aujourd'hui encore, Whirlwind se souvenait des intonations de cette voix profonde : « Rappelle-toi que le pouvoir d'un vrai guerrier vient de ce qu'il a dans l'âme et dans le cœur, et non de ce qu'il tient dans la main », avait affirmé ce puissant guerrier. Mais Spotted Calf avait, lui aussi, transmis bien des choses à son fils. Et un jour, il s'était tenu aux côtés de son beau-frère pour présenter un jeune guerrier nommé Whirlwind à la société guerrière des Wolf Tails.

Whirlwind se souvenait nettement du moment où il avait été introduit dans la loge de la société guerrière. Un vénérable vieillard du nom de Kills Plenty s'était alors adressé à l'assemblée :

« Le loup a toujours été notre parent, avait-il déclaré. Mais son peuple a parcouru cette terre depuis bien plus longtemps que nous. Et pour cette raison, sa sagesse est plus grande que la nôtre. Un jour, peut-être, serons-nous aussi sages que lui. Mais en attendant, nous devons nous efforcer de ressembler à notre frère, le loup.

« Le loup veille toujours sur les membres de son peuple et de sa famille. Il les défend contre la faim et le froid, contre la solitude et contre les ennemis qui cherchent à les détruire. Il chasse, bâtit des loges bien chaudes, et ne laisse jamais ses louveteaux vagabonder sans surveillance. Et il n'attaque pas ses ennemis sans raison ; il défend simplement tout ce qui lui est précieux.

« Mon petit-fils, afin de devenir un guerrier wolf tail, tu dois faire le serment d'agir de la sorte. Personne ne doit avoir faim tant que tu seras en mesure d'assurer sa subsistance. Personne ne doit avoir froid tant que tu pourras lui offrir un tipi bien chaud, quand bien même tu devrais céder le tien. Aucun homme, jeune ou vieux, ne devra pleurer de solitude sans que ton cœur puisse l'entendre. Et si un enfant orphelin s'écrie : "Père !" tu dois l'entendre, et lui répondre.

« Tu dois comprendre que la dignité est plus importante que tous les honneurs que tu peux acquérir. Que la sagesse et la connaissance sont les meilleures armes que tu puisses emporter à la chasse, au combat, et tout au long de ton voyage sur cette terre.

« Enfin, tu dois toujours être le premier à répondre à l'appel lorsque ton peuple se trouvera en danger. Et tu dois toujours savoir, bien que tu sois une humble créature, que ta vie est le plus beau cadeau que tu puisses offrir à ton peuple. Même si cela te fait peur, n'hésite pas à la donner.

« Tu as choisi un chemin bien difficile, mon petit-fils. Il n'y a pas de piste plus dure que celle que doit emprunter un guerrier wolf tail. Je prie pour que le Grand Mystère te donne la force et le courage de marcher sur cette piste, résolument, et humblement. »

Whirlwind frissonna tandis que s'évanouissaient ces images du passé. Old Kills Plenty avait eu raison. La piste d'un guerrier wolf tail était bien difficile. Brings Three Horses était mort alors qu'il était parti à la recherche d'une enfant égarée, à peine âgée de quatre hivers. Whirlwind s'était toujours imaginé que ce héros de sa jeunesse mourrait sur le champ de bataille, ou lors d'une chasse au bison. Au lieu de cela, un jour où il avait tenté de retrouver une toute petite fille perdue dans un blizzard, le vaillant guerrier était mort de froid après s'être cassé une jambe en tombant. C'était Whirlwind qui avait retrouvé son corps. À quelques pas de celui-ci, blottie dans un enchevêtrement de morceaux de bois flotté, il avait découvert l'enfant perdue — encore vivante. Cet hiver-là, Not Afraid avait peint le portrait de Brings Three Horses sur la chronique d'hiver en peau d'élan. Depuis lors, cet hiver avait reçu le nom d'Hiver-où-Brings-Three-Horses-Était-Mort-Après-Avoir-Retrouvé-Little-Deer-Woman. Quant à cette dernière, elle était toujours la première à entrer dans le cercle de la danse à chaque fois que l'on entonnait les louanges des disparus, pour évoquer le nom du guerrier qui lui avait sauvé la vie, même après sa propre mort.

Whirlwind parcourut des yeux la vallée large et plate de la White Earth River, en comprenant pleinement ce que lui avait dit un jour Her Good Trail, longtemps auparavant : Brings Three Horses n'était pas vraiment mort ; il avait simplement trouvé un autre lieu de vie. Sa femme avait raison. La mort n'était qu'un passage entre une vie et une autre. Et la place qui vous était donnée dans cette autre vie dépendait de l'existence, bonne ou médiocre, que l'on avait menée dans la vie où le corps était uni à l'esprit. Brings Three Horses avait mené une vie exemplaire, à l'instar de Carries the Medicine, la mère de Whirlwind. Et ce dernier se demandait si son existence serait aussi honorable.

De l'autre côté de la rivière, un mouvement attira son attention. Des bisons s'approchaient lentement du bord de l'eau. Un à un, ils sortirent d'entre les arbres et bientôt, ils furent plus d'une centaine à s'engouffrer dans un large ravin. Le premier qui s'aventura dans la rivière fut une femelle prudente, qui huma l'air en quête de la moindre odeur de danger. Un moment plus tard, il y en eut déjà des centaines, et Whirlwind savait qu'au-delà des collines, vers le nord, ils étaient encore bien plus nombreux. Ils se déversèrent dans la vallée de la White Earth River et bientôt, d'est en ouest, celle-ci fut remplie d'un immense troupeau de bisons.

La viande fraîche de bison constituait un repas que Whirlwind ne refusait jamais volontiers. Selon toute vraisemblance, il n'aurait guère de difficulté à s'approcher de l'un d'eux et à l'abattre, à condition d'avoir le temps de lancer trois ou quatre flèches au même animal. Mais la viande fournie par un seul bison excédait de loin les besoins d'un seul homme. En tuer un à présent aurait été un acte insensé, car un véritable chasseur ne tuait que la proie qui correspondait à ses besoins. De sorte qu'il demeura assis à regarder les grands animaux se déplacer avec leur assurance habituelle. Ils lui rappelaient sa première chasse au bison avec son père et Brings Three Horses.

Cela s'était passé dans la Lune-où-Mûrissent-les-Cerises, au cours de l'Hiver-où-l'On-Avait-Vécu-avec-Quatre-Loups-Blancs. Le peuple des Wolf Tails avait alors choisi d'établir son campement d'été dans la même vallée qu'une famille de loups dotée de quatre louveteaux blancs comme neige. Cet été-là, Brings Three Horses avait offert au jeune Badger son premier cheval élevé pour la chasse au bison, une jument rapide blanche et brune âgée de quatre hivers. De son côté, Spotted Calf lui avait offert un arc en bois de cerisier sauvage, un arc épais et court renforcé par un tendon, si robuste que Badger arrivait à peine à s'en servir. Il avait passé l'été à s'entraîner à monter son nouveau cheval et à manier son arc. Et quand les anciens avaient arrêté la date de la chasse et que les éclaireurs des Wolf Tails étaient revenus au village en annonçant qu'ils avaient aperçu un large troupeau vers le nord, Badger avait passé plusieurs nuits sans sommeil à se tourner et à se retourner sur sa couche.

« Souviens-toi, avait dit Spotted Calf à son jeune fils, dès que tu auras repéré ton bison, laisse ton cheval faire le reste. » En cette chaude journée d'automne, ils se trouvaient sur une colline orientée à l'est, regardant la vallée noircie par le troupeau qui déferlait jusqu'à l'horizon. Comme Badger était gaucher, Brings Three Horses avait entraîné sa jument à approcher les bisons sur leur gauche.

Badger inspirait profondément, avec nervosité, tandis qu'ils menaient leurs chevaux au pas aux abords du troupeau. Pour la dixième fois environ, il vérifia que son carquois de seize flèches était solidement attaché à la partie antérieure de sa ceinture et qu'il tenait correctement son nouvel arc. Au moment où les bisons commencèrent à avancer, il fit appel à tout le courage de ses quinze hivers. Les chasseurs partirent d'abord au trot, mais quelques instants plus tard, ils étaient déjà lancés dans un galop effréné.

« *Hokahe !* » hurlait Spotted Calf, en soulevant des nuages de poussière, quelque part dans la prairie. Jetant un coup d'œil à sa droite, le garçon aperçut une femelle qui s'écartait de lui à toute vitesse. Il se coucha sur l'encolure de sa jument, lui faisant signe de la suivre. Soudain, sa monture redoubla de vitesse et il faillit tomber, pris au dépourvu. Lorsqu'il retrouva son équilibre, sa jument s'était déjà grandement rapprochée de sa proie. Badger tira une flèche de son carquois et lâcha la bride de sa monture. À présent, il avait totalement lâché les rênes, et la jument faisait exactement ce à quoi on l'avait entraînée durant plus de la moitié de sa vie.

La poussière et le fracas des sabots emplissaient l'air. Bien qu'il fût entouré de milliers d'animaux et d'une vingtaine d'autres cavaliers, il ne voyait nettement que la bisonne qu'il poursuivait, se découpant sur des ombres mouvantes qui apparaissaient et disparaissaient à travers des nuages de poussière. À présent, sa jument serrait de près la bisonne. Il encocha une flèche sur la corde de son arc. Il voyait distinctement les poils noirs et bouclés de sa bisonne et la plaque de sueur foncée qui commençait à se former sur son flanc. C'était une géante. Le haut de sa bosse était à la même hauteur que sa poitrine, et il était à cheval !

Il tendit les bras, et sa main qui tenait la corde trembla légèrement lorsqu'il leva son arc et repéra un endroit juste derrière la patte avant de la bisonne. Maintenant, il était à moins de dix pas de sa proie. TWANG ! En entendant vibrer la corde de l'arc, la jument obliqua vers la gauche. Sur le flanc de la bisonne, non loin de l'endroit qu'il avait visé, il aperçut les plumes et la tache rouge qui formaient les attributs distinctifs de ses flèches. Il tira une nouvelle flèche de son carquois et se pencha vers la droite pour faire signe à sa jument d'attaquer à nouveau la bisonne. Sa deuxième flèche se ficha tout près de la première, ainsi que la troisième et la quatrième. Il entendit à peine le mugissement de rage et de douleur de la bisonne. Se penchant sur l'encolure de sa jument, il saisit les rênes pour rétablir son équilibre et s'agrippa à la bride. Ce ne fut que lorsqu'il guida sa monture vers l'extérieur du troupeau qu'il réalisa que le rythme et l'intensité de ses battements de cœur faisaient presque écho au fracas des sabots, qui martelaient le sol dans un bruit de tonnerre. Alors, seulement, il prit conscience de la poussière qui lui piquait la gorge et de la sueur qui coulait le long de son visage. Il se sentit à la fois puissant et minuscule.

Vers le milieu de l'après-midi, il retrouva finalement sa bisonne. Elle s'était enfuie au loin avec quatre flèches fichées dans sa chair, avait réussi à franchir une colline et près de la moitié d'une vallée.

Tard cette nuit-là, alors que sa mère, Carries the Medicine, faisait cuire la viande de sa première proie, il n'en éprouva aucun sentiment de victoire. Il avait plutôt l'impression d'avoir contribué à une œuvre utile, comme s'il faisait partie de quelque chose d'indescriptiblement grand et infini. Son père avait suspendu le foie cru de la bisonne au pied le plus long d'un trépied en bois de saule pour montrer que son fils avait abattu un bison pour la première fois. Brings Three Horses et plusieurs autres guerriers étaient venus prendre un morceau du foie, autant pour prendre acte du fait que le bison avait donné sa vie que pour accueillir solennellement Badger parmi eux. Parmi les chasseurs de bisons.

Whirlwind contempla à nouveau la vallée couverte de bisons, laissant à contrecœur s'estomper les bruits et les images de sa première chasse.

Il décida de demeurer encore une nuit dans l'abri douillet qu'il s'était aménagé au fond du ravin. Même si les sensations de raideur et de gêne causées par son genou blessé diminuaient de plus en plus, une autre longue nuit de repos lui ferait le plus grand bien. En outre, il pourrait profiter de l'occasion pour fabriquer de nouvelles flèches. Whirlwind éprouva un regain de confiance en baissant les yeux sur son arc. Ignorant le nombre de balles de fer dont disposait l'homme blanc pour recharger son fer sacré, il était forcé de supposer qu'il en avait beaucoup. Par conséquent, il devait lui-même fabriquer autant de flèches que son carquois pouvait en supporter. Son carquois de guerre en avait contenu jusqu'à quarante-quatre, et pour l'heure, il en possédait à peine la moitié.

Oui, il avait encore fort à faire pour se préparer au combat qui, inéluctablement, l'attendait. Pourtant, il avait le sentiment qu'il pouvait en sortir victorieux. Il ne savait pas exactement comment cet affrontement se déroulerait, mais il était certain de pouvoir le remporter s'il ne se laissait pas aller à l'imprudence. C'était là le message qu'il avait pu lire dans le nuage en forme de loup. Une fois, il avait observé deux loups qui suivaient la piste d'un élan blessé. Il les avait suivis pendant un jour entier. Finalement, ils avaient tué le vieux mâle, non pas parce qu'ils pouvaient aisément le mettre en pièces avec leurs crocs meurtriers, mais parce qu'ils avaient persévéré dans leur traque. Whirlwind, lui aussi, devait persévérer. Et grâce à son obstination, il vaincrait finalement l'assassin.

Au moment où il regardait la vallée de la White Earth River noircir à vue d'œil avec le déferlement des hordes de bisons, le souvenir du rêve où il avait vu un loup se battre contre des chiens gris lui revint en mémoire de façon obsédante. Il était assez facile de vaincre un homme blanc isolé, ou bien de parvenir à l'admettre dans un village lakota. Mais que se passerait-il si les hommes blancs arrivaient dans le pays en quantités innombrables ? Et que possédaient-ils d'autre, outre le fer sacré, qui fût puissant et dangereux ? Les Lakotas allaient-ils être obligés de se battre comme le loup de son rêve ?

Whirlwind se leva et saisit son nouvel arc.

L'heure était venue d'aller jeter un coup d'œil à ses pièges. Il avança entre les arbres, en prenant soin, instinctivement, de ne pas faire de bruit en marchant. La région lui était familière. De part et d'autre de la rivière s'élevaient des collines sauvages et accidentées couvertes de bruyère et de cactus. L'endroit était propice à la chasse à l'antilope. Dès que l'on s'écartait de la vallée de la rivière, les arbres se faisaient rares. En se perchant sur les hauteurs, on pouvait voir au loin dans toutes les directions car les prairies herbeuses s'étendaient à perte de vue. Les brises parcouraient sans retenue ces vastes prairies, chantant la liberté des grands espaces.

En arrivant dans une clairière qui s'ouvrait entre les arbres, Whirlwind vit une soudaine agitation s'emparer des bisons. Sur la bordure ouest du grand troupeau, certains paraissaient fuir le bord de la rivière. Whirlwind se dit qu'il les avait peut-être effrayés. Bientôt, le grondement de tonnerre des sabots en déroute résonna dans toute la vallée tandis que les bisons se sauvaient, pris de panique. Ils ne tardèrent pas à disparaître au nord, au-delà de l'horizon, ne laissant derrière eux qu'un fin nuage de poussière et une large traînée noire sur la terre, seules traces de leur présence dans la vallée.

Whirlwind scruta le paysage, mais il ne parvint pas à distinguer ce qui avait pu provoquer leur fuite. Mais il était inquiet car, de toute évidence, tout ce que pouvaient craindre ces grands animaux représentait aussi un danger pour un chasseur bipède, isolé de surcroît.

Il reprit sa marche. Lorsqu'il acheva d'inspecter tous ses pièges, le soleil commençait à se coucher. Il regagna son abri par un autre chemin, en emportant les quatre lapins qu'il avait attrapés. Il se sentait satisfait. Il avait suffisamment de peaux de lapins pour confectionner les mocassins qui lui tiendraient les pieds au chaud durant les journées froides annoncées par les brusques rafales de vent. Et avec les quatre lapins qu'il allait faire cuire ce soir, il aurait de quoi se nourrir pendant trois ou quatre jours.

Whirlwind jeta un dernier regard aux alentours avant de se glisser dans son abri douillet. Au creux de la vallée, le silence était revenu. Un silence de mort.

14

Whirlwind acheva d'effacer toutes les traces de son campement et de son foyer. Il avait éparpillé les branches mortes dont il s'était servi pour aménager son refuge et enterré les cendres de son feu. Il ne restait plus aucun témoignage de sa présence en ce lieu. Mais il se souviendrait pourtant de cet endroit, car nul ne sait de quoi les lendemains sont faits et parce qu'il arrive parfois qu'en chemin, un guerrier revienne sur ses pas.

C'était la matinée la plus froide de ce début de saison. La terre et les arbres étaient recouverts d'une épaisse couche de givre, et Whirlwind savait qu'une mince pellicule de glace s'était formée à la surface de la rivière. Il gravit une petite butte et parcourut des yeux la région alentour. Un coyote s'approchait prudemment de la rivière. Au nord, une antilope se tenait sur la crête d'une ligne de collines basses. Partout, le calme régnait.

Le guerrier pénétra dans un bouquet de chênes et passa en revue ce qu'il avait sur lui. À présent, il avait un arc dans sa sacoche et seize flèches dans son carquois. Durant la nuit, il avait aussi construit un petit sac à dos à armature en bois de saule, auquel il avait attaché sa sacoche de cuir, ses provisions et quatre peaux de lapins roulées en boule. Dans l'ensemble, sa charge n'était pas trop lourde, mais il voulait éviter qu'elle l'encombre ou qu'elle l'empêche d'avoir le libre usage de ses mains et de ses bras. Il passa la tête dans la bandoulière à laquelle il avait suspendu son carquois et l'étui qui contenait son arc, puis l'ajusta sur son épaule gauche. L'arc et le carquois vinrent pendre sur sa hanche gauche, en pointant vers l'avant, ce qui lui permettrait de marcher à travers les arbres et les broussailles sans s'accrocher aux branches, tout en les ayant à portée de la main.

Bien que son genou blessé fût encore un peu sensible au toucher, il pouvait maintenant supporter davantage de poids. Et si sa lance lui faisait toujours office de canne, il y avait moins recours que les jours précédents.

Une plume d'aigle pendait à l'arrière de sa tête, flottant de temps à autre dans la brise du petit matin. Debout au milieu du bouquet de chênes, il contempla le paysage qui l'entourait, plissant un peu les yeux pour soutenir l'éclat de la réverbération du soleil sur le givre. Au bout d'un moment, il tourna son visage vers l'ouest.

Ses yeux bruns étaient calmes et vigilants, et au-dessous de son nez légèrement incurvé en bec de faucon, on lisait la détermination dans ses lèvres serrées.

Whirlwind se lança à nouveau sur les traces de l'homme blanc meurtrier. Bientôt, il marcha d'un bon pas, à peine retardé par un léger boitement. Toujours sur ses gardes, il scrutait constamment la ligne d'horizon et s'arrêtait à de nombreuses reprises pour jeter un coup d'œil derrière lui.

Au milieu de la matinée, il atteignit un endroit où la White Earth River coulait dans une large plaine verdoyante. La lumière du soleil scintillait sur la terre couverte de givre, mais en dépit de son éclat, l'air était encore froid.

Au bord d'un ancien cours d'eau, il s'arrêta près des restes grisâtres d'un vieil arbre mort, un peuplier géant à la souche légèrement plus haute que la taille d'un homme. Tandis qu'il se retournait vers l'est pour jeter un coup d'œil derrière lui, un mouvement sur sa gauche attira son attention. D'instinct, il s'immobilisa, ne bougeant que les yeux pour tenter d'en voir davantage. Puis il tourna lentement la tête. Au nord, à un court jet de pierre, la mort était là et l'observait.

Au début, il n'aperçut que la tête et les épaules massives de l'animal. L'ours, qui humait le vent, décela bientôt l'odeur du bipède. Alors, avec une agilité étonnante pour son corps imposant, il sauta sur la rive et s'avança prudemment vers Whirlwind.

L'animal s'arrêta au bout de quelques pas, sans cesser de flairer l'air pour chercher l'odeur de l'homme. Lentement, Whirlwind s'adossa contre la souche géante. Il savait que l'ours ne l'avait pas encore aperçu. Et lorsque l'animal tourna la tête vers l'est pendant une ou deux secondes, Whirlwind contourna rapidement la souche. Mais bien qu'il fût alors totalement hors de vue, il savait que ce répit n'était que provisoire.

Prudemment, il passa sa tête sur le côté pour voir ce que faisait l'ours. L'animal s'était rapproché de quelques pas, à nouveau intrigué par la souche.

Whirlwind se recula aussitôt et tourna les yeux vers le sud. Il n'y avait pas d'arbres aux alentours, aucune hauteur sur laquelle il aurait pu se hisser. Il tendit une nouvelle fois la tête. L'ours avait encore gagné du terrain et se trouvait à quinze pas de lui environ. Il avait repéré l'odeur de Whirlwind en flairant l'air le long du chemin que le guerrier avait emprunté. Soudain, en poussant un grognement féroce, l'ours se redressa de toute sa hauteur.

Whirlwind sentit son estomac se nouer. L'ours était à moitié plus haut qu'un homme.

Il tendit la main pour tirer son arc hors de son étui, mais il se ravisa aussitôt. Blesser l'ours ne ferait qu'empirer la situation. Son seul espoir était de demeurer hors de vue. Sa lance à la main, il commença à reculer à l'arrière de la souche, de façon à maintenir celle-ci entre lui et la ligne de vision de l'animal. Soudain, un grognement rompit le silence glacial et figea un instant les mouvements du guerrier.

Whirlwind était persuadé que l'ours allait fondre sur lui après avoir contourné la souche. Tout en surveillant cette dernière, il recula à nouveau après quelques secondes. Il lui fallait à tout prix augmenter la distance qui le séparait de l'ours. Lentement, il reprit sa marche à reculons jusqu'au moment où il se retrouva à quarante pas de la souche. Jetant un rapide coup d'œil par-dessus son épaule, il aperçut un massif de bruyère et bondit derrière lui.

Mais bientôt, toute espérance d'avoir pu lui échapper s'évanouit comme une antilope en fuite. L'ours était retombé sur ses pattes au moment où il avait contourné la souche. Et maintenant, le nez à terre, il suivait résolument l'odeur de Whirlwind en grondant férocement.

Il n'y avait plus de temps à perdre. Whirlwind tira son arc de son étui et le garnit d'une corde. Puis il sortit quatre flèches et les plaça dans la main qui tenait son arc. Il jeta un dernier coup d'œil autour de lui, pour voir s'il pouvait encore trouver son salut dans la fuite. Mais c'était peine perdue. À moins de ramper sur le sol, il n'avait aucun moyen de s'échapper. S'il se mettait debout, l'ours le verrait tout de suite. Et même sans son genou blessé, il n'aurait pas pu le distancer. Il avait vu dans sa jeunesse un ours attraper un poulain au galop.

Au nord s'étendaient les restes de l'ancien cours d'eau, le lit asséché d'un ruisseau bordé par une rive en contrebas. C'était, pour l'instant, sa meilleure chance. Tenant l'arc et les flèches dans sa main droite et la lance dans sa main gauche, il commença à ramper sur le ventre en direction du ruisseau. Il percevait distinctement les battements de son cœur.

Jetant un coup d'œil à sa droite, il vit que l'ours le suivait toujours, attiré par son odeur. Il continua à ramper, en faisant attention à ne pas l'alerter par des bruits inopinés. Au moment où il atteignit la rive du ruisseau et se dissimula derrière elle, l'ours était parvenu au massif de bruyère. L'odeur fraîche et puissante du guerrier excita la fureur de l'animal et un rugissement jaillit de sa poitrine gigantesque tandis qu'il se redressait à nouveau de toute sa hauteur et frappait l'air de ses pattes.

Whirlwind savait que la moindre hésitation diminuerait ses chances de fuite. Prenant appui sur ses mains et ses genoux, il longea à quatre pattes la rive du ruisseau. Mais bientôt, celle-ci ne fut plus assez haute pour le dissimuler. Environ quatre-vingts pas le séparaient maintenant de son poursuivant.

Se retournant alors, il s'aperçut avec consternation que l'ours le suivait toujours à l'odeur et s'approchait lentement du ruisseau desséché.

Six hivers plus tôt, au cours d'une chasse à l'élan dans les Black Hills, il s'était caché avec Walks High derrière un rocher en voyant s'approcher un ours. L'animal était passé si près d'eux qu'ils auraient pu le toucher. Whirlwind savait que les ours se méfiaient toujours des humains, et qu'ils faisaient souvent de très grands détours pour éviter un homme dont ils avaient flairé l'odeur. Jusqu'alors, il n'avait jamais entendu parler d'un ours qui ait suivi un homme à la trace.

Espérant pouvoir raconter un jour l'histoire de cet ours au comportement étrange, Whirlwind tourna les yeux vers le sud-ouest et vit une haute butte verdoyante à un long jet de flèche de l'endroit où il se trouvait. S'il parvenait à atteindre cette butte, il serait au moins en mesure de voir l'ours approcher.

Il se mit à ramper dans l'herbe au milieu de la bruyère, en s'arrêtant fréquemment pour éviter les cactus et jeter un coup d'œil à son poursuivant. Par chance, la saison des serpents était passée. Et bien qu'il sentît de nouveaux élancements dans son genou blessé, il continua sa progression sans faillir, sachant que la douleur qui lui déchirait la jambe était loin d'être aussi horrible que la perspective d'être taillé en pièces par un ours furieux de la taille d'un cheval.

Toujours guidé par l'odeur du guerrier, l'ours longeait à présent la rive du ruisseau desséché.

Whirlwind s'arrêta dans un creux pour reprendre son souffle. La butte verdoyante était maintenant toute proche. Se haussant prudemment au-dessus des touffes d'herbe, il aperçut le dos de l'animal qui continuait à avancer le long de la rive, à une soixantaine de pas environ.

Le guerrier regarda autour de lui, prenant soudain conscience du silence inquiétant qui venait de tomber. C'était comme si toutes les créatures vivantes retenaient leur souffle pour attendre l'issue de ce combat entre l'ours et l'homme.

Il recommença à ramper vers la butte verdoyante. TIK-TIK-TIK-TIK ! Tout à coup, un battement d'ailes l'effraya. Sa surprise fut telle qu'il se redressa. Des coqs de bruyère. Il y en avait trois. Il les regarda un instant avant de se rappeler la présence de l'ours. Mais c'était un instant de trop. Déjà, l'animal fondait vers lui au galop.

Whirlwind s'agenouilla, sans détacher ses yeux de l'ours gigantesque. Il encocha une flèche sur la corde de son arc et ramena son carquois sur sa hanche gauche. Il était de ces rares guerriers qui tirent à l'arc de la main gauche.

L'ours était de plus en plus proche. Whirlwind l'observait sans bouger. En quelques secondes, il évalua la distance et calcula la durée des bonds de l'animal. Oubliant pour l'instant qu'il n'avait presque aucune chance de le vaincre, il estima qu'il pouvait, au mieux, lui décocher une flèche en pleine gorge.

Arrivé à vingt pas de lui, l'ours gigantesque s'arrêta et se campa une nouvelle fois sur ses pattes de derrière. Il était maintenant si près que Whirlwind distinguait l'écume qui s'échappait des coins de sa gueule.

En poussant des grognements sourds, entrecoupés ça et là par des rugissements qui résonnaient dans la vaste prairie verdoyante, l'ours commença à tourner autour de l'homme. Whirlwind leva son arc et visa la partie gauche du sternum de l'animal. Il tourna lentement sur lui-même, de manière à faire toujours face à l'ours. Il lui faudrait au moins trois flèches pour causer une lésion sérieuse à l'animal, à condition de les loger toutes à bout portant dans la région du cœur et des poumons. Il était sûr, à cette distance, d'atteindre l'ours du premier coup, mais le second et le troisième coup lui seraient autrement plus difficiles. Whirlwind savait que l'ours pouvait arriver sur lui en trois ou quatre bonds, trois à quatre secondes à peine. Ce qui ne lui laisserait guère le temps de tirer deux autres flèches.

Rugissant de plus belle, l'ours continua à se rapprocher de Whirlwind. C'est alors qu'un petit relief attira l'attention du guerrier — un rocher qui s'élevait à hauteur de sa jambe. Avec une extrême prudence, il se dirigea vers lui.

Lentement, il se hissa sur l'étroit sommet du rocher de grès, puis il se redressa de toute sa hauteur. Soudain, il fut aussi grand que l'ours.

Ce dernier cessa de rugir et fixa avec stupéfaction sa proie qui venait subitement de grandir.

Alors, Whirlwind leva lentement les bras et regarda l'ours droit dans les yeux. « JE SUIS WHIRLWIND ! » s'écria-t-il soudain. « JE SUIS WHIRLWIND ! QUI ES-TU ? »

L'animal gigantesque n'hésita guère plus d'un instant. Il répondit à l'homme par un long rugissement, puis il s'éloigna, ne se retournant qu'une seule fois pour jeter un coup d'œil derrière lui.

Les jambes de Whirlwind étaient presque sans force, et il s'en fallut de peu qu'elles se mettent à trembler. Il demeura les bras levés sur le rocher jusqu'au moment où l'ours disparut derrière une hauteur.

Il descendit du rocher et ramassa sa lance. Puis, après avoir jeté un coup d'œil dans la direction que l'ours avait prise, il s'en alla lentement vers l'ouest, comprenant à présent ce qui avait semé la panique parmi les bisons la veille au soir.

Le cœur battant, l'allure ralentie par la douleur qui s'élançait dans son genou blessé, il s'arrêta un moment pour se reposer sur un petit terrain plat et érodé au sommet d'un petit tertre. Levant les yeux vers le ciel d'un bleu éclatant, il sourit en hochant la tête et dit à voix haute :

« Oui, Grand-Père. La vie est précieuse et bonne. »

À l'instar des rayons aveuglants du soleil couchant, l'image de la gueule ouverte du grand ours et de ses crocs luisants ne le quittait pas. Afin de se rasséréner et de chasser le souvenir de l'ours, Whirlwind s'assura qu'il n'avait perdu aucune de ses armes ni des autres pièces de son équipement. Ensuite, il prit une longue et profonde inspiration et se radossa contre le talus. Un mouvement soudain lui fit lever les yeux, juste à temps pour voir un faucon à queue rouge plaquer ses ailes contre son corps jusqu'à ce que celui-ci prît la forme d'une pointe de flèche en pierre. Puis il fondit sur la prairie, si vite que Whirlwind eut du mal à le suivre des yeux, et disparut derrière une colline. Il réapparut après un court instant, battant puissamment des ailes pour regagner le ciel. Songeant avec gratitude à la fin terrible à laquelle il venait d'échapper, Whirlwind regarda le chien de prairie qui pendait, sans vie, embroché dans les serres du faucon, tandis que l'oiseau s'élevait dans les airs.

Du haut de la butte verdoyante, légèrement au sud et à l'est de l'endroit où Whirlwind s'était assis pour se reposer, deux paires d'yeux sombres l'observaient en silence. Deux hommes, étendus dans l'herbe clairsemée, avaient assisté à l'affrontement entre l'ours et le guerrier solitaire.

Black Lodge se tourna vers son compagnon.

« C'est un Lakota. Mais pourquoi est-il seul et à pied ? »

Looks Twice, l'aîné des deux, secoua la tête. « De toute façon, peu importe, et c'est tant mieux pour nous. C'était un groupe d'attaquants lakotas qui a tué mon fils en ce jour tragique où il était parti seul à la chasse. Le Great One a décidé de me donner l'occasion de me venger.

— Te venger ?

— Oui, répondit Looks Twice. En prenant la vie d'un Lakota, je vengerai la mort de mon fils.

— Mais ce doit être un homme très brave pour affronter un ours comme il l'a fait. »

Looks Twice sourit. « Il vaut mieux se venger sur un homme courageux que sur un couard. »

Au bout d'un moment, les deux Arikaras quittèrent leur poste d'observation. De là, ils gagnèrent rapidement un ravin dissimulé à l'abri des regards, d'où ils réapparurent bientôt, campés sur leurs chevaux.

15

Tandis que les échos de la détonation du fusil à pierre résonnaient à travers les prairies vallonnées, une lueur de colère s'alluma dans les yeux du tireur. Un des deux canards s'était envolé. Il était déjà loin, à présent, de l'étroit petit ruisseau où les restes de son compagnon venaient de retomber.

Bruneaux poussa un juron. Il avait visé au-dessous de l'oiseau, dans l'espoir de l'atteindre à la patte. Au lieu de cela, la balle était montée plus haut et avait frappé l'oiseau de plein fouet.

Ces deux canards barbotant dans le petit ruisseau avaient été les seules pièces de gibier qu'il avait pu approcher à portée de tir au cours des trois derniers jours. Pourtant, il y avait là des antilopes en abondance. Des milliers. Mais elles étaient si méfiantes qu'à la vue d'un homme à cheval, elles se sauvaient aussitôt. De plus, ce qui avait le don d'exaspérer Bruneaux, elles se retournaient pour jeter un coup d'œil derrière elles dès qu'elles se retrouvaient hors de portée de ses balles.

Bruneaux avait faim. Son dernier repas remontait à la veille. Un repas, en vérité, assez peu substantiel, car la balle de son mousquet avait déchiqueté la plus grande partie du corps du lapin. Il n'avait pas vu de cerfs depuis qu'il avait cessé de suivre le cours de la rivière pour se diriger vers l'ouest. Il avait bien aperçu quelques bisons dans la matinée, mais son cheval bai s'était soudain agité à l'approche de ces grands animaux, à tel point qu'il avait failli désarçonner son cavalier. Fou de colère, Bruneaux avait dû renoncer à la chasse au bison. À présent, il regrettait de ne pas avoir pris au moins l'autre hanche du cerf qu'il avait tué quelques jours auparavant. Mais sur le moment, il avait reculé à l'idée de s'encombrer de la sorte, sans compter qu'il aurait dû dépecer la dépouille de l'animal, puis préparer la viande avant de pouvoir la manger. Il trouvait absurde de transporter une carcasse entière alors que la région regorgeait de gibier. Il était bien plus facile d'emporter un morceau ou deux. À condition, bien entendu, qu'il reste dans une région où les animaux se laissaient approcher à portée de tir.

Bruneaux parcourut du regard la prairie vallonnée et les horizons lointains qui s'offraient à ses yeux. Devant lui, les étendues étaient si dégagées que le ciel lui semblait plus grand que jamais. Les bisons, les antilopes et les cerfs s'y trouvaient en abondance, mais ces grands espaces découverts demeuraient cependant leurs alliés. S'approcher d'eux assez près pour pouvoir les tuer n'était pas chose facile, même pour un homme armé d'un fusil, et Bruneaux préférait traquer le gibier dans les forêts du bord du Mississippi. Là-bas, la chasse était un jeu d'enfant. Il suffisait d'attendre dans l'épaisseur des sous-bois jusqu'à ce qu'un cerf passe juste devant vous. Et... Pan ! Il ne restait plus qu'à se mettre à table.

De la Vérendrye lui avait parlé de ces vastes prairies comme si elles étaient un don de Dieu. Il aurait pu y élire domicile. Pourtant, l'homme n'était pas fait pour vivre dans de telles régions. C'était le repaire des animaux et des païens. Comme les... Dakotas, n'est-ce pas ? Oui, c'était bien ainsi que s'appelait la tribu dont ce petit morveux avait appris la langue. Il entendait encore cet avorton lui débiter ses histoires assommantes sur l'époque où il avait vécu avec ces païens.

Bruneaux poussa un grognement de dégoût. Il préférait la façon dont Letellier abordait le problème des païens. « Il faut les exterminer jusqu'au dernier ! lui avait dit le négociant à l'oreille unique. Ce sont tous des loups malfaisants ! Ils vivent en pleine forêt et mangent leur viande à moitié crue. Tas de vermine ! Débarrassons-nous-en au plus vite, et ce pays ne s'en portera que mieux. Ils n'ont pas de place parmi les gens civilisés ! »

Bruneaux leva un instant les yeux vers l'horizon lointain. Ici, il n'y avait pas de gens civilisés, pas de tabac non plus pour bourrer sa pipe, et le son de la voix humaine lui manquait. Il n'y avait pas un bruit, à l'exception des cris d'oiseau dans le ciel de temps à autre et des grognements des bisons. Il aurait même pris plaisir, pour changer, à entendre le son de la voix de de la Vérendrye. Enfin... pendant quelque temps. Non, en fait. Il aurait préféré entendre le cliquetis de son or.

Arrivé au bas du rocher qui affleurait au-dessus du ruisseau, il s'arrêta pour recharger le fusil à pierre et vérifier ses réserves de poudre et de balles. Il lui restait beaucoup de poudre. Avec quelque difficulté, il compta ses balles de mousquet — trente-quatre. Il en avait perdu quelques-unes sur la crête où ces païens sournois avaient failli le tuer. Bruneaux toucha la cicatrice encore fraîche sur sa joue gauche, à l'endroit où la flèche lui avait déchiré la joue. En tout cas, il en avait au moins tué un. Et à l'heure qu'il était, un autre devait probablement dormir au fond de la rivière. Celui qui chevauchait un cheval gris.

Il porta de nouveau la main à sa cicatrice et scruta la ligne d'horizon en se tournant vers l'est. Des antilopes bondissaient sur les pentes, et un animal aux allures de coyote longeait la crête d'une colline basse très loin vers le sud-ouest, dans le but manifeste de traquer l'une d'entre elles. Soudain, Bruneaux réalisa qu'il s'agissait d'un loup. L'animal avançait lentement et délibérément. Tout à coup, il disparut dans un bouquet de hautes herbes. Bruneaux se désintéressa de ce spectacle et tourna son regard vers le nord-est, mais il n'y avait rien à voir. Du moins, pas d'homme monté sur un cheval gris. C'est alors qu'il entendit un faible gémissement dans le lointain. Il tourna à nouveau les yeux vers le sud, juste à temps pour voir le loup s'éloigner en trottinant avec une jeune antilope dans sa gueule — tuée en quelques fractions de secondes. Les antilopes survivantes détalèrent en un clin d'œil et bientôt, elles s'évanouirent au nord au-delà de la ligne d'horizon. Bruneaux resta à observer la scène jusqu'à ce que le loup eût disparu à son tour. Après quoi, il finit de recharger son fusil.

Son estomac grondait.

La veille, il avait suivi un ruisseau qui menait dans une vallée étrange au sol entièrement dénudé et où s'élevaient de hautes collines désolées dépourvues de toute végétation. Cet endroit aux couleurs bizarres dégageait une impression angoissante. Il s'était senti extrêmement mal à l'aise et le cheval bai avait lui-même manifesté des signes de nervosité. Le problème, c'est qu'il avait repéré quantité de cerfs dans cette vallée.

Après tout, peut-être y retournerait-il le lendemain pour tenter de tuer l'un d'eux. Demain — à la lumière du jour.

Bruneaux s'approcha du ruisseau et but une longue gorgée d'eau pour apaiser ses crampes d'estomac. Près de la rive, il trouva un morceau du canard qu'il avait abattu — à peu près aussi large que son pouce. C'était, se dit-il, mieux que rien.

Whirlwind baissa les yeux sur les traces qui se dessinaient dans la boue desséchée. Ici, un cheval avait glissé et quelqu'un était tombé. Le guerrier devina que c'était l'homme qu'il poursuivait. L'incident ne devait pas remonter à plus de trois jours, puisque la dernière chute de neige datait de quatre jours. Whirlwind voyait nettement qu'un cheval et son cavalier étaient arrivés là juste après la fonte des neiges, au moment où le sol était particulièrement glissant. De toute évidence, le cavalier s'était rapidement remis de sa chute et avait ramené son cheval au sommet de la pente, à l'endroit où s'ouvrait un étroit ravin. En suivant les traces des yeux, Whirlwind vit les broussailles entrelacées qui formaient un abri entre les chênes.

Le soleil était encore haut dans le ciel. Whirlwind savait qu'il pouvait couvrir une bonne distance avant de monter son campement de nuit. Il rêvait d'un bon repas et d'un feu bien chaud. Le sort auquel il avait échappé la veille lors de sa rencontre avec l'ours lui avait rappelé que les choses simples sont souvent les plus grands bonheurs de la vie : un feu revigorant, une bonne couverture en peau de bison quand hurlent les blizzards, une matinée tranquille, les vives lueurs du soleil couchant quand vient la saison d'automne, et la première boisson fraîche après une longue chevauchée en pleine chaleur. Et surtout, une longue promenade avec Her Good Trail entre les saules au bord de l'eau.

Whirlwind gravit une butte couverte de broussailles et s'assit parmi de petits arbustes dénudés. Durant un long moment, il contempla la région qui l'entourait, en examinant le trajet qu'il avait suivi. Au loin au nord et à l'est, un large troupeau de cerfs était couché dans un bosquet d'arbres, attendant patiemment la tombée de la nuit pour se mettre à brouter. Du haut du ciel bleu lui parvint le sifflement d'un faucon, qui planait en altitude toutes ailes déployées. À l'ouest, il aperçut un petit nuage de poussière — sans doute soulevé par des bisons, se dit-il. À l'est, la lune dessinait un mince croissant gris-bleu juste au-dessus de l'horizon. Demain, aux premières lueurs de l'aube, on la verrait apparaître au-dessus de la partie ouest de l'horizon, toujours à sa place dans le vaste cycle des choses douées de vie et de mouvement. Whirlwind se sentit soudainement très petit.

Les hommes blancs éprouvent-ils de telles choses ? se demanda-t-il. Comment concevaient-ils le monde ? Connaissaient-ils l'existence du

Grand Mystère ? Savaient-ils que le Grand Mystère était le Père de toute vie, et que la Terre en était la Mère ? Se sentaient-ils une parenté avec tout ce qui les entourait, comme les Lakotas ? Si tel n'était pas le cas, leur peuple devait être bien pauvre, ignorant du chemin qu'il suivait en cette vie. Peut-être devrait-il interroger le blessé au sujet de ces choses.

Whirlwind n'avait pas vu cet homme blanc étrange qui, de l'avis des Lakotas, devait être une sorte d'homme sacré. Cela s'était passé sept hivers auparavant, lorsque le peuple des Wolf Tails avait établi son campement d'été au nord de la Bad River. L'homme voyageait seul et était revêtu d'une longue tunique noire, pareille à une robe de femme. Spotted Calf racontait qu'il portait une longue barbe et paraissait très en colère. Certains anciens avaient cru qu'il avait perdu l'esprit. La robe noire ne parlait pas le lakota, mais cela ne l'avait pas empêché de se tenir au milieu du campement durant près d'une journée à haranguer les curieux qui s'étaient massés autour de lui. Apparemment, son bien le plus précieux était un objet étrange de forme rectangulaire enveloppé de cuir noir, avec des ailes blanches et plates à l'intérieur qui battaient au vent. Les gens disaient qu'il lui parlait sans cesse.

Et puis un jour, l'homme était parti, après avoir posé les mains sur la tête de plusieurs habitants du village en prononçant des paroles étranges.

Whirlwind secouait la tête au souvenir de cette histoire. Trois lunes plus tard, un chasseur wolf tail avait découvert les restes d'un squelette au bord de la Great Muddy River. Ses os étaient éparpillés sur le sol, et il y avait parmi eux un curieux petit objet, un objet qui tenait dans la main, à peu près de la taille d'un petit cercle-médecine. L'objet était en fer, et sa forme rappelait celle des chemins croisés du cercle-médecine, mais il avait une branche plus longue que l'autre.

Qu'est-ce qui pouvait inciter un homme à voyager seul de la sorte dans un pays inconnu, se demandait Whirlwind. Peut-être s'agissait-il d'une épreuve, d'un rite de passage à l'âge d'homme. Peut-être l'homme à la robe noire s'était-il égaré après avoir perdu l'esprit ? Le trappeur qu'il avait tué était seul, lui aussi, et il passait son temps à recueillir des fourrures — sans doute en vue d'un échange. Peut-être était-ce dans la nature des hommes blancs de se rendre dans des pays où on ne les avait pas invités et de s'emparer sans permission des produits de cette terre. Quel intérêt avaient-ils à se conduire de la sorte ? Encore une autre question à poser au blessé.

Ce qui lui paraissait pourtant clair était que chacun des hommes blancs qu'il avait vus ou dont il avait entendu parler avait, d'une manière ou d'une autre, causé des souffrances aux Lakotas. L'un d'eux avait failli le tuer, et un autre avait assassiné une vieille femme. Si celui qui parlait le lakota n'avait causé aucun mal par lui-même, c'était pourtant son ancien ami qui avait tué la vieille femme. De plus, les Lakotas qui avaient été touchés par l'étrange homme sacré avaient été affaiblis par une grave maladie, qui leur avait causé de violentes quintes de toux. Et s'ils en avaient finalement réchappé, c'était seulement grâce à la science et aux talents de Stone. Peut-être les hommes blancs étaient-ils voués à semer le malheur sur leur passage. Whirlwind était pourtant convaincu d'une chose : il y avait au moins un de ces hommes qui allait bientôt récolter le malheur qu'il avait causé.

Fouillant dans sa sacoche de cuir brut, il attrapa un morceau de lapin rôti et en mangea quelques bouchées. Après quoi, il rangea la portion qui lui restait et but un peu d'eau à sa gourde. Derrière lui, un bruit attira son attention. Le bruit venait du sud. Une bande de coqs de bruyère prit aussitôt son envol. Au bout d'un moment, ils passèrent au-dessus de sa tête pour atterrir finalement sur une pente herbeuse, très loin vers le nord.

En quelques secondes, il tira son arc hors de son étui et le garnit de sa corde. Peut-être était-ce l'ours qu'il avait rencontré la veille, ou même un autre encore. Mais ces oiseaux avaient pu être effrayés par n'importe quoi — un coyote, un puma, ou un blaireau. Ou bien par un chasseur bipède. Durant un long, très long moment, Whirlwind demeura immobile. Il écouta le vent et le flaira, mais il n'entendit plus de bruits suspects, et aucune odeur inhabituelle ne parvint à ses narines. Avec la plus grande prudence, Whirlwind parcourut des yeux les alentours. Bien qu'il ne perçût aucun danger immédiat, il avait appris longtemps auparavant que les plus grands dangers étaient toujours ceux que l'on ne voyait pas, que l'on n'entendait pas et qui étaient dépourvus d'odeur. Le chasseur ou le guerrier qui ne tenait pas compte de cette loi ne vivait jamais assez longtemps pour voir naître ses petits-enfants. Et parfois, il mourait même avant d'avoir pu avoir des enfants.

Veillant à demeurer près du sol, Whirlwind sortit du massif de broussailles et redescendit la pente de la butte. En marchant d'un bon pas, même avec un léger boitement, il s'éloigna rapidement de l'endroit où les coqs de bruyère avaient pris peur. Il ne s'arrêta qu'au moment où il arriva dans une plaine herbeuse. Apercevant un massif de bruyère, il se laissa tomber à côté de lui. Un canard gémit au-dessus de sa tête et le sifflement d'un chien de prairie s'éleva quelque part. Whirlwind sourit en voyant près de son genou une peau de serpent abandonnée après la mue. Il était heureux de ne pas être en été ou en automne. Non, vraiment. Il n'aimait pas les serpents.

Un peu plus loin, à l'est, une longue pente partait du sol de la large vallée dans laquelle il se trouvait. Il aperçut à mi-hauteur un bouquet de cèdres vénérables à haute cime. Leurs larges branches lui offriraient un bon abri pour la nuit.

Alors qu'il gravissait la pente, il entendit soudain un bruit de sabots. Deux cavaliers apparurent avant qu'il ait eu le temps de plonger hors de vue. Il ne pouvait guère espérer se cacher dans cette étendue herbeuse et dégagée.

Se débarrassant prestement de sa sacoche, il saisit son carquois. Une corde était déjà tendue sur son arc. Il s'agenouilla, encocha une flèche sur la corde de son arc, puis en plaça trois autres dans sa main à l'arrière de son arme.

L'un des cavaliers galopait légèrement devant l'autre et se couchait sur l'encolure de sa monture, une lance à la main. L'autre avait un bouclier sur le bras gauche et un long casse-tête dans la main droite.

Whirlwind serra sa lance contre lui sans quitter les deux guerriers des yeux. Ils étaient maintenant à une centaine de pas. Dans quelques secondes, ils seraient sur lui. Il décida de tirer d'abord sur celui qui l'attaquerait sur sa gauche, avant de se retourner d'un bond pour tirer sur l'autre.

Il leva son arc, tendit la corde, et lâcha la flèche. Avant même de savoir qu'il avait manqué son coup, il encocha une autre flèche sur la corde de son arc et tira à nouveau. La seconde flèche, elle, ne manqua pas son but. Elle transperça le poumon droit du guerrier armé du bouclier, qui s'effondra au bas de son cheval.

Whirlwind encocha une troisième flèche sur la corde de son arc, mais il n'eut que le temps de plonger sur le sol. Une seconde plus tard, le deuxième cavalier et sa monture ne formèrent plus qu'une masse sombre au-dessus de sa tête et il éprouva une violente douleur. La lance du guerrier venait de lui transpercer l'épaule droite.

Son bras n'était pas cassé, mais la blessure qui s'ouvrait dans son épaule était assez profonde. Déjà, le sang assombrissait sa chemise. Tout en empoignant sa lance, il vit le guerrier tirer sur les rênes de son cheval, puis faire demi-tour avant de fondre à nouveau sur lui.

Whirlwind comprit qu'il ne pourrait plus se servir de son arc. Mais il savait qu'il n'avait plus qu'un seul adversaire désormais. De toute évidence, le guerrier qu'il avait atteint était mort, ou bien trop gravement blessé pour être en mesure de se battre. Mais son compagnon était toujours vaillant sur son cheval et, après avoir tendu une corde sur son arc, il venait de sortir une flèche de son carquois. Il se trouvait à présent à moins de cinquante pas de Whirlwind.

À pied, en terrain découvert, et privé de la protection d'un bouclier en peau de bison, le guerrier lakota était une cible facile pour le cavalier qui fonçait sur lui en bandant son arc. Averti par son instinct, Whirlwind n'attendit pas que son ennemi eût tiré sa première flèche. Sans réfléchir un seul instant, il agit aussitôt. Au cœur de la bataille, la moindre hésitation, le moindre doute, suffisaient à entraîner la défaite et la mort. D'un bond, Whirlwind se releva et se précipita vers l'ennemi.

Pendant les quelques secondes que dura sa course, il observa le cheval de son adversaire. Un cheval nerveux lancé en plein combat se domine souvent mieux que son cavalier. Et même si celui-ci faisait quelques écarts, il ne perdait pas son sang-froid.

Le cavalier lança une flèche, qui partit en sifflant en direction de Whirlwind.

Ce dernier plongea sur sa gauche et roula sur son épaule gauche. Tendus par la panique, l'excitation et l'incertitude, les archers manquent souvent leur coup en tirant sur leur gauche parce qu'ils ne lâchent pas leur flèche avec assez de douceur. Whirlwind se releva et se précipita à nouveau sur son adversaire.

Comprenant qu'il n'avait plus le temps de lancer une deuxième flèche, le guerrier à cheval se débarrassa de son arc et tira un casse-tête de sa ceinture. Mais en dépit de leur vivacité, ces deux mouvements n'avaient pas été assez rapides. Soudain, une forme indistincte envahit le champ de vision du cavalier et son cri de guerre s'étouffa dans un grognement de surprise et de douleur. D'un geste prompt et assuré, Whirlwind avait projeté sa lance sous le sternum du guerrier ennemi. Emporté par son élan, il bascula sur la selle du cheval avec le guerrier agonisant.

Les deux corps heurtèrent violemment le sol. Aussitôt, Whirlwind saisit la longue bride du cheval et s'y cramponna désespérément tandis que la monture effrayée le traînait sur une courte distance. Il attendit que le cheval se fût calmé avant de se redresser péniblement en position assise. Il avait le souffle court, irrégulier, tandis qu'il s'efforçait de retrouver lui-même son calme. Au bout d'un moment, il finit par se lever en pressant instinctivement sa main sur la blessure de son épaule pour contenir l'écoulement de sang. Et malgré ses jambes tremblantes et une légère sensation de vertige, ses instincts guerriers le poussèrent à scruter aussitôt les vastes étendues qui l'entouraient pour voir s'il n'y avait pas d'autres ennemis à l'horizon.

Tout était paisible. Seul un chien de prairie courait dans l'herbe aux alentours, et le cheval du premier guerrier se tenait toujours à l'endroit où il s'était arrêté, à une centaine de pas de Whirlwind.

Ses assaillants, comprit-il, étaient des Arikaras. Il marcha, en menant par la bride le cheval qu'il avait capturé, vers le corps du guerrier qu'il avait tué avec sa lance. Là, avec quelque difficulté, il récupéra sa lance qui saillait de la poitrine de l'homme mort et dont la pointe s'était profondément enfoncée entre les côtes.

Whirlwind examina pendant un moment le visage du guerrier. Il n'était ni jeune ni vieux. Ses yeux marron clair fixaient l'horizon lointain d'un regard vide.

Un casse-tête et un arc gisaient à son côté. Trente flèches, peut-être davantage, dépassaient du carquois du guerrier mort. Whirlwind les saisit par la hampe au niveau des plumes et les tira hors du carquois. Ce fut seulement alors qu'il réalisa qu'il avait perdu son propre carquois et l'étui de son arc au cours du combat.

Dédaignant les autres biens du guerrier, il conserva seulement ses flèches et son cheval. Son épaule le faisait souffrir à chaque pas, mais elle ne saignait pas abondamment. En tenant toujours la bride du cheval, il se dirigea vers l'autre guerrier. C'était un jeune homme, et il était encore vivant. Whirlwind s'agenouilla pour se calmer : le visage de Walks High venait d'apparaître dans son esprit.

La première image distincte qui se forma devant les yeux du jeune guerrier était celle d'un ciel étoilé au-dessus d'un horizon sombre et lointain. Est-ce donc la mort ? se demanda-t-il. La douleur qui lui déchirait la poitrine le détrompa. Des pensées confuses tournoyèrent dans son esprit, jusqu'à ce qu'il se revît en train de fondre à bride abattue sur ce Lakota isolé.

Petit à petit, le jeune guerrier prit conscience de sa situation et se rappela les circonstances qui l'avaient conduit à cet état de confusion et de souffrance. En compagnie de Looks Twice, il avait suivi ce Lakota solitaire durant plus d'une journée, en attendant le moment propice pour l'attaquer. Où donc était Looks Twice ? Black Lodge fit un mouvement pour se redresser, mais la douleur l'arrêta. Bien qu'il n'arrivât pas à voir nettement dans l'obscurité, même à la lumière de la lune, il repéra avec ses doigts l'origine de sa douleur et toucha le bandage qui recouvrait sa blessure. En même temps, il prit conscience que quelqu'un l'avait enveloppé dans sa propre couverture.

Ainsi, il avait été blessé, songea-t-il, et Looks Twice devait s'occuper de lui. Mais où était son compagnon ? Cela ne lui ressemblait guère de le laisser ici tout seul. Sortant lentement son bras de dessous sa couverture, Black Lodge s'aperçut qu'il avait une corde attachée autour du poignet. Il tira dessus et entendit bouger quelque chose à côté de lui. Alors, en tournant la tête avec précaution, il aperçut son cheval. Quelqu'un avait attaché sa bride autour de son poignet.

De plus en plus troublé, il sentit que la peur commençait à le gagner. Looks Twice n'était pas à ses côtés. Pourtant, ce devait être lui qui l'avait soigné. Mais pourquoi n'y avait-il pas non plus de feu ? Malgré les questions qui tourbillonnaient dans sa tête, Black Lodge, vaincu par l'épuisement et la douleur, succomba peu à peu au sommeil.

À l'aube, la lumière du soleil réchauffa le visage du jeune guerrier. Lorsqu'il ouvrit les yeux, la première chose qu'il vit nettement était la flèche plantée à ses pieds, fichée profondément dans le sol. D'après son aspect et ses marques, il sut que c'était la flèche d'un guerrier lakota.

16

Perçant les branches des cèdres géants, les rayons du soleil éclaboussèrent de lumière le visage de Whirlwind. Le guerrier se réveilla brusquement et les vagues de douleur qui s'élançaient dans son épaule gauche lui arrachèrent un gémissement. Les dernières images de son rêve commencèrent à s'évanouir. Il tenta de les rappeler dans son esprit : des yeux, de larges yeux jaunes et lumineux. Et une voix qui s'était fait entendre sans parler. Puis une moiteur chaude et apaisante sur son épaule blessée.

La conscience chassa bientôt ces visions du sommeil. Whirlwind regarda autour de lui. Sa couverture en peau de cerf avait glissé jusqu'à sa taille. Il était à moitié couché sur un dossier improvisé, appuyé contre un tronc d'arbre. Lorsqu'il baissa les yeux sur son épaule droite, il remarqua aussitôt que son cataplasme était tombé. Bizarrement, sa blessure était plus nette que dans son souvenir, et son sang coagulé avait pris une teinte très sombre. Ainsi donc, il ne saignait plus : c'était là un signe encourageant.

Whirlwind remonta sa couverture sur son épaule blessée. Il faisait encore froid en ce début de matinée. Soudain, un hennissement le fit sursauter. Puis il se rappela le cheval arikara, qu'il avait attaché à un arbre non loin de là.

Au loin, à l'est, sous un ciel de plus en plus clair, un bison poussa un beuglement de défi. Un mugissement furieux lui répondit, faisant écho à l'humeur de Whirlwind. Peut-être sa poursuite de l'homme blanc meurtrier était-elle parvenue à son terme. Il avait combattu contre les Arikaras en dépit de la gêne que lui causait son genou blessé, mais la blessure de son épaule droite l'affaiblissait bien davantage. La lance du guerrier arikara s'était profondément enfoncée dans son épaule, juste en dessous de la clavicule. Sa blessure l'empêcherait certainement de tirer à l'arc, et les moindres mouvements de son bras le faisaient saigner et souffrir. La douleur, il pouvait la supporter, mais un saignement trop abondant pouvait s'avérer dangereux.

La clarté du ciel annonçait une nouvelle journée ensoleillée. Mais on était à l'entrée de la Lune-de-l'Hiver, et bientôt, il n'y aurait plus beaucoup de chaudes journées comme celles-ci. Avec l'arrivée du froid et des chutes de neige, il serait difficile de rester en plein air — et cela, même si on n'était pas handicapé par une mauvaise blessure.

Whirlwind se dit qu'il avait une chance incroyable d'être encore en vie. Comment les deux Arikaras avaient-ils pu s'approcher de lui sans qu'il s'en rende compte ? La colère qu'il éprouvait à l'égard de l'homme blanc meurtrier avait-elle endormi ses sens ? S'il n'avait pas plongé sur le côté lorsque le guerrier arikara avait chargé, il ne serait plus, à cette heure-ci, qu'un corps froid et sans vie étendu dans la prairie. Déjà, les coyotes auraient nettoyé sa chair, ne laissant derrière eux qu'une pile d'ossements méconnaissables. Et personne, dans le camp des Wolf Tails, n'aurait pu savoir où et comment il était mort. Pour Her Good Trail, Walks High et Spotted Calf, sa fin aurait été à jamais un mystère.

Whirlwind était heureux d'avoir vaincu ses ennemis, mais il regrettait d'avoir dû les tuer. Face à n'importe quel adversaire, il fallait toujours défendre farouchement sa vie. Mais cela ne voulait pas dire qu'un guerrier, ou un chasseur, dût trouver du plaisir à tuer. On ne prenait pas une vie, qu'elle fût animale ou humaine, simplement parce qu'on était en mesure de le faire. On n'ôtait la vie que lorsqu'on n'avait pas d'autre moyen de survivre. Peut-être était-ce pour cela que Whirlwind était venu en aide au jeune Arikara blessé. Le guerrier sourit d'un air narquois. Sans doute Bear Heart l'accuserait-il de faiblesse, et même de lâcheté pour n'avoir pas abattu un ennemi blessé, mais on avait toujours le choix. La veille, Whirlwind avait décidé de tempérer sa fièvre guerrière et de laisser parler son cœur.

Tuer un ennemi n'était pas la seule façon de le vaincre. Deux jours plus tôt, le grand ours avait battu en retraite. Aucun des deux adversaires n'avait été blessé, et Whirlwind avait gagné le combat. Les choses se passeraient peut-être autrement avec l'ours suivant, mais cette rencontre avec le grand ours avait rappelé à Whirlwind que l'on pouvait parfois remporter une victoire sans armes, et sans donner la mort. Ce que l'on avait dans le cœur était plus puissant que ce que l'on tenait dans la main. S'il avait pu échapper à ses deux adversaires arikaras, il aurait considéré cela comme une victoire. Déjouer les manœuvres de l'ennemi et survivre à cette aventure pour pouvoir la raconter était, aux yeux de Whirlwind, la plus grande des victoires. On était parfois obligé de tuer un ennemi, mais c'était là une victoire triste et vaine — une victoire qui vous poursuivait jusque dans votre sommeil en le peuplant de sombres rêves. Les paroles de grand-père Walks High, qui avait donné son nom au fils de Whirlwind, résonnaient à présent dans la mémoire du guerrier : « Le chasseur vit pour chasser et non pour tuer. Seulement pour nourrir son peuple. Et le guerrier n'est pas élevé pour faire la guerre, mais pour la mettre en échec. »

Il aurait été stupide de reprendre dès aujourd'hui la poursuite de l'homme blanc meurtrier. Whirlwind devait d'abord voyager plusieurs jours pour laisser à sa blessure le temps de s'améliorer. C'était justement le genre de blessure qui, même dans les meilleures conditions, serait longue à se refermer. Mais d'ici quelques jours, la piste de l'homme blanc serait déjà très froide, ce qui réduirait de beaucoup ses chances de le capturer. Autrement dit, l'assassin pourrait s'échapper sans avoir à répondre du meurtre d'une femme d'une grande bonté.

Whirlwind se décida sur-le-champ. Il était un guerrier. Mieux encore : il était un guerrier wolf qui avait fait le serment de défendre son peuple. Il allait continuer à pourchasser le tueur parce qu'il avait à présent une monture à sa disposition, mais il lui faudrait chevaucher lentement pour ne pas heurter sa blessure.

Il n'aperçut aucun nuage entre les branches des cèdres. La journée s'annonçait chaude. Il se reposerait souvent au cours de son trajet pour exposer sa blessure aux rayons bienfaisants du soleil.

Whirlwind se redressa avec lenteur. D'abord, il allait allumer un feu et prendre un peu de nourriture. Après quoi, il découperait sa tunique tachée de sang pour confectionner des bandages qui aideraient à maintenir son bras immobile durant sa chevauchée. Heureusement, il avait une tunique de rechange.

La préparation du feu réveilla sa douleur.

Pour manier la mèche de son allume-feu en forme d'arc, il lui fallait tenir d'une main le socle qui maintenait la mèche et manipuler l'arc avec son autre main. Par chance, Whirlwind était un de ces rares guerriers gauchers, ce qui lui permettait de faire jouer l'arc avec sa main gauche et de tenir la mèche tournante avec sa main droite. Mais avec sa blessure, il avait quand même du mal à appliquer une pression suffisante avec sa main droite pour créer le frottement nécessaire.

C'est alors qu'il se rappela un appareil ingénieux inventé par un vieil homme dont la main avait été gravement mutilée par un ours. À l'aide de deux longs bâtons souples, ce dernier avait construit un dispositif spécial qui permettait d'immobiliser la mèche de l'arc tout en tenant sa base.

Whirlwind regarda autour de lui. Il y avait du bois à profusion. Il trouva rapidement deux branches un peu plus longues que son bras. Dans la première, il creusa, dans la partie inférieure de son bout épais, un trou destiné à recevoir le haut de la mèche. Puis il attacha à l'extrémité la plus grosse du deuxième bâton la base rainurée dans laquelle il allait coincer la mèche. Après quoi, avec des bandes de cuir taillées dans sa tunique tachée de sang, il lia étroitement les bouts les plus étroits des deux bâtons. Puis il écarta leurs deux bouts épais et maintint solidement la mèche en la bloquant, en haut, dans le trou creusé à cet effet, et en bas, dans la base rainurée. Ainsi, il n'aurait pas besoin d'appliquer une pression vers le bas avec sa main droite.

Ce nouveau dispositif était un peu difficile à manier au début, mais il s'avéra efficace. De sorte que sans faire de mouvements dangereux pour sa blessure, Whirlwind eut finalement un feu — une victoire modeste, mais une victoire tout de même. Et c'est grâce à ce triomphe qu'il résolut de se lancer à nouveau sur les traces du meurtrier. Car lorsqu'on n'a pas de feu en plein cœur de l'hiver, on ne tarde pas à être vaincu par la mort.

Le doux crépitement des flammes, auquel se mêlait de temps à autre un léger sifflement, lui redonna une certaine sérénité. Le feu formait un lien avec l'endroit où il aurait voulu se trouver en cet instant — dans son tipi, en compagnie de Her Good Trail... Lorsqu'il était chez lui, le feu qui brûlait dans son foyer lui rappelait ses nombreux campements solitaires. Ici, dans ce camp où il se retrouvait seul une fois de plus, le feu lui rappelait son logis. Il priait pour que le jour où il parviendrait au bout de son voyage à travers cette vie, la mort vienne le prendre chez lui, devant un feu bien chaud, avec Her Good Trail à ses côtés.

Il ne pouvait supporter l'idée de vivre sans son épouse. Grâce à elle, leur tipi était toujours en ordre et dans un état de propreté impeccable ; elle était bonne cuisinière et elle n'avait pas sa pareille pour confectionner des ornements de plumes. Mais ce n'était pas pour cela qu'elle avait trouvé sa place dans son cœur. C'était parce qu'elle comblait un manque et lui donnait une sensation de plénitude. Parce qu'elle éveillait un élan en lui chaque fois qu'elle le regardait ou qu'elle le touchait. Parce que son esprit avait le don de l'apaiser lorsqu'il était dans le désarroi. Pour toutes ces raisons, il était prêt à mourir pour elle, espérant que cet acte puisse être à la hauteur de tout ce qu'elle signifiait pour lui.

Le regard de Whirlwind se perdit dans les flammes vacillantes. Il ramena sa couverture sur son épaule blessée, puis se renfonça dans son dossier improvisé. En jetant un coup d'œil sur le côté, il s'aperçut que le cheval somnolait. Voilà qui était bon signe. Alors, il ferma les yeux.

Lorsqu'il se réveilla, le soleil avait achevé la moitié de sa course. Il fit ses préparatifs de départ. Bien qu'il envisageât de chevaucher lentement sans recourir à son bras droit, il posa un nouveau cataplasme sur sa blessure au cas où le saignement reprendrait. Il n'aimait pas être limité de la sorte, mais il comprenait aussi que sa blessure aurait pu être pire — il aurait été bien plus invalidé par une jambe cassée.

Whirlwind plaça le licol et la bride de sa propre monture sur le cheval arikara. Le hongre, un rubican paisible à la robe marron et blanche, avait conservé son sang-froid pour donner à son cavalier une chance de vaincre l'ennemi. Si le guerrier arikara avait été battu, c'était la faute du cavalier, et non pas du cheval.

Le rubican avait une allure rapide et régulière. Whirlwind le mit d'abord au trot, puis lui fit faire quelques foulées au galop pour voir comment il se comportait. À la fin de l'après-midi, ils avaient atteint un plateau au nord-est des Badlands, une région d'apparence désertique que Spotted Calf appelait le Domaine des Esprits. Spotted Calf avait dépeint les Badlands comme l'endroit le plus désolé qu'il ait jamais vu, une succession de coteaux dénudés où aucune herbe ne pouvait prendre racine, balayés par les vents qui gémissaient d'une voix caverneuse avec des accents déchirants.

Whirlwind trouva une petite butte de grès et s'arrêta pour se reposer. Après avoir attaché son cheval, il rampa jusqu'au sommet de la butte et explora des yeux les alentours. Bien qu'il ne lui fût jamais rien arrivé dans le Domaine des Esprits, celui-ci paraissait accueillant et hostile à la fois. C'était un endroit agréable à l'œil, mais qui pouvait induire une sensation de malaise. Il se dit que l'homme blanc qu'il suivait hésiterait à y pénétrer.

Le soleil éclatant dardait de chauds rayons sur la terre. Très loin, au sud, un long nuage de poussière était suspendu juste au-dessus du sol. À en juger par son aspect, Whirlwind devina que c'était un large troupeau d'antilopes en pleine course. Des buses planaient vers l'ouest en décrivant des cercles. Au nord, juste en dessous de l'horizon, s'étendait une bande de couleur sombre — des bisons. La région regorgeait de plaines et de plateaux verdoyants qui offraient en hiver d'excellents pâturages, surtout pour les bisons.

Whirlwind s'appuya contre une paroi verticale de faible hauteur et exposa son épaule blessée aux rayons du soleil. Pendant qu'il se reposait ainsi, il gardait un œil sur sa monture, car l'acuité des sens des chevaux est bien supérieure à celle des hommes.

Tout d'abord, Whirlwind crut que la détonation du fer sacré qui venait de retentir dans le lointain n'était qu'un effet de son imagination. Le rubican dressa les oreilles et regarda vers l'ouest. Peut-être ce bruit était-il réel, après tout. Whirlwind se retourna, tendant l'oreille vers l'ouest pour percevoir les sons qui venaient de cette direction, portés par une brise légère. De longs moments s'écoulèrent tandis qu'il demeurait assis, sans un geste, puis le son résonna à nouveau. Pour la deuxième fois, le rubican dressa les oreilles et tourna les yeux vers l'ouest.

Ce ne pouvait être que l'homme blanc meurtrier.

Whirlwind resserra la couverture en peau de cerf autour de ses épaules et redescendit la butte avec lenteur. Avant d'enfourcher son cheval, il vérifia soigneusement les nœuds de son licol.

Tout y était attaché solidement — sa sacoche, sa lance et son casse-tête. L'arc, dans son étui, et le carquois hérissé de flèches étaient suspendus au creux de son dos.

« Eh bien, mon ami, dit-il d'une voix douce à sa monture lorsqu'il la détacha avant de se mettre en selle, je sais que tu n'as probablement jamais vu d'homme blanc. Mais cela ne va pas tarder. »

17

Walks High et de la Vérendrye gagnèrent l'Arbre des Bois de Cerf avant le coucher du soleil. Aussitôt, ils se mirent à préparer le campement. Ils avaient longé la rive sud de la White Earth River, en chevauchant vers l'ouest à la recherche de la piste de Whirlwind. De leur côté, Bear Heart et Red Lance avaient poursuivi les mêmes investigations au nord de la rivière. L'Arbre des Bois de Cerf devait être leur point de ralliement.

Cet arbre, un peuplier massif doté de troncs jumeaux, s'élevait sur un plateau à environ un jet de pierre au sud de la rivière. Encore aujourd'hui, coincés entre ses troncs, on voyait le crâne et les bois d'un cerf à queue blanche, témoignage d'une très vieille bataille à laquelle l'arbre avait assisté lorsqu'il n'avait guère plus de quelques hivers.

De la Vérendrye acheva de ramasser du bois. Puis, tout en creusant un peu la terre pour y aménager le feu, il jeta à plusieurs reprises un coup d'œil aux bois encastrés dans les troncs du peuplier. En homme habitué aux animaux et aux grandes étendues sauvages, il savait que les cerfs entremêlaient parfois leurs bois lors de leurs combats. Mais il n'avait pourtant jamais rien vu de tel.

Walks High arriva, les bras chargés de branchages, pour construire un réflecteur de chaleur, et il remarqua aussitôt la fascination que l'arbre exerçait sur l'homme blanc.

« J'avais huit ans quand mon grand-père m'a emmené voir cet arbre pour la première fois », dit-il à de la Vérendrye.

Ce dernier hocha la tête. « À ton avis, comment est-ce arrivé ? »

Walks High lui répondit tout en disposant le réflecteur de chaleur. « Ils ont dû s'affronter comme ça, expliqua-t-il, en étendant les doigts, puis en les entrecroisant pour mimer un combat de cerfs. Le peuplier était entre eux deux. Ce n'était encore qu'un jeune arbre à l'époque, mais il était déjà assez robuste pour qu'ils ne puissent pas le courber. Ils n'ont pas réussi à s'en dégager.

— Comment sont-ils morts ? D'inanition ? »

Walks High secoua la tête. « Non. Ils ont dû être tués par un ours. Ou par des loups. Mais ils ne sont pas morts de faim. Plus tard, les coyotes sont arrivés. Et les corbeaux, les buses et les faucons. Ensuite sont venus les insectes. Et les ossements des deux cerfs ont été emportés jusqu'au jour où seuls leurs crânes et leurs bois sont restés coincés entre les troncs du peuplier. Hiver après hiver, l'arbre s'est étoffé et s'est mis à pousser autour des bois, comme tu peux le voir aujourd'hui. Finalement, c'est l'arbre qui a gagné. »

De la Vérendrye reprit pensivement sa tâche. Quand il eut fini de creuser un espace suffisant dans la terre, il alluma le feu. Bientôt, une petite fumée s'éleva en tourbillonnant de la base de l'arc allume-feu.

Walks High acheva d'installer le réflecteur et scruta longuement les alentours. Bear Heart et Red Lance ne devaient pas tarder à se montrer. Mais auparavant, il voulait demander à l'homme blanc de lui expliquer quelque chose.

« Le Barbu, commença-t-il d'un ton calme.

— Oui. » De la Vérendrye ne leva pas les yeux. Il soufflait doucement sur les petites braises qui rougeoyaient au milieu des brindilles.

« Le Barbu, tu as dit quelque chose ce matin au sujet de Bear Heart. Tu pensais qu'il était en colère parce que ma mère t'avait autorisé à te servir du fer sacré. »

De la Vérendrye releva aussitôt son visage et acquiesça d'un hochement de tête.

« Pourquoi cette colère ? »

Le feu commençait à prendre. De la Vérendrye souffla sur les flammes et y posa de plus grosses branches. Lorsque le feu fut bien parti, il se rassit et regarda Walks High.

Une lueur de soulagement passa dans les yeux de l'homme blanc au moment où il prit la parole. « Il y a quelques jours, avant la mort de la mère de High Hawk, Bear Heart m'a dit qu'il avait l'intention d'offrir dix chevaux à ton père en échange de son fer sacré. Il était sûr que ton père accepterait ce marché. Après quoi, il voulait que je lui apprenne à se servir de cette arme. »

Walks High hocha la tête. « Je comprends maintenant pourquoi il ne t'aime pas. »

De la Vérendrye décida de ne pas révéler au jeune homme la menace de Bear Heart. Il suffisait, pour l'instant, que Walks High comprenne la raison de l'inimitié de Bear Heart à son égard. « J'ai rencontré bien des hommes comme lui, déclara-t-il. Des hommes qui veulent posséder le fer sacré. C'était le cas de Bruneaux. Les hommes comme Bruneaux ne sont rien sans cette arme. C'est pour cela que je n'arrive pas à comprendre Bear Heart. C'est un farouche guerrier. Il n'a pas besoin du fer sacré pour être un homme, et un guerrier. »

Walks High baissa les yeux vers les flammes grandissantes.

« Mon père, lui, n'en veut pas.

— À mon avis, le jour viendra bientôt où les hommes de ton peuple seront nombreux à posséder des fers sacrés. Ils les obtiendront aisément contre quelques fourrures. Alors, la chasse deviendra plus facile. Vous n'aurez plus autant d'efforts à faire pour vous approcher à portée de flèche d'un cerf ou d'un élan. Et vos ennemis se tiendront à distance s'ils savent que vous avez des guerriers armés de fers sacrés.

— C'est vrai. Mais en plus de son efficacité, le fer sacré a quelque chose de particulier. Il possède un autre type de pouvoir, un pouvoir qui vient de la peur qu'il inspire.

— C'est seulement une arme. Un objet usuel.

— Oui, bien sûr. Et quand je te regarde le manier et l'utiliser, je vois bien qu'il ne possède pas de vie propre... C'est seulement... une chose. Mais j'ai aussi constaté un changement en toi depuis que tu le portes. Sans lui, tu étais différent. Sans défense. Impuissant. En ce qui me concerne, je suis un vrai chasseur, et je me suis toujours servi d'un arc pour abattre les animaux. Dire que je suis un vrai chasseur signifie que j'ai conscience d'avoir à mériter la vie que je prends. Notre façon de chasser m'aide à en être digne. Mais si la chasse devient facile, alors peut-être, je commencerai à me croire en possession d'un pouvoir que je ne possède pas réellement. Voilà pourquoi mon père n'aime pas le fer sacré, et je le comprends. »

De la Vérendrye acquiesça d'un signe de tête. « Tu as raison, admit-il, un peu honteux. Lorsque vous avez pris Bruneaux au piège sur cette crête, je ne pouvais rien faire d'autre que vous observer. Je me sentais passif, parce que je n'étais pas armé d'un fer sacré. À présent, c'est différent. Quand j'aperçois des cerfs, je les regarde d'un autre œil. » Il haussa les épaules. « Peut-être est-ce parce que je sais que je peux les tuer, si j'en ai envie. »

Walks High hocha énergiquement la tête. « Je pense que mon père perçoit quelque chose au sujet du fer sacré que les autres ne voient pas. Et ne veulent pas voir.

— Je crois que ton père est dans le vrai, répondit de la Vérendrye. J'ai vu des hommes doux et craintifs devenir bruyants et tapageurs quand ils avaient un fer sacré dans les mains. » Il s'interrompit pour rassembler ses pensées. « Il y a de nombreux peuples dans ce pays. À l'est, bien au-delà de la Grandfather River, il y a beaucoup de peuples différents qui parlent de nombreuses langues différentes. Votre peuple habite la région où nous sommes, et on trouve encore d'autres peuples vers le sud. Je sais que vous êtes tous ici depuis une époque très reculée, longtemps avant que les hommes de ma race n'arrivent en ce pays. Et vous avez toujours vécu sans les choses que possèdent les hommes blancs. »

Walks High regarda longuement de la Vérendrye, réalisant soudain que cet homme blanc avait voyagé loin, très loin. Manifestement, il avait vu bien des choses que Walks High ignorait, ou ne pouvait s'imaginer. « Dis-moi, demanda-t-il, y a-t-il beaucoup d'hommes de ton espèce ?

— Oui. Beaucoup.

— Sont-ils plus nombreux que les hommes de mon peuple ? »

De la Vérendrye réfléchit pendant un moment. « Je n'en sais rien. Beaucoup d'hommes blancs habitent dans les pays qui bordent la grande eau. Mais plus j'ai voyagé vers l'ouest, et moins j'ai rencontré d'hommes blancs.

— Parmi les gens de ta race, y a-t-il... un seul type d'homme, ou plusieurs ? insista calmement Walks High.

— Nous formons beaucoup d'espèces différentes.

— Et vous avez des langues différentes ?

— Oui, en grand nombre.

— Et toi ? D'où viens-tu ? »

De la Vérendrye prit un bâton et traça dans la terre une carte grossière, reproduisant de mémoire une carte de la côte est qu'il avait étudiée un jour. « Voici la terre, au loin à l'est, qui borde la grande eau. À l'est de l'endroit où s'arrête la terre, il n'y a plus que de l'eau. Une très vaste étendue d'eau. Je suis venu ici à bord d'un grand navire, sur lequel je suis monté à l'endroit où ma patrie touche la grande eau. Le navire a vogué pendant quatre-vingt-sept jours avant d'atteindre la terre où nous nous trouvons. » Sur sa carte approximative, il désignait un point sur la côte acadienne.

« Quatre-vingt-sept jours ? Peut-être avez-vous tourné en rond ? observa Walks High.

— Peut-être, concéda de la Vérendrye. L'homme qui commandait ce navire n'était pas très intelligent. Mais je sais néanmoins que cette grande eau est plus vaste que toutes les terres dont j'ai jamais entendu parler.

— Plus vaste que cette terre-ci ? » Une lueur moqueuse s'alluma dans les yeux de Walks High. « Je ne sais pas si c'est possible. J'ai voyagé au nord aussi loin que la Knife River, et la terre s'étend encore au-delà. Mon père a été au sud de la Running Water, ce qui prouve que la terre ne s'arrête pas non plus là. Mon grand-père a dit que cette terre s'étendait si loin à l'est, au-delà de la Grandfather River, qu'il faudrait peut-être plusieurs lunes pour aller là-bas et en revenir. À l'ouest, de l'autre côté des Black Hills, il y a encore d'autres montagnes. Et tu dis qu'il existe une grande eau plus vaste que tout cela ? »

De la Vérendrye haussa les épaules. « Pour moi, cela n'a pas d'importance. Je ne retournerai jamais sur cette eau. » Il leva la main pour désigner la région environnante. « Ce pays est beaucoup plus beau que cette eau sombre et menaçante. »

Walks High l'approuva. Il pencha la tête vers l'ouest. « Là-bas, à l'ouest, s'élèvent les grandes collines. Certains les appellent les Montagnes Noires, et d'autres les Collines Noires. C'est un lieu où il fait bon vivre. Stone affirme que l'esprit de la Terre lui-même réside en cet endroit. Ma mère, elle, dit que ces montagnes sont accueillantes comme un ventre maternel. »

Le sourire de l'homme blanc s'éteignit lorsqu'il entendit Bear Heart et Red Lance traverser la White Earth River dans un bruit d'éclaboussures. Il baissa les yeux vers le feu, en se demandant quel était l'état d'esprit de Bear Heart.

« Mon ami, dit Walks High avec douceur, tu n'auras pas d'ennuis avec le fer sacré. Tu as demandé, comme il convient, la permission de ma mère. Et elle t'a autorisé à t'en servir.

— Parfait, répondit de la Vérendrye. Mais... mais un jour, il m'est arrivé de... de penser à prendre le fer sacré... dans le tipi de ton père. »

Walks High fixa longuement le visage de l'homme blanc. « Que veux-tu dire ? »

De la Vérendrye s'éclaircit la gorge. « Le jour où je suis arrivé dans ton village, le jour où High Hawk et sa famille sont revenus du Nord, j'ai vu le fer sacré suspendu à l'arrière du tipi de ton père. J'ai commencé à... à me demander comment je pourrais le voler.

— Et pourquoi ?

— Pour... me venger de Bruneaux.

— Et tu as changé d'avis ?

— Oui. Mais pas en ce qui concerne cette vengeance. »

Red Lance, qui mettait pied à terre avec Bear Heart non loin de là, leur lança une exclamation chaleureuse. Walks High agita la main, puis tourna à nouveau son regard vers de la Vérendrye. « Je te l'ai déjà dit : tu n'auras pas d'ennuis avec le fer sacré. »

Bear Heart avait abattu une antilope. Il ne fallut guère de temps pour la dépecer, la débiter et la faire griller. Les trois guerriers mangèrent jusqu'au moment où ils ne purent plus avaler une seule miette, une pratique courante lorsqu'on a une longue piste devant soi, car on n'a alors ni le temps ni les moyens de conserver la viande. Ils emporteraient les restes avec eux.

De la Vérendrye, lui aussi, mangea de bon appétit, mais seulement moitié moins que ses trois compagnons. Durant le reste de la soirée, il s'occupa du feu, enviant en silence la camaraderie enjouée qui unissait Walks High et Red Lance. Cadet de sa famille et voyageur solitaire, il était demeuré seul toute sa vie. Il avait porté ses fardeaux dans la solitude et célébré ses victoires dans le secret de son cœur. Par la suite, il avait trouvé un foyer chez les Dakotas, mais en dépit de leur hospitalité chaleureuse, une barrière de communication avait persisté entre eux. Ne sachant pas très bien qui devait la franchir le premier, il avait conservé une attitude réservée. Peut-être cette barrière avait-elle subsisté parce que les Dakotas et lui avaient attribué une importance excessive aux différences qui les séparaient. Dans l'ensemble, la situation était apparemment la même ici, avec ces Lakotas, bien que la discussion qu'il avait eue avec Walks High ait été libre et amicale.

De même, de la Vérendrye se souvenait avec affection des visites que White Hare, le guerrier dakota isanti, avait pris plaisir à lui faire parfois tard dans la nuit. Il savait que ces visites étaient motivées tant par la curiosité que par la sympathie, et qu'il avait déçu White Hare en lui révélant très peu de choses sur sa vie. À dire la vérité, il n'avait jamais considéré que l'existence qu'il avait menée avant son arrivée en Amérique vaille la peine d'être racontée.

Il observa Walks High. Derrière l'image imposante du guerrier se cachait un jeune homme timide et doux, avec même un petit côté enfantin qui se révélait parfois dans le pétillement malicieux de son regard.

Soudain, de la Vérendrye se sentit rougir d'embarras au souvenir des pensées que Sun Rise Woman avait fait naître en lui. Jamais il ne pourrait parler de cela à Walks High. Lui avouer de telles pensées était le plus sûr moyen d'élever une barrière entre eux, juste au moment où il caressait l'espoir d'avoir peut-être trouvé un ami — alors qu'il n'en avait jamais eu de sa vie.

De la Vérendrye leva les yeux et vit le regard sombre et résolu de Bear Heart. Encore une autre barrière. Et qu'en était-il de Whirlwind ? Que pensait réellement le chef de guerre des Wolf Tails de l'homme blanc qu'il avait sauvé ? Peut-être jugeait-il que tous les hommes blancs n'étaient guère différents de Bruneaux. En tout cas, c'était certainement l'opinion de Bear Heart.

« Le Barbu. »

De la Vérendrye sourit intérieurement en entendant le nom qui, apparemment, était désormais le sien dans la bande des Wolf Tails. Il tourna la tête et croisa le regard vif de Red Lance.

« Le Barbu, cette nuit, tu feras un second tour de garde.

— Très bien. »

Red Lance tendit le doigt pour désigner la lune. « Lorsqu'elle sera arrivée ici, dit-il en indiquant un endroit dans la partie occidentale de la voûte céleste, je viendrai te réveiller. »

De la Vérendrye hocha la tête en signe d'acquiescement.

Le soleil était à peine au-dessus de l'horizon lorsqu'ils levèrent le camp le lendemain matin. Ils avaient fait leurs préparatifs en prononçant à peine quelques mots, et encore, uniquement pour s'adresser à leurs chevaux. De la Vérendrye fut le dernier à se mettre en selle, mais seulement parce que sa blessure l'empêchait encore de faire des mouvements brusques.

La petite troupe s'ébranla avec Red Lance en tête et Bear Heart à l'arrière-garde. Durant la moitié de la matinée, ils chevauchèrent à une allure modérée. Seul Beart Heart ralentissait quelquefois le pas, en s'arrêtant pour se tourner vers l'est et scruter la ligne d'horizon. De son côté, Walks High observait le nord et le sud, aidé par de la Vérendrye.

Alors qu'ils traversaient un ruisseau qui allait se jeter dans la White Earth River, Red Lance arrêta ses compagnons et tendit le bras vers l'ouest. De la Vérendrye maintint les chevaux tandis que les trois guerriers mettaient pied à terre avant de gravir avec précaution une petite colline basse.

« Nous avons vu un cheval, dit Walks High à de la Vérendrye lorsqu'ils le rejoignirent. Il semble qu'il n'y ait personne avec lui. Mais nous devons aller voir de quoi il retourne. »

Ils passèrent le reste de la matinée à s'approcher sans bruit du cheval isolé. Il se tenait auprès d'une petite butte, et de l'endroit où ils se trouvaient, ils ne pouvaient voir que sa tête et son dos. Red Lance et Bear Heart se dirigèrent vers le nord tandis que Walks High et de la Vérendrye s'en rapprochaient vers le sud. Leur plan était simple : chacun des deux groupes décrirait un large demi-cercle, en convergeant vers un point situé à l'ouest du cheval solitaire, afin de découvrir si quelqu'un ne se cachait pas dans les environs.

Une mince couche de nuages commençait à flotter vers eux depuis le nord-ouest quand Walks High aperçut finalement Red Lance. La boucle était bouclée. Ils n'avaient rien vu de particulier, si ce n'est quelques chiens de prairie et un large troupeau d'antilopes. Le cheval gris se tenait toujours à l'endroit où Red Lance l'avait aperçu pour la première fois.

Ils l'encerclèrent, puis s'avancèrent prudemment. De la Vérendrye tenait le fer sacré, le doigt sur la détente, et les trois guerriers avaient bandé leurs arcs, prêts à décocher une flèche au moindre danger. À la vue des autres montures, le cheval gris les accueillit par un hennissement craintif. Bien qu'il semblât un peu nerveux, il ne fit pas mine de vouloir s'éloigner.

Ils virent tous le corps aussitôt. Un homme étendu sur le sol, le visage tourné vers le ciel.

« C'est un Arikara, déclara Bear Heart.

— Il ne respire plus, fit observer Red Lance.

— Et voilà pourquoi. » Bear Heart désignait la large tache de sang séché sur la poitrine de l'homme mort.

Après avoir mis pied à terre, Bear Heart se pencha pour saisir la bride du cheval qui était liée au poignet du guerrier. Ainsi donc, c'était pour cela qu'il n'avait pas voulu bouger. Bear Heart le détacha. Il commença à enrouler la bride, puis s'arrêta en examinant attentivement une flèche plantée dans le sol à côté du cadavre. Il la délogea, puis la montra à ses compagnons, en jetant un coup d'œil à Walks High.

Le jeune guerrier serra les lèvres. « La flèche de mon père.

— Oui, chuchota Bear Heart en passant un doigt sur les traits rouges et noirs peints au-dessous des plumes. C'est bien la marque de ton père. »

Les yeux de Walks High s'illuminèrent tandis qu'il prenait la bride des mains de Bear Heart. « Il n'y a qu'une seule chose à faire, déclara-t-il. Suivre les traces de ce cheval pour savoir d'où il vient. »

18

La bourrasque commença juste après la matinée, et vers le milieu de l'après-midi, la neige avait complètement recouvert les traces que Whirlwind avait suivies jusqu'alors. Pourtant, il avait réussi à gagner du terrain sur le meurtrier.

Au début, les traces l'avaient mené vers l'ouest, jusque dans le Domaine des Esprits. Après quoi, elles avaient brusquement obliqué vers le nord. Whirlwind semblait avoir vu juste : l'homme blanc avait eu peur de pénétrer dans le Domaine des Esprits et il avait rebroussé chemin à travers la prairie. À la limite nord des plateaux désertiques, le guerrier trouva un cadavre de cerf. Trois coyotes et quelques corbeaux s'enfuirent à son approche. Sans mettre pied à terre, Whirlwind comprit que la carcasse avait été sommairement dépecée. Il ne lui manquait qu'une cuisse. Mais le signe le plus éloquent était le trou qui s'ouvrait dans la cage thoracique de l'animal. Le cerf avait été abattu par un fer sacré, probablement celui que le guerrier avait entendu la veille.

Whirlwind eut alors une idée et descendit de cheval avec précaution. La viande du cerf était encore bonne. Il trancha rapidement la cuisse restante, l'attacha à la bride de son cheval, puis se remit en selle avec une grimace de douleur. «Je vous en ai laissé un peu, déclara-t-il aux coyotes et aux corbeaux. Je sais que vous ne déshonorerez pas notre parent que voici, poursuivit-il en désignant le cerf abattu, en laissant se perdre sa chair. L'homme blanc est une créature étrange. Il ne comprend rien à l'ordre des choses.» Lorsqu'il s'éloigna, les coyotes et les corbeaux reprirent possession de leur proie abattue moins d'une journée plus tôt.

C'était surtout lorsqu'il se mettait en selle ou descendait de son cheval que Whirlwind était le plus handicapé par son épaule blessée. Pour l'empêcher de bouger, il gardait sa main droite à l'intérieur de la ceinture improvisée qu'il avait nouée autour de sa couverture en peau de cerf. Toutefois, sa blessure demeurait encore très sensible et le faisait souffrir à chaque pas.

Bientôt, la neige qui tombait sans discontinuer voila complètement l'horizon. Les flocons s'amincissaient peu à peu, signe que la bourrasque durerait probablement toute la nuit. Whirlwind devait trouver un refuge au plus vite. Mais il ne se laissa pas aller à la panique, car il connaissait très bien les environs.

Il continua à progresser vers l'ouest jusqu'à ce qu'il atteignît un ravin étroit et profond, dans lequel il pouvait pénétrer à pied jusqu'à la taille. À l'aide de quelques paroles rassurantes, il parvint à persuader son cheval de s'engager dans ce goulet. Le ravin se dirigeait vers le nord et devenait de plus en plus raide et profond à mesure qu'on s'y enfonçait. Whirlwind l'avait déjà emprunté bien des fois.

Le cheval avançait maintenant d'un pas résolu, sans craindre le sol irrégulier qu'il rencontrait sous ses pas. Plus les versants du ravin devenaient pentus, et plus Whirlwind gardait les yeux fixés droit devant lui. Bien que les flocons qui tournoyaient autour de lui fussent toujours aussi minces, la neige redoublait de violence. Bientôt, le guerrier eut beaucoup de mal à voir plus loin que les naseaux de son cheval.

Tandis que sa monture continuait à avancer avec précaution, Whirlwind commença à évoquer l'aspect du bosquet de pins reculé, caché dans une cuvette au sommet d'une butte escarpée, qui l'attendait au fond du ravin. Les pentes de la butte étaient nues, à l'exception d'un cactus isolé. De loin, cette butte n'attirait pas l'attention, car elle ressemblait à bien d'autres tertres dénudés. Mais son sommet était creusé par une dépression garnie de pins qui, pour une raison obscure, n'avaient jamais poussé plus haut que les bords de la cuvette. Ce bosquet retiré offrait un abri accueillant aussi bien aux bipèdes qu'aux quadrupèdes. Deux ou trois hivers plus tôt, Whirlwind y avait repéré de nombreuses traces de cerfs.

Une branche basse, dépassant au-dessus du ravin, émergea soudain du tourbillon blanc. Whirlwind eut juste le temps de se pencher pour l'éviter, puis il se redressa en souriant. Cette branche venait de lui annoncer qu'il était presque arrivé.

Lentement, avec beaucoup d'efforts, le rubican gravit la pente qui venait de se dresser devant lui. Whirlwind dut se coucher sur son encolure pour l'empêcher de reculer en glissant. Soudain, ils se retrouvèrent dans l'épais bosquet de pins. Ils étaient maintenant dans un abri assez sûr où il y avait du bois à profusion.

Whirlwind arrêta son cheval et écouta dans le silence. Aucun bruit ne troublait le calme environnant. Le guerrier mit pied à terre, puis tira son casse-tête de sa ceinture et mena sa monture entre les arbres, en ouvrant un passage à travers les branches. Lorsqu'il se fut enfin assuré qu'il n'y avait personne d'autre dans le bosquet, il attacha son cheval à une large branche nue et commença à ramasser du petit bois.

Red Lance tourna les yeux vers l'endroit que lui désignait Walks High. La terre portait les marques des sabots d'un cheval isolé.

« Mon père est venu ici, affirma Walks High. Il a passé la nuit dans cet endroit et y a allumé un feu. » Le visage du jeune guerrier était illuminé par le soulagement.

Un peu plus tôt, ils avaient remonté la piste du cheval gris jusqu'à une prairie verdoyante où Bear Heart leur avait indiqué les traces d'une bataille. Non loin de là, au-dessous d'un plateau, ils avaient trouvé le corps d'un deuxième guerrier arikara recouvert d'une fine couche de terre. « Ton père a tué celui-ci, et il a seulement blessé celui que nous avons trouvé ce matin, avait observé Bear Heart. Il a laissé la vie sauve au blessé, peut-être parce qu'il avait reçu lui-même une blessure. » Puis il avait désigné le sud-ouest en déclarant : « J'ai trouvé là-bas quelques gouttes de sang. » De là, ils avaient suivi les empreintes des sabots jusqu'à un bosquet de cèdres qui s'élevait sur la pente est d'une longue colline basse.

Walks High suivit brièvement la piste des empreintes, le temps de s'assurer que son père se dirigeait toujours vers l'ouest. Quand il rejoignit Red Lance et Le Barbu, la neige commençait à s'épaissir. Bear Heart était parti en reconnaissance vers le sud.

De la Vérendrye indiqua à Walks High une marque de pas auprès du feu éteint. « Qu'en dis-tu ? Ce loup est-il venu là avant ou après le départ de ton père ? »

Les deux jeunes guerriers examinèrent l'empreinte. « Est-ce bien la seule ? » s'enquit Red Lance, en regardant autour de lui.

Walks High hocha la tête et répondit : « Oui. Et de plus, elle est très large. C'est bien l'empreinte d'un loup, j'en suis sûr. Peut-être est-ce mon père qui l'a laissée. Le loup est son guide spirituel. »

Les deux autres hommes se rendirent à cette logique et se mirent à préparer le campement car la neige se faisait de plus en plus drue. Tandis que Red Lance partait chercher du bois, Walks High attacha solidement tous les chevaux aux troncs des cèdres environnants. Puis de la Vérendrye alluma un feu dans le creux où ils avaient découvert les restes d'un foyer.

Tout autour du bosquet, la terre se couvrit d'un manteau immaculé, puis disparut complètement à la vue, comme si, pour les trois hommes, le monde s'était soudain rétréci aux dimensions du bosquet de cèdres. Quelques flocons de neige descendaient en tournoyant entre les branches, puis s'évanouissaient en grésillant, happés par les flammes qui mettaient fin à leur long trajet vers la terre juste avant qu'ils n'aient pu parvenir à leur destination. Les trois hommes s'installèrent dans leur nouveau campement, peu désireux de s'éloigner du couvert des cèdres muets et imposants.

« Si ton père est blessé, cela ne doit pas être trop grave, fit remarquer Red Lance. Cela ne l'a pas empêché de continuer à suivre cet homme blanc. »

Walks High hocha la tête. « Tu dois avoir raison. Et maintenant, il a un cheval, semble-t-il.

— Crois-tu qu'il ait des armes ? lui demanda de la Vérendrye.

— Oui, répondit Walks High. Il a dû fabriquer au moins une lance. Et aussi un casse-tête. Toutefois, le premier Arikara que nous avons trouvé ce matin a été tué par une flèche et non par une lance. Peut-être mon père a-t-il aussi fabriqué un arc.

— Mais comment ? demanda de la Vérendrye. Avait-il des outils ?

— Oui. Un couteau, répondit Walks High.

— Un couteau ? Que peut-il donc faire avec un couteau ? »

Walks High sourit. « Fabriquer un arc. Et aussi des flèches. »

Un des chevaux hennit doucement. Bear Heart apparut alors, en tenant son cheval par la bride. « La neige va tomber toute la nuit », déclara-t-il. Il attacha solidement son cheval, puis vint rejoindre les autres guerriers.

« Le Barbu, dit-il après s'être assis devant le feu. J'ai décidé que j'allais t'emprunter le fer sacré. »

Les deux autres guerriers se turent. De la Vérendrye inspira profondément et se frotta le front.

« Oui, poursuivit Bear Heart. Il est temps qu'un membre de la bande des Wolf Tails sache se servir de cette arme. Et ce sera moi. Je n'ai pas peur du fer sacré. »

Au fond de sa mémoire, de la Vérendrye voyait tourbillonner des images de sa première rencontre avec Bear Hear. « Ce fer sacré ne m'appartient pas », fit-il remarquer posément.

Bear Heart jeta un bref coup d'œil à Walks High, puis dévisagea l'homme blanc avec un regard dur. « Ah bon ? Comment cela ?

— Je l'ai emprunté à la mère de Walks High. Et lorsque nous rentrerons, je le lui rendrai. »

Bear Heart tourna son regard vers Walks High. « Est-ce vrai ? »

Walks High opina sans mot dire.

« Je te l'emprunterai quand même. »

De la Vérendrye s'éclaircit nerveusement la gorge et secoua la tête. «Non. Je ne peux pas te prêter quelque chose que j'ai emprunté. »

L'homme blanc faillit battre en retraite devant le regard farouche du guerrier. Finalement, Bear Heart se tourna à demi vers Walks High et lui lança un regard de travers. « C'est à toi maintenant que je pose cette question, dit-il d'une voix sourde, où perçaient des accents de colère. Je veux t'emprunter le fer sacré. »

Walks High contempla un instant les flocons de neige, puis tourna finalement son regard vers le guerrier. « Cet homme blanc, Le Barbu, dit-il alors, est venu dans le tipi de ma mère pour lui demander de le laisser se servir du fer sacré. En l'absence de mon père, ma mère s'est prononcée au nom de notre loge. Elle a décidé de prêter le fer sacré au Barbu. C'est à lui, à présent, de te répondre par "oui" ou par "non"... Je l'ai entendu te dire "non".

— Tu te bornes à répéter les paroles de l'homme blanc.

— Non, répondit Walks High avec calme. Je te donne simplement mon avis. Et Le Barbu, de son côté, t'a répondu selon son cœur. »

Bear Heart sourit. Mais c'était un maigre sourire, emprunt de dureté. « Tu es encore un jeune homme, dit-il. Et tu as une longue vie devant toi, si tu n'es pas tué sur le sentier de la guerre, ou bien sous les sabots d'un énorme bison. Au cours de ton existence, il te sera donné d'assister à bien des choses et à bien des changements. Ceci, par exemple. » Il s'interrompit un instant pour désigner l'arme gainée de son étui posée à côté de l'homme blanc. « Et ce n'est pas le seul. Nous verrons bien d'autres fers sacrés dans nos vies et nos pays. Nous ne pouvons pas les craindre — comme ton père. » Il eut un geste furieux en direction de l'arme. « Bien sûr, c'est seulement un objet ! Mais il peut donner de la force à notre peuple ! Les Pawnees et les Arikaras se garderaient de pénétrer dans notre pays s'ils savaient que dans tous les campements lakotas, un grand nombre de guerriers étaient armés de fers sacrés ! Et que penseraient-ils, à présent, s'ils savaient qu'un chef de guerre lakota dissimulait une telle arme, par peur de l'utiliser ? »

Red Lance saisit le manche du casse-tête qui pendait à sa ceinture et jeta un coup d'œil nerveux à son meilleur ami. Ce dernier, auquel il arrivait rarement de toucher une autre personne, posa brièvement une main rassurante sur l'épaule de Red Lance.

Bear Heart se leva lentement, et Walks High fit de même. Les deux guerriers étaient de haute taille, mais Walks High était légèrement plus grand et plus robuste que son aîné.

« Est-ce parce que mon père a peur qu'il poursuit un homme blanc armé d'un fer sacré ?

— Je sais que ton père est un homme courageux. Un jour, je l'ai vu risquer délibérément sa vie dans un combat contre les Pawnees. Mais il est plus facile de combattre une chose que l'on voit et que l'on peut comprendre que ce qui vous est totalement étranger. Ton père a peur du fer sacré parce qu'il craint les changements qu'il peut apporter.

— C'est possible. Et il a peut-être raison. Tu veux tellement posséder le fer sacré qu'on dirait qu'il t'a toi-même changé. »

Le regard de Bear Heart était dur et implacable. « Si je m'étais écouté, j'aurais pu prendre le fer sacré bien des fois à ce... à cet homme blanc. »

Walks High rendit son regard au guerrier. « C'est vrai. Mais tu aurais eu tort. »

Bear Heart s'adressa alors à de la Vérendrye, mais sans cesser de regarder Walks High.

« Qu'en dis-tu, homme blanc ? Me donneras-tu ce fer sacré ? »

Red Lance jeta un coup d'œil à de la Vérendrye et secoua la tête. Walks High intervint juste à ce moment-là : « Non. Il ne le fera pas parce que je ne le laisserai pas te le donner. Et je t'empêcherai de le prendre. »

Bear Heart mesura le jeune guerrier du regard à travers le feu. La neige était de plus en plus lourde. On n'entendit pas un son, à part le crépitement des flammes, jusqu'au moment où il parla pour la dernière fois. « Le problème que pose le fer sacré parmi nous, au sein de notre peuple, est loin d'être terminé. Mais un jour viendra où il faudra le régler. Peut-être pas aujourd'hui. Mais il faudra le résoudre, tôt ou tard. »

Il s'éloigna lentement du feu, sans quitter des yeux les deux jeunes guerriers. Au bout de quelques pas, il tourna les talons et se précipita vers ses chevaux.

« Le Barbu, chuchota Walks High.

— Oui. Quoi ? »

Walks High désignait le feu. « Je crois qu'il faudrait aller chercher un peu de bois. À moins que tu n'aies envie de mourir de froid. »

De la Vérendrye accomplit rapidement sa modeste tâche. Walks High avait repris sa place autour du feu. L'homme blanc jeta un coup d'œil à la neige qui tombait en flocons épais et drus. « Où va-t-il ? demanda-t-il.

— Il rentre chez lui, répondit Walks High.

— Chez lui ? Tu veux dire qu'il ne nous suivra pas ?

— Je ne pense pas. Maintenant qu'il n'a pas réussi à obtenir de toi ce qu'il voulait, il n'a plus vraiment de raison de continuer à nous accompagner. Il va retourner au village. »

De la Verendyre regarda à nouveau tomber la neige. « Pourquoi déteste-t-il ton père à ce point ? »

Walks High se mit à sourire, et Red Lance répondit : « Parce que mon oncle Whirlwind a été choisi comme chef de guerre alors que Bear Heart briguait ce statut. »

De la Vérendrye hocha la tête et se tut pendant un moment. « Il y a encore une question que j'aimerais poser », dit-il enfin.

Les deux jeunes guerriers levèrent la tête et attendirent qu'il ait parlé.

« Comment ton père a-t-il acquis son nom ? » demanda-t-il à Walks High.

Le jeune guerrier sourit à nouveau. « Lorsqu'il était un jeune homme, dit-il, avant qu'il n'épouse ma mère, il est parti avec une troupe guerrière dans le pays des Pawnees. Cette troupe était dirigée par l'oncle de mon père, un excellent guerrier qui est mort plus tard dans un blizzard. C'était une expédition punitive parce que les Pawnees avaient attaqué et tué certains membres de notre peuple. Notre parti de guerre s'est glissé dans un village pawnee et a libéré les chevaux, pour obliger leurs guerriers à sortir en terrain découvert. Mais c'était un grand village peuplé par de nombreux guerriers, qui ont encerclé la troupe de combattants où se trouvait mon père. Alors le chef lakota, celui qui est mort dans un blizzard, a misé sa vie au combat.

— Misé ? Qu'est-ce que cela veut dire ?

— Tous ceux d'entre nous qui sont des guerriers Wolf ont toujours sur eux une longue corde, expliqua Red Lance. Parfois, au cours d'une bataille, nous pouvons choisir de ne pas reculer, au péril de notre vie. Nous enfonçons un pieu dans la terre et nous nous y attachons avec cette corde. Après quoi, soit nous mourons au combat à l'endroit où nous sommes, soit nous gagnons la bataille. Ou bien, un autre guerrier vient à notre aide en arrachant le pieu. »

De la Vérendrye hocha la tête, tentant dans son esprit de former des images qui puissent traduire les paroles de Red Lance.

Walks High poursuivit son récit. « Mon père est arrivé alors. Il s'apprêtait à arracher le pieu du chef de sa troupe guerrière, mais celui-ci a refusé de le laisser faire. Mon père, qui s'appelait alors Badger, est resté auprès de lui et s'est battu à ses côtés. Plus tard, son oncle a raconté que mon père s'était battu avec un tel acharnement qu'on aurait dit un tourbillon. Les Pawnees étaient bien plus nombreux que les Lakotas et ils auraient pu les tuer jusqu'au dernier.

Mais ils étaient tellement impressionnés par la bravoure de mon père et par celle du chef de notre troupe de combattants qu'ils les ont tous laissés partir. »

Les flammes laissèrent échapper un petit grésillement. Les images saisissantes du récit de Walks High s'estompèrent lentement dans l'esprit de l'homme blanc. Il observait sans mot dire le visage du jeune guerrier qui revivait encore le combat de son père contre les Pawnees.

Dans l'abri qu'il s'était aménagé au fond de la cuvette, Whirlwind s'appuya contre son dossier. Les flammes dansaient joyeusement devant lui, et un morceau de viande de cerf rôtissait sur une broche. Il avait mis beaucoup de temps à installer son campement, car sa blessure à l'épaule lui rendait chaque mouvement pénible et difficile. La neige s'était encore épaissie, et à la tombée du crépuscule, elle arrivait presque à la hauteur de ses chevilles.

Peut-être, se dit-il, vais-je séjourner ici quelques jours. Ce qui, en soi, n'était pas une mauvaise chose, car il avait besoin de se reposer et de soigner sa blessure. Monter un campement avec un seul bras n'avait pas été chose facile. Quant à envisager de se battre, c'était une tout autre affaire.

S'il avait dû affronter maintenant le meurtrier, il en aurait été réduit à se servir de sa lance ou de son casse-tête. Car avec son épaule blessée, il n'aurait pas pu tirer une flèche avec précision, à supposer qu'il fût même capable de tenir son arc. D'une certaine façon, la neige lui permettait de faire une trêve. Il ne pouvait pas se risquer dans cette étendue immaculée où il finirait certainement par tourner en rond. Il ne pouvait que demeurer où il était, attendre que la neige cesse de tomber — et en profiter pour se reposer.

Il s'assoupit quelques instants. Au moment où il se réveilla, il sursauta en apercevant soudain une ombre devant lui. C'était un loup, qui demeura encore visible une ou deux secondes avant de s'évanouir dans le paysage immaculé.

Whirlwind sourit et referma les yeux.

À nouveau, il rêva de ce loup qui se battait contre des chiens gris. Mais cette fois-ci, les chiens gris battirent en retraite dans le brouillard, et de ce brouillard sortit un homme blanc dont on ne pouvait distinguer les traits, à l'exception de son sourire mauvais et insidieux qui avait plutôt l'air d'une expression hargneuse. Dans les mains de l'homme blanc se trouvait un fer sacré, qui était pointé vers le loup. Soudain, l'homme se tourna vers Whirlwind et braqua son arme sur le cœur du guerrier.

Whirlwind se réveilla brusquement et laissa échapper une faible plainte. Le mouvement avait réveillé une vive douleur dans son épaule blessée. Il se redressa et ranima son feu. Tandis que les flammes s'élevaient devant lui, il sentit sa colère croître dans son cœur. La mère de High Hawk aurait dû être toujours en vie, et le cheval qui se tenait non loin de lui aurait dû être un rouan de haute taille à la robe grise et au pas vif.

19

Le silence s'était installé dans la vallée de la Spring Creek tandis que les flocons de neige flottaient lentement vers la terre. Les flancs de coteaux couverts de pins perdaient peu à peu leur couleur sombre sous les assauts de cette vague de blancheur. Dans un bosquet de saules dénudés, non loin d'une courbe de la Smoking Earth River, trois silhouettes levaient les yeux vers le ciel : deux vieillards et un jeune garçon. Les anciens jouissaient de la beauté calme de l'instant. Bien qu'ils aient déjà assisté bien des fois à ce spectacle, chaque nouvelle chute de neige était pour eux comme un nouvel éveil qui venait enrichir leurs souvenirs. Quant à leur jeune compagnon, qui n'avait pas encore conscience de recueillir alors ses propres souvenirs, il se contentait de tirer la langue pour attraper des flocons de neige.

Stone jeta un coup d'œil aux alentours, puis

désigna un épais massif de saules. « Nous pouvons faire un feu là-bas », déclara-t-il.

Spotted hocha la tête en signe d'acquiescement. Ils avaient encore une longue marche à faire avant de regagner leur campement d'hiver. Partis de bon matin pour aller chasser le lapin de garenne, ils commençaient à céder à la faim et à la fatigue. Un peu de nourriture et de repos rendrait le trajet de retour plus facile.

« Petit-fils ! » appela Stone. Le garçon venait de découvrir une trace prometteuse sur la terre meuble. Il leva ses doigts repliés de chaque côté de sa tête pour indiquer qu'un mâle à queue blanche était passé par là. « Petit-fils, il nous faut du bois. Nous devons allumer un feu avant que tout ne devienne trop humide. » Le garçon hocha la tête et jeta un dernier regard aux empreintes avant d'aller s'acquitter de sa tâche.

Spotted Calf empoigna deux des huit lapins qui formaient leur prise de la matinée et se dirigea vers la rivière. Là, après avoir vidé les deux carcasses, il les dépeça et les lava dans l'eau froide. Il revint avec les peaux roulées en boule et la viande prête à être rôtie. Stone avait déjà allumé un feu et s'affairait à aménager un toit improvisé. Bien à l'abri sous le couvert de leur toit de feuillage, les trois chasseurs allaient pouvoir se reposer et faire cuire leur nourriture. Red Legs apporta une nouvelle brassée de petit bois et avisa un endroit pour s'asseoir.

Spotted Calf rajouta du bois sur le feu et

embrocha les lapins sur des bâtons avant de les suspendre au-dessus des flammes. Si le feu n'avait été destiné qu'à faire la cuisine, il aurait attendu d'avoir un épais lit de braises brûlantes pour commencer à faire cuire la viande. Mais comme les trois compagnons avaient aussi besoin de se réchauffer, il se contenta d'accrocher les deux broches bien haut au-dessus des flammes vacillantes.

Red Legs ôta la corde de son arc. « Fais-tu cuire les deux lapins que j'ai abattus ? demanda-t-il.

— Je ne sais pas, répondit Spotted Calf.

— Tu en as tué six, dit Red Legs au vieil homme. Un jour, je serai aussi bon tireur que toi. »

Spotted Calf hocha la tête en souriant. « Certainement. Et au bout d'un certain temps, tu seras même meilleur.

— Une fois, j'ai vu mon cousin que voici tirer si vite qu'il a planté deux flèches dans le corps du même cerf, intervint Stone. Dans chacun de ses flancs. »

Red Legs le regarda, bouche bée. « Mais comment as-tu fait ? » demanda-t-il à Spotted Calf.

Le vieil homme sourit tandis que Stone poursuivait son récit. « Nous étions au bord de la Great Muddy. C'était l'automne. Le cerf remontait la coulée où nous étions postés depuis le début de la matinée. Lorsqu'il est arrivé à portée de tir, ce grand-père, poursuivit-il en désignant Spotted Calf, a tiré une flèche qui est allée se ficher dans le flanc gauche de l'animal. Le cerf était si étonné qu'il s'est retourné d'un bond. Mais à peine était-il retombé sur ses pattes que l'autre flèche de mon cousin l'a atteint au même endroit sur son flanc droit. »

Le garçon considéra Spotted Calf avec un respect non dissimulé. Il savait que le père de Whirlwind était le meilleur tireur de la bande des Wolf Tails. Un jour, Walks High lui avait raconté comment son grand-père avait abattu un canard en plein vol.

Spotted Calf retourna la viande. « J'en suis convaincu, petit-fils, observa-t-il, un jour, tu deviendras un si bon tireur que j'aurai l'air d'un gamin auprès de toi. »

Red Legs secoua la tête. « Je ne sais pas, marmonna-t-il. Je ne crois pas que personne puisse jamais tirer aussi bien que toi.

— Tu te trompes, répondit Spotted Calf. Mais je peux te dire qu'un jour, je me suis fait exactement la même réflexion. Je venais de voir mon grand-père toucher un coyote à plus de quatre-vingts pas.

— Quatre-vingts pas ! » Red Legs regarda autour de lui pour mesurer des yeux pareille distance. « Un coyote est bien trop petit pour qu'on puisse l'atteindre d'aussi loin.

— Et pourtant, mon grand-père l'a fait. Moi-même, quand j'ai assisté à cet exploit, j'ai pensé que personne ne pourrait jamais tirer aussi bien que lui. Sais-tu ce qu'il m'a répondu quand je le lui ai dit ? »

Le garçon secoua la tête.

« Il m'a déclaré que nous ne serons jamais aussi bons tireurs qu'au jour de notre mort. »

Stone se pencha au-dessus des flammes. « Cela signifie que nous devons toujours essayer de nous perfectionner. Bien des choses dépendent de notre adresse. Un tireur maladroit ne parvient jamais à nourrir suffisamment sa famille. Ou bien il se fait tuer au combat par un ennemi.

— Mon grand-père a gagné un cheval lorsqu'il a réussi à toucher ce coyote, poursuivit Spotted Calf. À cette époque-là, il y avait encore très peu de chevaux. Aujourd'hui, ce serait comme s'il en avait gagné dix ou vingt.

— Il avait fait un pari ? demanda Red Legs.

— Oui. C'était au cours d'une chasse. Mon grand-père et son beau-frère avaient achevé d'enterrer une partie de la carcasse d'un bison qu'ils venaient de tuer, et ils avaient chargé l'autre partie sur un cheval. Je les avais accompagnés, malgré mes septs hivers. Nous nous apprêtions à rapporter une partie de la viande au village et à revenir ensuite chercher le reste. Nous nous étions déjà éloignés jusqu'au sommet d'une petite butte quand nous avons vu un coyote creuser le sol pour déterrer la viande.

« Mon grand-père voulait simplement faire fuir le coyote. Il n'avait pas l'intention de le tuer. Il a donc tiré de son carquois une flèche à la pointe émoussée. Au moment où il s'apprêtait à la lâcher, son beau-frère lui a déclaré que personne ne pouvait atteindre un coyote à pareille distance. Sur quoi, mon grand-père lui a demandé s'il était prêt à parier son cheval qu'il n'y parviendrait pas. L'homme a répondu "oui", à condition que mon grand-père parie de son côté deux arcs et une cinquantaine de flèches. Ils se sont mis d'accord. »

Spotted Calf s'interrompit pour remonter dans sa mémoire jusqu'à l'époque de sa jeunesse. Puis il reprit le fil de son récit, en savourant ce souvenir : « Mon grand-père a encoché la flèche sur la corde de son arc, puis il a visé, et l'a lâchée vers son but. » Tout en parlant, le vieil homme mimait la scène, en imitant avec les mains les gestes d'un archer et une flèche fendant l'air sous l'impulsion d'une corde. « J'ai regardé la flèche, poursuivit-il. Elle s'est élevée dans l'air... puis elle est redescendue et a frappé le coyote en plein flanc. L'animal a poussé un glapissement et s'est enfui. C'est ainsi que mon grand-père est devenu propriétaire d'un cheval, un des seuls huit chevaux qui se trouvaient alors dans notre campement. »

Le garçon fronça les sourcils tandis qu'une lueur s'allumait dans ses yeux. Il imaginait une flèche volant à une distance de quatre-vingts pas pour aller frapper un coyote. « C'était vraiment un très bon coup, murmura-t-il. Parce que la flèche a atteint le coyote et qu'en plus, elle a permis de gagner un cheval.

— Oui, affirma Stone. Si le grand-père de mon cousin n'avait pas toujours essayé de se perfectionner, il n'aurait pas réussi ce coup. Et il n'aurait pas mérité ce cheval. »

Il y eut quelques instants de silence. Les deux vieillards tendaient l'oreille, quêtant les moindres bruits importuns. Au nord s'éleva le cri assourdi d'un puma. Seule la distance affaiblit la voix forte du grand chasseur. Mais il n'y avait pas lieu de s'inquiéter. Il était sûrement très loin, et il respectait les bipèdes autant que ces derniers le respectaient. De tous les êtres vivants qui partageaient la terre avec les Lakotas, le grand félin au poil fauve était celui qui avait la démarche la plus silencieuse et la détente la plus rapide, donnant ainsi une leçon exemplaire aux guerriers et aux chasseurs bipèdes. Au moment où son cri fier et saisissant perça le silence de cette tranquille matinée hivernale, un cerf à queue blanche frappa le sol de ses sabots et brama quelque part dans les collines sombres couvertes de pins. Il avait lui aussi entendu le cri du puma.

Red Legs regarda Spotted Calf retourner la viande, qui était presque cuite. « Pourquoi y avait-il seulement très peu de chevaux du temps de ton grand-père ? » demanda-t-il.

Les yeux des deux anciens se croisèrent, et ce fut Stone qui répondit : « Il fut un temps où les gens n'avaient pas du tout de chevaux, commença-t-il.

— Pas de chevaux ? Comment cela se peut-il ?

— C'était comme ça, répondit Stone. Il n'y en avait pas.

— Mais comment les gens faisaient-ils sans chevaux ? demanda le garçon.

— Ils marchaient, tout simplement.

— Et c'était difficile ?

— Non, répondit Spotted Calf. Aujourd'hui, notre vie nous semble-t-elle difficile parce que nous n'avons pas de fer sacré ? Non. Autrefois, les membres de notre peuple vivaient très bien sans le cheval. Comme ils ignoraient son existence, il ne leur manquait pas. Ils chassaient. Ils déplaçaient leurs tipis. Les chiens les aidaient à transporter leurs affaires. Et ils étaient heureux, comme nous le sommes aujourd'hui.

— Comment le cheval est-il apparu ? Se cachait-il des hommes ?

— Il est arrivé par le sud, répondit Stone. Des histoires courent sur des peuples étranges qui ont traversé de lointains déserts dans des endroits inconnus de nous, au sud de notre pays. Ils portaient des tenues en fer et étaient montés sur des chevaux.

— De quelle espèce étaient-ils pour porter ainsi des habits de fer ?

— C'était une espèce d'hommes blancs, je crois, répondit Spotted Calf.

— Ils portaient des armes terribles. Des fers sacrés. Ils massacraient les populations.

— Et ils ont donné des chevaux à notre peuple ?

— Non, je ne le pense pas. À mon avis, ce sont des hommes de notre peuple qui ont dû leur prendre quelques chevaux. Puis ils les ont élevés et les ont échangés contre d'autres types de biens. Le cheval a ainsi été échangé de tribu en tribu, jusqu'au jour où il est arrivé dans notre pays.

— Quand cela ?

— Mon grand-père racontait qu'il était encore un jeune homme quand il a vu un cheval pour la première fois, il y a plus de quatre-vingts hivers. »

Stone acquiesça. « C'est bien cela. Mais au début, les chevaux étaient très peu nombreux. Mon père disait que dans son enfance, son village en possédait seulement une douzaine.

— Et aujourd'hui, nous en avons quatre cents dans notre troupeau, intervint le garçon.

— Oui. Et lors d'une assemblée d'été qui a réuni six bandes de notre peuple, il y a de cela deux hivers, il y avait bien deux mille chevaux, rappela Stone.

— C'est une bonne chose que les chevaux soient arrivés, observa le garçon. Autrement, nous serions encore en train de marcher partout. »

Spotted Calf eut un petit rire. « Mais nous

continuons à marcher. Aujourd'hui par exemple, nous n'avons pas emmené de chevaux avec nous. Rappelle-toi bien cela, petit-fils : les chevaux sont une bonne chose — ils sont puissants et rapides. Mais ils ne nous ont pas transformés. Nous sommes toujours les mêmes. Nous continuons à chasser et à déplacer nos campements. Les choses en lesquelles nous croyions n'ont pas changé uniquement parce que les chevaux sont arrivés parmi nous. Il est toutefois certain qu'il nous ont procuré un moyen d'accomplir mieux et plus rapidement certaines choses. Aujourd'hui, nos tipis sont plus vastes parce que les chevaux peuvent porter de plus lourdes charges. Grâce à leur aide, nos guerriers sont mieux à même de protéger leur peuple. En un sens, on peut dire que les chevaux sont venus nous rejoindre pour nous aider à parcourir la route que nous suivons. »

Le silence retomba. Le garçon avait posé son menton sur ses genoux et contemplait le feu qui crépitait devant lui. Spotted Calf continuait à retourner la viande, en faisant attention à la maintenir au-dessus des flammes. Au bout d'un moment, le garçon reprit la parole.

« Je ne sais pas ce que c'est que de vivre sans chevaux, remarqua-t-il.

— C'est vrai. Ils feront toujours partie de ta vie, renchérit Stone. Les chevaux ont pour nous une grande importance. Grâce à eux, nous pouvons voyager vite et loin. Ils rendent nos guerriers plus aptes à se battre pour défendre leur peuple. Ils nous permettent de suivre les troupeaux de bisons au galop. Ils sont capables de tirer un tipi tout entier enroulé sur un travois. Mais les chevaux ne sont que les auxiliaires des chasseurs et des guerriers. N'oublie pas qu'un homme sans cheval n'est pas inférieur à un homme qui dispose d'une monture. Un guerrier désarmé est toujours un guerrier, s'il comprend réellement le sens de sa vocation de guerrier. Grand-Père Spotted Calf est le meilleur tireur à l'arc de sa génération. Il n'a pas besoin de cheval pour cela. Au cours de sa jeunesse, il a été l'un des premiers d'entre nous à mener son cheval dans un troupeau de bisons, et aussi un des premiers à former sa monture à ce type de chasse. Son cheval l'a aidé à chasser le bison d'une manière différente, et bien plus efficace. Mais il ne lui a pas donné son adresse au tir à l'arc. Il ne lui a pas non plus donné le courage d'être un chasseur ou un guerrier. Un cheval ne pourra jamais faire cela.

— J'ai entendu Bear Heart dire qu'un fer sacré était beaucoup plus puissant qu'un cheval, déclara le garçon, après quelques instants.

— C'est vrai, répondit Stone. Le fer sacré, tout comme le cheval, possède un pouvoir qui lui est propre. Mais nous devons l'appréhender avec prudence. Le fer sacré ne peut pas remplacer le courage d'un guerrier. Ceux qui le croient se trompent.

— Ainsi donc, Bear Heart aurait tort ?

— Bear Heart a le droit de penser ce qu'il veut. Comme nous tous. » Tout en parlant, Stone jeta à Spotted Calf un coup d'œil entendu. « Nous sommes libres de nos pensées et de nos actes. Mais nous devons être prêts à en accepter les conséquences. C'est là le prix de notre liberté. Les pensées dictées par la sagesse nous aident à créer des situations favorables. Les pensées stupides apportent plus de mauvaises choses que de bonne choses. Ainsi va la vie.

— Je sais que Bear Heart n'aime pas mon oncle, Whirlwind. »

Stone opina d'un hochement la tête. « C'est vrai aussi. Il nourrit cette antipathie depuis l'époque de leur enfance. Et lorsque High Hawk a passé à Whirlwind la lance de chef de guerre ornée de plumes d'aigle, Bear Heart en a conçu de la colère. High Hawk s'est fondé sur ce qu'il a vu en chacun d'eux pour arrêter ce choix. Il a vu que pour être un guerrier, Whirlwind n'avait besoin que de ce qu'il avait dans le cœur, alors que Bear Heart avait besoin d'autres choses. Des choses qui lui conféraient un pouvoir qu'il ne pouvait trouver en lui-même.

— Je voudrais être comme Whirlwind.

— Et tu le seras, assura Spotted Calf. Ton grand-père et moi y veillerons. De même que Walks High et les autres. Mais tu possèdes déjà une des qualités nécessaires à un véritable guerrier.

— Laquelle ?

— Tu a bon cœur, répondit Spotted Calf.

— Mon père était-il un bon guerrier ? » demanda alors le garçon.

Stone détourna les yeux vers la neige qui tombait autour d'eux. La question de son petit-fils venait de faire surgir en lui l'image d'un visage, aveuglante comme un soleil qui réapparaît soudain d'entre les nuages sombres. Il évoquait le souvenir d'Otter, un guerrier qui n'était pas revenu d'un raid dans le Sud, où il était parti le cœur brisé par le chagrin. La perte de sa femme, morte en couches avec la petite fille à laquelle elle allait donner le jour, était une blessure à laquelle Otter n'avait jamais pu trouver de remède. Même la force et la compréhension de son meilleur ami et mentor Whirlwind n'étaient pas parvenues à sortir le fils de Stone des profondeurs de son chagrin. Il connaissait bien la raison pour laquelle Otter avait rejoint la guerre pour aller combattre les Pawnees dans la région du Sud. Et quand Whirlwind était revenu seul au village après l'avoir longuement cherché, Stone n'avait pu que se rappeler les paroles qu'il avait lui-même si souvent adressées à autrui : « Nous ne pouvons pas combattre la mort, nous pouvons seulement lutter pour la vie. »

Stone posa une main sur l'épaule de son petit-fils, touchant à travers lui la partie du fils bien-aimé qui se trouvait encore en ce monde. « Oui, répondit le vieil homme, d'une voix douce. Ton père était un bon guerrier.

— Mon fils et ton père étaient bons amis, comme toi et Windy Boy, intervint alors Spotted Calf. Whirlwind est parti dans le pays du Sud deux lunes après le départ d'Otter. Il ne l'a jamais retrouvé. Voilà pourquoi, peu après son retour, il t'a fait cadeau d'une plume d'aigle — bien que tu n'aies eu alors guère plus de trois hivers. »

Red Legs tourna à nouveau son regard vers le feu, en laissant ses pensées errer au gré des flammes. Après un long moment, il entendit grand-père Spotted Calf annoncer que la viande était cuite et qu'ils pouvaient manger.

Les trois silhouettes assises sous leur abri improvisé mangeaient de la viande de lapin en contemplant la neige. La vallée de la Spring Creek était plongée dans le silence sous son grand manteau blanc. Quelque part vers le nord, le puma poussa un nouveau hurlement.

Le repas fut bientôt terminé. Après avoir repris des forces, les chasseurs éteignirent leur feu et l'enterrèrent. Puis ils rassemblèrent leurs ballots et leurs armes et s'en retournèrent chez eux à travers la neige qui tombait sans discontinuer. Le garçon marchait entre ses deux grands-pères, se remémorant leurs paroles tandis que des images de chevaux, de puissants guerriers et de flèches plus rapides que le vent dansaient dans son esprit.

20

L'herbe pointait sous la neige qui recouvrait la cuvette. Le guerrier fut réveillé par le bruit des sabots du rubican, qui fouillait la neige pour brouter des touffes d'herbe. Le feu avait baissé, et le soleil était encore dans la moitié orientale du ciel. Au bout de deux jours, la neige avait fini par cesser.

Tout en veillant à ne pas heurter sa blessure, Whirlwind se glissa hors de son abri de broussailles et passa sa couverture en peau de cerf autour de ses épaules. Le rubican l'accueillit avec un petit hennissement enroué, puis se remit à chercher sa nourriture sous la neige. Whirlwind sourit, et leva les yeux pour tenter de repérer un chemin qui lui permettrait de gagner le bord de la cuvette à travers les arbres.

Le manteau blanc qui recouvrait la terre scintillait sous un ciel éclatant. À l'orée de cette immensité bleue, des aigles et des faucons planaient sur les hautes brises et chassaient en lents cercles concentriques. Vers le nord, une forme grise apparut subitement en haut de la butte, avant de s'immobiliser dans la neige profonde — un coyote observait le bipède avec curiosité.

La terre étincelait de toutes parts, offrant une image de lumière qui s'imprima aussitôt dans la mémoire de Whirlwind. Il rejoignit son campement et ajouta du bois sur le feu.

Deux jours auparavant, il avait perfectionné son réflecteur de chaleur. Et la veille, il avait apporté quelques améliorations à son abri. De sorte qu'en dépit du froid, il avait pu bénéficier de la chaleur bienfaisante de son feu et de sa couverture en peau de cerf. Il lui restait encore des provisions pour quelques jours, au bout desquels il lui faudrait à nouveau trouver de quoi se nourrir.

Whirlwind devinait que l'homme blanc meurtrier était maintenant tout proche, peut-être à moins d'un jour de voyage en chevauchant vers l'ouest. Il sourit en pensant à l'ironie qu'il y avait à partager ainsi la viande de l'assassin, car il était certain que c'était bien lui qui avait abattu le cerf dont il avait découvert la carcasse.

Whirlwind pensait que l'homme blanc avait probablement cessé d'avancer au cours de la tempête. Mais s'il avait poursuivi sa progression, il pouvait être n'importe où, et même mort. Soudain, un sentiment d'incertitude le saisit comme une main glacée, et il murmura une question au vent :

« Pourquoi suis-je venu dans cet endroit ? »

Alors, il se rappela à nouveau le rêve où il avait vu un loup se battre contre des chiens gris. C'était ce rêve qui lui avait redonné courage et fermeté, lui insufflant à nouveau la force de rester sur les traces de l'homme blanc. Mais cette poursuite était-elle comparable au combat contre les chiens gris ?

« Pourquoi suis-je venu dans cet endroit ? » demanda-t-il à nouveau.

Il réalisa alors qu'il était le seul à pouvoir répondre à cette question. Lui seul pouvait trouver un sens à la mission qu'il s'était assignée.

Il affronterait l'assassin de la mère de High Hawk dès qu'il l'aurait retrouvé. Peut-être la neige épaisse recouvrait-elle ses traces, mais s'il était dans les alentours, la neige elle-même aiderait à le repérer plus facilement. Le guerrier était résolu à le capturer et à le ramener au village des Wolf Tails afin qu'il soit jugé par le conseil des anciens, mais l'homme ne se laisserait sûrement pas prendre sans résistance. Cela dit, Whirlwind saurait trouver les moyens de répondre à ce problème, car il s'y connaissait dans l'art de dresser les pièges. Oui, mais il fallait aussi compter avec le fer sacré.

Eh oui. Le fer sacré. C'était le fer sacré qui était à l'origine de tout cela. À commencer par celui qui dormait dans son tipi — celui qui avait failli le tuer quatre hivers plus tôt.

L'homme blanc qu'il avait secouru lui avait

expliqué comment fonctionnait le fer sacré. Il n'y avait là rien de mystérieux. Cet objet avait été construit par la main de l'homme, et seul l'homme lui avait conféré son pouvoir. Certaines des pièces qui le composaient avaient été fabriquées avec du fer chauffé, que l'on avait ensuite façonné pour lui donner la forme voulue. Et l'arme était aussi en grande partie en bois. Enfin, les balles rondes étaient envoyées par la poudre noire qui prenait feu facilement.

Si le fer sacré pouvait être conçu par un esprit humain et fabriqué par l'homme, il était totalement dénué de mystère. Tôt ou tard, même sans aucune aide, un autre esprit humain apprendrait à le fabriquer et à le faire marcher.

La manière dont cette arme semblait transformer les gens n'avait rien de mystérieux non plus. De nombreux guerriers avaient offert à Whirlwind quantité de biens en échange de celui dont il s'était lui-même emparé. Oui. Bien des hommes de son peuple aspiraient à le posséder et à détenir ses pouvoirs. Mais peut-être cherchaient-ils avant tout à détenir le pouvoir du mystère.

Eh oui. Tout avait été déclenché par le fer sacré. Non pas tant par son pouvoir meurtrier que par les transformations qu'il pouvait opérer. Armés d'un grand nombre de fers sacrés, les Ojibways avaient bouleversé la vie des Nakotas et des Dakotas en les chassant du pays des lacs au nord-est. Cet événement, en soi, avait déjà constitué un changement. Mais qu'avait-il bien pu se passer, se demandait Whirlwind, dans l'esprit des guerriers ojibways ? Avaient-ils perdu tout respect de la vie une fois que le fer sacré leur avait permis de l'ôter aussi aisément ? Si oui, peut-être le pouvoir invisible du fer sacré l'emportait-il sur la puissance des valeurs humaines.

Whirlwind n'avait jamais vu qu'une arme de ce genre. À sa connaissance, deux d'entre elles seulement avaient pénétré jusqu'alors dans le territoire des Sicangus lakotas, la sienne et celle avec laquelle la mère de High Hawk avait été tuée. Cette pensée évoqua en lui un autre souvenir. Il avait vu un jour les premières petites vagues d'une crue printanière lécher une digue construite par un castor. L'animal avait eu beau lutter de toutes ses forces pour repousser l'inondation, il avait été finalement emporté par les flots.

Peut-être que si le castor avait construit une digue plus résistante, celle-ci aurait pu arrêter la crue. Mais peut-on jamais prévoir la puissance d'une inondation ? Whirlwind savait que le même castor se battrait avec la même énergie la prochaine fois que les eaux menaceraient sa digue et son repaire. Et s'il était encore balayé par la crue, il lutterait à nouveau de toutes ses forces pour demeurer à flot.

La leçon de cette histoire, tout du moins en partie, était qu'il était vain de lutter contre une crue. Mieux valait apprendre à nager dans les eaux tumultueuses.

Si je pense être ici pour arrêter la crue, songea Whirlwind, je me trompe. Mais si je persévère parce que quelqu'un doit répondre de l'assassinat d'une vieille femme, alors je suis dans le vrai.

Whirlwind gravit la pente jusqu'au bord de la cuvette. Le ciel était dégagé, mais le temps pouvait changer d'un moment à l'autre. En fait, les chutes de neige étaient moins à redouter que les rafales de vent. Le vent pouvait créer un monde sans repères, rien qu'en balayant la neige déjà tombée à terre. Un monde de blancheur mouvante, juste au-dessus du sol et au-dessous du ciel. Un monde où les gros bisons eux-mêmes s'égarent de temps à autre.

Whirlwind retourna à son campement pour faire ses préparatifs de départ. Il découpa d'abord la viande qu'il lui restait et, après l'avoir mise à rôtir, partit ramasser des fagots de brindilles et de petit bois. À son retour, il prit un gros morceau de bois sec et y tailla une sorte de grattoir, destiné à ôter la neige et la glace qui pourrait se former au bas des sabots de son cheval. Enfin, il confectionna un écran protecteur avec une écorce de pin, pour empêcher que ses yeux ne soient aveuglés par la neige. Et tandis qu'il travaillait, il échafaudait peu à peu son plan.

Il allait chevaucher droit vers l'ouest à bonne allure, mais en veillant à ménager sa monture, car il n'était pas bon de fatiguer un cheval dans le froid quand le fourrage se faisait rare. Il devinait que l'homme blanc se dirigeait vers les montagnes, les montagnes noires. Pour Whirlwind, c'était là un avantage, car il savait où se trouvaient ces montagnes, ce qui n'était pas le cas de l'homme blanc. En progressant vers l'ouest, il fallait compter au moins deux jours de chevauchée avant que leurs sommets n'apparaissent à l'horizon. Deux jours pendant lesquels l'homme blanc allait chercher son chemin — en donnant à Whirlwind le temps de gagner encore plus de terrain.

Tout juste après midi, Whirlwind conduisit le rubican au bas de la pente douce qui descendait de la cuvette à l'ouest de la butte. Il n'avait pas pu éviter d'utiliser une ou deux fois son bras droit pour faire ses préparatifs de départ. À présent, son épaule blessée le faisait douloureusement souffrir, et recommençait même à saigner quelque peu. Mais une fois remonté en selle, il pourrait la maintenir immobile.

Le cheval s'enfonçait presque jusqu'au genou dans la neige profonde. Par chance, celle-ci était poudreuse, et si elle ralentissait ses mouvements, il avançait néanmoins sans difficulté. Whirlwind devait compter sur sa connaissance de la région pour s'orienter, et surtout pour éviter les ravins profonds et les lits des ruisseaux où la neige s'était accumulée. Malgré tout, il arrivait parfois que sa monture s'enfonce jusqu'au poitrail dans des creux insoupçonnés.

Walks High rejoignit Red Lance et l'homme blanc qui l'attendaient dans le bosquet de cèdres. « Je crois qu'il est parti vers le sud, dit-il, en parlant de Bear Heart. À mon avis, il va retourner au campement d'hiver. » Red Lance lui tendit la bride de son cheval de guerre, et les trois hommes quittèrent le bosquet après avoir enfourché leurs montures.

Red Lance et Walks High se relayèrent pour ouvrir un passage dans la neige profonde. Vers midi, ils avaient laissé derrière eux une longue piste sinueuse, serpentant au sommet des collines basses à travers les plaines et les lits des ruisseaux. Tous trois portaient sur leurs yeux des écrans protecteurs fabriqués par l'homme blanc — une technique qu'il avait apprise auprès des Dakotas.

Arrivé au bas d'une colline, Walks High arrêta discrètement ses deux compagnons. « Des cerfs, souffla-t-il. Nous avons besoin de viande fraîche. » Il désigna le fer sacré gainé de son étui, qui pendait sur le flanc de la jument isabelle de l'homme blanc. « Je sais qu'il fait du bruit, mais nous ne pouvons pas nous permettre de passer trop de temps à chasser. »

De la Vérendrye hocha la tête en signe d'acquiescement. « Montre-moi où ils sont », répondit-il.

En restant dans le sens du vent, ils gagnèrent un endroit d'où ils pouvaient apercevoir le troupeau de cerfs. Walks High estima que la distance ne devait pas dépasser quatre-vingts pas. La détonation claqua dans l'air, et les cerfs s'enfuirent de toutes parts, en laissant derrière eux une biche bien grasse, atteinte à bout portant. Au milieu de l'après-midi, les trois compagnons avaient vidé la carcasse et l'avaient attachée solidement sur le hongre bai de De la Vérendrye. Walks High mima avec ses mains la lumière causée par l'inflammation de la poudre, et la biche tournoyant dans l'air avant de s'effondrer sur le sol. « Tout s'est passé si vite, dit-il. Dès que j'ai vu la fumée blanche, la biche s'est affaissée. Cette arme tire avec une rapidité étonnante. »

Red Lance adressa un sourire à l'homme blanc. « Et en plus, tu tirais de très loin.

— Ce n'est pas si loin que ça, pour une arme de ce genre, rappela de la Vérendrye en tapotant le fusil à pierre. Mais cela aurait été loin, en effet, pour un arc.

— J'aimerais bien essayer de l'utiliser un de ces jours », avoua Red Lance.

De la Vérendrye opina. « Nous allons faire un échange. Tu m'apprendras à tirer à l'arc, et je t'apprendrai à te servir du fer sacré. »

Red Lance approuva de la tête : « D'accord. C'est une bonne idée. »

Whirlwind avait trouvé des traces juste avant le coucher du soleil, et il avait encouragé le rubican à continuer jusqu'à ce que la lumière ait commencé à pâlir. Il n'avait repéré aucune trace de pas, seulement des empreintes de sabots. Mais il savait que ces dernières appartenaient au cheval de l'homme blanc. Du moins, il était convaincu que la monture qui les avait laissées n'était pas venue là sans cavalier, car ses empreintes creusaient la neige à des endroits où un cheval ne serait pas allé de lui-même. En outre, aussi loin qu'il les avait suivies, il les avait vues continuer sans interruption. Or, Whirlwind savait qu'un Lakota, ou tout homme conscient de la valeur d'un cheval, n'aurait pas fait une longue chevauchée dans la neige profonde sans mettre pied à terre pour alléger de temps à autre la charge de sa monture. Il était sûr d'avoir trouvé la piste du meurtrier.

Whirlwind établit son camp sous le couvert d'un épais bosquet de jeunes peupliers qui se tenait dans une vallée partagée par un ruisseau sinueux. Là, à l'abri du vent, il creusa un trou profond, puis alluma un feu en veillant à ce que les flammes ne s'élèvent pas trop haut. Des réflecteurs de chaleur disposés à la va-vite de part et d'autre du foyer le protégeraient du froid et masqueraient en outre les lueurs des flammes.

Sous la lune presque pleine, signe de nuit claire, les coyotes aboyaient tout autour du bosquet. De temps à autre, le rubican cessait de brouter pour écouter leurs hurlements stridents. Whirlwind avait attaché le cheval avec une longue corde afin qu'il puisse fouiller la neige pour dégager l'herbe qu'elle recouvrait.

La nuit s'annonçait froide. Whirlwind profita des dernières lueurs du jour pour aller poser quelques pièges dans les environs. Puis il regagna son campement, les bras chargés de petit bois. Il ne lui restait plus qu'à manger, à se tenir au chaud, et, tout en demeurant sur ses gardes, à fabriquer des raquettes pour marcher dans la neige. Demain, à l'aube, il se lancerait à nouveau sur les traces du meurtrier.

« J'espère que ton père ne souffre pas du froid, dit Red Lance, en passant une côte de biche grillée à Walks High. Et j'espère aussi qu'il n'a pas faim.

— Je n'ai jamais vu mon père agir sans réfléchir, observa Walks High. Du moins pas depuis que j'ai été en âge de penser par moi-même. Il trouvera un moyen de survivre... de se réchauffer et de se procurer de la nourriture. »

Red Lance tendit des côtes de biche à de la Vérendrye. « Les hivers étaient-ils pareils aux nôtres dans ton pays ? »

L'homme blanc prit la viande et secoua la tête. « Je ne pense pas. Ils étaient rudes, bien sûr. Mais c'est au bord de la Grandfather River que j'ai connu l'hiver le plus rude de ma vie.

— Avec un froid glacial ? Et quantité de neige ? »

De la Vérendrye jeta un coup d'œil à Red Lance, puis son regard se perdit dans le feu tandis qu'il rassemblait ses souvenirs. « Oui, répondit-il après quelques instants. La neige était très épaisse. Et je n'ai jamais eu aussi froid.

— Étais-tu seul ? demanda Walks High.

— Non. J'étais avec quatre autres hommes. C'était juste après la période où j'avais travaillé sur un chaland sur la Grandfather River. Nous étions cinq dans la même bicoque. » Il marqua une pause. « Un jour, nous nous sommes retrouvés sans rien à manger, et la neige était si épaisse que nous ne pouvions pas aller chasser.

— Qu'avez-vous fait alors ? » demanda Red Lance.

De la Vérendrye hésita un long moment avant de répondre. « Nous avons mangé un cheval. En un sens, nous avions de la chance, parce que c'était un très grand cheval. Mais il était maigre, et sa viande était très filandreuse. Il ne lui restait plus qu'un peu de chair autour des côtes, et nous en étions à nous disputer les moindres bouchées. Un de mes compagnons m'a demandé de lui donner ma part de nourriture en échange des balles de ce fer sacré. J'ai refusé, et il a menacé de me tuer. Après cela, je n'ai pas osé dormir. Je n'ai pas fermé l'œil pendant plusieurs nuits. Puis le temps a changé. Je suis parti seul à la chasse, et je ne suis jamais revenu. »

Les deux guerriers se regardèrent, sentant que ce récit était pénible à l'homme blanc. « Mon grand-père dit que l'on sort renforcé des épreuves dont on réchappe », murmura Walks High.

L'homme blanc sourit. « Certainement. Je comprends à présent pourquoi ton père est si fort. Il a vu beaucoup de choses, et il a traversé bien des périodes difficiles. Mais la façon dont tu as fait face à Bear Heart ne manquait pas non plus de courage. »

Walks High hocha la tête. « Je vois bien maintenant que s'il nous a accompagnés, c'était dans la seule intention de s'emparer du fer sacré.

— Je croyais qu'il allait se battre avec toi pour le prendre.

— Sur le moment, je l'ai cru moi-même, mais c'est un homme intelligent. Il se bat uniquement lorsqu'il est sûr de gagner. Et il n'en était pas certain à cet instant.

— Mais il a dit aussi que les choses n'en resteraient pas là.

— C'est vrai. Je crois qu'il voulait dire que tout ce qui s'est passé ces derniers temps a été causé par le fer sacré. Et il a raison, j'en ai peur. Le problème n'est pas simple. Nous ne sommes pas tous du même avis en ce qui concerne le fer sacré. » Le guerrier s'interrompit pour tendre l'oreille dans la nuit, puis il tourna à nouveau son regard vers l'homme blanc. « Mais pour Bear Heart, il n'y a pas que cela. Il est aussi influencé par le fait qu'il n'aime pas mon père. »

De la Vérendrye détourna le regard pour masquer la pointe de tristesse mêlée de jalousie qui venait de le percer comme un brusque vent glacé en entendant la façon dont Walks High avait dit : « Mon père. » Il baissa les yeux vers le feu et regarda les flammes qui s'entremêlaient, avant de parler à nouveau. « Ton père... il... s'il ne m'avait pas secouru, je ne serais pas là aujourd'hui. »

Walks High jeta un regard à l'homme blanc tout en tendant les mains au-dessus du feu pour les réchauffer. Il sourit. « Alors, nous avons une chose en commun, toi et moi. D'une certaine façon, je peux en dire de même. Car s'il t'a redonné la vie, il m'a donné la mienne. »

À son tour, de la Vérendrye tendit les mains vers les flammes qui dansaient au-dessus des braises. Curieusement, la chaleur qui gagnait ses paumes exerçait sur lui un effet rassurant tandis qu'il réfléchissait aux paroles du jeune guerrier. Soudain, il vit son propre père et sa mère, debout auprès de leur maisonnette de pierre grise, devenir de plus en plus petits à mesure que la distance augmentait entre eux. Et bien qu'il sût qu'il ne les reverrait jamais, cette séparation ne lui causait aucun regret. Tout en regardant Walks High, il reprit la parole en tentant de refouler la boule qui lui serrait la gorge. « Ton père m'a donné bien plus que ma mère ou mon père, commença-t-il. Parce qu'il avait le choix... il... »

La lumière du feu resplendit dans les yeux de Walks High. « Il semble qu'il ait fait un bon choix, Le Barbu. »

De la Vérendrye gardait les yeux baissés,

essayant vainement de trouver les mots justes pour exprimer ce qu'il ressentait. Il parvint tout au plus à faire un petit signe de tête.

Red Lance ajouta un peu de bois sur le feu et leva les yeux pour contempler la nuit claire, baignée par la lumière de la lune. « L'hiver est ma saison préférée, déclara-t-il, même quand il fait froid comme cette nuit. » Il baissa la tête et ouvrit la bouche pour souffler un petit jet de buée. « C'est dans ces moments-là que je suis particulièrement heureux d'être Lakota ! Et je me sens si bien que je vais prendre le premier tour de garde ! »

Whirlwind s'effaça derrière un peuplier dénudé et posa doucement la main sur les naseaux de son cheval. Dissimulé derrière les branches épaisses, il regarda l'homme qu'il observait depuis le milieu de la matinée.

L'homme barbu qui montait le cheval bai était de haute taille. Whirlwind l'avait vu pour la première fois à une distance d'environ soixante pas, sur la crête qui s'élevait près de la vallée des deux rivières. Le guerrier se trouvait à peu près à la même distance à présent, et il entendait l'assassin jurer et injurier le cheval bai qui piétinait dans la neige où il s'était enfoncé jusqu'au poitrail. L'homme vêtu de daim sombre prononçait des mots étranges, mais sa rage était manifeste. Des exclamations de colère jaillissaient de sa bouche à mesure qu'il frappait la croupe de l'animal avec un bâton. Le cheval se dégagea de la neige profonde par saccades, avec des bonds si brusques qu'il faillit désarçonner son cavalier.

Cela faisait maintenant trois jours que Whirlwind avait repéré la trace du meurtrier dans la neige épaisse, à une journée de cheval des Black Hills. Il avait d'abord passé deux jours à réduire l'écart qui les séparait Finalement, ce matin, il l'avait rattrapé.

Ainsi donc, pensa Whirlwind, voilà l'homme qui a tué la mère de High Hawk et enlevé la jeune fille qui va épouser mon fils. Comment a-t-il réussi à vivre aussi longtemps dans ce pays ?

L'homme blanc poursuivit sa route à travers une vallée étroite qui s'ouvrait entre deux crêtes de montagne, aux pentes noircies par de hauts pins touffus. Les longues ombres de cette fin d'après-midi assombrissaient déjà les vallées de la montagne. Mais l'homme monté sur le cheval bai qui se débattait dans la neige ne jetait que de rares coups d'œil autour de lui.

Whirlwind garda la main posée sur les naseaux du rubican, tandis qu'il tournait la tête pour regarder prudemment derrière lui. Tout le paysage était noir et blanc — partagé entre l'ombre et la neige. Même un aigle planant au-dessus d'une crête se découpait comme un croissant noir sur la pâleur du ciel. Whirlwind regarda l'oiseau quitter les hauteurs pour glisser sur la brise avant de se fondre avec la noirceur de la crête. « Peut-être ta chasse est-elle terminée », songea

Whirlwind. Puis il murmura : « Mais pas la mienne. »

Le guerrier tourna une nouvelle fois son regard vers l'homme blanc, juste au moment où le cavalier et sa monture disparaissaient dans une ombre épaisse. À moins de revenir sur ses pas, l'assassin ne pouvait que suivre la vallée étroite. Et à moins d'être stupide, il serait obligé de s'arrêter tôt ou tard pour trouver un abri. Pour l'instant, il fallait simplement ne pas le perdre de vue. L'heure de l'action sonnerait lorsqu'il aurait installé son campement.

À nouveau, Whirlwind parcourut longuement les alentours d'un œil prudent, scrutant les sombres pentes à la recherche d'autres intrus. Enfin sûr de n'avoir pour seul ennemi que cet homme blanc tapageur monté sur son cheval bai, il se tourna vers le rubican et lui frictionna l'encolure. « Allez, viens, dit le guerrier, nous devons gagner un endroit où tu puisses trouver de l'herbe. »

21

Tard dans la nuit, les chiens se mirent à aboyer parmi les tipis. L'air froid et piquant porta rapidement leurs cris à travers tout le campement. Çà et là, un cheval de guerre s'ébroua, en tirant sur sa longe. Dans les tipis, les guerriers s'éveillèrent et jetèrent un coup d'œil à leurs armes suspendues près de l'entrée. Guettant un cri d'alarme, ils se glissèrent sans bruit hors de leurs couvertures, cherchant à ne pas réveiller leurs familles endormies. C'est alors qu'une voix forte, mais étouffée, réduisit les chiens au silence. Le calme revint, et les guerriers s'étendirent à nouveau sous leurs couvertures.

Light Haired Woman entendit les pas lents, crissant sur la neige froide, qui se dirigeaient vers son tipi. Quelques mots, chuchotés d'une voix ferme, firent cesser les derniers jappements. Juste devant sa porte, quelqu'un enroula le licol d'un cheval autour d'un piquet et l'attacha solidement. Il était de retour.

Elle détacha la toile qui masquait l'encadrement de l'entrée et l'écarta tandis que son mari ouvrait le revêtement extérieur. Avant de pénétrer dans le tipi, il fit glisser de ses épaules sa couverture en peau de cerf et la secoua pour en faire tomber la neige. Puis il franchit le seuil et, après avoir déposé ses armes, plia négligemment sa couverture et la mit de côté avec ses gants en peau de coyote.

« Mon époux, murmura-t-elle. C'est bon de te revoir. »

Bear Heart hocha la tête. Les épreuves de son voyage marquaient son visage, mais ses traits s'adoucirent au son de la voix de sa jeune femme. « C'est bon de se retrouver chez soi. »

Il ôta ses mocassins d'hiver et la regarda s'activer autour du feu. Il était toujours furieux de n'avoir pas réussi à arracher le fer sacré à l'homme blanc, mais la chaleur du foyer et l'accueil encore plus chaleureux de sa femme atténuèrent momentanément sa colère.

« Je vais faire cuire... »

Bear Heart secoua la tête et l'arrêta d'un geste. « Non, ce n'est pas la peine, dit-il. Je n'ai pas faim. Je préfère partager la chaleur de la couverture avec toi. Ma route a été longue. »

Le sommeil gagna rapidement le guerrier irrité et fatigué. Au fond de ses vallées obscures, il rêva de la longue arme sombre à la voix de tonnerre. L'homme blanc qu'on appelait Le Barbu la tenait dans ses mains. Bear Heart cherchait à toute force à lui prendre son arme, mais il avait beau essayer, il n'y parvenait pas. Il se réveilla brusquement, se souvenant alors qu'il se trouvait chez lui. La pâle lumière qui filtrait par le revêtement du tipi lui annonca que l'aube était déjà levée.

La lumière grise du petit matin ne s'était pas encore dissipée lorsque Stone entendit gratter sur le rabat qui fermait l'entrée de son tipi. « Entre », répondit-il. À l'entrée de Bear Heart, Red Legs leva les yeux de son repas du matin. L'homme-médecine salua son visiteur de la tête et lui désigna le dossier en osier installé à l'arrière du tipi.

Le visage de Bear Heart offrait un masque poli, mais il y avait une lueur de désarroi au fond de ses yeux sombres. Il défroissa un pan de la couverture qui couvrait son épaule gauche et s'éclaircit la gorge. « Grand-père, commença-t-il, j'ai beaucoup réfléchi. »

Stone hocha la tête tout en prenant un grand bol où venait d'infuser un thé odorant. Lentement, il versa un peu de liquide chaud et fumant dans un plus petit bol qu'il plaça ensuite devant son hôte. « J'ai hâte de connaître l'objet de tes réflexions », répondit-il.

Bear Heart jeta un coup d'œil nerveux à Red Legs.

« Petit-fils, dit alors Stone en se tournant vers le garçon, je me fais du souci pour notre dernier poulain. Celui qui est né au début de l'automne. »

Red Legs reposa son bol et saisit sa couverture en peau de cerf. « Je vais voir comment il va, annonça-t-il, en empoignant son arc et ses flèches. Et j'ai grande envie de chasser le lapin. » Puis il quitta le tipi, et le bruit de ses pas crissant sur la neige s'éteignit bientôt à travers le camp.

Le guerrier sirota son thé et rassembla ses pensées. « Grand-père. J'ai décidé de partir. J'ai quelques parents dans le Nord, près de la Bad River. Je vais aller les rejoindre. »

Les yeux du vieil homme-médecine s'étrécirent tandis qu'il ajoutait posément du bois sur le feu. « Plus je vieillis, et plus j'ai du mal à me réchauffer. Quitter la bande... voilà qui n'est pas simple.

— J'y ai beaucoup réfléchi, répéta Bear Heart.

— Cela ne sera pas facile pour nous de perdre un homme comme toi. Tu es un guerrier Wolf. Tu dois avoir une raison sérieuse pour avoir pris une telle décision. »

L'éclair qui passa dans les yeux du guerrier n'échappa pas à l'homme-médecine. Bear Heart refoula sa colère, et son visage redevint un masque sans expression. « Il y a eu certains événements. Certains actes. Des actes que j'aurais moi-même accomplis d'une manière différente. Mais je ne peux rien changer à ce qui s'est passé hier. » Il parlait d'une voix plate. Aussi plate que son visage était faux.

Un moment passa. Stone laissa le silence s'installer lourdement, puis il prit une profonde inspiration et demanda : « Que sais-tu de Whirlwind et des autres ? Peux-tu m'apprendre quelque chose ? »

Le masque demeura figé sur le visage du guerrier. « Je n'ai pas vu... notre... chef de guerre, répondit-il. Mais à l'heure qu'il est, son fils, Red Lance et l'homme blanc l'ont certainement rejoint. L'assassin de la mère de High Hawk progresse rapidement, en direction des Black Hills. Whirlwind a été blessé et son cheval a été tué. Mais il continue à poursuivre l'homme blanc et il va le rattraper. Je n'en sais pas plus. »

Stone se caressa le menton, cherchant à nouveau un allié dans le silence. Le silence de Bear Heart était plus lourd de sens que ses paroles. « Voilà qui est bon à entendre, petit-fils. Je suis heureux que tu sois rentré indemne et que les autres se portent bien. Et il est juste que celui qui a tué une femme aussi exceptionnelle soit ramené ici pour répondre de son acte. Vois-tu quelque mal à cela ?

— Non, grand-père. Je n'y vois aucun mal. »

Stone hocha la tête. « Certains disent que nous sommes libres de choisir la voie que nous empruntons. D'autres affirment qu'elle a déjà été choisie pour nous. Quant à moi, je pense que la vérité est entre les deux. Je ne peux pas comprendre la raison de ton départ parce que tu ne t'en es pas ouvert à moi. Tu es libre de la garder pour toi ou bien de m'en faire part. Tu m'as dit que tu voulais emprunter une certaine route et je prierai, petit-fils, pour que ce soit celle qui te convienne. Mais je dois te dire ceci : rappelle-toi qu'une chose qui demeure cachée aujourd'hui trouve toujours un moyen de se révéler tôt ou tard. »

Une lueur de contrariété passa dans les yeux noirs de Bear Heart, tel un éclair lointain annonciateur d'orage. « Grand-père, déclara-t-il, je ne pars pas la queue basse, comme un chien battu. Je suis prêt, s'il le faut, à aller m'expliquer devant les dignitaires du conseil des anciens. Mais, je le répète, il s'est passé des choses que je ne puis accepter. Un homme blanc est venu parmi nous, qui ne nous a apporté que des difficultés. Cela, en soi, ne me trouble pas. Ce qui me dérange, c'est ce qui a été fait, ou non, au sujet du fer sacré. J'aurais, quant à moi, agi différemment. Mais aussi longtemps que mon tipi sera dans ce village, les anciens ne tiendront pas compte de mes opinions et n'écouteront pas ma voix. Peut-être, après mon départ, la place vide que j'aurai laissée derrière moi sera-t-elle plus éloquente que mes paroles. Peut-être alors, quelqu'un songera-t-il qu'il existe d'autres manières de considérer le problème du fer sacré. Tu sais très bien, grand-père, qu'il est des hommes dans notre peuple qui partagent mon point de vue. Il y a du changement dans l'air. Nous ne pouvons pas le refuser. »

Le feu siffla et crépita, projetant une braise brûlante grande comme le pouce sur une peau de bison étendue aux pieds de l'homme-médecine. Stone se pencha en avant, puis la prit tranquillement dans sa main avant de la rejeter dans les flammes. Bear Heart regarda la main du vieil homme. Elle ne portait pas de traces de brûlure.

Stone fit semblant d'ignorer l'air surpris de son cadet. « Petit-fils, je prierai pour que la route que tu as choisie soit celle qui te convienne, répéta-t-il. Mais avant d'y poser le pied, demande-toi, en toute franchise, si tu pars pour fuir quelque chose, ou bien pour aller de l'avant. Tu es le seul à pouvoir répondre à cette question. »

Deux jours plus tard, Light Haired Woman démonta son tipi. La matinée était grise, sous un ciel masqué par de sombres nuages bas. Onze autres tipis avaient été également démontés — ceux des parents de Bear Heart, pour la plupart, mais aussi les tipis de ceux qui pensaient que la lance du chef de guerre aurait dû lui être transmise plutôt qu'à Whirlwind.

Certes, les familles qui s'apprêtaient à partir riaient et souriaient tout en chargeant leurs affaires et les toiles de leurs foyers sur leurs travois. Mais leurs rires manquaient de conviction et leurs sourires s'évanouirent rapidement.

Red Legs aida son meilleur ami, Windy Boy, à conduire les chevaux de sa famille hors du vaste troupeau. Cuts, le père de Windy Boy, était un ami proche de Bear Heart, et sa famille allait accompagner ce dernier dans son voyage. Ensemble, les deux garçons menèrent ses montures dans le troupeau de près de quatre-vingts chevaux qui attendait à l'est du campement. Les deux amis chevauchèrent en silence, ne sachant trop quoi dire. Ce fut Red Legs qui prit la parole le premier.

« Sais-tu où tu vas aller vivre ? »

Windy Boy hocha la tête « Au nord de la Bad River, je pense. Je sais que c'est loin d'ici — à quatre ou cinq jours de voyage environ.

— Ton père t'a-t-il dit pourquoi ta famille et les autres quittent aujourd'hui notre bande ? »

Windy Boy haussa les épaules. « Non. Ma mère m'a simplement prévenu que nous partions, mais elle ne m'a pas dit pourquoi. J'aimerais tant pouvoir rester !

— Tu pourrais venir habiter avec mon grand-père et moi, offrit Red Legs avec espoir. Je suis persuadé qu'il serait d'accord.

— Mais mon père refuserait. J'en suis sûr. »

Red Legs détourna les yeux, mais au même instant, un cri le ramena à la petite colonne fin prête pour le départ. C'était Bear Heart. Aidé de quelques autres guerriers, il donnait des instructions et faisait signe aux femmes et aux enfants de se regrouper. Debout au bord de la foule, le guerrier Cuts appelait son fils.

« Je dois partir maintenant, murmura Windy Boy. Mais un jour... » Bien qu'il eût encore beaucoup de choses à ajouter, il regardait son meilleur ami en silence, la gorge serrée.

« Un jour, j'irai te rendre visite, répondit Red Legs. Je suis déjà allé dans la région de la Bad River. Je connais le chemin. »

Un sourire éclaira leurs visages, atténuant un peu la tristesse de leurs cœurs. Windy Boy hocha la tête et s'éloigna sur son cheval.

Un grand nombre de personnes se tenaient sur le seuil de leurs tipis pour assister au départ de la petite colonne. Trop vite, celle-ci se transforma en une petite ligne sombre qui s'amincit peu à peu sur la neige avant de contourner au nord une colline lointaine. Alors, il ne resta plus que des traces dans la neige, et au milieu du camp, le vide laissé par les douze tipis fit douloureusement écho au vide creusé dans bien des cœurs. Un silence descendit sur le village. Même les chiens cessèrent d'aboyer.

À une demi-journée de route du campement d'hiver, Bear Heart et ses compagnons firent halte pour se reposer et se restaurer dans un pré au bord de la Smoking Earth River. La moitié des seize guerriers de la colonne prit position autour du groupe. Aussitôt, les quatre plus jeunes allèrent se poster au sommet des plus hautes collines environnantes, tandis que les plus âgés, montés sur leurs chevaux, faisaient cercle autour du troupeau.

Bear Heart et Caught the Eagle parcoururent

à pied la foule des voyageurs pendant que l'on allumait des feux pour faire cuire le repas. Après s'être assurés que tout était en ordre, ils rejoignirent Light Haired Woman qui s'activait devant les braises en préparant du thé et en faisant rôtir de la viande. Elle avait balayé la neige tout autour du foyer, puis avait disposé trois dossiers en osier. Les deux guerriers prirent chacun un siège. « J'espère que ton voyage de retour se passera sans encombre », dit Bear Heart, après un moment de silence.

Caught the Eagle hocha la tête. « Je serai rentré au village au coucher du soleil, répondit-il. J'espère que tu auras gagné Badger Hill à ce moment-là. C'est un endroit sûr pour un campement de nuit. »

Bear Heart laissa son regard se perdre dans les flammes. « Oui, nous y serons en sécurité, dit-il enfin. Aucun ennemi ne s'aventurerait si loin dans notre région pendant l'hiver. »

La voix de Bear Heart trahissait une certaine tension, et sa colère n'échappa pas à Caught the Eagle. Bear Heart avait compté sur son appui et il était furieux de le voir retourner au village des Wolf Tails.

« Mon ami, dit alors Caught the Eagle, je sais que tu protégeras les tiens. Mais pour protéger son peuple, il ne suffit pas de repérer l'ennemi, ni de saisir une lance, un casse-tête ou un arc au moment où il passe à l'attaque. Il faut aussi réfléchir avec sagesse. Un guerrier lève sa lance lorsqu'il ne peut plus rien faire d'autre. Mais s'il réfléchit bien et fait des choix pleins de sagesse, il n'a parfois pas besoin de brandir sa lance. »

Bear Heart resserra sa couverture autour de son cou et fixa intensément les flammes. « Regarde autour de toi, dit-il alors. Nous ne sommes pas nombreux. Nous n'avons que douze tipis, seize guerriers et quatre-vingts chevaux. Tu parles de choix. Le petit groupe que nous formons a fait son choix. Nous ne partageons pas l'opinion de Whirlwind et du conseil des anciens au sujet de l'homme blanc. Les événements qui se sont produits à cause de cet homme blanc ne sont pas simples. Il n'aurait pas dû être admis dans notre campement. Par sa faute, une femme bonne et vénérable a été tuée par un autre homme blanc. Si cela n'avait tenu qu'à moi, je ne l'aurais pas amené parmi nous. »

Caught the Eagle hocha la tête pour remercier Light Haired Woman, qui venait de placer un bol de thé et une brochette de viande rôtie devant lui. Il en prit une bouchée avant de répondre : « Mon ami, il est assez facile de dire après coup : "J'aurais fait ceci ou cela." Je sais que tu aurais laissé l'homme blanc avec une flèche dans le cœur. Et après ? Que ferons-nous des autres qui viendront à sa suite ? Pourrons-nous tous les tuer ? Ne penses-tu pas qu'un homme blanc pourrait nous être utile en nous renseignant sur les autres hommes de son espèce ? »

Bear Heart repoussa sa couverture et tendit la main vers son bol de thé. « La mère de High Hawk ne ressuscitera pas pour autant.

— Certainement. Mais High Hawk lui-même partage l'avis des dignitaires du conseil des anciens.

— Il vieillit, répliqua Bear Heart d'un ton brusque. Son cœur de guerrier refroidit avec l'âge !

— Bien sûr qu'il vieillit ! Nous atteindrons tous un jour cette période de la vie. C'est à ce moment-là que la sagesse devra guider notre esprit et notre cœur. » Caught the Eagle termina sa viande et regarda autour de lui. « Tu veux guider ces hommes. Mais peux-tu me dire ce qui te guide ? La colère ou la sagesse ? Fais bien attention, mon ami. Car si ce n'est pas la sagesse qui t'anime, bientôt, il ne restera d'eux que des ossements dispersés dans la prairie. »

Il se tourna vers la jeune femme et la remercia pour son repas. Un bref coup d'œil de côté lui révéla que Bear Heart se cramponnait à sa colère, les lèvres serrées dans un pli dur. Caught the Eagle se leva et reprit : « Tu seras toujours mon ami. Et un jour, nous nous reverrons.

— Quand je te reverrai, répondit Bear Heart, je porterai un fer sacré. Peut-être te régaleras-tu avec la viande du bison que j'aurai tué avec cette arme. Et peut-être danseras-tu pour célébrer la victoire que j'aurai remportée avec elle. »

Caught the Eagle resserra sa couverture autour

de ses épaules et contempla le petit groupe qui ne faisait plus partie, désormais, de la bande des Wolf Tails. « Je festoierai et je danserai volontiers avec toi, déclara-t-il à son ami, chaque fois que l'occasion se présentera. Mais je ne veux pas avoir à te porter sur le lieu de ta sépulture si tu dois être tué par un fer sacré. »

Bear Heart ignora les préparatifs de départ de Caught the Eagle jusqu'au moment où il l'entendit détacher son cheval. Alors seulement, il regarda son ami se mettre en selle, puis s'éloigner en franchissant une lointaine colline. Et ce fut lorsqu'il revint s'asseoir devant le feu que Bear Heart remarqua le bol posé à côté du siège vide. Caught the Eagle n'avait pas fini son thé.

Red Legs pénétra dans le tipi avec un fagot de bois sous un bras et des couvertures sous l'autre. Her Good Trail sourit. Ce soir-là, les dignitaires du conseil des anciens se réunissaient dans la loge du conseil, et elle s'était attendue à ce que Stone lui envoie son petit-fils. « Merci de m'apporter du bois, lui dit-elle. As-tu faim ? »

Le garçon hocha la tête, déposa ses ballots, puis ressortit aussitôt avant de revenir avec son arc et ses flèches. Il prit un siège auprès du feu et s'assit tranquillement, en entourant ses genoux de ses bras, pendant que Her Good Trail disposait ses couvertures pour la nuit et jetait un coup d'œil à la viande qui rôtissait sur les braises. « J'ai vu Caught the Eagle revenir au camp, dit-il tout à coup. Il était parti faire un bout de chemin avec... les autres. »

Her Good Trail examina le visage du garçon. Ses yeux semblaient refléter toute la confusion du monde. Elle se rappela alors qu'en l'espace de quelques années, il avait dû se séparer de tout ce qu'il avait de plus cher. Sa mère était morte six hivers plus tôt en mettant au monde une petite fille mort-née. Et à quelque temps de là, son père, le fils de Stone, était parti dans le sud du pays pour rejoindre une expédition guerrière dont il n'était jamais revenu.

Red Legs ravala les larmes qui lui montaient aux yeux. « Quatre ou cinq jours de voyage, cela n'est pas très long. Je peux très bien y parvenir, affirma-t-il. Je suis fort. Je suis prêt, maintenant, à devenir un guerrier. Je peux me rendre seul dans la région de la Bad River. »

La tristesse de sa voix n'échappa pas à Her Good Trail. « Je sais que tu le peux, répondit-elle, mais dans le trajet qui mène à la Bad River, il n'y a pas que le départ et l'arrivée. »

Le garçon leva les yeux. « Que veux-tu dire ?

— Il faut tenir compte de l'ensemble du voyage. » Elle jeta un coup d'œil aux arcs dormant dans leurs étuis, et aux carquois garnis de flèches qui étaient suspendus aux perches de son tipi. « Ce ne sont pas seulement les arcs, les flèches, les lances et les casse-tête qui font d'un homme un guerrier, poursuivit-elle. Ta force, je la connais, mais il existe un type de force qui n'a rien à voir avec ton adresse au tir à l'arc, ni avec ton habileté à combattre avec une lance ou un casse-tête. »

Red Legs jeta un regard aux arcs et aux flèches. Certains appartenaient à Walks High, et d'autres à Whirlwind. « Tu veux parler du courage ?

— Oui.

— Je suis parfaitement capable d'affronter un ennemi ! »

En voyant la soudaine lueur dans les yeux du garçon, Her Good Trail évoqua son propre fils, qui n'était désormais plus un enfant. « As-tu pensé à la solitude ? Et à toutes ces journées où tu seras loin de ta famille ? Un guerrier doit aussi affronter ce genre de choses. Si tu pars rendre visite à Windy Boy dans la région de la Bad River, la solitude fera aussi partie du voyage. »

Red Legs se frotta les yeux et regarda les sièges vides à l'arrière du tipi.

« Parfois, la solitude peut être plus dure à supporter qu'un combat contre un guerrier pawnee ou arikara. C'est ce que je voulais dire quand je t'ai parlé de l'ensemble du voyage. » Elle sourit avec douceur et retourna la viande. « Je vis aux côtés d'un guerrier depuis vingt et un hivers, poursuivit-elle. J'ai vu mon fils passer, comme toi, de l'adolescence à l'âge où l'on devient un guerrier. Mon père et mes grands-pères étaient tous des guerriers. Le destin du guerrier a toujours existé. Cette voie était tracée pour toi bien

avant ta naissance. Et tu la suis déjà
cet instant. Lorsque je serai une vieill
toi un puissant guerrier, je dirai à
enfants que tu es venu manger chez moi et que tu as dormi dans mon tipi. » Elle regarda tendrement le garçon. « Le repas est bientôt prêt », acheva-t-elle.

La nuit était particulièrement froide en ce début d'hiver. La lumière de la demi-lune luisait sur la neige. Au-dessus du village des Lakotas wolf tails, des sentinelles postées sur les crêtes avaient allumé leurs feux et rappelé leurs chiens. Des coyotes chantaient autour d'elles. Çà et là, un guetteur resserrait sur ses épaules sa couverture en peau de bison et jetait un coup d'œil vers le nord. Quelque part, dans cette direction, se trouvaient les familles qui avaient quitté la bande afin de suivre Bear Heart.

Dans la loge du conseil, s'élevaient les voix des anciens tandis que la lune froide et brillante parcourait le ciel plein d'étoiles. Ils évoquaient tous les événements survenus depuis que l'homme blanc avait été conduit jusqu'à eux.

22

« Entre. » Her Good Trail venait d'entendre gratter à son rabat.

Précédé par son sourire, Stone pénétra dans l'habitat. « Je me réveille de bonne heure, dit-il, en guise de salut. Je pense que c'est le lot des gens de mon âge.

— Assieds-toi donc, grand-père », offrit-elle en désignant un dossier à l'arrière du tipi.

Le vieil homme-médecine s'installa, baissant les yeux dans un sourire sur le garçon encore endormi sous ses couvertures. « J'espère que mon petit-fils a pu te rendre service.

— Certainement, répondit-elle. Et il m'aide à me distraire de mes soucis.

— Petite-fille, dit alors le vieil homme, je viens m'assurer que tu as bien reçu le message que je t'ai adressé il y a deux jours au sujet de ton fils et de ton mari. »

Her Good Trail hocha la tête tout en prépa-

rant un bol de thé fumant pour son visiteur.
« Oui, je l'ai reçu, et je te remercie.

— Ton époux est un puissant guerrier. Sa force vient de son savoir et de la façon dont il l'utilise. Et ton fils lui ressemble beaucoup à cet égard. À ce que dit Bear Heart, ton mari et ton fils font route ensemble en ce moment. »

Bien que Stone se bornât à parler de Whirlwind et de Walks High, Her Good Trail devina qu'il voulait aborder un autre sujet.

« Je me demande pourquoi Bear Heart est revenu seul au camp.

— Cela, petite-fille, me tracasse, répondit le vieil homme en jetant un coup d'œil de côté à son petit-fils. Il est venu me voir dans mon tipi pour m'avertir de son départ, mais il ne m'a rien dit sur la raison pour laquelle il s'était séparé de ton fils et de ses compagnons. »

Her Good Trail tourna les yeux vers l'endroit où le fer sacré avait été suspendu avant qu'elle n'ait permis au Barbu de s'en servir.

« Aurait-ce quelque chose à voir avec le fer sacré ?

— Oui, mais seulement en partie. Il n'a pas caché sa colère à l'époque où High Hawk a transmis à ton époux la lance de chef de guerre. Bear Heart et ton mari n'ont jamais été amis. Et... de l'avis de Bear Heart, le choix de High Hawk en a presque fait des ennemis. Puis ton époux s'est emparé du fer sacré de l'homme blanc qui a failli le tuer, et quand il a décidé de tenir cette arme à l'écart des autres, il n'a fait qu'accentuer cette inimitié. Aux yeux de Bear Heart, c'était là un signe de faiblesse, signe que High Hawk avait fait le mauvais choix. »

Her Good Trail tendit à son hôte un bol de thé à la menthe. « J'avoue que j'étais inquiète quand il est parti rejoindre mon fils et les autres. Je savais qu'il avait une raison précise d'agir ainsi. »

Le vieil homme savoura un moment l'arôme du thé fumant avant d'y porter ses lèvres. « Sans doute, répondit-il, et j'ai le sentiment que le fer sacré y était pour quelque chose. »

Her Good Trail demeura un moment silencieuse, le regard de plus en plus soucieux. « J'espère que je n'ai pas commis une erreur en permettant à l'homme blanc d'utiliser cette arme. »

Stone secoua aussitôt la tête. « Non, non. Tu as bien agi, sois-en sûre. »

En dépit de l'assurance de l'homme-médecine, un petit froncement de sourcils continua à assombrir le visage de la femme.

« Petite-fille, rappelle-toi que sans cette arme, l'homme blanc ne pourrait pas apporter une grande aide à ton fils et serait seulement une charge pour lui. Tu lui as permis de se rendre utile en lui prêtant le fer sacré. »

Her Good Trail soupira et se radossa. « Je me demande toujours si cette arme n'a pas un rapport avec le départ de Bear Heart.

— Quant à moi, j'en suis certain, répondit le

vieil homme. Mais cela n'a pas d'importance à présent. Tôt ou tard, la jalousie de Bear Heart et son orgueil blessé auraient semé la discorde. Le fer sacré et l'homme blanc ne sont que des causes mineures. C'est ce que Bear Heart a dans l'esprit et dans le cœur qui l'a poussé à s'en aller. »

Her Good Trail ne prononça pas un mot pendant plusieurs instants. L'inquiétude n'avait pas quitté son visage, mais elle percevait la sagesse des paroles de l'homme-médecine. « Qu'allons-nous devenir ? se demanda-t-elle à voix haute. Notre bande a perdu douze tipis, et il lui en reste quarante-deux. » Elle jeta un regard au garçon endormi. « Ce sont les enfants qui en ont le plus souffert. Ton petit-fils projette de faire un jour le voyage vers le nord, pour aller rendre visite à son ami Windy Boy. »

Un sourire entendu éclaira le visage du vieil homme. « Je sais, répondit-il, certaines choses sont difficiles à faire, ou à vivre. Ton beau-père te dira que plus il chauffe les courbures d'un arc et plus il les frotte avec un andouiller, plus ses flèches partent vite et loin. C'est dans les difficultés que naît notre force. Si mon petit-fils persiste dans son idée de se rendre dans le Nord, je ne pourrai pas l'en empêcher. Ce voyage lui permettra d'acquérir une grande force, qui viendra s'ajouter à celle qui lui vient... de sa mère. Et quand tout sera dit et fait, aurons-nous le droit d'exiger moins de nous-mêmes que de nos enfants ? Nous nous adapterons à ce changement qui bouleverse nos vies. Nous irons de l'avant. »

Au milieu de l'après-midi, le crieur appela la population à se rassembler au centre du campement. Sous un soleil généreux et un ciel sans nuages, les membres de la bande se massèrent peu à peu.

Le crieur, un vieil homme qui répondait au nom de Red Hill, chevaucha en caracolant à travers le campement, en menant derrière lui un rouan magnifique. Puis il rejoignit la famille de High Hawk qui se tenait au centre du camp tandis que les autres membres de la bande formaient un large cercle autour de lui. Là, il tendit à High Hawk la longe de cuir du rouan et leva devant lui un éventail en plumes d'aigle pour montrer qu'il allait prendre la parole.

« Mes parents, annonça Red Hill d'une voix forte, sans mettre pied à terre, mon cousin High Hawk m'a demandé de vous dire ceci :

« Notre famille tient à vous exprimer sa gratitude pour toute l'aide que vous nous avez apportée depuis la disparition de notre grand-mère. Nous vous remercions d'avoir partagé notre peine. Mais aujourd'hui, nous allons mettre pour un temps notre peine de côté pour honorer un de ceux qui se tiennent parmi nous. Un jeune guerrier.

« Il est dans la destinée du guerrier d'être toujours le premier et le dernier — le premier à défendre les siens et le dernier à briguer une récompense pour ses exploits.

« Nous aimerions aujourd'hui récompenser un guerrier, non pas pour nous acquitter d'une dette, mais, en présence de toute la bande des Wolf Tails, pour lui dire solennellement que nous le remercions d'être un guerrier. Nous lui sommes reconnaissants d'avoir aidé à ramener notre fille. Et nous tenons à ce qu'il sache que le souvenir de son courage demeurera à jamais dans notre famille.

« Ce cheval est un modeste cadeau comparé à un tel acte de bravoure. Mais il est le symbole de notre gratitude. En espérant que le guerrier Lone Elk acceptera ce présent, nous le prions maintenant de s'avancer. »

Quelque part à l'intérieur du cercle, un tambour ponctua par deux fois le discours du crieur, et les femmes poussèrent des trilles.

Avant qu'il ait eu le temps de résister, deux vieilles femmes prirent doucement le jeune homme par le bras et le conduisirent au centre du cercle.

High Hawk tendit à Lone Elk la longe de cuir du superbe rouan.

« Merci, mon oncle. C'est le meilleur cheval que j'aie vu de ma vie. »

High Hawk, les cheveux coupés court depuis son deuil, lui sourit avec bienveillance. Des paroles inexprimées dansèrent un instant dans ses yeux. « Je suis ravi de voir que ta blessure est en voie de guérison. Je ne veux pas qu'elle t'empêche de danser au mariage de ma fille et de ton ami. »

Lone Elk jeta un bref coup d'œil à Sun Rise Woman, qui lui rendit timidement son sourire. « Sûrement pas, mon oncle. Même si je n'avais pas de jambes, je danserais quand même à ce mariage. »

Un feu brûlait dans la loge du conseil. White Crane, Stone et Spotted Calf levèrent les yeux et hochèrent la tête pour saluer l'entrée de Not Afraid, le dépositaire de la Chronique d'Hiver, et de son assistant, Makes the Fire. Après avoir pris un siège, Not Afraid commença :

« J'hésite entre deux événements susceptibles de donner un nom à l'hiver qui s'achève : la mort de la mère de High Hawk, et l'arrivée de l'homme blanc parmi nous. Certains penchent pour l'un, et certains préfèrent l'autre. Mais depuis qu'une partie d'entre nous nous a quittés pour suivre Bear Heart, j'avoue que je ne sais plus. »

Des murmures d'approbation accueillirent les paroles de Not Afraid. Stone hocha la tête en direction de White Crane. « Mon cousin en avait rêvé, déclara-t-il. Dans son rêve, notre peuple rencontrait un croisement sur sa route. Les uns se dirigeaient d'un côté, et les autres de l'autre.

— C'est vrai, renchérit Spotted Calf. Et quand les messagers miniconjous sont venus nous proposer de participer à ce grand rassemblement au printemps, en amont de la Great Muddy River, pour aller y échanger nos fourrures, j'ai pensé que son rêve allait se réaliser. Nous étions soucieux à l'idée que certains hommes de notre bande puissent se rendre à cette assemblée. Mais le fait est que Bear Heart a provoqué une scission dans notre peuple. Il a fait bifurquer notre route. »

White Crane tourna les yeux vers Not Afraid. « Peut-être, mon ami, cet événement doit-il déterminer le nom de ce dernier hiver. Car bien qu'il me déplaise, nous ne sommes pas près de l'oublier. Je propose d'appeler cet hiver l'Hiver-des-Deux-Routes. »

Stone tendit les mains vers le feu et secoua la tête. « Notre bande a suivi deux routes, cela est vrai, convint-il. Il arrive qu'un peuple emprunte deux routes différentes pour parvenir au même endroit. Et il arrive aussi qu'en prenant des routes différentes, ses membres finissent par arriver dans des endroits distincts. Mais tous ont une raison pour suivre ces routes et pour accomplir ces voyages. » L'homme-médecine fit une pause, et se frotta lentement les mains tout en cherchant soigneusement les mots justes. « Je sais que la raison qui a poussé notre peuple à emprunter deux voies différentes est la même — le fer sacré. » Il leva les yeux et décrivit un large cercle dans l'air avec sa main. « Si nous sommes restés dans ce village, poursuivit-il, c'est parce que nous partageons le même point de vue au sujet du fer sacré. Nous pensons que nous devons faire attention à la façon dont il peut pénétrer dans nos vies. Pour nous, la chose ne se réduit pas à une simple affaire d'échange. Nous voulons savoir avec certitude comment il peut influencer nos esprits et nos cœurs.

« Ceux qui ont décidé de suivre Bear Heart veulent, me semble-t-il, trouver le commerçant blanc le plus proche qui pourra leur fournir des fers sacrés. Mais comme vous pouvez le constater, c'est ce même fer sacré qui a divisé notre route et nos esprits. Pour moi, cela montre qu'il possède un pouvoir bien supérieur au bruit qu'il provoque, et d'une portée bien plus grande que celle de son tir meurtrier.

« Certes, mes parents, nous nous trouvons bien là dans l'Hiver-des-Deux-Routes. Mais c'est le fer sacré qui en est la cause. Et je pense que lorsque mon cousin, Not Afraid, s'assiéra devant la chronique d'hiver pour y porter ce qui décrira le mieux cette époque, il serait juste qu'il arrête son choix sur le fer sacré. Nous devrions désigner ces treize dernières lunes sous le nom d'Hiver-du-Fer-Sacré.

— Oui ! renchérit White Crane. Je partage ce choix. Regardez autour de vous, mes parents. Certains de nos anciens sont aujourd'hui absents. Celui dont la sagesse s'est tissée au fil de bien des hivers, Circling Bear, n'est pas là parmi nous dans cette loge. Il est aux côtés de Bear Heart.

Et c'est le fer sacré qui l'a poussé à nous quitter. Mais il y a plus encore. Pour moi, le problème ne tient pas seulement à l'existence de deux routes. Nous allons bientôt arriver à un tournant de notre voyage. Nous emprunterons d'abord une certaine direction, guidés par nos coutumes, puis nous suivrons la courbe que prendra notre route. À nouveau, c'est le fer sacré qui créera ce tournant. Je vois venir un temps où cette arme entrera dans nos vies — peut-être au printemps prochain, après cette rencontre où se feront bien des échanges, près de la Great Muddy. Je suis donc d'accord avec notre homme-médecine. Nous devons donner à ces treize dernières lunes le nom d'Hiver-du-Fer-Sacré. »

Des murmures approbateurs s'élevèrent à nouveau dans la loge du conseil. Not Afraid, le dépositaire de la Chronique d'Hiver, s'éclaircit la gorge. « J'ai bien réfléchi, déclara-t-il. Et je suis convaincu par ce que je viens d'entendre. Je pense, moi aussi, qu'il faut appeler cette époque l'Hiver-du-Fer-Sacré. Cet objet, le fer sacré, et l'hiver qui l'a vu apparaître devront toujours rester dans nos mémoires. Je sais bien que nous avons tendance à craindre ce que nous ne comprenons pas. De ce fait, certains membres de notre peuple ne voudront peut-être pas que je fasse figurer le fer sacré sur la Chronique d'Hiver en peau de wapiti. Pourtant, nous devons quelque chose à ceux qui viendront à notre suite, ceux qui seront un jour les enfants et les petits-enfants de nos petits-enfants. Nous devons leur faire part des difficultés que nous a causées cette arme. Nous avons envers eux un devoir de vérité, qui nous oblige à leur relater les périodes difficiles tout comme les périodes fastes. Il faut représenter le fer sacré sur la Chronique d'Hiver des Lakotas wolf tails. Sinon, nous tournerons le dos à ce qui nous arrive. Même si je ne peins pas le fer sacré sur cette peau, cet hiver restera avant tout marqué par l'apparition du fer sacré. Il vaut mieux que chacun regarde dès aujourd'hui cette vérité en face — pour tous les lendemains à venir. »

Dans la loge du conseil, les vieilles têtes grises s'inclinèrent devant la sagesse des paroles de Not Afraid. Plus personne ne dit mot. Certains hochèrent la tête, et d'autres confièrent leurs pensées au vacillement des flammes.

23

Grâce à la neige épaisse qui atténuait les obstacles, le vent portait rapidement les sons à travers les montagnes. De loin, Whirlwind apercevait parfois la lueur des flammes qui tremblotaient dans le camp de nuit de l'homme blanc — un abri bien dissimulé dans l'enchevêtrement des branches d'un arbre déraciné. Bien qu'il ne pût pas voir l'assassin, il l'entendait distinctement gratter la neige en grommelant.

Whirlwind se renfonça dans l'ombre entre deux rochers. Il avait vu l'homme blanc attacher son cheval à l'abri des regards, derrière un mur rocheux qui s'élevait à une extrémité de l'arbre déraciné. Il avait largement le temps de retourner à son propre campement, et même d'y prendre un peu de repos.

Marchant péniblement dans la neige, il regagna son refuge sans se presser. Il avait aménagé ce dernier, à mi-chemin d'une pente raide dans un lieu reculé, derrière un soulèvement de rochers et un bouquet de larges pins. En le voyant s'approcher, le rubican poussa un petit hennissement teinté de curiosité. Whirlwind lui parla d'une voix douce : « Ne t'inquiète pas, mon ami. Je ne suis pas un ours. »

Après avoir ôté ses raquettes, le guerrier se glissa avec précaution sous un entrelacs de racines saillant au-dessus de la pente, qu'il obtura avec des branches mortes. Il ajouta du petit bois aux braises qui rougeoyaient au milieu d'un cercle de pierres, et souffla doucement pour ranimer les flammes.

Le plan qu'il avait échafaudé pour capturer l'homme blanc était assez simple. Ce soir-là, dès que le meurtrier serait endormi, Whirlwind s'emparerait de son cheval. Plus tard, il reviendrait dans l'obscurité et tracerait une fausse piste dans la neige, qui conduirait à un piège. Le lendemain, à la lumière du jour, il se posterait aux abords du piège et attendrait l'arrivée de l'homme blanc. Whirlwind avait beaucoup à faire cette nuit-là, et l'éclat du clair de lune allait lui apporter une aide précieuse. Il nota la position de l'astre nocturne tout en ajoutant du bois sur le feu et en s'allongeant pour se reposer.

Plus tard, il se réveilla à la faible lueur des braises. La lune était encore assez haut dans le ciel pour répandre sur la terre une vive lumière. La tête remplie d'images de Her Good Trail, qui vacillaient obstinément dans son esprit comme les flammes d'un feu persistant, Whirlwind quitta son campement. Peut-être sa femme était-elle elle aussi éveillée en ce moment, en train de jeter du bois sur les braises pour entretenir le feu bas de la nuit. Peut-être même interrompait-elle un instant sa tâche pour penser à lui. Cette possibilité apaisa pour un temps la douleur qui s'élançait dans son épaule et fit naître un sourire sur ses lèvres. Ce soir-là, il lui faudrait mettre à l'épreuve la résistance de son épaule blessée.

Whirlwind se mua en ombre dans la nuit, se fondant avec tout ce qui l'entourait. Les coyotes hurlaient et aboyaient aux alentours. De temps à autre, la voix plus forte d'un loup se mêlait aux autres voix de la nuit. Seuls les cris des chasseurs perçaient l'obscurité. Leur gibier gardait le silence.

Parvenu à un jet de flèche de l'abri de l'homme blanc, Whirlwind ôta ses raquettes et les attacha à son sac à dos à armature en bois de saule, auquel étaient déjà suspendues plusieurs longueurs de cordage et la bride qu'il avait enlevée au rubican. Son couteau en silex et son casse-tête à extrémité de pierre étaient passés à sa ceinture, tandis que son arc, gainé de son étui, et son carquois hérissé de flèches pendaient sur sa hanche droite. Il estima qu'il pourrait bander son arc et tirer au moins trois ou quatre flèches avant que son épaule ne se remît à saigner abondamment, bien qu'à ce moment même, la douleur qui s'élançait dans son épaule blessée lui martelât les tempes comme des battements de tambour.

Il gravit lentement la pente en demeurant près du sol, et parfois en rampant dans la neige. Après s'être arrêté plusieurs fois pour se reposer et pour guetter les bruits de la nuit, il sut qu'il se trouvait juste au-dessus de l'abri de l'homme blanc et de l'arbre abattu auquel ce dernier avait attaché son cheval.

Whirlwind choisit avec soin l'itinéraire de sa descente. Comme il lui faudrait revenir sur ses pas en menant le cheval jusqu'en haut de la pente, il devait trouver un passage que l'animal pourrait emprunter sans faire de bruit, et sans perdre soudain pied dans la neige glissante.

Bientôt, la silhouette sombre du cheval apparut devant ses yeux, et il distingua le regard soucieux et hésitant de l'animal. Le guerrier le surplombait d'une vingtaine de pas, et l'abri de l'homme blanc se trouvait à peu près à la même distance au-dessous de sa monture. Whirlwind savait qu'un cheval était plus habitué à la vue d'un homme qu'à celle d'un ours, d'un loup ou d'un puma. Il y avait donc assez peu de chances pour que celui-ci s'effraie à son approche. Lentement, il se redressa pour montrer son profil à l'animal. Les oreilles du cheval bai pointaient toujours vers l'avant, et il n'avait encore manifesté aucun signe de frayeur.

Whirlwind se tenait debout en silence, en respirant posément, pour laisser au cheval le temps d'accepter sa présence. Au bout d'un moment, ce dernier courba la tête et détourna les yeux, attiré par un léger bruissement sur la pente opposée. Lorsqu'il regarda l'homme à nouveau, Whirlwind commença à avancer vers lui avec précaution.

Lentement, à petits pas prudents entrecoupés de pauses, le guerrier se trouva bientôt assez près de l'animal pour pouvoir toucher son encolure. Le cheval se tenait fermement sur ses pattes, et son regard exprimait plus de curiosité que de peur. Avec des gestes calmes et assurés, Whirlwind délia la bride de l'animal et la tira avec douceur. Comme il ignorait la réaction du cheval bai au son d'une voix nouvelle, il préféra attendre un peu avant de lui parler.

Le cheval se laissa faire, et Whirlwind le conduisit en haut de la pente, avant de le mener au bas de son autre versant. Au moment où il s'arrêta pour attacher ses raquettes, il s'adressa finalement au cheval bai. «Je suis heureux que tu n'aies pas eu peur, lui dit-il. Je me rappelle avoir entendu ton propriétaire déclarer que tu étais un bon cheval. C'est aussi mon avis. Viens, maintenant. Je vais te faire rencontrer un de mes amis. »

Pendant que le rubican et le cheval bai faisaient connaissance, le guerrier revint sur ses pas. D'abord, il effaça soigneusement ses traces et celles du cheval sur la pente qui dominait le campement de l'homme blanc. Ensuite, il fit le tour de l'abri de ce dernier et s'en approcha par le côté opposé, en traversant une étroite vallée. Il était si près de l'homme blanc qu'il le voyait remuer dans son sommeil. Alors, le guerrier masqué par les ombres porta la main à son arc. Le meurtrier n'était qu'à dix pas de lui, offrant une cible facile. Un homme qui avait assassiné une vieille femme ne méritait sûrement pas mieux. Mais Whirlwind choisit de s'en retourner et commença à tracer la fausse piste que le meurtrier, du moins il l'espérait, ne tarderait pas à suivre. Si cet homme devait mourir des mains d'un guerrier Wolf, il fallait qu'il sache pourquoi.

L'aube allait bientôt se lever sur les montagnes. Quand Whirlwind jeta un œil en dehors de son refuge, le froid et la brume régnaient dans la vallée. La terre, au point du jour, s'habillait seulement de noir et de blanc, et les ombres ne laissaient encore filtrer que de rares taches de lumière.

La conscience tour à tour endormie par la fatigue et réveillée par la douleur, il s'était assoupi brièvement et par intermittence, et des images de guerriers arikaras fonçant sur lui l'avaient empêché de céder à un sommeil réparateur. Whirlwind se redressa avec précaution, pour ne pas accentuer la douleur qui s'élançait dans son épaule raidie. De sa sacoche de cuir, il tira une tranche de viande de cerf rôtie, en regrettant de ne pas avoir de thé bien chaud pour l'accompagner. Mais il aurait le temps plus tard, lorsqu'il aurait capturé l'homme blanc, de se mettre en quête de viande fraîche et de s'offrir un bon repas.

Il sortit de son refuge, et se prépara à partir sur le sentier de la guerre. Il se tourna vers l'est, où le soleil allait bientôt paraître dans le ciel, et leva sa voix dans la brume. « Grand-Père, pria-t-il, de toutes les créatures vivantes qui parcourent cette terre, je ne suis ni le plus sage ni le plus puissant. Pourtant, je te suis reconnaissant de m'avoir fait tel que je suis. En ce jour, je te demande la sagesse et la force d'être un véritable guerrier. Et si je ne dois pas vivre pour assister ce soir au coucher du soleil, je te remercie pour la route que tu m'as assignée. Puisses-tu être toujours avec ma famille. » Après un moment de silence, il s'enveloppa dans sa couverture en peau de cerf et l'attacha à sa taille. Puis il enfonça son casse-tête et son couteau dans sa ceinture, passa sur son épaule gauche la bandoulière qui supportait son arc et ses flèches. Ainsi paré, il prit sa lance dans sa main gauche et ses raquettes dans sa main droite.

À la faveur du brouillard, Whirlwind se fondit dans le paysage tandis qu'il s'engageait dans une piste sinueuse pour gagner une pente de l'autre côté de l'abri de l'homme blanc. Aucune fumée, aucune odeur de feu ne s'élevaient au-dessus du campement. Soit l'homme était encore endormi, soit il était mort de froid. Ou peut-être était-il déjà réveillé et avait-il commencé à suivre la fausse piste. Mais l'incertitude du guerrier fut de courte durée. Soudain, une forte toux et une kyrielle de jurons rompirent le silence.

Avec des gestes lourds, une ombre s'éleva au milieu de l'enchevêtrement de racines, puis s'affala à nouveau sur le sol. Pendant un moment, Whirlwind crut que l'homme avait replongé sous ses couvertures, mais après une longue attente, il distingua la lueur d'une flamme à travers le brouillard. L'homme avait allumé un feu.

Soudain, ce dernier se redressa une nouvelle fois et fit mine de s'éloigner de son abri.

Derrière le mur rocheux, Bruneaux regarda l'espace vide d'un air incrédule, puis se frotta les yeux. Son cheval n'était plus là. Il se retourna. Il y avait bien des traces, les siennes et celles de son cheval qui menaient jusqu'à l'extrémité de l'arbre mort — mais elles n'allaient pas plus loin. Il toucha la souche épaisse à laquelle il avait attaché sa bride, mais il dut se rendre à l'évidence : son cheval avait bel et bien disparu.

L'homme blanc pivota sur lui-même et regarda autour de lui. Il ne vit qu'un brouillard blanc, angoissant, et des ombres dans le lointain. Il regagna son abri à la hâte, empoigna le fusil à pierre, puis revint en courant à l'endroit où il avait laissé sa monture la veille au soir. Une série d'empreintes, dans la neige, montraient bien que le cheval avait été attaché à l'extrémité de l'arbre déraciné, mais aucune trace n'indiquait le chemin par lequel il était parti.

Il y avait de la colère dans les yeux froids et gris de l'homme blanc. Pourtant, il demeurait indécis. Il rejoignit le feu et se recroquevilla devant les flammes.

Henri Bruneaux jetait des coups d'œil en tous sens, en serrant contre lui le fusil à pierre. Le brouillard s'épaississait entre les arbres. Il faillit basculer dans le feu lorsqu'un bison beugla soudain, quelque part dans le brouillard opaque. Bruneaux pointa son arme, sans trop savoir d'où avait pu provenir ce bruit.

Quand le mugissement s'éteignit, il enfouit son visage dans ses mains et rassembla ses esprits. Alors, empoignant sa couverture en peau de cerf, il la jeta sur ses épaules et se releva à nouveau dans un geste résolu. Puis il regarda autour de lui, cherchant obstinément quelque signe... Presque aussitôt, il découvrit des empreintes de pas, traçant la piste d'un homme qui s'éloignait de son abri.

Le regard égaré, Bruneaux tenta de percer des yeux l'épaisseur de la brume. Il respirait péniblement.

Whirlwind vit l'homme blanc hésiter, puis faire quelques pas indécis. Il le regarda fixement, sachant que les yeux avaient parfois le pouvoir d'attirer le regard de l'ennemi. Mais le meurtrier agissait comme s'il était incertain ou effrayé. Finalement, il s'engagea sur la fausse piste. Le guerrier l'observa encore un certain temps, pour s'assurer qu'il la suivait toujours. Puis il s'évanouit dans l'épaisseur des pins à travers les pentes obscures.

En marchant d'un pas vif grâce à ses raquettes, il gagna rapidement une cachette protégée qu'il avait trouvée dans la nuit, un bon poste d'observation d'où il pourrait voir l'homme blanc arriver sur la corde. Son piège était très simple : une corde tendue entre deux jeunes pins et dissimulée sous la neige. Les traces qu'il avait laissées dans la neige formaient de plus grandes enjambées à mesure qu'elles se rapprochaient du piège, ce qui obligerait l'homme blanc à allonger le pas et à marcher plus vite. Et quand il se prendrait les pieds dans la corde, il roulerait au bas d'un talus dans un ruisseau étroit et profond caché par la neige et recouvert d'une fine couche de glace. Whirlwind avait fait un petit trou dans la glace avec une perche mince pour s'assurer qu'après sa chute, l'homme aurait de l'eau au moins jusqu'à la poitrine. Et tandis qu'il se débattrait dans l'eau glacée, le guerrier le mettrait hors d'état de nuire avec son casse-tête.

Bruneaux ne pouvait se rappeler quand il avait fait pour la dernière fois une marche aussi longue. En suivant les traces de pas dans la neige, il avait traversé une vallée étroite, puis gravi une pente à mi-hauteur avant de redescendre dans une autre vallée. Le fusil à pierre était lourd. Il s'arrêta pour se reposer et se demanda si le brouillard allait enfin se décider à se lever. Aussi loin qu'il arrivait à porter son regard, il lui semblait que des ombres bougeaient çà et là. C'était peut-être un cheval. Ou bien... autre chose.

Il retint sa respiration et reprit sa marche. Qui avait bien pu lui prendre son cheval? se demanda-t-il. Un Indien? Mais de quelle bande? Ou bien un ours? Un puma? Chacun de ces deux animaux aurait pu tuer son cheval, mais si cela avait été le cas, il aurait sûrement entendu du bruit. Et sa monture n'avait pas été tuée, du moins pas à l'endroit où elle était attachée. Non, le cheval avait été enlevé — volé. Peut-être... peut-être s'agissait-il de l'homme au cheval gris! Mais non! Il était mort! Il fallait qu'il le soit!

Les traces s'écartaient de plus en plus, et Bruneaux respirait fortement. Il sentait la sueur couler le long de son dos. Parvenu au sommet d'une pente, à peine visible dans la brume, il s'arrêta.

Le brouillard commençait à s'évaporer, et Whirlwind apercevait l'endroit où il avait dissimulé son piège. Il attendait déjà depuis un long moment, mais l'homme blanc n'était pas apparu. En levant les yeux à travers les nappes de brume, il vit le soleil briller de plus en plus fort. Sa chaleur ne tarderait sans doute pas à dissiper le brouillard.

Whirlwind descendit de sa cachette. Si l'homme blanc avait rebroussé chemin ou s'était détourné de sa fausse piste, il ne voulait pas risquer de perdre sa trace. Peut-être avait-il regagné son campement.

Le brouillard s'évapora rapidement tandis que le soleil s'élevait à l'est au-dessus des montagnes. Whirlwind détacha la corde qui lui avait servi à dresser son piège et remonta sa propre fausse piste.

S'écartant légèrement de celle-ci, il demeura sous le couvert des arbres au bas d'une pente abrupte. Soudain, la silhouette sombre et voûtée de l'homme blanc disparut derrière un affleurement rocheux, juste devant lui. Whirlwind se cacha derrière un arbre, saisit son arc, le banda... et attendit.

Il risqua un œil de côté. L'homme blanc marchait lentement dans une clairière entre deux crêtes, l'arme au poing. À présent que le brouillard se dispersait, il verrait nettement Whirlwind si celui-ci sortait d'entre les arbres.

Le guerrier voulait obliger l'homme à tirer, et à manquer son coup. Mais il n'avait pas oublié que ce dernier avait réussi à atteindre Lone Elk à une distance d'environ soixante pas. Il attendit qu'il soit presque arrivé au fond de la clairière.

L'homme blanc tourna brusquement sur sa

gauche, gravit péniblement une pente raide qui s'élevait à la base d'un pin gigantesque, puis s'assit pour se reposer. De loin, Whirlwind le voyait haleter. Soudain, une idée lui traversa l'esprit. Un homme armé d'un arc ne pouvait pas viser avec assurance lorsqu'il était essoufflé. Peut-être en allait-il de même pour un homme armé d'un fer sacré. Il pouvait essayer de dérouter son adversaire pour lui faire manquer sa cible.

Whirlwind émergea de l'ombre de la rangée d'arbres, estimant que la distance qui le séparait de l'homme blanc se montait à quatre-vingts pas environ. Le guerrier encocha une flèche sur la corde de son arc et banda son arme pour tester la résistance de son épaule. Une forte douleur aiguë courut de sa blessure jusqu'à son front, mais au moins, il avait été capable de tenir son arc. Le pin au pied duquel l'homme blanc s'était assis était au moins deux fois plus large que la carrure d'un homme. Il avait déjà atteint son but à pareille distance, et il lui fallait absolument le refaire à présent. Whirlwind leva son arc, le banda, et laissa partir sa flèche.

Bruneaux entendit un léger sifflement, suivi d'un brusque bruit sourd. C'était une flèche ! Le souvenir pénible d'une autre flèche plantée au bord d'une crête, juste sous son entrejambes, surgit aussitôt dans son esprit, le faisant brutalement sursauter. Ses yeux se fixèrent sur la flèche qui s'était fichée dans le tronc de l'arbre à moins d'un bras de sa tête. Alors qu'il tentait de se redresser sur ses jambes flageolantes, il aperçut la silhouette qui se tenait juste sous la ligne des arbres, de l'autre côté de la clairière.

Se rappelant soudain l'arme qu'il tenait dans les mains, Bruneaux recula le percuteur et épaula son fusil. Juste au moment où ses pieds glissèrent sur la pente, la détonation de l'arme claqua, emplissant la vallée étroite.

Bouche bée, les yeux écarquillés, Bruneaux réalisa que la silhouette était en train de se précipiter sur lui, courant à travers la neige avec une arme dans les mains. Réussissant à reprendre pied au bas de la pente, il aperçut une petite trouée entre les arbres et s'y engouffra. La deuxième flèche frôla son oreille droite dans un sifflement de colère et se planta profondément dans la neige.

La détonation du fer sacré les arrêta net. Walks High tendit le bras vers l'ouest. Ils se couchèrent tous sur la neige et regardèrent autour d'eux. « Cela vient de très près, déclara de la Vérendrye. De l'ouest, je pense. »

Walks High hocha la tête. « Allons-y ! Mon père a peut-être besoin d'aide. »

Ils se relevèrent et, en pressant le pas, continuèrent à suivre les traces imprimées dans la neige.

Juste après l'aurore, la piste de Whirlwind les avait menés à l'entrée d'une clairière. Et c'était Red Lance qui avait remarqué l'intérêt particulier de leurs chevaux pour une ombre qui apparaissait derrière un bouquet d'arbres. En s'approchant avec prudence, ils avaient découvert le campement de Whirlwind ainsi que deux chevaux. À la vue de l'un d'eux, de la Vérendrye avait aussitôt reconnu son deuxième cheval bai. Laissant leurs propres chevaux au camp en compagnie des deux autres, ils avaient poursuivi leur chemin à pied, en suivant les traces dans la neige profonde.

Les empreintes les conduisirent dans une vallée étroite, puis au sommet d'une pente auprès d'un arbre déraciné. Là, ils trouvèrent des traces qui redescendaient en sens inverse, et rejoignaient la piste qu'ils venaient juste de suivre. Ils s'arrêtèrent, un peu perplexes, et c'est alors que Walks High tendit le bras vers les racines enchevêtrées et quelques branches de bois mort.

« De la fumée », dit-il.

Ils découvrirent un feu mourant et quelques autres traces, qui se dirigeaient, cette fois-ci, vers le sud.

« Ce ne sont pas les traces de mon père, affirma-t-il, en désignant une longue empreinte de pas de bonne largeur.

— Bruneaux, souffla de la Vérendrye.

— En es-tu sûr ? »

De la Verendyre hocha la tête. « Oui. Ce sont bien ses empreintes. »

Red Lance était resté un peu en arrière pour inspecter la pente sombre qui les surplombait.

« Je n'ai rien vu là-haut, annonça-t-il aux deux autres lorsqu'il les rejoignit. Où allons-nous à présent ?

— Nous allons suivre les traces de l'homme blanc, répondit Walks High. Et il n'y a plus de temps à perdre. »

24

Whirlwind regarda l'homme blanc escalader la paroi entre deux murs de roches. Dès qu'il aurait atteint la corniche, à peu près aussi large que le sol d'un tipi, il aurait le temps de recharger son fer sacré. Whirlwind ne devait pas le laisser faire.

Le guerrier jeta un coup d'œil sous sa couverture en peau de daim. Il savait que sa blessure saignait. Déjà, la tache rouge sombre qui maculait sa chemise était aussi grande que la main. Il était temps, encore, d'abandonner sa poursuite. Mais le souvenir de la mère de High Hawk étendue sans vie dans la prairie resurgit dans son esprit, et il entendait encore les gémissements de tristesse de la femme et de la fille de High Hawk.

Whirlwind courut jusqu'au pied des deux murs de roches, qui étaient aussi hauts qu'une perche de tipi.

Maintenant, l'homme blanc touchait presque

le haut de la corniche, mais il avait du mal à grimper avec le fer sacré dans la main. Whirlwind ôta la corde de son arc et glissa son arme dans son étui. Sa seule chance était de gravir la paroi le plus vite possible pour gagner la corniche avant l'assassin. En tenant une flèche entre les dents, Whirlwind savait qu'il pouvait tirer son arc de son étui et le bander en quelques secondes, avant que l'homme ait eu le temps de recharger le fer sacré.

Levant soudain les yeux, il vit pour la première fois le visage du meurtrier. C'était un visage sombre et épais, avec une barbe et des yeux gris. Une large cicatrice balafrait sa joue gauche. Les yeux gris devinrent fous de peur au moment où l'homme perdit prise et glissa légèrement vers le bas. Une grande main s'éleva et agrippa un rebord à peine plus large qu'un doigt. Le visage rougi par l'effort, l'homme se hissa d'un seul bras au sommet de la corniche.

Red Lance fut le premier à apercevoir les deux hommes qui gravissaient une paroi étroite entre deux énormes roches. Celui qui était vêtu de daim sombre approchait du sommet. Whirlwind était presque à mi-hauteur. Aussitôt, de la Vérendrye réalisa la situation périlleuse du guerrier.

« Écoute, dit-il en tirant Walks High par le bras, quand Bruneaux sera parvenu au sommet des rochers, il n'aura sans doute pas le temps de recharger son arme. Mais on ne sait jamais... »

Walks High jeta autour de lui un regard égaré.

« À quelle distance sommes-nous du meurtrier ? Assez près pour pouvoir le tuer ? »

De la Vérendrye regarda attentivement les deux gigantesques rochers. « Quatre-vingts, quatre-vingt-dix pas. Oui... Je pense que c'est possible.

— Très bien. Tu vas le guetter d'ici. Lorsqu'il arrivera au sommet et se préparera à recharger le fer sacré, alors, tu l'abattras. »

Walks High vit une lueur d'hésitation dans les yeux de l'homme blanc. « Tu m'avais dit que tu voulais te venger, lui dit-il. Tu en as l'occasion à présent. Ne le laisse pas tuer mon père.

— C'est seulement... parce que je n'ai encore jamais tué un homme, reconnut l'homme blanc. Et toi, que vas-tu faire ?

— Gravir le rocher pour le rattraper, comme mon père. »

Aussi vite que la neige profonde le leur permettait, les deux jeunes guerriers se précipitèrent au pied des rochers. L'homme vêtu de peaux de daim sombres commençait à prendre appui sur le sommet de la corniche. Red Lance s'arrêta à environ cinquante pas de la base du rocher et, en levant son arc, le visa avec soin. Au même instant, l'homme se hissa sur la corniche et disparut hors de vue.

De la Vérendrye regarda Bruneaux ramper jusqu'à l'arrière de la corniche et commencer à recharger son fusil à pierre. Il commença à compter.

Whirlwind vit quelque chose bouger à la lisière des arbres — deux silhouettes couraient dans la neige épaisse vers le pied des rochers. L'une d'elles avait quelque chose de familier.

Walks High ! C'étaient Walks High et Red Lance.

Arrivé au chiffre trente-cinq, de la Vérendrye mit Bruneaux en joue en le visant à la poitrine. L'assassin avait fini de recharger son arme, et il la braqua vers l'endroit où Whirlwind allait bientôt parvenir au sommet de la corniche.

Quelque chose frappa la paroi du rocher juste en face de Bruneaux. Des éclats de roche lui cinglèrent le visage. Soudain, il l'entendit. BOOM ! Se couchant instinctivement sur le sol pour se protéger, il appuya brusquement sur la détente de son propre fer sacré. BOOM ! Le second bruit de tonnerre retentit au-delà des murs rocheux. Paralysé de stupeur, il vit le guerrier se hisser au sommet de la corniche. Il le regarda, impuissant, tandis que ce dernier levait son arc, le bandait, et saisissait la flèche qu'il tenait entre les dents.

Bruneaux se plaqua contre la paroi du rocher, cherchant vainement un moyen de s'échapper. Le guerrier leva son arc. Se précipitant vers l'autre bord de la corniche, Bruneaux jeta un coup d'œil vers le bas. La corniche était bien trop haute pour qu'il puisse se risquer à sauter.

C'est alors qu'un autre homme gravit le rebord de la corniche. Puis un autre encore. À présent, trois arcs étaient braqués sur la poitrine de l'homme blanc.

« Père, comme je suis heureux de te revoir ! Es-tu grièvement blessé ? »

Whirlwind abaissa son arc. « Continuez à le tenir en respect. Non, c'est juste un peu de sang.

— Qu'allons-nous faire de lui ?

— Il n'y a plus rien à faire, si ce n'est le ramener au camp et laisser les anciens décider de son sort. Qui a tiré tout à l'heure depuis la lisière des arbres ? »

Red Lance sourit. « Le Barbu.

— Qui donc ?

— Le Barbu, répéta le jeune guerrier. L'homme blanc que tu avais trouvé. C'est ainsi que nous l'avons nommé.

— Nous avons beaucoup de choses à nous raconter, à ce que je vois. »

Red Lance jeta une corde à de la Vérendrye. Après quelques efforts, l'homme blanc grimpa jusqu'en haut de la paroi et se hissa sur la corniche. Il regarda alors Whirlwind. « Je suis content de te revoir. »

Whirlwind hocha la tête et répondit : « Crois bien que je le suis aussi. » Il désigna le deuxième homme blanc. « L'as-tu manqué délibérément ? »

Un genou au sol, de la Vérendrye n'avait pas encore repris son souffle après son ascension. Il secoua la tête. « Non, répondit-il, il est sorti de mon champ de tir. » Il tourna les yeux vers Bruneaux. « La prochaine fois, je ne te raterai pas. »

Bruneaux écarquilla les yeux en voyant de la Vérendrye recharger son arme.

Les mains tremblantes, celui-ci versa de la poudre dans le canon de son fusil et y enfonça une balle. L'image de son propre fusil à pierre braqué sur lui surgit soudain de sa mémoire, envahissant son esprit à tel point qu'elle refoula celle des guerriers lakotas qui se tenaient auprès de lui. Il remit la baguette en place et recula le percuteur. « J'avais confiance en toi, Bruneaux », commença-t-il en calant le fût de son arme contre sa joue droite et en visant avec soin la poitrine de l'homme. La gorge étranglée par la colère, il poursuivit en chuchotant d'une voix rauque : « Au moins, je ne te tuerai pas d'une balle dans le dos !

— Non ! » Whirlwind s'interposa en saisissant le fût de son arme. « Non ! » Le guerrier plongea son regard dans les yeux bleus, étincelants de colère. « Je ne t'ai pas sauvé la vie pour que tu agisses comme lui ! »

De la Vérendrye le regarda, les lèvres frémissantes. Il prit une profonde inspiration et acquiesça d'un hochement de tête, mais se cramponna encore un moment au fusil à pierre avant de le pousser vers Whirlwind. « C'est le tien, déclara-t-il. Je l'ai emprunté à Her Good Trail. »

Whirlwind hocha la tête. Il désigna le fer sacré que Bruneaux avait laissé tomber à terre. « Et celui-ci est à toi, je pense. » Il examina le visage de l'homme blanc pendant quelques instants. « Je suis heureux que tu aies suivi cette piste avec mon fils et mon neveu. Le jour où tu m'as affirmé que tu voulais aider à attraper le meurtrier me paraît déjà si loin. À présent, tu l'as fait, et je te remercie. Mon cœur et mon esprit me disent que tu es un homme bon. »

De la Vérendrye se redressa avec raideur. « Mon ami, répondit-il, je suis heureux d'avoir pu t'aider. Et tu as raison. Au fond de mon cœur, je sais que je suis un homme bon, et qu'un homme bon ne tue pas uniquement parce qu'il en a la possibilité. »

Whirlwind jeta un coup d'œil aux deux jeunes guerriers qui tenaient encore prudemment leur captif en respect, puis son regard revint vers de la Vérendrye. « Je viens d'apprendre que l'on t'appelle à présent Le Barbu, dit-il avec un léger sourire. Je comprends aisément pourquoi, et c'est un nom qui te convient... pour l'instant. Peut-être, avec le temps, en viendras-tu à en avoir un autre. »

De la Vérendrye opina et tendit le bras vers le fusil à pierre tombé à terre à côté de Bruneaux. « Je voudrais y jeter un coup d'œil, dit-il. Pour m'assurer qu'il ne l'a pas abîmé.

— Il y a un peu de sauge dans mon campement, à l'endroit où j'ai laissé les chevaux, répondit Whirlwind. Nous en brûlerons quelques feuilles, pour purifier ton arme. La vapeur de la sauge chassera tout le mal qu'il a pu lui insuffler. »

Bruneaux était assis, les poings liés derrière le dos, le regard fixé sur le visage de son compatriote et ancien compagnon de voyage.

« Tu es vraiment dans de beaux draps, lui fit remarquer de la Vérendrye, presque en jubilant.

— Je vois que tu t'es allié avec ces sauvages, rétorqua Bruneaux, qui avait retrouvé un peu de son audace.

— En effet. » De la Vérendrye désigna Whirlwind qui, à contrecœur, se faisait examiner l'épaule par Walks High. « C'est lui qui m'a découvert après que tu m'as tiré dessus. Il m'a ramené dans son village, et ils ont pris soin de moi. Vois-tu ce jeune homme ? poursuivit de la Vérendrye en tendant le bras vers Walks High. Il va épouser la jeune fille que tu as enlevée.

— Je n'ai pas enlevé de...

— Oh, que si. Et tu as assassiné une vieille femme. Voilà pourquoi Whirlwind, le chef de guerre qui est là-bas, t'a suivi jusqu'ici. Il... nous allons tous te ramener dans leur village, où un conseil des anciens décidera de ton sort. »

Bruneaux sauta sur ses pieds. Aussitôt, Red Lance pointa à nouveau son arc sur lui et lui fit signe de se rasseoir.

« À ta place, mon ami, je ne bougerais pas. Tu te souviens du jeune guerrier que tu as blessé à l'endroit où tu as laissé échapper la jeune fille ? Eh bien, c'est le meilleur ami de ce jeune homme. Et je pense que Red Lance ici présent serait ravi de t'enfoncer une flèche dans le gosier. En fait, je souhaiterais moi-même que tu le provoques en prenant un risque stupide. »

La frayeur déforma soudain le visage de Bruneaux, mais il tenta de se contrôler. « Tu ne peux pas les laisser faire, répondit-il. Sois raisonnable. Nous sommes des hommes civilisés. Nous devons nous aider mutuellement. Pourquoi prends-tu le parti de ces sauvages ? »

Les yeux de de la Vérendrye se durcirent. « C'est toi qui es un sauvage, Bruneaux. Et je dois en être un moi aussi, parce que j'ai très envie de t'abattre sur-le-champ.

— Pour l'amour du ciel, demande-leur de me laisser me battre ! Qu'ils me donnent au moins une chance !

— La même que celle que tu m'as donnée, Bruneaux ? La même que celle que tu as donnée à cette vieille femme ? »

Bruneaux détourna les yeux, incapable de soutenir le regard méprisant de son compatriote.

De la Vérendrye baissa la voix. « Je t'avais fait confiance, Henri. Tu t'es assis auprès de mon feu. Tu as partagé mes repas. Nous avons voyagé ensemble. Pourquoi, Henri ? Pourquoi as-tu cherché à me tuer ? »

L'homme blanc leva lentement les yeux, et, durant un court instant, il eut une expression de remords. Puis ses yeux gris redevinrent ternes.

Ils n'exprimaient aucun sentiment. « À cause de ton or, répondit-il. C'est tout. » Sa voix était aussi plate que son regard était terne. « Je t'ai observé pendant des jours, là-bas, près de la Running Water River. C'était après qu'un de ces païens m'eut volé mon fusil. Au début, je voulais juste te prendre ton arme et tes chevaux. Mais un jour, j'ai vu les pièces d'or que tu avais laissées tomber sur le sol... »

De la Vérendrye sauta sur ses pieds. Whirlwind attendit, prêt à bondir comme un puma si celui qu'on appelait maintenant Le Barbu empoignait son fer sacré. Red Lance leva son arc, visant le captif à la poitrine, et Walks High encocha aussitôt une flèche sur la corde de son arc.

De la Vérendrye sentit tout à coup le silence s'épaissir. « Je veux seulement montrer quelque chose à cet homme », déclara-t-il aux guerriers. Se tournant vers Bruneaux, il tira la bourse qui pendait à sa ceinture. « Ces pièces d'or ? »

Bruneaux serra les lèvres.

De la Vérendrye ouvrit sa bourse et versa six pièces d'or espagnoles dans sa paume ouverte. « Cet or ne te permettrait même pas d'acheter une selle usagée — ou un fusil. Et tu voulais me tuer pour ça ? »

Bruneaux cligna des yeux. « Tu peux peut-être abuser ces sauvages, mon ami. Mais à moi, tu ne pourras pas m'en compter. Tu as beaucoup plus d'or que ça ! »

De la Vérendrye secoua lentement la tête. « Non, Henri. C'est tout ce que j'ai. » Après avoir remis les six pièces dans sa bourse, il tira les cordons de celle-ci et la jeta aux pieds de Bruneaux. « Elle est à toi, lui dit-il. Voilà tes "trente deniers". Mais je doute qu'un homme comme toi connaisse cette histoire. »

Bruneaux baissa les yeux vers la bourse. Sa lèvre inférieure tremblait tandis qu'il roulait des yeux indécis. Puis il releva la tête vers de la Vérendrye. « Alors, si tu me donnes cet or... je veux racheter ma liberté ! siffla-t-il. Je veux racheter ma liberté ! Demande-leur de me laisser partir, sans nourriture... sans rien. Je veux prendre le risque. Demande-leur, je t'en prie ! »

De la Vérendrye secoua la tête, et un léger sourire se dessina sur ses lèvres. « L'or ne signifie rien pour eux. Même si c'était le cas, ils ne te laisseraient pas partir. Tu as trop de comptes à leur rendre. »

Bruneaux sentit ses mâchoires trembler. Ses yeux gris devinrent fous de peur. « Demande-leur ! Je t'en supplie ! »

De la Vérendrye baissa les yeux vers sa bourse, puis dévisagea l'homme qui avait failli le tuer. « À nouveau, tu cherches à me prendre une chose que je ne veux pas te donner. De la pitié. Peut-être est-ce cela qu'on peut acheter avec "trente deniers". »

Il se tourna vers Whirlwind. « Mon ami, dit-il en lakota. Cet... homme voudrait te parler. »

Whirlwind resserra sa couverture autour de ses épaules et se leva. « Qu'il parle. »

Une étrange lueur s'alluma dans les yeux de Bruneaux. « Demande-leur de me laisser partir, sans nourriture... sans rien. »

De la Vérendrye traduisit ses paroles. Les trois guerriers fixèrent Bruneaux d'un regard dur. Après un moment, Whirlwind déclara : « Ce sont les paroles d'un couard. Pourtant, je vais lui laisser une chance de racheter sa liberté.

— Comment cela ? s'enquit de la Vérendrye.

— Il devra m'affronter, en combat singulier, avec un casse-tête. S'il me bat, il partira. Mais s'il perd, il rentrera avec nous au village pour être confronté au jugement des anciens. »

Les yeux de Bruneaux s'agrandirent de frayeur au moment où de la Vérendrye lui traduisit les paroles de Whirlwind. Le guerrier écarta d'un geste le regard d'inquiétude de son fils.

« Très bien, chuchota finalement Bruneaux. Je le ferai ! »

Whirlwind rejeta sa couverture et tira son casse-tête de sa ceinture. « Donne ton casse-tête à ce... à cet homme, demanda-t-il à Red Lance. Et ne t'inquiète pas. Ce ne sera pas long. »

Red Lance fit glisser son casse-tête sur le sol en direction de Bruneaux tandis que de la Vérendrye lui déliait les mains, avant de s'écarter sur le côté.

Bruneaux ramassa le casse-tête et remarqua la

tache de sang qui maculait l'épaule du guerrier. Sa gorge se serra. C'était l'homme au cheval gris !

« Tu vas te faire battre, Bruneaux ! » gloussa de la Vérendrye.

Bruneaux saisit l'arme par le bout de sa poignée et l'agita lentement d'avant en arrière pour tester son équilibre et son poids. En clignant des yeux, les narines dilatées, il fit un pas hésitant en direction du guerrier.

Bruneaux était un homme de haute taille, plus grand et plus robuste que Whirlwind, mais il n'avait jamais appris les règles d'un combat singulier. Jusqu'alors, il avait toujours compté sur l'effet menaçant de sa force brutale pour faire reculer ses adversaires. Il se lécha les lèvres et fit un second pas en avant.

Whirlwind avait remarqué l'attitude maladroite de l'homme blanc. Ce dernier tenait le casse-tête comme s'il s'agissait d'une brindille, mais il était clair qu'il ne savait pas sans servir. Et si l'homme était plus large que lui, et probablement plus robuste, Whirlwind devinait que son adversaire ne savait pas utiliser au mieux sa carrure et sa force, qui étaient au demeurant ses seuls atouts car il n'avait rien en lui qui pût les guider et leur donner un sens. L'homme n'était pas un guerrier et ne comprendrait jamais ce qu'était la vocation du guerrier.

Le courage initial de l'homme blanc ne tarda pas à faiblir. Il jeta de brefs coups d'œil de côté à l'affleurement rocheux et aux visages des quatre hommes qui l'avaient pris au piège. Les deux plus jeunes guerriers le regardaient d'un air moqueur, sûrs de l'issue du combat. Bruneaux tourna un regard incertain vers Whirlwind et sentit aussitôt peser sur lui le regard froid et méprisant du guerrier.

C'est alors que, du haut des sommets escarpés, s'éleva le chant audacieux d'un loup.

« Tu as entendu ? cria de la Vérendrye. C'est bon signe pour lui ! Et très mauvais signe pour toi ! »

Bruneaux balança plus rapidement son casse-tête et fit un pas de côté. Whirlwind attendait tranquillement sans bouger.

À nouveau, de la Vérendrye appela : « Hé ! Si j'étais toi, je déposerais cette arme ! »

Les yeux écarquillés, Bruneaux cracha à de la Vérendrye : « Boucle-la ! Boucle-la ! »

« Tu n'as aucune chance ! Aucune chance ! » Le rire moqueur de de la Vérendrye résonna sur le mur de granit qui s'élevait derrière Bruneaux et se mêla à l'appel du loup qui s'élevait à nouveau au-dessus des pics sombres et froids.

Bruneaux se précipita sur Whirlwind, en balançant son casse-tête en tous sens. Mais ce dernier l'évita, presque sans effort, et lui assena sur son épaule gauche un coup bien ajusté. Poussant un rugissement de frayeur et de rage, Bruneaux battit en retraite, la main gauche prise de tremblements incontrôlables.

Whirlwind plongea son regard dans les yeux gris affolés de l'homme blanc meurtrier. Il y vit de la peur, mais aussi de l'imprudence, ce qui le rendait dangereux. Il baissa les yeux sur la poitrine de son robuste adversaire, et attendit.

Bruneaux se frotta un moment l'épaule, puis resserra sa prise sur la poignée de son arme. Après quoi il s'avança, en la faisant tournoyer par deux fois dans un geste brutal.

Whirlwind remarqua alors que l'homme était droitier. Les mouvements de son casse-tête étaient bien plus puissants quand il les imprimait avec sa main droite. En outre, il avait plus de mal à contrôler son arme lorsqu'il la balançait vers l'arrière.

Bruneaux continua lentement sa progression, en tirant son casse-tête en arrière vers son épaule droite. Il était maintenant à trois pas du guerrier, qui l'attendait sans bouger. En visant son adversaire à la tête, Bruneaux fit tournoyer son arme de toutes ses forces.

Whirlwind se baissa en arrière, et sentit le souffle de la bouffée d'air quand l'arme tournoya au-dessus de sa tête. Ce geste brusque ranima une douleur déchirante dans son épaule blessée, mais en moins d'une seconde, il suivit le mouvement de l'arme de son adversaire, qui oscillait vers l'arrière, et appliqua à Bruneaux deux coups retentissants. Le premier fracassa le poing gauche de l'homme blanc, et le second lui brisa le bras droit, juste au-dessous de l'épaule.

De la Vérendrye était stupéfait. Whirlwind avait assené deux coups en un clin d'œil.

Bruneaux poussa un hurlement et recula vers le mur rocheux, les bras pendant inutilement le long de son corps, et le visage tordu dans un rictus de douleur et d'effroi.

Whirlwind fit signe à de la Vérendrye. « Traduis-lui mes paroles », lui demanda-t-il. De la Vérendrye opina.

Whirlwind s'avança vers Bruneaux, comme un loup certain de tuer sa proie. « Tu es un être indigne. N'importe quel petit garçon lakota pourrait te vaincre aisément. Tu ne sais que tuer, voler et dévaster. Dans ta prochaine vie, tu seras un ver de terre. Si tu continues à te battre, je te fracasserai l'autre bras. Puis les jambes. Ensuite, je t'abandonnerai ici, et les coyotes et les corbeaux viendront te dévorer... tout vif. À toi de choisir. »

La terreur et la souffrance s'emparèrent de Bruneaux. Il plongea son regard dans les yeux du guerrier, et reconnut la mort. Avant que quiconque ait eu le temps de l'arrêter, il courut vers le bord de la corniche... et ne s'arrêta pas.

Son corps tournoya sur lui-même, et sa jambe droite heurta une paroi de plein fouet, se brisant dans un craquement sourd. Entraîné par son élan, Bruneaux fut précipité entre deux murs de roches avant de s'effondrer sur le dos, coincé entre les parois. Il battit vainement l'air pour tenter de se dégager, ne parvenant qu'à accroître la douleur qui lui déchirait la jambe et les bras. Son mugissement de terreur et d'agonie se répercuta entre les murs de roches.

Lorsque ses hurlements s'éteignirent, Bruneaux, du coin de l'œil, distingua un léger mouvement. Tournant la tête aussi loin que possible, il aperçut alors la forme sombre, dressée sur la neige profonde.

C'était un coyote.

25

C'était le matin. La neige arborait un manteau blanc éclatant, car on était déjà bien avancé dans la Lune-de-l'Hiver. Non loin de la Spring Creek, un affluent de la Smoking Earth River, les quarante-deux tipis des Lakotas wolf tails se dressaient à l'est d'une rangée de hautes collines couvertes de pins. En ce nouveau jour, un soleil étincelant dardait ses chauds rayons sur la terre, malgré les quelques nuages gris qui pointaient à l'horizon vers le sud-ouest.

Déjà, le camp bourdonnait d'activité. Au bord de la rivière, des groupes de jeunes gens perçaient la glace épaisse avec des perches de bois aiguisées afin de préserver les points d'eau. Quelques jeunes garçons aidaient leurs sœurs aînées ou leurs mères à ramasser du bois et à le transporter jusqu'à leurs tipis. Parmi les chevaux qui allaient et venaient tranquillement dans la prairie, certains s'arrêtaient ici et là, fouillant la neige avec leurs sabots afin de brouter un peu d'herbe. À l'ouest, un petit groupe de chasseurs chaussés de raquettes disparut dans les ravins couverts de pins à la poursuite d'un troupeau de daims à queue blanche. Plus près des tipis, parmi les arbustes et les fourrés dénudés, une bande de garçons, leurs arcs et leurs flèches à la main, chassait des lapins de garenne vifs et insaisissables.

Devant le tipi de Her Good Trail, deux chevaux de guerre attachés à leurs piquets se reposaient après leur voyage de onze jours dans les Black Hills.

À l'intérieur du tipi, les flammes s'élevaient bien haut au-dessus du foyer. Le chef de guerre des Lakotas wolf tails ouvrit une sacoche de cuir et en sortit une plume d'aigle peinte en rouge. Il la leva devant ses yeux, et en admira la beauté. « Aujourd'hui, dit-il à son épouse, je dois tenir une promesse. Le courage dont Lone Elk a fait preuve face à l'homme blanc armé du fer sacré, le jour où il l'a combattu sur la crête non loin des deux rivières, est de ceux qui touchent profondément le cœur — et il restera longtemps dans les mémoires. C'est le genre de courage qu'il faudra vanter dans un chant. »

Her Good Trail regarda le bonnet de plumes d'aigles suspendu à une perche à l'arrière du tipi, un bonnet composé de quarante-quatre plumes, qui symbolisaient autant d'actes de courage. Comme le jour où Whirlwind s'était planté résolument aux côtés de Brings Three Horses pour affronter les Pawnees. Ou celui où il avait galopé sous une pluie de flèches kiowas pour aller secourir le fils de Stone. Et ce bonnet comporterait encore bien d'autres plumes si Whirlwind avait relaté tous ses exploits. Her Good Trail sourit. « S'il a fait acte de courage, c'est parce que quelqu'un lui a montré comment y parvenir », dit-elle.

Whirlwind contempla longuement le feu, évoquant dans sa mémoire son campement solitaire dans le bouquet de cèdres, au lendemain de son combat contre les guerriers arikaras. Il se rappelait à quel point il avait aspiré alors à se trouver là où il était en ce moment. Aux côtés de son épouse. « Et parce que l'homme qui le lui a montré avait les meilleures raisons du monde pour être courageux, dit-il avec douceur. Sa vie entière ne suffira pas à témoigner l'étendue de sa gratitude. La seule chose qu'il puisse faire est de remercier le Grand Mystère d'avoir fait de lui un homme aussi heureux. »

Le visage de Her Good Trail rayonnait au moment où Whirlwind leva ses yeux vers elle. Elle se tourna vers lui et soutint son regard, un doux sourire sur les lèvres. Fidèle à sa promesse, il était à nouveau revenu — une promesse qu'il lui faisait à chaque fois qu'il partait à la chasse ou sur le sentier de la guerre. Elle n'ignorait pas, cependant, que ce dernier voyage avait été particulièrement difficile : le sommeil agité de son mari, la blessure de son épaule, et le regard lointain qui naissait dans ses yeux quand il pensait qu'elle ne le voyait pas le lui avaient laissé pressentir. Mais il était de retour, et elle ferait de son mieux pour l'aider à panser ses blessures. Elle continua à soutenir son regard, désireuse de prolonger ce moment. Au fond des yeux de son mari, elle pouvait lire la force de leur vie commune.

« J'ai un autre devoir à accomplir, déclara-t-il en désignant de la tête la lance de guerre attachée à un piquet du tipi. Je sais que les anciens ne s'y attendent pas, mais je vais céder la lance de guerre que High Hawk m'a transmise. »

Her Good Trail plaqua ses mains sur sa bouche, et des larmes montèrent dans ses yeux sombres.

« Crois-moi, il faut que je le fasse, poursuivit-il. Et comme à bien d'autres occasions, je sais que tu me soutiendras. Sans cela, et sans toi, il y a bien des choses que je n'aurais pas pu faire, ou que je n'aurais pas pu supporter.

— Je sais que tu dois avoir une excellente raison de renoncer à la lance de guerre », dit-elle dans un murmure. D'une main, elle essuya les larmes qui glissaient sur son visage. « Quelle qu'elle soit, je t'apporterai mon appui.

— Je me suis battu avec l'homme blanc, lui dit-il, l'assassin de la mère de High Hawk. Ce n'était pas un guerrier, et je l'ai vaincu facilement. Après, il s'est tué. Il n'était rien sans le fer sacré. Tout comme le trappeur sur la White

Earth River, son pouvoir lui venait uniquement du fer sacré. S'il n'avait pas eu cette arme, il se serait peut-être enfui en me voyant — ou peut-être aurait-il cherché à se montrer amical. Mais son fer sacré lui dictait ses pensées, et il a essayé de me tuer. » Le guerrier s'interrompit et contempla pendant un moment la lance de guerre des Lakotas wolf tails. Puis il reprit : « Ces deux hommes blancs, en agissant comme ils l'ont fait, m'ont prouvé une chose que je savais déjà. Le fer sacré peut exercer un pouvoir sur l'esprit d'un homme. »

Whirlwind jeta un coup d'œil derrière lui au fusil à pierre, appuyé contre un piquet du tipi. Puis il se retourna vers Her Good Trail, avec une expression de tristesse qu'elle ne lui avait jamais vue auparavant. « J'ai eu tort de dissimuler le fer sacré, de le tenir à l'écart des autres guerriers.

— Pourquoi ? S'il n'avait tenu qu'à moi, j'aurais fait la même chose ! » répliqua Her Good Trail, en lançant à l'arme un regard furieux.

Il regarda ses yeux étincelants de colère et sourit malgré sa tristesse. « Mon cheval de guerre, dit-il doucement, était le meilleur qu'il m'a été donné de chevaucher. J'ai eu d'autres chevaux de guerre, mais aucun ne pourra égaler ce cheval gris. Il était unique. » Il laissa ses souvenirs danser derrière ses yeux pendant quelques instants. Puis son regard se durcit. « Il n'en est pas de même pour le fer sacré. Il y en a beaucoup. Beaucoup trop, j'en ai peur. Et ils sont tous pareils. Chacun d'eux détient un pouvoir qui peut se rendre maître de l'homme qui le possède. Un pouvoir que chaque homme, chaque guerrier qui entre en possession d'un fer sacré doit affronter. Seuls les hommes dotés d'une force intérieure pourront maîtriser cette arme. Mais le fer sacré aura raison des hommes faibles, qui n'ont rien pour les guider.

« Au lieu de le cacher, j'aurais dû laisser chaque guerrier de notre village l'utiliser quelque temps, de façon à pouvoir affronter le pouvoir qu'il détient. Mais cette arme me faisait peur. Je craignais que le fer sacré ne remporte la victoire. Je n'ai pas donné aux guerriers de mon peuple la chance de s'y confronter par eux-mêmes. J'ai décidé à leur place, en le tenant caché. »

La femme hocha la tête et toucha la main de son mari. Un sourire se dessina sur les lèvres de Whirlwind quand il sentit la chaleur de son contact.

« Le fer sacré va entrer dans nos vies, poursuivit-il. À cette assemblée de négociants dont tu m'as parlé, des hommes blancs viendront échanger ces armes. Il y aura d'autres occasions d'échange, et d'autres hommes blancs. Peut-être l'arrivée du fer sacré sera-t-elle pareille à une rivière en crue.

— Mais si tu renonces à la lance de guerre, et si tu n'es plus chef de guerre, comment pourras-tu combattre cette crue ? demanda-t-elle.

— Nous ne pouvons pas lutter contre la montée des eaux, répondit-il. Nous pouvons seulement essayer de nager. Certains seront noyés. D'autres pas. Quant à moi, je ne peux agir que selon mon cœur. Mon père et mon oncle m'ont inculqué les valeurs du véritable guerrier. Ils m'ont enseigné que le pouvoir du vrai guerrier naît et croît dans son cœur. C'est là que se livrera le combat contre le fer sacré — dans le cœur de chaque guerrier. Pour certains d'entre nous, la lutte ne sera pas difficile. Pour d'autres, ce sera le combat de toute une vie. Cela dépendra de la force que les valeurs du vrai guerrier impriment en chacun de nous.

— Notre fils, murmura-t-elle, crois-tu que ce sera difficile pour lui ? »

Il secoua la tête. « Je ne sais pas, répondit-il, tendant le bras vers le fer sacré. Je vais lui donner celui-ci. »

Les mains de Her Good Trail se portèrent à ses joues, tels des oiseaux effarouchés.

Whirlwind poursuivit : « Il doit s'y confronter, comme les autres. »

Elle hocha la tête et soupira. « Oui, je le sais bien. » Elle lança un regard noir au fer sacré, mais son visage se radoucit lorsqu'elle se retourna vers son mari. « Il est issu d'une longue lignée de véritables guerriers. Il ne pourra pas succomber au pouvoir du fer sacré. »

Avant qu'ils aient eu le temps d'ajouter un

mot, des pas crissèrent sur la neige au-dehors, et quelqu'un gratta au rabat du tipi.

« Entre », dit Whirlwind.

C'était le guerrier Good Hand. Il secoua la neige de sa couverture en peau de bison et entra en souriant. « Mon oncle, dit-il, je suis heureux de te voir. Je t'apporte des nouvelles.

— À voir ton sourire, je pense qu'il s'agit de bonnes nouvelles. »

Good Hand eut un petit rire en acceptant le siège offert par Her Good Trail. « En effet, répondit-il, ce sont de bonnes nouvelles. Je me suis rendu au sud de la Running Water River en compagnie de Caught the Eagle et de Spotted Horse. Nous n'avons pas vu d'ennemis, ni rien qui pût indiquer leur présence dans notre pays. Mais nous avons vu des bisons. Un grand nombre de bisons. Comme il y a trois hivers, un immense troupeau de bisons a choisi de passer l'hiver dans les dunes verdoyantes.

— Ces nouvelles méritent bien un sourire, observa Whirlwind. Peut-être devrions-nous organiser une chasse. Il est agréable de manger de la viande fraîche, et je n'ai pas chassé de bisons en chaussant des raquettes depuis... depuis trois hivers. »

Her Good Trail sourit intérieurement en voyant les deux hommes tenter de dissimuler leur excitation à la perspective de la chasse à venir. Elle préférait savoir son mari à la chasse au bison plutôt que sur le sentier de la guerre.

Pourtant, en levant les yeux vers la lance de guerre, elle fut prise d'un accès de tristesse. Elle lança un regard furieux au fer sacré suspendu au piquet voisin.

Les deux hommes eurent tôt fait de mettre au point leur projet. Good Hand remercia ses hôtes pour le thé qu'ils lui avaient offert et s'en alla. Her Good Trail reprit son travail et s'activa en silence pendant un moment. Elle sentait peser sur elle le regard de son mari tandis qu'elle se déplaçait.

« Mère de Walks High, lui dit-il finalement avec douceur. Je suis très honoré que tu aies joint ta route à la mienne. Et je te remercie de m'avoir donné cet excellent fils. »

Elle traversa le tipi et le rejoignit tandis qu'il appuyait sa tête contre son dossier en bois de saule. Elle avait un regard radieux. « Je ne l'ai pas mis au monde toute seule. »

Le soleil annonça son départ en perçant de ses traits de feu une mince couche de nuages. Il ne restait que quarante-deux tipis dans le village des Wolf Tails, mais auprès de chacun d'eux, un cheval de guerre était déjà attaché pour la nuit. Un grand nombre de trous à fumée étaient à moitié fermés. La neige tombait à gros flocons.

Dans le tipi de Long Shawl et de High Hawk, leur fille Walks Straight reposa le bâton qui lui avait servi à obturer partiellement le trou à fumée et s'approcha de la porte. Elle eut un mouvement de surprise à la vue du jeune homme qui se tenait devant le seuil, une couverture de fiançailles en peau d'élan sur les épaules.

Les yeux de Walks Straight s'illuminèrent. Elle sourit et entra dans le tipi. Elle enleva la couverture qu'elle portait contre le froid, jeta un coup d'œil à Sun Rise Woman et s'éclaircit la gorge. « Il y a un très grand jeune homme sur le seuil de notre porte, annonça-t-elle. Je sais que c'est un guerrier courageux. Il porte une couverture de fiançailles. »

Sun Rise Woman leva les yeux de la tresse de navets qu'elle était en train de confectionner. Long Shawl et High Hawk se regardèrent d'un air entendu. « Il fait bien froid ce soir, dit High Hawk à sa femme. Quelque chose me dit qu'il ferait un peu plus chaud si deux jeunes gens allaient se tenir sous cette couverture de fiançailles en peau d'élan ». Long Shawl adressa un sourire à sa fille aînée.

Sun Rise Woman déposa ses navets et traversa le tipi pour gagner le seuil. Son père lui fit un petit signe d'encouragement quand elle se retourna pour jeter un coup d'œil derrière elle.

La porte s'ouvrit et se referma, jetant pendant quelques instants une vive lueur chaleureuse sur la neige. Walks High ouvrit la couverture et en couvrit les épaules de Sun Rise Woman quand elle entra dans le cercle de ses bras protecteurs. À nouveau, il comprit les longs regards persistants que s'échangeaient souvent son père et sa mère. Il tenta de trouver les mots capables d'exprimer ce qu'il ressentait.

Avant qu'il ait eu le temps d'ouvrir la bouche, elle l'enlaça et se serra contre lui. « J'avais peur qu'il t'arrive quelque chose et que tu ne reviennes pas.

— Ne t'inquiète pas, répondit-il, en déposant délicatement un baiser sur le sommet de sa tête. Je viendrai toujours te retrouver. »

Les flammes s'élevaient très haut dans la loge du conseil tandis que le cercle des anciens écoutait patiemment. De la Vérendrye, qui s'appelait maintenant Le Barbu, était assis parmi eux. À contrecœur, Walks High relata la circonstance qui avait failli l'amener à se battre contre Bear Heart. Son grand-père, Stone, White Crane et les autres l'écoutèrent avec grand intérêt. Et avec tristesse. Pourtant, il n'y eut ni jugement ni reproches. Parfois, un homme ne pouvait s'empêcher d'être ce qu'il était. Mais c'était à cause de Bear Heart que douze tipis avaient quitté le campement d'hiver de la bande des Wolf Tails.

Quand Walks High se rassit après avoir achevé son récit, son père entra dans la loge du conseil. D'une main, il tenait la lance de chef de guerre, et de l'autre, le fer sacré dans son étui en peau d'élan. Stone lui fit signe d'aller s'installer au fond. Whirlwind prit place, mais demeura debout. « Grands-pères, dit-il, je vous demande la parole. »

Des murmures d'assentiment s'élevèrent dans la loge.

Sans déposer la lance et le fer sacré, Whirlwind parcourut des yeux l'assistance pendant un moment. « Il y a beaucoup de choses dans mon cœur, commença-t-il. J'espère que je réussirai à trouver les mots qui me permettront de les exprimer devant vous. Je tiens à dire, tout d'abord, que l'homme blanc qui se trouve parmi nous est un homme honorable. Je ne sais ce qu'il en est des autres hommes de son espèce, mais lui, je le connais. C'est un homme bon, et il a beaucoup de choses à nous apporter. Nous-mêmes, nous avons beaucoup à apprendre de lui, si son cœur accepte de nous dire ce qu'il sait — au sujet des autres peuples et des autres manières de penser. Je ne dis pas que nous aurons plaisir à entendre ce qu'il pourra nous révéler. Mais je pense qu'il est important que nous soyons avertis de ces choses. Ainsi que vous nous l'avez tous appris, la connaissance est la meilleure arme du guerrier. Plus nous en saurons sur les hommes blancs, et mieux nous serons à même de nous défendre s'ils deviennent nos ennemis. »

Whirlwind s'interrompit et leva le fer sacré. « Voilà un des objets sur lesquels nous devons en apprendre davantage. Nous ne devons pas lui tourner le dos parce que, même si nous le faisions, il fera malgré nous partie de nos vies. Et bientôt, j'en ai peur... »

White Crane leva les yeux vers Whirlwind. « Mon neveu, dit-il, ce que tu dis est vrai, et je sais que tu as encore d'autres choses à ajouter. Mais accepterais-tu de me laisser la parole un moment ? »

Whirlwind hocha la tête et prit un siège, en gardant néanmoins ses armes à la main.

« Je te remercie, mon neveu, poursuivit White Crane. En ton absence, deux jeunes gens de la bande des Lakotas miniconjous sont venus dans notre village. Ils nous ont annoncé qu'une assemblée allait se tenir au printemps en amont de la Great Muddy, une rencontre organisée par des négociants blancs qui veulent faire commerce avec nous. J'ai beaucoup réfléchi à cette rencontre. Et j'ai peur de ce qui va nous arriver si nous y participons. Pour aller à cette assemblée, il faut plus d'une journée de voyage jusqu'à la Great Muddy. C'est un voyage vers le changement, vers un nouveau mode de vie, comme si nous nous rendions en pays inconnu.

« Ce que j'ai vu récemment m'inspire de la crainte. J'en suis venu à penser que mon neveu Bear Heart et celui qui a tué la mère de High Hawk étaient pareils en un sens. »

Plusieurs anciens, émus par ces propos, s'éclaircirent nerveusement la gorge. White Crane hocha la tête, conscient qu'il devait choisir ses paroles avec soin. « Entendez-moi bien, poursuivit-il. Je dis que le fer sacré a aveuglé mon neveu Bear Heart — avec le pouvoir qu'il possède. Ainsi que nous l'a montré Le Barbu, ce n'est ni plus ni moins qu'un objet. Et s'il est plus puissant qu'un arc, il ne vaut certainement pas mieux. Mais à la différence de l'arc, cette arme donne un sentiment de puissance sur autrui.

« Notre chef de guerre a raison. Le fer sacré détient deux sortes de pouvoir. Le premier, nous pouvons le voir et l'entendre. Le second, c'est l'influence qu'il exerce sur le cœur de l'homme. Bien que Bear Heart ne possède pas de fer sacré, cette arme a eu un impact sur lui. En ce sens, il est pareil à l'homme blanc qui a assassiné la mère de High Hawk. »

Spotted Calf leva la main et regarda les anciens qui étaient assis sur deux rangées autour du feu. « J'ai bien peur que mon cousin ait raison, dit-il, en rajustant sa couverture sur son épaule gauche. Mais nous serions stupides de ne pas chercher à acquérir nous-mêmes des fers sacrés. Bear Heart avait raison quand il disait que nous devons évoluer. Les fers sacrés vont bientôt arriver parmi nous. Ils font déjà partie de notre vie. Si nous refusons d'en avoir, nous n'aurons aucun pouvoir sur la façon dont ils vont changer notre existence. Nous ne pouvons pas laisser cela se produire. Par conséquent, nous devons trouver un moyen approprié de faire face à cette évolution. »

Le vieil homme qui était assis le plus près du

feu s'éclaircit bruyamment la gorge et remonta sa couverture très haut sur ses épaules. Il s'appelait Bear Looks Behind, et il avait été chef de guerre avant High Hawk. « Tout ce que nous avons entendu ce soir, au sein de cette loge, est vrai », commença-t-il. Tout le monde se tut. Bear Looks Behind avait gagné plus de quatre-vingts plumes d'aigle dans sa vie, un nombre qu'aucun autre guerrier Lakota wolf tail n'avait jamais dépassé. Il s'éclaircit la gorge et fit un signe de tête en direction de Caught the Eagle, qui était assis sur la deuxième rangée près de Red Lance et de Walks High. « L'homme qui a épousé ma fille est un excellent guerrier. Il ne recule jamais au combat et réfléchit toujours avec prudence. Voilà comment doit être un guerrier. Et c'est dans cet esprit que nous devons tous appréhender le fer sacré. Moi-même, je ne porterai jamais cette arme. Je suis vieux, et ma vue faiblit. Mais surtout, je suis d'un autre âge. Notre chef de guerre, Whirlwind, comprend l'époque où nous vivons, et c'est cette compréhension qui a guidé ses réflexions. Sa peur du fer sacré est une preuve de sagesse, et moi-même, je partage sa crainte. Je sais moi aussi que le fer sacré n'est pas un objet ou une arme comme les autres. C'est le signe précurseur d'une nouvelle époque, comme le soleil, avant l'aurore, annonce l'arrivée d'un nouveau jour. Le fer sacré est porteur de changement. Et comme l'a dit mon cousin White Crane, il peut altérer le cœur d'un homme. C'est là que se livrera le plus important combat car, même si un seul homme doit subir cette évolution, nous serons tous affectés par elle.

« Les Miniconjous qui sont venus nous trouver nous ont apporté l'annonce d'une transformation, et je pense que nous devons en prendre acte. Cette assemblée de négociants marque le début de la lutte devant laquelle nous ne pouvons pas reculer, mais que nous devons appréhender avec une grande prudence. Je ne pense pas qu'il serait sage que nous démontions tous nos tipis pour nous rendre à cette assemblée. Je serais plutôt d'avis d'y envoyer quelques guerriers, auxquels nous donnerions mission d'être nos yeux et nos oreilles. J'ai dit. »

Bear Looks Behind hocha la tête et remonta sa couverture au ras de ses paupières. C'était une vieille coutume, une façon d'exprimer sans paroles que l'on agissait avec prudence. Trois ou quatre autres anciens firent de même, témoignant ainsi leur accord avec le vieux guerrier.

White Crane jeta un regard à Whirlwind, puis parcourut des yeux le conseil des anciens. en arrêtant brièvement son regard sur Bear Looks Behind. « Ce sont de justes paroles, dit-il, dans la bouche d'un homme sage. Je pense, moi aussi, qu'il vaut mieux n'envoyer qu'un petit groupe d'hommes à cette assemblée. Pourtant, quelque chose me dit que nous devrions emmener notre bande aussi loin que possible des hommes blancs. Mais où que nous allions, le changement nous suivra toujours. Il ne nous reste plus qu'à espérer que la plupart des hommes blancs sont pareils à celui qui se trouve aujourd'hui parmi nous. »

Plusieurs anciens hochèrent la tête en signe d'acquiescement. Walks High, Lone Elk et Red Lance échangèrent des coups d'œil nerveux en voyant Bear Looks Behind et deux autres anciens ramener leurs couvertures au-dessus de leur tête. Pendant un moment, on n'entendit que le doux crépitement des flammes, et lorsque White Crane reprit la parole, les trois anciens abaissèrent leurs couvertures sur leurs épaules. Mais ils avaient manifesté le sentiment que leur inspirait l'homme blanc assis parmi eux, ainsi que tous les hommes de son espèce. Pour eux, les hommes blancs étaient signe de deuil. C'étaient des hommes blancs qui avaient donné des fers sacrés aux Ojibways en échange de leurs fourrures. Celui qui s'appelait à présent Le Barbu était au courant de ces choses et il les comprenait. Il garda les yeux baissés, laissant passer ce moment d'émotion.

« Je crois, reprit alors White Crane, que mon neveu a quelque chose à ajouter. » Whirlwind hocha la tête en signe d'acquiescement. « Mais avant de lui céder la parole, je tiens à vous dire ceci : je suis d'avis que notre chef de guerre fasse partie du groupe qui se rendra à cette assemblée près de la Great Muddy. Il pourra s'y rendre avec les compagnons de son choix. »

Des murmures d'approbation s'élevèrent, puis retombèrent au moment où Whirlwind se leva pour s'adresser à l'assistance : « Grands-pères, commença-t-il, je conviens avec vous que le chef de guerre doit aller à cette assemblée avec un petit groupe de guerriers. » Il prit une profonde inspiration, expira, puis baissa un instant les yeux sur les flammes. « Mais ce chef de guerre ne sera pas moi. »

Tous les regards se tournèrent vers le guerrier qui se tenait debout à l'arrière de la loge. La lumière du feu projetait des ombres sur son visage, des ombres qui faisaient écho à la tristesse de son cœur. Dans sa main gauche, Whirlwind tenait la crosse du fer sacré gainé de son étui. Et dans sa main droite, il portait la lance de guerre qui lui avait été transmise par les dignitaires du conseil des anciens. À présent, ceux-ci attendaient calmement d'entendre les raisons de son cœur.

« Cet objet, dit-il en regardant le fer sacré, était caché dans le secret de mon tipi jusqu'à la lune dernière — caché, parce que je craignais son influence sur mon peuple et sur notre esprit guerrier. Le jugement que je portais sur cette arme n'était fondé que sur mes propres craintes. En cela, j'avais tort. Je le gardais pour moi, espérant que si je le tenais à l'écart, on ne tarderait pas à l'oublier. Mais même si je le jetais dans le plus profond des fleuves, le fer sacré demeurerait encore présent dans nos esprits. Et il le restera. Grand-père Bear Looks Behind a raison. Nous ne devons pas tourner le dos à ce fer sacré et à ce qu'il représente. Nous devons y faire face, mais avec la plus grande prudence... de la même manière que nous approchons d'un ours ou d'un bison tombé sous nos flèches. Pas à pas. »

Whirlwind parcourut des yeux les deux cercles des assistants. La plupart étaient des guerriers vieux et sages, parvenus à ce moment de la vie où l'on a déjà accompli la plus grande partie du voyage. Mais il y avait là aussi quelques jeunes guerriers, qui avaient encore tout leur voyage devant eux. Son regard s'attarda brièvement sur son père, puis il se posa sur son fils. Dans les yeux de son père, il voyait les profondeurs de la sagesse. Dans les yeux de son fils brûlait la flamme du courage intrépide. C'étaient là les réponses qu'il aurait dû voir. Il respira profondément et poursuivit.

« Il y a de cela quatre hivers, un homme blanc armé de cet objet a failli me tuer, dit-il, brandissant un instant le fer sacré. À partir de ce moment-là, des questions se sont posées à mon esprit — à propos du fer sacré, et à propos des hommes blancs. Depuis, certaines de ces questions ont trouvé leur réponse. Nous devons considérer cette arme et ces hommes avec la plus grande prudence, car ils peuvent être dangereux. Nous devons les appréhender progressivement, aussi bien ensemble, en tant que peuple, que séparément, au fond de notre cœur et de notre esprit. Moi-même, en dissimulant cette arme dans mon tipi, j'ai entravé cette évolution. Peut-être que si j'avais agi autrement, certains des événements qui ont traversé notre route ne se seraient pas produits. Voilà pourquoi, ce soir, je dois accomplir deux choses. La première, je la ferai sans regrets, et la seconde, avec bien, bien des regrets. »

Plusieurs assistants s'éclaircirent nerveusement la gorge, et un lourd silence descendit sur la loge tandis que Whirlwind marquait une longue pause.

Puis il leva le fer sacré devant lui. « Ceci, dit-il alors, je vais en faire cadeau... à mon fils, parce qu'il fera désormais partie de son monde et de sa vie. Peut-être, un jour, les petits-enfants de ses petits-enfants le tiendront-ils dans leurs mains en racontant son histoire. Et je prie pour que cette histoire ne soit pas triste. »

Walks High se leva pour recevoir le fer sacré que lui tendait son père. Il l'avait déjà pris dans ses mains à plusieurs reprises, quand ses parents n'étaient pas dans leur tipi. Mais à présent, il lui parut soudain bien plus lourd que dans son souvenir. Il rejoignit Red Lance et Lone Elk en le portant avec maladresse. Red Lance hocha la tête tandis que Le Barbu se penchait et murmurait : « Il tire fort, mais je te montrerai comment t'y prendre. »

Whirlwind se dressa de toute sa hauteur en empoignant des mains la lance de guerre. Taillée dans un cerisier, celle-ci était presque de la taille d'un homme. Elle était surmontée d'une pointe de pierre grise étroite et plate, aussi longue que la main. Et au-dessous des tendons et des lanières de cuir, qui maintenaient la pointe en place, la lance était gainée d'une peau de bison — la partie velue tournée vers l'extérieur — presque jusqu'en bas. Une bande de peau de daim teinte en rouge, large comme le pouce, cousue entre les deux extrémités de la peau de bison, courait sur toute la longueur de la lance. À cette bande de peau de daim, qui, par sa couleur rouge, portait le symbole de l'honneur, pendaient onze plumes d'aigle, toutes provenant de la queue d'un aigle à tête blanche. Une nouvelle plume venait s'ajouter aux autres à chaque fois qu'un nouveau chef de guerre reprenait la lance de guerre des Lakotas wolf tails. Whirlwind était le onzième.

Le guerrier rappela alors, dans l'ordre, les noms de tous les guerriers qui avaient porté cette lance — le premier remontait à une époque reculée, bien avant l'arrivée des chevaux. Après l'énoncé de chacun de ces noms, tous les guerriers présents dans la loge du conseil prononçaient d'une voix forte un seul éloge honorifique : « *Hau !* »

« Wolf Tail ! Many Deeds ! Has the Fire ! Good Voice Eagle ! Long Runner ! Bear Eyes ! Chases in Winter ! Star ! Bear Looks Behind ! High Hawk ! »

Whirlwind s'interrompit et brandit la lance de guerre. « Ces hommes l'ont tous portée honorablement, dit-il. Quant à moi, j'ai fait de mon mieux, mais j'ai peur que mes modestes efforts ne soient pas à la hauteur de leurs exploits. Toutefois, je suis honoré que vous m'ayez demandé de la porter. Et c'est avec tristesse que je vous la rends. Parmi les hommes présents dans cette loge, nombreux sont ceux qui en sont dignes, beaucoup plus dignes que moi. » Stone se leva avec peine, tandis qu'un profond silence emplissait à nouveau la loge. Il prit la lance des mains de Whirlwind et scruta le visage du guerrier pendant un long moment. « Au cours de ma vie, déclara-t-il enfin, j'ai connu quatre des hommes valeureux qui ont porté cette lance, à commencer par le père de mon cousin, Star, lorsque j'étais encore un enfant. Ton mérite n'est pas moindre que celui des trois autres. Ni que celui de tous ceux qui l'ont portée avant eux. Tu es libre de juger de tes choix. C'est ton droit. Mais un jour, ton nom sera prononcé à l'égal de ceux des autres. Et il sera prononcé avec respect. »

26

Whirlwind n'arrivait pas à remuer son bras. Il baissa les yeux vers l'objet inutile qui pendait à son côté, tandis que les Arikaras fondaient sur lui au galop. Cette fois-ci, ils allaient sûrement le tuer. Sa lance était à dix pas de lui. Trop loin pour qu'il puisse l'atteindre. Le bruit des sabots qui martelaient le sol se mua en un vacarme assourdissant, pareil à un grondement de tonnerre. Des pointes de lances étincelantes le visaient en plein cœur. Il ne pouvait ni fuir, ni se défendre. Soudain, une douleur aiguë lui déchira l'épaule droite. Il appela un nom. Une lumière jaune lui apparut à travers sa douleur, et il distingua peu à peu les flammes d'un feu paisible. Une voix douce chuchota.

« Je suis là, mon mari. »

C'était toujours le même rêve. Il se redressa contre son dossier en bois de saule et se frotta le visage de la main.

Les yeux sombres de son épouse examinèrent

la blessure qui s'ouvrait juste au-dessous de sa clavicule. Elle rectifia la position du cataplasme avec une délicatesse telle qu'il sentit à peine le mouvement de ses doigts. « Combien de temps suis-je resté endormi ? demanda-t-il.

— Longtemps, lui répondit-elle. Le soleil va bientôt se coucher. »

Whirlwind tourna son regard vers un dossier vide, adossé à un coin de son tipi spacieux.

« Il est parti, dit-elle. Lui et Le Barbu. Avec leurs... leurs fers sacrés. Et Red Legs aussi. » Elle fixa un moment le dossier. « J'ai entendu dire que les anciens lui avaient demandé de se rendre à cette assemblée en amont de la Great Muddy, au printemps prochain. »

Whirlwind hocha la tête.

« Il n'ira pas tout seul, n'est-ce pas ?

— Non, lui assura-t-elle. Il partira avec Caught the Eagle, Red Lance, Lone Elk et Le Barbu. Caught the Eagle prendra la tête du groupe.

« J'ai glané çà et là quelques bribes de conversation, ajouta-t-elle calmement. D'autres hommes veulent y aller aussi. Et je pense que certains iront. Cette assemblée suscite beaucoup de curiosité. Quand les deux Miniconjous sont venus dans notre village, ils ont parlé des nombreux objets que les hommes blancs viendront y échanger. Que va-t-il nous arriver si d'autres membres de notre bande partent aussi à ce moment-là ? »

Avant qu'il ait eu le temps de répondre, une

lointaine détonation brisa la tranquillité de la vallée de la Spring Creek. Les deux époux tournèrent leurs regards vers le dossier vide. « Cette assemblée ne durera probablement pas longtemps, répondit-il, en jetant un coup d'œil vers l'entrée. Je ne crois pas que nous ayons grand-chose à craindre de nos ennemis. »

Her Good Trail hocha la tête. « Quels autres objets les hommes blancs viendront-ils échanger ? Crois-tu qu'ils seront pour nous aussi déroutants que le fer sacré ? Je sais que nous pouvons nous protéger contre les Pawnees, les Kiowas ou les Arikaras. Nous connaissons leurs habitudes. »

Whirlwind regarda autour de lui. Ses armes de guerrier étaient rangées dans un coin : il y avait là deux boucliers en peau de bison, sa lance de guerre, deux lances destinées à la chasse au bison, des casse-tête, quelques arcs, et plusieurs carquois remplis de flèches. L'arc qu'il avait fabriqué alors qu'il était à la poursuite de l'homme blanc était suspendu avec les autres. Il se rappela le jour où Walks High avait essayé le nouvel arc renforcé par des tendons que son grand-père lui avait confectionné, et la façon dont son fils avait pulvérisé une motte de terre lancée en l'air... avec une flèche. Pouvait-il faire de même avec un fer sacré ? Peut-être.

Whirlwind regarda sa femme. « Je crains que certains d'entre nous ne démontent leurs tipis pour se rendre à cette rencontre avec les hommes blancs, dit-il. Les objets qu'ils en rapporteront seront nouveaux pour nous. Bientôt, Not Afraid s'emploiera à représenter le fer sacré sur notre Chronique d'Hiver, et cette époque restera toujours dans notre mémoire sous le nom d'Hiver-du-Fer-Sacré. Comment allons-nous appeler les autres époques à venir ? Peut-être leur donnerons-nous le nom d'autres objets nouveaux, qui ne seront pas issus de notre être, de nos coutumes et de nos esprits. Je n'en sais rien. Quant à moi, désormais, je partirai toujours à la chasse ou sur le sentier de la guerre avec ma lance, mon arc et mes flèches. Cela, au moins, je peux te l'affirmer. »

BOUM ! À nouveau, la voix du fer sacré emplit la vallée tranquille. Whirlwind empoigna sa couverture d'hiver et sortit. Her Good Trail le suivit dans la lumière froide et déclinante du soir. Le soleil allait bientôt se coucher derrière l'horizon. Les tipis et les arbres jetaient de longues ombres coupantes sur la blancheur de la terre.

Les derniers échos du coup de feu s'éteignirent dans les ravins éloignés, laissant place à un silence inquiétant. La plupart des membres de la bande des Wolf Tails étaient sur le seuil de leurs tipis, le regard tourné vers l'est en direction d'un petit groupe d'hommes et d'adolescents qui se tenaient au pied d'une colline. Whirlwind aperçut Walks High et Le Barbu au milieu du groupe.

Walks High était en train de recharger son fer

sacré. Quelques instants plus tard, le jeune guerrier épaula son arme, visant un arbre mort grisâtre à quatre-vingts pas vers le nord. Les jeunes gens qui l'accompagnaient se couvrirent les oreilles.

Her Good Trail saisit la main de son mari. Ils attendirent. Le silence se fit oppressant, pesant sur la vallée comme une lourde robe. Les petits enfants se serrèrent contre leurs mères. BOUM !

Les enfants, les chevaux et les chiens tressaillirent. Whirlwind pressa la main de sa femme au moment où le bruit du fer sacré déchira la vallée. C'était une voix nouvelle, étrangère à ce pays. Une voix qui, désormais, retentirait de plus en plus. Pour Whirlwind, elle évoquerait toujours le souvenir de la première fois où il l'avait entendue. Pour lui, ce serait toujours la voix de la mort.

Composition Bussière
et impression Bussière Camedan Imprimeries
à Saint-Amand (Cher), le 4 juin 2001.
Dépôt légal : juin 2001.
Numéro d'imprimeur : 11692-011355/1.
ISBN 2-07-041296-2./Imprimé en France.

94249